LEGION DER SCHATTEN

Roman

Karl Edward Wagner

APEX

neobooks

Impressum

Texte: © Copyright by Karl Edward Wagner/ Apex-Verlag.

Übersetzung: Eva Bauche-Eppers (OT: Legion From The Shadows).

Lektorat: Zasu Menil

Umschlag: © Copyright by Christian Dörge

Die Landkarte zeichnete Dr. Helmut W. Pesch.

Verlag: Apex-Verlag
Winthirstraße 11
80639 München
www.apex-verlag.de
webmaster@apex-verlag.de

Druck: epubli, ein Service der neopubli GmbH, Berlin

Printed in Germany

Inhaltsverzeichnis

Das Buch

Der Boden Britanniens dröhnt unter dem Marschtritt der Legionen, die sich anschicken, auch den letzten Widerstand gegen den Imperator im fernen Rom zu brechen.
Um seinem Volk die Freiheit zu geben, verbündet sich Bran Mak Morn mit dem Totenreich und beschwört die Legion der Schatten herauf für die Entscheidungsschlacht...

Karl Edward Wagner, Autor der KANE-Romane, setzt mit *Legion der Schatten* die Abenteuer der von Robert E. Howard – Schöpfer von so legendären Fantasy-Helden wie

Conan, Solomon Kane und Red Sonja – ersonnenen Figur des Pikten-Königs Bran Mak Morn fort.
Ebenfalls im Apex-Verlag erhältlich: *Könige der Nacht – Die Bran-Mak-Morn-Erzählungen* von Robert E. Howard und *Die Nebelhexe – Ein Bran-Mak-Morn-Roman* von David C. Smith und Richard L. Tierney.

Die Sage von Bran Mak Morn, König der Pikten

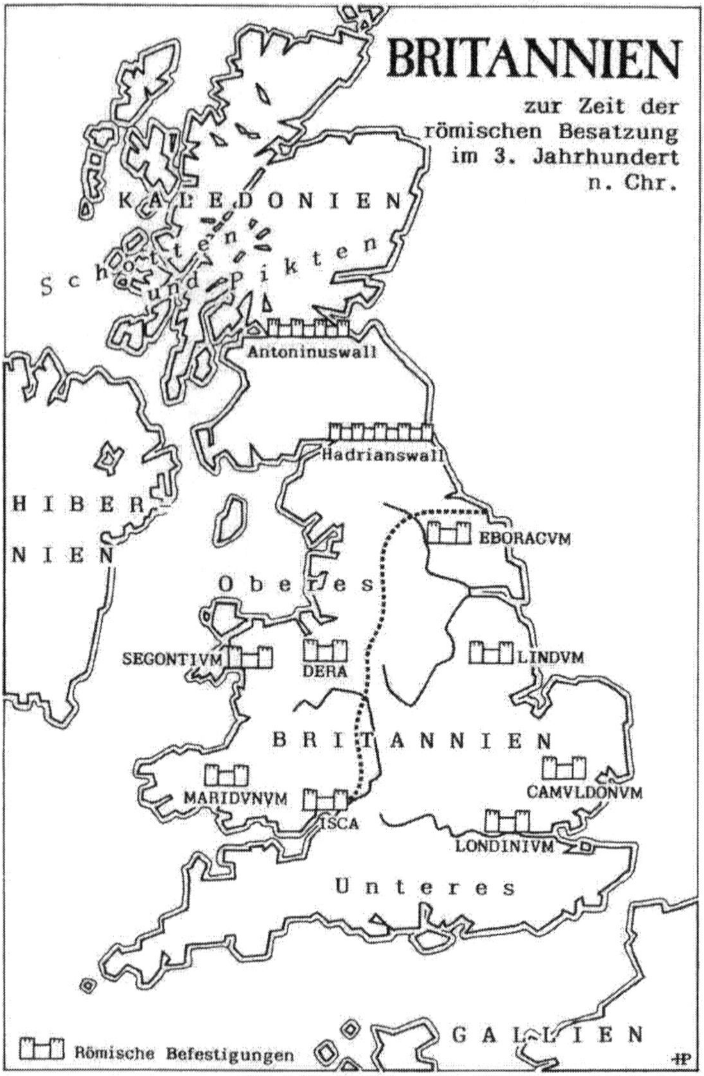

LEGION DER SCHATTEN

Widmung

Für David A. Drake -

Einen Rom-Besessenen, der nicht glaubt, dass das Weltreich untergegangen ist; der in den vergangenen zehn Jahren Fantasy-Stories aus der Zeit des alten Rom geschrieben hat; und der mich mit den historischen Daten für diesen Roman versorgte:

Noli elicere quid deponi nequitur...

»Jeder Mensch kann leichten Herzens zum Himmel aufblicken, zu dem höchsten Stern; aber wer wagt es, den Abgründen der Welt ihre furchtbaren Geheimnisse abzulauschen?«

...Brief von Persil Mandifer: Manly Wade Wellman,

Fearful Rock

»Große Löcher entstehen heimlich, wo die Poren der Erde genügen sollten, und es haben Geschöpfe aufrecht zu gehen gelernt, die auf dem Bauche kriechen sollten.«

...*Necronomicon* von Abdul Alhazred: H. P. Lovecraft,

The Festival

Prolog

Am Morgen hatte die Sonne mattrot durch die Nebelschwaden über den Bergkämmen und Mooren geleuchtet. Die Sonne, die jetzt hinter dem zerklüfteten Horizont der Hochebene versank, glühte in einem tieferen Rot - rot wie das Blut, das zwischen dem niedergetrampelten Heidekraut dort unten versickerte. In den länger werdenden Schatten lagen fünfzehntausend erschlagen - ledergekleidete Wilde und gepanzerte Legionäre, Pikten und Römer -, ihre zerhackten und zerstückelten Leiber verstreut, wo sie gefallen waren.

Auf die Schultern seiner Unterführer gestützt betrachtete Othna Mak Morn, Kriegshäuptling der Pikten, das Schlachtfeld. In seinen erlöschenden Augen glühte Triumph. Eine ganze Legion hatte an diesem Tag hier den Tod gefunden - ein Sieg, der Leben für Leben mit piktischem Blut erkauft worden war. Rom hatte seine größte Niederlage auf britischem Boden erlitten, und Othna Mak Morn würde nicht allein die Straße zur Hölle hinabschreiten.

Um Roms neue Provinz vor den aufsässigen Stämmen im Norden zu schützen, hatte Kaiser Hadrian befohlen, einen großen Wall zu erbauen, der von einer Küste Britanniens zur anderen reichte. Ungefähr achtzig römische Meilen lang erstreckte sich der Hadrianswall über die Landenge zwischen Solway und Tyne und teilte die Insel so in zwei Hälften, mit dem noch uneroberten Kaledonien im Norden und den wenigstens teilweise unterworfenen und romfreundlichen Stämmen im Süden. Jahrelang hatten die Legionäre Gräben ausgehoben und Erdwälle aufgeschüttet, bis schließlich eine zwischen drei und fünf Metern dicke und gegen acht Meter hohe Mauer aus Steinen und Grassoden entstand, die alle acht Meilen mit kleinen Festungen für die Wachmannschaften bestückt war.

Die kaledonischen Stämme bekundeten ihren Zorn über dieses verhasste Zeugnis römischer Macht durch zahllose Überfälle und Hinterhalte während der Arbeiten an der Mauer. Ihre Taktik war, zuzuschlagen und sich sofort wieder zurückzuziehen - ein plötzlicher Pfeilhagel, der auf die schwitzenden Legionäre niederging; während der Nacht getötete Wachtposten und heimlich gelegte Brände; kleine Trupps von Soldaten, die auszogen und nie mehr zurückkehrten. Ihre unvermittelten, blitzartigen Angriffe waren eine ständige und tödliche Bedrohung. Die schwerfällige römische Militärmaschinerie war viel zu träge, um mit diesen wilden Guerillabanden fertigzuwerden, die zustießen wie die Schlangen, um gleich darauf wieder in der Heide unterzutauchen - in der Weite des kaledonischen Hochlandes, wo sie vor jeder Verfolgung sicher waren. Aber ebenso wenig waren die nördlichen Stämme stark genug, um einen Großangriff gegen die in Gräben verschanzten Legionäre zu führen, und also näherte sich der Hadrianswall unaufhaltsam seiner Vollendung.

Trotzdem verlangten diese mörderischen Überfälle nach Vergeltungsmaßnahmen von Seiten des mächtigen Rom - nach einem Gegenschlag, der auch den dicken Barbarenschädeln unwiderruflich einprägte, wie vergeblich ihr armseliger Widerstand gegen ein Reich war, das die ganze Welt beherrschte. Deshalb erging die Order an Publius Calidius

Falco, Befehlshaber der IX. Legion, genannt die Spanische, dessen Männer endlich mit der Arbeit an ihrem Abschnitt der Mauer fertiggeworden waren, nach Norden in das Gebiet der kaledonischen Stämme vorzurücken; auf dem Marsch alle Felder, Herden und Dörfer zu vernichten und alles niederzumachen, was sich den Truppen in den Weg stellte.

Und an einem Morgen im Spätfrühling marschierte die Neunte Legion vom Hadrianswall nach Norden - sechstausend Legionäre, an Hilfstruppen zweitausend Berittene, und Sklaven, Frauen und Kinder bei den schwerfälligen Bagagewagen. Sie marschierten in den Nebel und in die Heide hinaus - und verschwanden aus der Geschichtsschreibung.

Die Neunte traf auf wenig Widerstand, als ihr eisenbeschuhter Marsch sie immer weiter durch die Gebiete der Briganten, Selgover, der Novanter, Damnonier, der Veniconen und der übrigen keltischen Stämme führte. Denn wie konnten halbnackte Barbaren den Vormarsch einer ganzen Legion aufhalten? Die Barbaren hatten keine Städte, die man hätte niederbrennen können - Städte waren eine der römischen Neuerungen in Britannien. Aber was sie an Lagern und Siedlungen finden konnte, setzte die Legion in Brand. Sie plünderte Viehherden und Getreidevorräte, vernichtete das Korn auf den Feldern und erschlug alle, die nicht geflohen waren. Und weiter ging es in das öde Hochland von Kaledonien, wo ein Volk von Wilden lebte, das den Gerüchten nach sogar noch älter sein sollte als die barbarischen Kelten.

Calidius Falco hatte Geschichten über die Pikten gehört und hielt sie zumeist für maßlos übertrieben. Sie waren

Todfeinde der Kelten, die sie fürchteten und sie im Allgemeinen im Hochland, das ihre Festung und ihr Zufluchtsort war, in Ruhe ließen. Der Sage nach waren die Pikten in längst vergangener Zeit die Herren Britanniens gewesen, bis die keltischen Invasoren sie besiegten und die Überlebenden in die Einöde Kaledoniens zurückdrängten. Die Pikten - so wurde erzählt - lebten von aller Welt abgeschlossen in beinahe tierhafter Primitivität, ein degeneriertes, kaum menschenähnliches Relikt der Steinzeit. Es gab noch viele andere düstere Sagen und Legenden, die Calidius Falco ein abschätziges Lächeln entlockten. Ein- oder zweimal hatte man ihm Leichen von untersetzten, gnomenhaften Kriegern gezeigt, die in schlecht gegerbte Felle gekleidet und mit plumpen, schwarzen Bögen bewaffnet waren. Dies seien Pikten, hatte man Calidius erklärt - aber obwohl er zugeben musste, dass ihre Haut ungewöhnlich dunkel war und ihre Gesichtszüge irgendwie affenähnlich anmuteten, kümmerte es ihn nicht, ob es sich bei solchem Aas um Pikten oder Kelten handelte.

Was ihn kümmerte, waren die wiederholten Meldungen seiner Spione und Kundschafter, die von einem vereinten Heer aller piktischen Clans berichteten, welches sich angeblich im kaledonischen Hochland sammelte. Bei solchen Nachrichten verzogen sich die verächtlich gekräuselten Lippen des Generals zu einem siegesgewissen Lächeln. Diese barbarischen Dummköpfe spielten ihm geradezu in die Hände. War die Lektion schon in Vergangenheit geraten, die Calgacus vor kaum fünfzig Jahren in eben diesem Hochland so blutig gelernt hatte?

Viele Wochen lang war die Neunte plündernd und brandschatzend über die Heide gezogen. Sie hatten mehr kleine Scharmützel und Geplänkel ausgefochten, als sie zählen konnten - aber nichts, was einem ernsthaften Zusammenstoß nahe kam. Jetzt endlich lockten die Verwüstungen, die sie anrichteten, die Wilden aus ihren Höhlen und Lehmhütten heraus - brachten sie dazu, sich zu einem großen Pöbelhaufen zusammenzurotten, der nichts als Schlachtvieh für die scharfen römischen Schwerter sein würde. Denn es war nicht Kampf, sondern Gemetzel, wenn unzureichend bewaffnete und unausgebildete Barbaren sich1 den disziplinierten Legionen in offener Feldschlacht entgegenstellten. War nicht Calgacus mit einem Heer von dreißigtausend Barbaren gegen Julius Agricola gezogen? Und hatten nicht zehntausend Barbaren an jenem Tag erschlagen auf den Hängen des Mons Graupius gelegen, während Agricolas eigene Verluste nur vierhundert Mann betrugen? Und dabei hatte er nur seine Hilfstruppen zum Einsatz gebracht, während seine Legionen müßig danebenstanden und zuschauten!

Die Neunte Legion marschierte voll Selbstvertrauen in das kaledonische Hochland, um diese Piktenarmee zu suchen, zum Kampf zu zwingen und auszulöschen. Calidius Falco spürte keine Besorgnis, denn eine Niederlage war derart unwahrscheinlich, dass sich bei dem Gedanken allein sein hochmütiges Lächeln zu lautem Gelächter wandelte. Er folgte den Spuren Agricolas - und außerdem, sagte man nicht von den Pikten, sie seien sogar noch primitiver als die Barbaren, die seinerzeit Calgacus gefolgt waren? Die Neunte würde einen vollkommenen Sieg erringen, der die kaledonischen Stämme ein für allemal zum Stillhalten zwang, und er, Publius Calidius Falco, würde im Triumph zurückkehren. Ja, der Posten eines Prokurators von Britannien war ihm so gut wie sicher, sobald Kaiser Hadrian in Rom die Botschaft erhielt.

Die Neunte hatte sich an diesem schicksalhaften Morgen kaum auf den Weg gemacht, als sich der Morgenhimmel unter einem Hagel schwarzer Pfeile verdüsterte und Calidius Falco wusste, dass er endlich auf die Armee der Pikten gestoßen war.

Zu dem Zeitpunkt, als die Pikten angriffen, bewegte sich die Neunte längs eines Gebirgsflusses, dessen Wasser eine enge Schlucht in die Felsen des Hochlands gegraben hatten. Sehr treffend nannte man sie die Schlangenschlucht, aber die Führer schworen hoch und heilig, dass dieser schmale Durchlass in das zentrale Hochland führte, wo sich das feindliche Heer sammelte. Durch Regenfälle in der vergangenen Nacht war der Fluss über die Ufer getreten.

Nasser Fels und glitschiger Schlamm erschwerten das Vorwärtskommen. Eingezwängt zwischen den steilen Schluchtwänden und dem tobenden Fluss, hatte sich die disziplinierte Marschordnung der römischen Truppen in ein wirres Durcheinander aufgelöst. Vorne waren Männer mit Äxten damit beschäftigt, Bäume zu fällen, um einen einigermaßen gangbaren Weg freizumachen, während weiter hinten fluchende Legionäre sich mühten, die überladenen Bagagewagen zwischen knorrigen Baumwurzeln, dornigem Gebüsch und regenschlüpfrigen Gesteinsbrocken hindurchzulenken.

Irgendwo vor ihnen, zwischen dem Heidekraut, starrten Kundschafter, die sie hätten warnen sollen, blicklos in die Nebelschwaden, die über ihre starren Körper hinwegzogen. Der Angriff traf die Römer vollkommen unvorbereitet, und diesmal war es nicht nur ein plötzlicher Angriff aus dem Hinterhalt, gefolgt von einem sofortigen Rückzug. In den Felsen wimmelte es von Pikten, und Calidius Falco spürte die kalte Hand der Furcht in seinem Nacken.

Da ein Angriff auf eine Marschkolonne gewöhnlich von hinten erfolgte, hatte bei den Legionen der Tross einen geschützten Platz in der Mitte. Calidius hatte vorgehabt, im zentralen Hochland ein Sommerlager zu errichten, so dass die Neunte Legion von ungeheuren Mengen an Vorräten und Geschirr behindert wurde, wie auch von den Beutestücken, die sie sich unterwegs zusammengeplündert hatte. Panik brach aus, als die Piktenpfeile auf den schwerfälligen Tross niederregneten. Schwitzende Pferde bäumten sich schreiend auf und verursachten eine heillose Verwirrung, als tödliche Geschosse sie niederwarfen. Männer liefen blindlings hin und her - suchten vergeblich nach Schutz vor dem vernichtenden Pfeilhagel. Wagen kippten um, schleuderten schreiende Frauen und Kinder auf die blutbespritzten Felsen. Innerhalb von Sekunden herrschte das totale Chaos.

Die Neunte Legion, die ohnehin schon zu einer langen, ungeordneten Reihe auseinandergezogen war, um die enge Schlucht passieren zu können, wurde durch den hoffnungslos festgefahrenen Tross in der Mitte plötzlich in zwei Hälften geteilt. Verzweifelt warf Calidius seine Reiterei gegen die Bogenschützen, die in dichten Reihen auf den Hängen hoch über ihnen standen. Aber in der steilwandigen Schlucht waren die ohne Steigbügel gerittenen Pferde mehr als nur nutzlos, und nach wenigen Minuten hatten die Piktenpfeile die berittenen Hilfstruppen bis auf den letzten Mann niedergemacht. Und jetzt wusste Calidius Falco, dass seine Stellung unhaltbar war.

Immer noch flogen die Pfeile. Immer noch verhielt die piktische Armee in ihrer geschützten Position hinter dem oberen Rand der Schlucht. Rasche Flankenbewegungen zum vorderen und hinteren Truppenteil verhinderten sowohl einen Vorstoß als auch einen Rückzug. Ein Verbleiben in der Schlucht bedeutete den sicheren Tod. Die einzige magere Chance der Neunten bestand darin, die Felswand zu stürmen und so aus der Falle auszubrechen. Verbissen versuchten die Legionäre, sich zu ihrer berühmten Schildkröte zusammenzuschließen und unter dem beständigen Hagel der schwarzen Pfeile die steilen Klippen hinaufzusteigen. Es war so gut wie unmöglich, in diesem zerklüfteten Gelände zwischen gewaltigen Gesteinsblöcken und verfilztem Gestrüpp die Schilde überhaupt zu halten, aber irgendwie erreichten vereinzelte Trupps von Legionären den Kamm.

Und hier erwartete sie der Hauptteil der Piktenarmee.

Die Schlacht dauerte den ganzen Tag. Aber nach dem ersten tödlichen Pfeilhagel war ihr Ausgang vorherbestimmt. Wenn es den Legionären gelungen wäre, sich wieder zusammenzuschließen, nachdem sie die Schluchtwand erklettert hatten: wenn eine geringere Anzahl von Pikten sie hinter dem Kamm erwartet hätte... Aber mehr als die Hälfte ihrer ursprünglichen Zahl lag tot auf den abschüssigen Felsen, und die Übermacht der Pikten war erdrückend.

Mit einem Kriegsgeschrei, das schon vor Anbeginn der Steinzeit zum Himmel aufgestiegen war, stürzten sich zehntausend Pikten auf die Legionäre, die sich durch die Mauer der Bogenschützen hindurchgekämpft hatten. Es war ein Kampf ohne Gnade - in dem, aufgesplittert in zahllose Einzelgefechte, primitive Wildheit und römischer Mut aufeinanderprallten. Wie ein Wolfsrudel eine eingekesselte Herde von Elchen angreift, so warfen sich die Pikten gegen hastig gebildete Schildkröten - überschütteten die emporgehaltenen Schilde mit einem nicht enden wollenden Schwall von Pfeilen, stießen mit Speer und Schwert zu, wo immer ein wankender Schild eine Öffnung in der schützenden Mauer schuf, warfen die dahinter verschanzten Soldaten durch das schiere Gewicht ihrer blutenden Leiber zu Boden. Wieder und wieder suchten die Legionäre sich neu zu formieren. Aber ihre Reihen waren durch den Hinterhalt zerschmettert worden, und zwischen jedem Trupp verzweifelter Römer schwärmte eine brodelnde Masse vom Blut berauschter Barbaren, die kein anderes Ziel hatten, als zu töten, bis sie selbst getötet wurden.

Die Römer machten es ihnen nicht leicht. Die Heide war übersät mit grausigen Hügeln, wo ein enger Ring toter Pikten um eine Gruppe erschlagener Feinde lag. Aber dieses Mal siegten barbarische Verschlagenheit und ungezügelte Wildheit über römische Disziplin und Bewaffnung. Die Neunte Legion kämpfte grimmig bis zum bitteren Ende, denn ein jeder Soldat wusste, dass es für ihn die letzte Schlacht sein würde.

Und als die Sonne den Gipfel im Westen in Brand setzte, existierte die Neunte Legion nicht mehr.

Othna Mak Morn blickte über die Stätte des Sieges, der seinen Triumph und sein Ende bedeutete, und spürte kein Bedauern. Häuptling des Wolfsclans war er; seine überragende Persönlichkeit war es gewesen, die die verstreuten piktischen Stämme zu einem Zusammenschluss gegen die römischen Eindringlinge bewogen hatte - sein scharfer Verstand, der diesen Hinterhalt geplant hatte - sein unermüdlicher Schwertarm, der auf dem hügeligen Schlachtfeld gewütet hatte, wo immer römischer Widerstand die Flut der Pikten dämmte. Schließlich war Othna Mark Morn auf diesem blutgetränkten Feld niedergesunken, in die Knie gezwungen von einem Dutzend Wunden, die kein Arzt mehr heilen konnte. Und obwohl sein Körper schon vor Stunden den Kampf gegen den Tod hätte verlieren müssen, klammerte sich der Kriegshäuptling der Pikten an das Leben, bis der letzte Feind gefallen war.

Gleich einem blutüberströmten Rachegott schritt Othna jetzt über das Schlachtfeld. Schwer stützte er sich auf die breiten Schultern zweier anderer Clanführer. Ihre groben Gesichtszüge überschattete Trauer, denn der größte Krieger ihrer Rasse würde nicht an dem Siegesfest teilnehmen, das seine Tapferkeit ermöglicht hatte.

Am Rand der Schlucht stieg auf Othnas Ruf hin ein weiterer Häuptling die Felsen hinauf. Wie bei Othna, so waren auch bei ihm Gestalt und Gesichtszüge wohlgebildet - ein sichtbarer Beweis für eine ununterbrochene Reihe reinblütiger Ahnen, im Gegensatz zu der gemischten Herkunft der missgestalteten, gnomenhaften Krieger um sie herum.

»Ist unten alles vorüber, Utha Mak Dunn?«, fragte der Kriegshäuptling. Utha vom Rabenclan hatte die Pikten angeführt, die der Neunten Legion den Rückzug abschnitten und die verzweifelten Römer zwangen, die Schluchtwand zu erstürmen.

»Beinahe, Othna Mak Morn. Bei der Mondfrau, ich sehe hier oben nichts anderes als römisches Aas! Die Hunde hätten ebenso gut dort unten sterben und sich diesen schweren Aufstieg ersparen können!«

Uthas Grinsen erlosch, als er die Blässe in Othnas Gesicht bemerkte. Ein Blick auf die beiden Unteranführer verriet ihm alles, was es zu wissen gab.

»Hast du gesagt, beinahe?« grollte Othna.

»In der Wand der Schlangenschlucht gibt es eine Höhle«, erklärte Utha. Als wir den Rest der Nachhut niedergemacht hatten und den Tross stürmten, war ein Großteil der Narren dort hinein geflüchtet.«

»Wie viele?«

»Schwer zu sagen. Ein paar hundert vielleicht - die meisten aber Frauen und Kinder, die im Tross mitgeführt wurden. Die Höhle scheint ziemlich groß zu sein; denn sie haben Wagen mit Vorräten hineingeschafft und den Eingang verbarrikadiert.«

»Könnt ihr durchbrechen?« Othnas Gesicht war ausdruckslos.

»Bis jetzt haben die Römer ihre Stellung gehalten. Der Weg ist schmal, und es ist unmöglich, die Barrikaden zu stürmen. Mehrmals mussten wir unsere Toten beiseite räumen, um Platz für einen erneuten Angriff zu haben.«

Utha zögerte einen Augenblick. »Calidius Falco will sich nicht ergeben.«

Othna schüttelte die ihn stützenden Hände ab. »Calidius lebt noch!«, schrie er. »Tausende erschlagen, und der Anführer meiner Feinde ist noch am Leben!«

»Er hockt im Versteck, zusammen mit Frauen und Kindern«, antwortete Utha verächtlich. »Was er sonst noch gerettet hat, ist der Legionsadler der Neunten und der Rest seiner persönlichen Leibwache. Er schwört, dass er und die, die mit ihm sind, bis zum letzten Mann kämpfen werden, außer wir gewähren ihm Bedingungen für eine ehrenvolle Kapitulation...«

»Bei den Göttern!«, tobte Othna. »Ich werde ihm solche Bedingungen gewähren, wie er sie für unser Volk übrig hat - Feuer und Schwert, Galgen und Kreuz!«

Er zog sein Schwert und tat einige Schritte nach vorn. »Sind wir Hunde und Sklaven von Hunden, dass eine Handvoll in die' Enge getriebener Römer glaubt, so mit uns sprechen zu können? Pikten! Wer folgt mir in das stinkende Loch, in dem sich eine Ratte versteckt hält?«

Doch jenes letzte Aufflammen des Zorns war auch der letzte Funke Leben. Othna Mak Morn taumelte, und Utha fing den schlaffen Körper in seinen Armen auf.

»Wehe! Wehe dem Volk der Pikten!« murmelte der weißbärtige Priester, der die blicklosen Augen schloss. »In der Stunde deines Triumphs hast du deinen größten Sohn verloren. Wehe dem Volk der Pikten! Wehe den Männern der Heide!«

Utha Mak Dunn beugte den Kopf. Der greise Gonar hatte Recht. Nur Othna Mak Morns persönliche Überzeugungskraft hatte die verstreuten Clans zu einem kurzlebigen Zusammenschluss vereint, um die römischen Unterdrücker zu vertreiben. Die Hälfte des Piktenvolkes hatte diesen Sieg mit dem Leben bezahlt, und jetzt, wo Othna tot war, würden die Clans sehr bald wieder auseinanderfallen.

»Othna hat einen Sohn«, erinnerte Utha.

»Ein Säugling mit einem verkrüppelten Arm und krummen Schultern«, höhnte Gonar. »Othna ließ Berul nur deshalb am Leben, weil er fürchtete, ohne männlichen

Erben zu sterben, was das Ende des seit uralter Zeit bestehenden Hauses Mak Morn bedeutet hätte.«

»Vielleicht wird Berul einen Sohn zeugen und dieser wieder einen Sohn...«

»Mögen da Söhne von Söhnen sein für ein anderes Zeitalter, das noch in weiter Ferne liegt«, klagte Gonar. »Ich sehe nichts als Jammer und Elend für das Volk der Pikten. Wahrlich, dies war der letzte große Augenblick unserer

Rasse, und jetzt bleiben uns nur noch Erinnerungen an vergangenen Ruhm. Erinnerungen, die verblassen werden...«

Utha verbiss sich eine bittere Erwiderung. Einer seiner Hauptleute stieg aus der Schlucht zu ihm hinauf.

»Die Römer halten immer noch den Höhleneingang«, berichtete er. »Calidius besteht auf Othnas Versprechen für einen unbehelligten Rückzug zum römischen Wall. Sonst...«

Er verstummte, als er den Rand erklomm und Othnas leblose Gestalt erblickte.

»Bei der Mondfrau, ich werde den Römern eine Antwort auf ihre Bedingungen geben!«, schwor Utha zornerfüllt. »Rollt Felsblöcke vor die Öffnung der Höhle! Bei den Göttern, bringt den halben Berg über ihrem Rattenloch zum Einsturz!«

Er schüttelte sich die Tränen aus den Augen und hob die Faust. »Wenn sie keinen offenen Kampf wagen, sollen sie einen langsamen Tod in der Finsternis des Erdinnern haben! Ihr Grab soll ein Denkmal sein für unseren größten Sieg - und ihre Todesschreie sollen in der Hölle Othnas Herz erfreuen!«

Der Befehl wurde weitergegeben, und tausend willige Hände packten Steine und Brechstangen - arbeiteten bis tief in die Nacht, um zahllose Tonnen von Felsgestein vor den Eingang der Höhle in der Schlangenschlucht zu häufen. Als der Morgen anbrach, drangen die Schreie der Eingeschlossenen nicht länger mehr durch den über Nacht gewachsenen Berg...

Jahre vergingen. Die Gebeine der Neunten Legion - der Verschwundenen Legion - bleichten stumm unter Heidekraut und Stechginster, die auf dem so angereicherten, mageren Hochlandboden üppiger blühten denn je. In der Schlucht spülten die Frühlingsüberschwemmungen alle Reste von modernden Knochen und Rüstungen, faulenden Brettern und schimmelndem Zaumzeug hinweg - bis schließlich nur noch der stille Hügel in der Schlangenschlucht an das Blut erinnerte, das hier einst geflossen war.

Achtzig Jahre vergingen...

I. Der Fluch des Schwarzen Steins

Nebel umhüllte die heidekrautbewachsenen Hügel; die undurchdringliche Schwärze der Stunde vor Tagesanbruch hatte den Mond verschlungen. Unter der Asche schwelende Glut von hundert Lagerfeuern überzog die Einöde mit einem Muster glimmernder Lichtpunkte. Die Nebelschwaden verdeckten den Nachthimmel, so dass aus einiger Entfernung die dunklen Hügel und ersterbenden Feuer aussahen wie ein wolkenverhangenes Firmament mit einer Handvoll willkürlich verstreuter matter roter Sterne.

Um die Feuer lagen dreitausend oder mehr Krieger in unruhigem Schlaf, verfolgt von Gedanken an die bevorstehende Schlacht. Hier und dort saßen kleine Gruppen beisammen, unterhielten sich leise und schärften noch einmal ihre eisernen Waffen. Außerhalb des fahlen Lichtscheins versuchten die Wachen den Nebel mit ihren Blicken zu durchdringen.

Bei einem abseits brennenden Feuer hielt noch jemand Wache neben einem einsamen Schläfer. Wie die übrigen alle hatte auch dieser Wächter die Gestalt eines im Wachstum gehemmten Riesen - die massigen Schultern und breite Brust erschienen viel zu schwer für die knorrigen, verkrümmten Beine. Sein grobes Gesicht und die niedrige Stirn zeigten einen Ausdruck von Besorgnis, während er auf den schlafenden Mann niederblickte.

Eingehüllt in einen Umhang aus Wolfsfell über einem leichten Hemd aus schwarzem Kettengewebe, war die ruhende Gestalt die eines Mannes mittlerer Größe. Der düstere Glanz des erlöschenden Feuers spiegelte sich in den funkelnden Tiefen des roten Edelsteins, der den eisernen Kronreif um seine Stirn und das glatte schwarze Haar schmückte. Die Haut des Schläfers zeigte die mattdunkle Färbung der Männer Nordens, und auch seine falkengleichen Züge erinnerten in gewisser Weise an die missgebildeten Krieger um ihn herum. Aber damit erschöpften sich die Ähnlichkeiten auch schon, als wären die ungeschlachten Gestalten nur ein degeneriertes Zerrbild des Mannes mit der eisernen Krone.

Wenn die barbarischen Krieger, die neben ihren schwelenden Feuern hockten, an missgestaltete Affen gemahnten, so ließ die Erscheinung des Schlafenden an einen Panther denken. Selbst im tiefen Schlummer verriet sich noch die wachsame Geschmeidigkeit seines schlanken Körpers, die stählerne Kraft, die in muskulösen Schultern und Lenden, sehnigem Hals und tiefer Brust zum Ausdruck kam. Linien der Erschöpfung zeichneten seine gut geformten Züge, und das Gesicht unter der juwelenbesetzten Krone war das eines jungen Mannes, der auf die Dreißig zuging.

Aber sein junges Gesicht war überschattet von einer Bürde, die die Zahl seiner Jahre unwichtig machte, und der wachende Krieger, mochte er auch wenig mehr als ein Tier scheinen, wusste, dass etwas anderes als nur die Erregung der zu erwartenden Schlacht dem Schlaf seines Herrn den erholsamen Frieden raubte. Denn ein Alptraum hatte von Bran Mak Morn Besitz ergriffen - wie in so vielen Nächten vorher.

Der zwergwüchsige Riese streckte eine schwielige Hand aus und zögerte dann. Während der Gewaltmärsche der vergangenen Tage hatte sein König kaum mehr als eine

Stunde Ruhe gefunden. Er würde all seine große Kraft brauchen, sobald erst der Morgen dämmerte; besser ein unruhiger Schlaf, als überhaupt keine Ruhe.

Hätte der Pikte etwas von dem ganzen Schrecken des Alptraums geahnt, unter dem sein König sich jetzt wand, er hätte ihn augenblicklich aus diesem trügerischen Schlummer geweckt.

Kalter Schweiß bedeckte das, Gesicht des Schlafenden, und hinter geschlossenen Lidern schauten weit aufgerissene Augen in die Vergangenheit.

Wieder ragten die Steinsäulen von Dagons Ring um ihn empor, und Bran Mak Mom stolperte wie in Trance durch diesen bedrohlichen Kreis moosbewachsener Menhire - ein Kreis, der sich in der allen Naturgesetzen zuwiderlaufenden Welt des Traums in endlosen Wiederholungen auf anderen Ebenen, in anderen Dimensionen fortzusetzen schien. Die schweigenden Felsblöcke waren ein Labyrinth - ein Strudel uralten Schreckens, aus dem sein Geist sich ebenso wenig befreien konnte wie seine schlurfenden Schritte den gewundenen Pfad verlassen konnten, der zu dem wartenden Altar führte.

Als ein unheilvolles Licht in einer Finsternis wie vor Anbeginn der Schöpfung zog ihn der mit Phosphor beschmierte Altar so sicher in die Fänge des Grauens, das in seinem Schatten lauerte, wie eine Kerze die Motte in einen feurigen Tod lockt. Und vor dem Altar wiegte sich eine sehnige Gestalt, zwiefach gesprenkelt von Phosphorflecken und den Makeln ihrer Abkunft: Atla, die halbmenschliche Hexe vom Dagonmoor. Wieder fühlte Bran Übelkeit in sich aufsteigen, als er daran zurückdachte, wie ihre reptilhaft geschmeidigen Glieder sich um seinen nackten

Körper wanden, oder ihre Schlangenzunge zu einem Kuß widerwärtiger Leidenschaft in seinen Mund schnellte...

Die schmale Gestalt der Hexe lehnte sich in obszöner Haltung gegen den Altar. Ihre roten Lippen teilten sich zu einem Lächeln, das nadelspitze Zähne entblößte. »Willkommen! Willkommen, König der Pikten!«, schrillte sie und streckte ihm die Arme entgegen. »Bist du zurückgekehrt, weil es dich wieder nach meiner süßen Umarmung verlangte?«

Brans Stimme bebte vor Abscheu. »Kein Wahnsinn, kein Verlangen nach Rache könnte mich je wieder dazu bringen, die Küsse einer Schlange zu erwidern.«

Atlas Lachen spottete seines Ekels. »Dann suchst du wieder nach einer Tür zu jenen, die im Finstern wohnen?«

Eine Bewegung in den Schatten außerhalb des Steinkreises. Bran ahnte die wogende Masse entstellter Leiber, die zwischen den Steinpfeilern hervorquollen - ein lautloses Näherkommen schräger, glühender Augen - kaum erkennbare Gestalten des Schreckens, für deren umnachtete Seelen selbst das fahle Hexenfeuer des Altars ein Licht war, vor dem sie zurückschreckten.

»Es gibt Waffen, die sind zu abscheulich, um sie selbst gegen Rom zu gebrauchen!«, knurrte Bran. Der Widerhall seiner, Worte verhöhnte ihn.

Atlas verächtliches Lachen schnitt durch das grausige Zischeln der im Schatten Lauernden. »Zu abscheulich? Zu abscheulich! Und was mit dem Narren, der sie benutzt?«

Die halb erahnten Gestalten wanden sich zwischen den Menhiren und tasteten sich immer weiter vor. Ihr schlangengleiches Wispern war eine hämische Drohung, die an seinen Nerven zerrte wie das kreischende Scharren von Krallen auf Schiefergestein.

Brans Hand suchte nach dem Schwertgriff. »Das ist Vergangenheit! Vorbei!«, schrie er herausfordernd. »In einem Augenblick blinder Wut rief ich die Kinder der Nacht - aber niemals wieder! Kehrt zurück in eure schleimigen, finsteren Löcher, ihr Würmer, die ihr die Welt der Menschen scheut!«

Kaltes Eisen funkelte in Brans Faust, und Tod leuchtete in seinen dunklen Augen, aber das Lachen der Hexe verstummte nicht.

»Du willst drohen? Du willst befehlen? Du, der du die Dunklen Götter von R'lyeh angerufen hast! Du, der du bei den Namenlosen geschworen hast! Du, der du den Schwarzen Stein berührt und das Gewürm der Erde aus den Tiefen hervorgelockt hast!

König der Pikten! König der Narren! Du hast versucht, Mächten zu befehlen, die keine menschliche Hand lenken kann! Du hast Türen geöffnet, die sich so leicht nicht wieder schließen lassen vor denen, die dahinter warteten! Der Makel haftet dir an! Du hast sie gerufen und sie werden sich erinnern! Und nach ihrem eigenen Willen werden sie einmal ungerufen zu dir kommen!«

Der Kreis nichtmenschlicher Augen wogte vorwärts. Mit einem Knurren verzweifelter Wut stürzte Bran sich auf die Hexe, die auf dem Altar stand - die feinen Schuppen ihrer Haut schillerten in dem grünlichen Phosphorglanz. Sein Schwert fuhr herab, um diese höhnische Stimme zum Schweigen zu bringen.

Aber die Stahlklinge, die das halbmenschliche Fleisch von der Schulter bis zum Leib hatte zerhauen sollen, verlangsamte plötzlich ihre Bewegung - verwandelte sich auf eine Weise in seiner Hand, wie es nicht möglich sein konnte. Die Klinge verkürzte sich, der Griff blähte sich auf und wurde breiter. Das Gewicht in seiner Faust brachte ihn aus dem Gleichgewicht, zerrte an seiner Schulter.

Bran Mak Morn fiel vor dem Steinaltar auf die Knie. Mit vor Entsetzen gelähmtem Verstand sah er, dass es nicht ein Schwert war, das er hielt, sondern ein schwarzer Stein. Mit steigendem Schrecken erkannte er die unirdische sechsflächige Form aus massivem schwarzem Stein - von der Größe seiner geballten Faust und schwerer, als sein Umfang vermuten ließ. Wieder sah er die vertrauten Runen, die in die glatten Seiten eingraviert waren - sechzig Buchstaben auf jeder sechseckigen Fläche.

Der Schwarze Stein...

Und dann waren sie über ihm, in einer beißenden und kratzenden Woge des Grauens. Aber es war nicht wegen der widerlichen Berührung dieser von der tiefsten Hölle ausgespienen Geschöpfe, dass sich Bran Mak Morns Kehle ein hoffnungsloser Schrei entrang. Es war die dämmernde Erkenntnis um die furchtbare Bedeutung dieser dolchartigen Zeichen, die nicht von Menschenhand in den Stein geritzt worden waren...

II. Der König mit der eisernen Krone

Bei dem erstickten Aufstöhnen des Schläfers zuckte der missgestaltete Riese, der neben ihm wachte, zusammen. Welchen Schrecken schaute sein König im Traum - Bran Mak Morn, dessen Gelassenheit weder Mühsal noch schwere Wunden jemals erschüttert hatten? Sanft schüttelte die schwielige Hand des Königs Schulter.

Bei der ersten Berührung stockten Brans Atemzüge. Mit der Schnelligkeit einer zuschlagenden Katze packte eine sehnige Hand den Arm des Wächters - stieß ihn zurück, während Brans andere Hand den Schwertgriff umfasste und die Waffe zog.

»Mein Fürst«, keuchte der andere und wand sich unter dem eisernen Griff, der sein behaartes Handgelenk zu brechen drohte. »Mein Fürst Bran!«

Dem dunklen Flügelschlag eines Raben gleich hob sich der Schleier des Alptraums vor Brans weitgeöffneten Augen. Einen Moment lang klammerte er sich an den Arm seines ergrauten Gefährten und Dieners und versuchte, die höllischen Schatten aus seinem Bewusstsein zu vertreiben.

»Grom«, murmelte er und löste seinen Griff, um sich den kalten Schweiß von der Stirn zu wischen. »Beinahe hätte ich dich getötet, alter Kämpe.«

Er richtete den Blick auf die nebelverhangene Ebene und fügte dann hinzu, wie um sich selbst zu überzeugen: »Ein Alptraum.«

Grom erwähnte nichts von dem Stöhnen, das über die Lippen des Königs gedrungen war. »Es wird bald dämmern«, sagte er stattdessen..

Bran Mak Morn erhob sich. Die katzenhafte Anmut seiner Bewegungen verriet nichts von der Erschöpfung, die seine Glieder lähmte. »Du hast mich schlafen lassen, Grom. Ich hatte keine Zeit für Schlaf.«

»Seit dem letzten Sonnenaufgang warst du nur noch ein wandelnder Geist«, ertönte eine neue Stimme. »Ich sagte Grom, er solle dich ein paar Stunden ruhen lassen, als du über deinem unberührten Essen zusammengesunken warst. Ein General braucht einen klaren Kopf und einen starken Arm, wenn er seine Männer führen will. Also muss er sich auch die Zeit nehmen, zu schlafen.«

Nur wenn dieser Schlaf ihm Frieden bringt, überlegte Bran. Mit Widerwillen betrachtete er das kalte Stück Fleisch und die schwarze Brotkruste. Die Anstrengungen der letzten Tage hatten schließlich auch an seiner eisernen Ausdauer gezehrt, und gegen seinen Willen hatte ihn der Schlaf übermannt.

»Tagesanbruch, nicht wahr? Dann wünsche ich dir einen guten Morgen, Gonar«, begrüßte er den Neuankömmling säuerlich. »Sobald es Nacht wird, werden wir Zeit genug zum Schlafen haben. Für viele wird es der letzte Schlaf sein.«

»Der letzte Schlaf für ein Rudel römischer Hunde«, knurrte Grom. In seiner Natur lag die wilde Lust am Blutvergießen, die sich nicht um die eigenen Verluste kümmert noch um die Vorzeichen des folgenden Tages - solange nur keiner seiner Feinde lebte, um ihn heraufdämmern zu sehen.

Bran nickte und nahm den Weinschlauch, den Grom ihm reichte. Er schluckte einen Mundvoll von dem erbeuteten Trank. Dann fiel sein Blick auf Gonars Hände, und der Wein wurde ihm zu Essig. Vor wenigen Stunden hatte Bran zugesehen, wie der weißbärtige Magier Brust und Leib eines gefangenen Legionärs aufschlitzte - und dann mit seinen klauenähnlichen Fingern in noch pulsierenden Eingeweiden wühlte, um die Zeichen für die Schlacht des nächsten Tages zu deuten. Dass weder König noch Magier an solch primitiven Mummenschanz glaubten, war für sie jetzt von nur geringer Bedeutung und dem Römer gar völlig gleichgültig. Was zählte, waren die begeisterten Schreie, mit denen die Piktenkrieger Gonars zuversichtliches Siegesversprechen begrüßten.

Aber Bran Mak Morn - dessen Stahl Britanniens kargen Boden mit römischen Eingeweiden und römischem Blut gedüngt hatte, seit der Jüngling Kraft genug hatte, ein Schwert zu führen - schaute düster auf die rostroten Flecken an Gonars knochigen Armen und spukte aus. Er gab Grom den Weinschlauch zurück.

»Komm mit mir, Gonar«, befahl Bran schroff.

Den Umhang aus Wolfsfell über den Schultern schritt der König der Pikten schweigend davon. Ihm folgte der greise Zauberer, unausgesprochene Besorgnis hinter der Maske seines vom Alter gezeichneten Gesichts verborgen.

Nachdem Bran Mak Morn die Reihen der piktischen Krieger und die Lagerfeuer hinter sich gelassen hatte, erstieg er den Kamm der Hügelkette. Dort blieb er stehen - die Arme vor der kraftvollen Brust verschränkt, das Gesicht dem Horizont zugewandt. Der Wind der zurückweichenden Nacht fing sich in seinem Umhang, strich durch sein langes schwarzes Haar. Hinter dem gegenüberliegenden Hügelkamm erhellte ein Versprechen kommenden Lichts den östlichen Himmel, bevölkerte das noch im Schatten liegende Tal mit gespenstischen Nebelgestalten und erfasste das blutrote Juwel in seiner eisernen Krone. Bran füllte seine Lungen mit der frischen Luft und ließ die Morgenkühle seine Seele von den Schrecken der Nacht reinigen.

»Gonar«, unterbrach Bran das Schweigen, »ich möchte frei sein von unheiligen Zaubereien.«

In Gedanken versunken stand der Magier neben ihm. Gonar wusste um die Alpträume, die seinen König heimsuchten - und besaß Takt genug, nicht darauf hinzuweisen, dass er, Gonar, Bran gebeten hatte, sich nicht mit den Kindern der Nacht zu verbünden.

»Aber bei allen Göttern!«, fluchte Bran wild. »Ich will auch, dass dieses Land frei ist von Rom!«

Gonar legte die langen Arme vor seiner mageren Brust zusammen, und glich jetzt Bran in Haltung und düsterer

Stimmung. Der Magier war grober als Bran, aber nicht einmal halb so breit. Seine hagere Gestalt schien aus nichts anderem als Knochen und Sehnen zu bestehen; seine Haut, trocken und schuppig vor Alter, war von Kopf bis Fuß mit geheimnisvollen Tätowierungen bedeckt. Ein weißer Bart fiel bis zu seinen Hüften, und die Augen in dem altersfaltigen Gesicht verrieten unergründliche und fremdartige Weisheit.

Endlich sprach der Magier. »Ich stamme in direkter Linie von jenem Gonar ab, der der größte aller Zauberer war, in den Tagen, als Kuli von Atlantis als König in Valusien herrschte. Und obwohl hunderttausend Jahre und die unermessliche »Tiefe des Meeres Valusien in das Reich vergessener Sagen verbannt haben, sind da weniger Glieder in der Kette meiner Ahnenreihe, als ein gewöhnlicher Verstand begreifen könnte. Ich bin alt, Bran - ich habe hundert Jahre überlebt. Ich bin ein Priester der Schlange, des Mondes und des Schattens gewesen; jetzt bin ich der Ratgeber des ersten anerkannten Königs der Pikten seit fünfhundert Jahren. Mein Gehirn bewahrt die Geheimnisse uralter Weisheit und verborgenen Wissens, die jeden anderen Geist in lallenden Wahnsinn stürzen würden. Aber für diese Jahre und diese Weisheit musste ich einen Preis bezahlen.«

Bran Mak Morn starrte den Priester an, eine ernste Frage in den schwarzen Augen.

»Rom ist stark«, meinte Gonar schlicht. »Seine Legionen regieren die, Welt, wo in vergangenen Jahrhunderten unsere Rasse herrschte. Und wir sind nur noch ein uneiniges Volk primitiver Clans, die in den öden Hügeln Kaledoniens ihr Leben fristen.«

Des greisen Priesters Augen schauten in die Vergangenheit, und während er seinen Worten lauschte, fragte sich Bran, wieviel von dem Wissen des alten Mannes Überlieferung war - und wieviel die Erinnerung an Selbsterlebtes.

»Es war vor zwei und einem halben Jahrhundert, dass die Römer zuerst unsere Küsten heimsuchten. Zweimal sandte der große Cäsar seine Legionen über den Kanal nach Britannien. Ha! Wie wir sie bekämpften an den ceantischen Gestaden und die Wogen rot färbten mit römischem Blut! Selbst das Meer und der Wind und das Land wandten sich gegen die Eindringlinge! Dennoch marschierten die Legionen weiter, und obwohl die Britannier sich unter Caswallon - oder Cassivellaunus, wie ihn die Römer nannten - zusammenschlossen, konnten sie Cäsars Legionen nicht aufhalten. Verrat und Feigheit zerfraßen die Armee der Britannier als Folge römischer Siege, bis Cassivellaunus sich schließlich ergeben musste. Aber, bei der Schlange, wir tränkten den eroberten Boden mit römischem Blut, und der große Cäsar war froh, sich mit den so bitter erkauften Verträgen und Tributzahlungen nach Gallien zurückziehen zu können!

Es verging ein Jahrhundert, bevor Rom wieder daran dachte, seine Legionen auszuschicken, um Britannien zu einer Provinz zu machen und das Kaiserreich mit Britanniens Reichtum und Blut zu mästen. Ha! Claudius konnte nicht schnell genug in seinen Marmorpalast in Rom zurückkehren und überließ seinen Generälen die Aufgabe, uns zu unterwerfen. Zehn Jahre Kampf und Ströme von Blut, bevor Ostorius Scapula in das Hochland von Nordwales vordringen konnte, um das Heer der Silurer unter Caratacus in seiner Festung anzugreifen - aber wieder war es Verrat, der Caratacus in die Hände der Römer lieferte, um in Ketten vor den Kaiser geführt zu werden.

Ein Jahrzehnt lang hielt der römische Adler den Süden in seinen Krallen, zufrieden damit, durch Marionetten und Günstlinge außerhalb der Grenzen des noch uneroberten Kaledoniens zu regieren. Dann rief Königin Boudicca die Britannier auf, sich ihres Mannesstolzes zu erinnern und die Fesseln Roms abzuschütteln. Ha! Das war ein Gemetzel! Ihre verhassten Städte fielen! Camulodunum, Londinium, Verulamium - Plünderungen, Feuer und Schwert! Sieg für die Britannier, und für die Römer gnadenloser Tod! Ha! Es schien, dass wir die Römer vernichten und ihre

Herrschaft für alle Zeiten abschütteln würden! Zweihunderttausend folgten Königin Boudicca von den rauchgeschwärzten Ruinen Verulamiums nach Nordwesten, wo Suetonius Paulinus sie mit nur zwei Legionen erwartete. Zweihunderttausend Britannier gegen zehntausend Römer! Aber römische Disziplin hielt dem Ansturm der britischen Krieger und Streitwagen stand - zerschmetterte Boudiccas Truppen und warf sie zurück gegen die Wagen und Zelte, die so aufgebaut waren, dass die Frauen und Kinder niedersitzen konnten, um die Niederlage der Römer mitanzusehen! Die Götter waren gegen uns an jenem Tag - denn die Römer erschlugen achtzigtausend Britannier, ohne selbst mehr als vierhundert Mann zu verlieren.

Für lange Jahre nach dem Tod von Boudicca und der Vernichtung ihrer Armee begnügte Rom sich damit, den Süden zu beherrschen. Doch dann wandte sich sein Blick auf das freie Kaledonien, aus dessen nebelverhangenen Bergen und Mooren die noch nicht unterworfenen Stämme hervorkamen, um zu morden und zu plündern - Wölfe, die die römischen Schafe rissen. Julius Agricola führte die Legionen nach Norden, weitete Roms Netz aus Festungen und Militärstraßen bis zu der Festung des Hochlands aus, die direkt anzugreifen er nicht wagte.

Wie die Silurer sich unter Caratacus zusammengeschlossen hatten, so vereinten sich die Kaledonier unter der Führung von Calgacus, um der römischen Bedrohung zu begegnen. Denn was bedeutete die Sicherheit dieses kalten und unfruchtbaren Hochlands, wenn die römische Flotte entlang der Wüste plünderte und brandschatzte, und die römischen Festungen Kaledoniens reiche Ebenen im Süden beherrschten? Aber indem sie sich zusammenschlossen, handelten die kaledonischen Stämme genau so, wie Agricola es hoffte. Denn welcher Gegner ist leichter zu bekämpfen - ein Löwe oder hundert zustoßende Schlangen?

Auf dem Mons Graupius erwartete Calgacus die Römer, und er hatte nicht nur ein Heer von dreißigtausend Mann, sondern auch die günstigere Stellung im Gelände. Agricola befehligte drei Legionen und noch einmal die gleiche Anzahl Hilfstruppen - die zu einem Teil aus Britanniern bestanden. Wieder kehrten sich die Götter von uns ab; denn an diesem Tag brachten die achttausend Mann Fußtruppen des Agricola den Angriff des Calgacus an den Hängen des Graupius zum Stehen, und als seine Truppen von den Höhen herabkamen, um die Römer an der Flanke zu packen, warf Agricola seine dreitausend Berittenen in die Schlacht und zerschmetterte die Kaledonier vollends. Drei Legionen taten nichts anderes, als danebenzustehen und zuzuschauen, während die Hilfstruppen den Sieg errangen - zehntausend Kaledonier tot und nicht einmal vierhundert Römer! Und so fielen die südlichen Ebenen Kaledoniens an Rom, und so sind seit mehr als einem Jahrhundert Kelten wie Pikten dazu verurteilt, gleich gejagten Verbrechern in den öden Hügeln des Hochlands ein kümmerliches Dasein zu führen.«

Brans zorniger Fluch unterbrach die Erzählung des Magiers. »Ha! Die Römer besiegten die Kelten und drängten sie in das Hochland - wie vor Jahrhunderten die Kelten die Pikten besiegten und die Reste unseres Volkes in diese kahlen Berge jagten. Und jetzt müssen Pikten und Kelten ihre alten Zwistigkeiten vergessen und sich gemeinsam den Legionen Roms entgegenstellen!«

Der Greis musterte Brans Gesicht - sah die Wut, die in seinen schwarzen Augen funkelte. Und mehr.

»Ein Jahrhundert ist vergangen und noch ein Viertel des nächsten seit der Niederlage des Calgacus«, gab Gonar zu bedenken, »und obwohl wir für die Römer alle Kaledonier sind, können Pikten und Kelten noch immer nicht die Jahrhunderte erbitterter Kämpfe vergessen, die dieses Land mit Blut tränkten, lange bevor Rom etwas anderes war, als ein Fischerdorf mit erbärmlichen Lehmhütten. Rom ist wie ein gewaltiger Schlund. Auf ihren unaufhaltsamen Eroberungszügen haben seine Legionen tausend Stämme und Völker überrollt. Was kümmern Rom der kleinliche Hass und die Stammesfehden aufsässiger Barbaren? Rom verschlingt sie alle, und schon nach wenigen Jahren marschieren diese früheren Todfeinde in den Reihen der Legionäre und sind selber Römer - wie du an den Britanniern des Südens sehen kannst!«

Brans Lachen kündete von bitterem Stolz. »Mögen die Britannier die Huren Roms geworden sein, so doch nicht die Männer Kaledoniens. Vor achtzig Jahren bauten Hadrians Legionen ihre Mauer über die Insel, um die römischen Städte und Landgüter vor den freien Männern des Nordens zu schützen. Aber selbst das genügte Rom noch nicht, so dass kaum ein Dutzend Jahre danach die Legionen des Antonius Pius nach Norden in das Tiefland von Kaledonien marschierten, um einen zweiten Wall über die sumpfige Landschaft zu bauen, wo der Forth und der Clyde Kaledonien beinahe vom Festland abschneiden.

Ha! Die Römer haben guten Grund, die Männer aus dem Norden zu fürchten! Guten Grund, ihre Mauern zu errichten und dahinter vor den plötzlichen und tödlichen

Überfällen keltischer und piktischer Krieger Schutz zu suchen! Es war mein Urgroßvater, Othna Mak Morn, unter dessen Führung die Pikten die Neunte Legion vernichteten, als Rom es wagte, hinter seinem Wall hervorzukriechen. In dem Jahr meiner Geburt erhoben sich die Männer Kaledoniens und zerstörten den Wall des Antonius - töteten die Soldaten und verbrannten die Garnisonen. Und ich war ein sechzehnjähriger Knabe, als ich bei der Erstürmung des Hadrianswalls mein Schwert in römisches Blut tauchte.

Götter! Das waren Monate, die für die schwarzen Niederlagen vergangener Jahrhunderte entschädigten! Wir setzten ihre Festungen und Wachtürme in Brand, rissen große Teile ihrer gewaltigen Mauer ein! Feuer und Schwert für die Römer und ihre verhassten Bauwerke! Sie ergriffen vor uns die Flucht, weil sie es nicht wagten, stehenzubleiben und zu kämpfen! In jenem Jahr dachte ich, das Ende Roms und seiner Legionen stehe bevor! Ihre Siedlungen und Städte in Schutt und Asche, und jede lebende Seele darin erschlagen! *Tod allen Römern!*«

Bran verstummte. Der wilde Triumph in seiner Stimme, die Begeisterung in seinem Gesicht... erloschen. Die Bitterkeit ergriff wieder von ihm Besitz.

»Aber es sollte nicht sein. Wir waren nicht stark genug, um die größeren Lager zu übernehmen. Bei dem ersten Anzeichen römischen Widerstands zerfiel unsere Armee in tausend kleine Gruppen von Plünderern. Alte Fehden vernichteten die Hoffnung auf Einigkeit, und es lockte leichte Beute in den unbewachten Villen und kleinen Festungen. Unser Heer schmolz dahin - ohne ein anderes Ziel, als zu rauben und zu vergewaltigen und dann mit Wagen voller wahllos zusammengerafftem Plunder und Geschichten von bedeutungslosen Ruhmestaten in das Hochland zurückzukehren. Die Legionen kamen zurück, und nach zehn Jahren war der Hadrianswall wiederaufgebaut.«

»Rom ist stark«, murmelte Gonar. »Unser hohler Sieg wurde zu einem Zeitpunkt errungen, als Römer gegen Römer um die Herrschaft des Reiches kämpfte. Innerhalb eines Jahres erlebte Rom vier verschiedene Kaiser, und ein Adler ohne Kopf ist leichte Beute für die Geier. Das Untier Commodus wurde vergiftet und schließlich erdrosselt, als er hilflos in seinem eigenen Unrat lag. Sein Nachfolger, Pertinax, regierte drei Monate, bevor die Praetorianergarde seinen blutigen Kopf auf die Spitze einer Lanze steckte. Julianus machte das höchste Gebot, als die Mörder die Kaiserkrone versteigerten - aber er konnte sich dieses Handels nur zwei Monate lang erfreuen, dann wurde er auf Befehl des Senats von einem einfachen Soldaten ermordet.

Denn die in den Provinzen stationierten Truppen wollten den Verkauf des Reichs durch die Praetorianergarde nicht hinnehmen. Drei mächtige Provinzstatthalter bewarben sich jetzt um den Thron - Septimius Severus aus Pannonien, Pescennius Niger aus Syrien und Clodius Albinus aus Britannien. Severus war Rom am nächsten und wurde nach dem Tod des Julianus zum Kaiser ausgerufen. Die beiden glücklosen Anwärter wollten sich dieser Entscheidung nicht beugen, aber Severus marschierte gegen Niger und besiegte ihn an der Kilikischen Pforte - und als darauf Albinus die römischen Legionen aus Britannien abzog, um gegen Severus zu ziehen, stellte sich ihm dieser in Gallien entgegen und war erneut siegreich.

Severus ist kein Schwächling, mit ihm herrscht wieder ein fähiger und rücksichtsloser General über das Reich. Vor zehn Jahren stürmten wir den Wall mit Feuer und Schwert - überrannten den Süden in Abwesenheit der römischen Legionen. Dann kam Severus an die Macht, die Legionen kehrten zurück. Jetzt ist der Hadrianswall wieder aufgebaut und wieder sind Pikte und freier Kelte gejagte Wölfe in einem Käfig aus Fels.

Rom ist stark, Wolf der Heide«, wiederholte der Magier. »Ich habe Häuptlinge und Eroberer kommen und gehen gesehen. Cassivellaunus. Caratacus. Boudicca. Calgacus. Othna Mak Marn. Ihre Knochen bleichen auf vergessenen Schlachtfeldern. Aber die Legionen sind immer noch hier.«

Düster betrachtete Bran den greisen Priester. »Und also?«

»Rom ist stark. So wie ich einen Preis für mein langes Leben und mein Wissen bezahlt habe - so musst du darauf vorbereitet sein, einen Preis zu zahlen, um Roms Legionen aus unserem Land zu vertreiben.«

»Ich will nichts mehr mit Zauberei zu tun haben!« grollte Bran, der den Gedankengang Gonars begriffen hatte. »Zu oft habe ich in der Vergangenheit den Fehler gemacht, mich auf Schwarze Magie zu verlassen, um meine Schlachten zu gewinnen. Ich möchte frei sein von diesem Makel.«

Gonar behielt seine Gedanken für sich. Es war nun drei Jahre her, seit er Bran Mak Morn zum erstenmal begegnet war. Damals war Bran, Sohn eines Häuptlings des Wolfsclans und ein Nachfahre Othnas, gerade damit beschäftigt, seinen Herrschaftsanspruch über alle Stämme der Pikten zu festigen. Gonar, der in den aussterbenden Traditionen der Steinzeit verwurzelt war und Brans unbedachte

Versprechungen, die Römer aus Britannien zu vertreiben, mit einigem Zynismus zur Kenntnis nahm, hatte den Jüngling für einen gefährlichen Hitzkopf angesehen, der sich von den alten Sitten seines Volkes abgewandt hatte und mit seinen Raubzügen nach Süden den Zorn Roms auf sie alle herabbeschwören würde. Dann war es zu einem unheimlichen, auf geistiger Ebene geführten Duell zwischen ihnen gekommen - einem Kampf zwischen uraltem Wissen und jugendlichem Willen -, bei dem der Verlierer dem Sieger zu dienen versprach. Gonar hatte für das alte Leben der Barbarei und der blutbefleckten Altäre gekämpft - Bran für eine neue Zeit und ein Wiederauferstehen einstiger Größe. Bran hatte gewonnen. Und obwohl Gonar seit diesem Duell zwischen zwei unnachgiebigen Seelen Bran aufrichtig und ohne Falsch zur Seite stand, blieb seinem wachen Verstand doch nicht verborgen, dass Bran gezwungen gewesen war, von uralten Geheimnissen und verbotenen Künsten Gebrauch zu machen, um in seinem Kampf gegen Rom die Oberhand zu behalten.

Bran ahnte seine Gedanken. »Spotte nicht über meinen Entschluss, Alter!«, warnte er. »Offen gebe ich zu, dass du es warst, der mich davor warnte, mich mit den Kindern der Nacht zu verbünden, um an Titus Sulla Rache nehmen zu können! Es raubte mir den Verstand, Zusehen zu müssen, wie dieser arrogante Statthalter einen Mann meines Volkes kreuzigen ließ, um mich römische Gerechtigkeit zu lehren! In meiner Blindheit schlug ich deine Warnung in den Wind und befahl dem Gewürm der Erde, sich einen Weg in die uneinnehmbare Festung des Statthalters zu graben und ihn zu mir zu bringen - als einen winselnden Irren, den ich aus

Mitleid tötete und nicht aus Rache! Bei den Göttern, könnte ich die Ereignisse jener Nacht ungeschehen machen!«

Er schüttelte sich, als könnte er sich so von dem Makel befreien. Nach einem Augenblick des Schweigens fuhr er fort: »Aber es waren deine Zauberkräfte, die König Kuli von Valusien über den Abgrund der Zeit hinweg zu uns brachten, um die Nordmänner in dem Kampf gegen die Truppen des Marcus Sulius zu führen!«

»Und glaubst du, du hättest diese Schlacht gewinnen können, ohne Kulis Hilfe?« hielt Gonar ihm entgegen.

»Nein«, gestand Bran bereitwillig ein. »Nein, das hätte ich nicht. Es war Kuli, der die Nordmänner veranlasste, am Ausgang der Schlucht standzuhalten und so den Römern den Weg aus der Falle zu versperren.«

Bran blickte über das Tal, wo sich jetzt das Licht des Morgens über die heidebewachsenen Hänge ausbreitete. Diese Sonne würde heute wieder über einem Schlachtfeld scheinen, dachte er, und viele, die sie aufgehen sahen, würden ihren Untergang nicht mehr erleben.

»Keine Zauberei mehr!« schwor Bran. »Ich bin fertig mit Waffen, deren Widerwärtigkeit die Seelen derer vergiftet, die sie führen - Waffen, die zu abscheulich sind, um sie selbst gegen Rom zu gebrauchen!«

»Rom ist stark«, wiederholte Gonar.

»Genug!« Brans Fauchen war wie ein Schlag. »Heute wird es ein Kampf Pikte gegen Römer sein, unser Stahl gegen ihren Stahl - und wer siegt, wird das der Kampfkraft seiner Truppen und der Klugheit seiner Planung zu verdanken haben und nicht irgendwelchen magischen Kräften!

Ich will sehen, wie die Römer aus unserem Land vertrieben werden, und wenn der Preis dafür mein Leben ist, will ich ihn gerne, bezahlen! Aber bei den Göttern, ich will nichts mehr mit unheiliger Zauberei zu tun haben!«

Bran wandte sich um und schritt den Abhang hinunter, um sich zu seinem Heer zu gesellen - er straffte die Schultern, und Entschlossenheit verjagte die Schatten über seinem Gesicht. Gonar zögerte einen Moment und strich sich den langen Bart - er dachte an die Alpträume, die seinen König heimsuchten.

»Tapfere Worte, Wolf der Heide«, murmelte er. »Aber kein Mann kann wissen, welchen Preis er für seinen Traum bezahlen muss. Es war Wahnsinn, herbeizurufen, was du nicht die Macht hast, wieder von dir zu weisen - und ich fürchte, dass die Mächte, die du erweckt hast, ihren Anspruch auf dich noch nicht aufgegeben haben.«

III. Das Volk der Heide

Der eben sichtbar werdende Rand der Sonne verbreitete eine gespenstische Helligkeit durch das klamme Tuch der Nebelschwaden. In einer Stunde würde der Dunst sich aufgelöst haben und die taunasse Heide in der Wärme des Vormittags trocknen. Aber schon jetzt bewegte sich die Armee der Pikten über die im Halbdunkel liegenden Moore - eine schattenhafte Woge knorriger und langmähniger Krieger, deren affenähnliche Gestalten kaum aus dem Nebel herausragten, der über dem Heidekraut lagerte.

Brans Streitmacht zählte mehr als dreitausend Mann - so viel wie eine halbe Legion. Einige wenige saßen auf zottigen Ponys, aber der Großteil des Heeres bestand aus Fußtruppen. Eine Gruppe berittener Kundschafter bildete eine Linie vor den ungeordneten .Marschreihen, während Wagen mit Ausrüstung und Vorräten in der Mitte der Kolonne mühsam vorwärtspolterten. Hier und dort marschierte ein Krieger, der sich durch seine hochgewachsene Gestalt und die starken, falkengleichen Züge von den anderen unterschied - das waren piktische Häuptlinge, deren lange Ahnenreihe nicht durch die Vermischung mit der ursprünglich hier ansässigen Rasse rothaariger Riesen verunreinigt war, der das Volk der Pikten sein ungeschlachtes Aussehen verdankte. Aber von diesen Ausnahmen gab es nur wenige, und die dahinziehende Piktenarmee erinnerte mehr an einen Stamm von Steinzeitmenschen auf der Wanderung.

Fast nackte Krieger schoben ihre verkrümmten Leiber in schaukelnder, gebückter Haltung vorwärts. Die meisten von ihnen waren in Tierfelle gekleidet, gelegentlich hatte man grobgewebten Stoff dazu genommen. Einige trugen Sandalen einfachster Machart, aber viele gingen barfuß.

Keine Helme deckten ihr dichtes, schwarzes Haar, noch schützten sie ihren Körper mit irgendwelcher Rüstung.

Über Reiterei verfügten sie nicht - und auch nicht über die schnellen, mit zwei Männern besetzten Streitwagen der Kelten des Südens. Ohne Steigbügel lag der Hauptvorteil der Reiterei in ihrer Beweglichkeit - genauso war es mit den Streitwagen, die die Britannier benutzten, um auf dem Schlachtfeld Krieger rasch zu gefährdeten Stellen zu bringen oder sich vor einer Übermacht zurückzuziehen. In dem Gelände des Hochlands waren Streitwagen nutzlos, und so mussten die Fußtruppen die Last der Schlacht tragen.

Eiserne Waffen waren vor ungefähr acht Jahrhunderten in Britannien eingeführt worden, und die Pikten kämpften mit Schwertern aus Eisen oder Stahl, die sowohl aus ihren eigenen Schmieden wie auch vom Kontinent stammten. Außerdem waren viele von ihnen noch mit schweren Bögen aus schwarzem Holz und Köchern voller Pfeile mit Eisenspitzen bewaffnet. Die meisten führten das lange, keltische Schwert, obwohl eine ganze Anzahl auch dem kurzen Stoßschwert der römischen Legionäre den Vorzug gegeben hatte - Beute vergangener Siege. Messer staken in schmucklosen Scheiden an ihren Gürteln, und so gut wie alle trugen einen runden Schild aus festem, mit zähem Leder bespanntem Holz. Zusätzlich gab es noch eine willkürliche Sammlung von Lanzen, Äxten und Kriegskeulen, die von entschlossenen Fäusten umklammert wurden.

Während er seine Streitmacht überblickte, lächelte Bran mit grimmigem Stolz. Es waren Wilde, die es nur zu einer Andeutung der straffen Disziplin der römischen Legionen gebracht hatten - aber es war eine Armee auf dem Marsch, nicht nur einfach eine Horde regelloser vorstürmender Barbaren. Wenn die Vergangenheit sie eine Lektion gelehrt hatte, so war es die blutig erworbene Erkenntnis, dass bloße zahlenmäßige Überlegenheit und Unerschrockenheit nicht ausreichte, um die Römer zu besiegen. Disziplinierten Truppen musste man mit gleicher Disziplin und sorgfältiger Planung begegnen, sonst drohte der sichere Tod unter den kurzen Schwertern der römischen Kriegsmaschinerie.

Der greise Gonar ritt neben ihm, ziemlich am Kopf der Marschkolonne - die kleinen, schnellen kaledonischen Pferde gingen im verhaltenen Schritt, um den Fußtruppen nicht zu weit vorauszueilen. Der Magier hatte seit ihrem Gespräch zu Beginn dieses Tages kaum ein Wort gesagt. Jetzt blickte er aus zusammengekniffenen Augen über die piktischen Reihen zurück und meinte: »Es wäre gut, wenn Cormac na Connacht und seine Gälen heute bei uns wären.«

Bran stieß einen Knurrlaut aus. »Cormac hat im Westen genügend zu tun. Alfenus Senecio hat die römische Flotte ausgeschickt, um die gallischen Siedlungen an der Küste Albas niederzubrennen. Wir werden ihn nicht brauchen - noch Cormac uns.«

L. Alfenus Senecio, der Titus Sulla auf dem Posten des Prokurators von Britannien gefolgt war, nachdem Bran

Mak Morns grausige Rache die kurze Herrschaft jenes sadistischen Tyrannen beendet hatte, hatte den Wiederaufbau des Hadrianswalls abgeschlossen und bemühte sich jetzt seit Monaten vergeblich, die rebellischen Stämme Kaledoniens zu unterwerfen. Cormac na Connacht, der Anführer der gälischen Abenteurer, die von Erin herübergekommen waren, um sich an der Westküste Kaledoniens festzusetzen, musste jetzt den Zorn Roms erdulden.

Cormac war es gewesen, dessen wilde Gälen den Wall angegriffen hatten, um Titus Sulla zu dem Turm des Trajan zu locken, wo ihn ein höllisches Schicksal erwartete. Und Cormac hatte sich mit fünfhundert gälischen Kriegern an dem Massaker beteiligt, das Brans aus Pikten, Britanniern und Nordmännern bestehende Armee unter den achtzehnhundert Legionären des Marcus Sulius anrichtete. Bran verspürte keine Gewissensbisse bei den Vergeltungsschlägen Roms gegen seinen Verbündeten. Für Bran Mak Morn war Rom der gemeinsame Feind aller in Britannien ansässigen Stämme, und was bedeutete schon, ob ein Schwert von piktischer oder keltischer Hand geführt wurde, solange römisches Blut es befleckte.

Es war seltsam, überlegte der König der Pikten. Ihre alten Fehden und ihr Rassenstolz hinderten die Völkerschaften Britanniens daran, sich gegen den römischen Eindringling zusammenzuschließen. Aber für die Römer waren sie alle Barbaren, und die römischen Kartenzeichner unterteilten die wilden Stämme nördlich des Hadrianswalls lediglich in die Maeatae, die ihre Wohnsitze nahe der Mauer hatten, und die Caledonii, die noch weiter entfernt lebten. Voller Bitterkeit dachte Bran daran, dass sein eigenes Volk, die

Pikten, in den Augen der Römer nichts weiter als ein geheimnisumwitterter Keltenstamm war.

Vor Jahrhunderten hatten die barbarischen Kelten in tausend unbesungenen Schlachten die piktische Zivilisation niedergeworfen und die aus dem Mittelmeerraum stammenden Pikten in ihre letzte Zuflucht getrieben, das kaledonische Hochland. Aber für die Römer waren sie alle Kaledonier. Bran wünschte sich in grimmiger Ohnmacht, dass ein solches einiges Volk tatsächlich existierte.

»Ich werde sie dahin führen«, murmelte er.

»Mein Fürst?«

Gonars fragende Bemerkung riss Bran aus seinen Gedanken. Er nahm einen tiefen Atemzug von der mit dem Duft nach Heidekraut erfüllten Luft und lachte. Die Schatten, die seine Augen verdunkelten, lösten sich auf; die Linien der Erschöpfung verschwanden aus seinem Gesicht.

»Ich habe laut gedacht«, erklärte Bran ihm. »Als wir Marcus Sulius und seine Truppen vernichteten, glaubte ich, kein anderer Einzelsieg könnte mir je wichtiger sein. Jetzt will mir scheinen, dass ein Sieg heute sehr viel bedeutender sein wird.«

»Wie das?«

»Das Heer, das für Marcus Sulius den Untergang bedeutete, war ein hastig zuwege gebrachter Zusammenschluss von Pikten, Gälen, Britanniern und Nordmännern - und einem König aus dem versunkenen Valusien, den deine Zauberkunst aus den Abgründen der Zeit heraufbeschwor. Unser Sieg war ein Beweis, dass eine vereinte Armee der Völker der Heide vor den Legionären bestehen konnte - aber unsere Allianz hielt nur für die Dauer dieser einen Schlacht. Kuli kehrte in seine eigene Zeit zurück, die für uns nur noch Legende ist; die Nordmänner liegen zusammen unter einem großen Grashügel an der Stelle, wo sie gefallen sind; die Britannier südlich des Hadrianswalls sind erneut unterworfen worden; die Galen sind gezwungen, ihre eigenen Niederlassungen gegen die römische Flotte zu verteidigen. Nur für die Pikten bedeutete dieser Sieg Einheit, denn er brachte mir die uneingeschränkte Herrschaft über unsere Clans.

»Sieh dich um, Gonar! Wir sind eine Armee von Pikten! Ein Sieg heute wird ganz Britannien beweisen, dass piktische Barbaren den römischen Koloss in die Knie zwingen können - Rom besiegen, ohne keltische Verbündete, ohne Zauberei! Das wird ein echter Sieg sein, Gonar! Piktenmut und Piktenstahl werden diesen Sieg erringen - und dann sollen die keltischen Stämme auf das Volk der Pikten als ihren Führer blicken! Für Rom sind wir alle Kaledonier. Nun denn, ein von Pikten erkämpfter Sieg wird der Ausganspunkt für einen festen Zusammenschluss aller Völkerschaften Kaledoniens sein - dann mögen sich die Römer hinter ihrem Wall verkriechen!«

Der greise Gonar folgte Brans Geste, die die hinter ihnen marschierenden Männer umfasste, auf seinem tätowierten Gesicht spiegelte sich der Stolz, den der König über seine Streitmacht empfand. »Ein solcher Sieg muss erst einmal errungen sein, Wolf der Heide«, warnte er leise, dass nur Bran es hören konnte. »Meine Weissagung war nur ein blutiges Schauspiel, um die wilden Herzen unserer Krieger zu entflammen. Kein Mensch-kann in Wahrheit den Ausgang der heutigen Schlacht vorherwissen.«

Bran lachte. »Wir werden siegen, Gonar. Die Pikten verbergen sich nicht länger in dem Hochland Kaledoniens. Wann gab es das letzte Mal ein Heer wie dieses!«

»Nicht seit der Armee deines Urgroßvaters Othna Mak Mam, vor ungefähr acht mal zehn Jahren«, erinnerte Gonar ihn. »Und sie war dreimal so stark wie die deine.«

»Und sie erstritt den größten Sieg unseres Volkes seit der längst vergangenen Zeit seiner Blüte«, sagte Bran mehr zu sich selbst. »Es ist recht, dass Römer und Pikte so nahe dieser ruhmvollen Stätte wieder aufeinandertreffen - ein Omen, dass die Pikten erneut den Sieg davontragen werden.«

Es war kein Zufall, der zu dieser hier und heute bevorstehenden Schlacht geführt hatte.

Als Bran kaum alt genug war, um ein hölzernes Schwert zu führen, kannte jeder Sohn der Pikten die Sage von Othna Mak Morns Sieg über die Neunte Legion in der Schlangenschlucht auswendig. Die Erinnerung an jenen ruhmvollen Tag war auch noch nicht verblasst, als Bran zum Jüngling heranwuchs, und obwohl das Geschlecht der Mak Morn durch Othnas Sohn, Berul Krummrücken, viel an Bedeutung verloren hatte, war mit Bran der Ruhm seines Urgroßvaters wieder lebendig geworden. Wieder hatte das Geschlecht der Mak Morn einen Führer hervorgebracht - diesmal einen König mit einer eisernen Krone.

So wie für die Pikten jene Schlacht eine Sternstunde ihrer Geschichte bedeutete, weckte die Erinnerung daran bei den Römern ein Gefühl der Furcht und der Demütigung. Der jetzt aufgegebene Wall des Antonius war unmittelbar nach dieser vernichtenden Niederlage errichtet worden, und obwohl der Zusammenschluss der Piktenclans bald nach Othnas Tod auseinandergebrochen war, patrouillierte niemals ein Legionär längs dieses Grenzpostens, ohne dass die Furcht vor den Pikten an seinem Herzen nagte.

Dennoch, trotz seiner verhängnisvollen Unterschätzung der Gefahr, der er entgegenmarschierte, hatte Calidius Falco ganz richtig die Schlangenschlucht als den günstigsten Zugang in das Herz des kaledonischen Hochlands erkannt. Umgekehrt war sie auch der am meisten benutzte Weg hinaus. Während Rom es nur selten wagte, ihre Legionen in das Hochland zu schicken, waren die kaledonischen Räuberbanden, die aus der Schlangenschlucht hervorkamen, um im Süden zu plündern, eine ständige Bedrohung. Um dem ein Ende zu setzen, bauten die Römer eben jetzt an einer Festung, die das Südende der Schlucht bewachen sollte.

Eine solche Festung bedeutete ein ernsthaftes Hindernis für Brans Pläne - denn war sie erst einmal fertiggestellt, machte sie nicht nur seine eigenen Raubzüge um ein vielfaches schwieriger, sondern konnte ihn auch von jeder Unterstützung durch die Kelten aus dem Süden abschneiden. Deshalb war die Zerstörung dieser neuen Festung nicht nur eine strategische Notwendigkeit, sondern ein Sieg würde auch dem Signalfeuer piktischer Einheit neue Nahrung geben.

Und Bran wusste, dass er rasch zuschlagen musste. Voll bemannt und befestigt war ein großes römisches Lager so gut wie uneinnehmbar für eine Armee von Wilden, wie Bran sie führte. Brans Kundschafter berichteten, dass an die zweitausend Mann, Legionäre und Hilfstruppen, mit dem Bau der Befestigungsanlagen beschäftigt waren, und die Schnelligkeit, mit der die Arbeiten voranschritten, erschien den Menschen, die an rohe Lederzelte und Lehmhütten gewöhnt waren, wie Zauberei. Die Gräben und eine vorläufige Mauer - schon jetzt sorgfältiger ausgeführt als für ein Lager auf dem Marsch befindlicher Truppen - waren fertig, bevor die Bewohner der Heide überhaupt wussten, dass die Römer unter ihnen waren. Brans einzige Hoffnung auf einen Sieg bestand darin, vor der Fertigstellung der endgültigen Befestigungen einen massiven Schlag gegen die ungebetenen Gäste zu führen.

Also hatte Bran aus dem Hochland von Kaledonien sein Heer zusammengerufen - so viele piktische Krieger gesammelt, wie die knapp bemessene Zeit es ihm erlaubte. Zermürbende Tage und schlaflose Nächte der Vorbereitung - wertvolle Stunden, die zwischen den Fingern zerrannen. Dann der Gewaltmarsch über die Moore und Hügel - immer noch mehr Krieger, die zu ihnen stießen, während sie die Heide und Marschen durchquerten. Nachdem er über einen anderen Pass aus dem Hochland heruntergekommen war, schwenkte Bran nach Süden ein, um die Römer aus einer Richtung anzugreifen, die ihnen als vollkommen sicher erscheinen musste. So schnell war ihr Vormarsch, dass, obwohl die römischen Spione ganz bestimmt von der piktischen Armee gehört hatten, nicht genug Zeit blieb, um von den am Hadrianswall stationierten Legionen Verstärkung anzufordern.

Die Berichte seiner Kundschafter in der vergangenen Nacht deuteten darauf hin, dass die Römer noch nichts Genaues über das heranziehende feindliche Heer wussten - die Arbeiten gingen ihren gewohnten Gang, und es gab keine Hinweise auf nach Norden vorrückende Verstärkung. Ein paar Kundschafter waren zurückgeblieben, um das Lager weiter unter Beobachtung zu halten - und sie würden umgehend Nachricht senden, wenn eine solche Verstärkung doch noch eintreffen sollte. Bran lächelte wölfisch. Inzwischen mussten die Römer von der nahenden Gefahr wissen. Er stellte sich die Verwirrung in der halbfertigen Festung vor, wo die Legionäre sich eilten, noch eine letzte Schaufel Erde aufzuwerfen, ein letztes Stück Grassoden dem Wall hinzuzufügen - in der Erwartung, von einem Augenblick zum anderen die Waffen ergreifen und um ihr Leben kämpfen zu müssen.

Heute war nicht der Tag für ausgeklügelte Taktiken. Piktische Pfeile sollten die Verteidiger auf den noch unfertigen Befestigungen niedermähen, während die Hauptmacht seiner Armee auf gefällten Bäumen die äußeren Gräben überschritt und die schwächeren Stellen der Umwallung stürmte. Die Pikten waren den Verteidigern zahlenmäßig überlegen, und wenn es ihnen gelang, den Erdwall zu nehmen, war Bran zuversichtlich, dass seine Krieger die dahinter verschanzten Römer überwinden könnten. Wenn der zu Zynismus neigende alte Gonar seine Zuversicht nicht teilte, lag es daran, dass der König sich immer noch im Licht seines vor einigen Monaten errungenen Sieges über Marcus Sulius sonnte - und Bran außerdem nicht vergessen konnte, wie die Pikten vor nicht allzu vielen Jahren Feuer und Tod zu den Festungen entlang des Hadrianswalls getragen hatten.

Einen Augenblick lang dachte Bran an jene wilden Tage zurück. Damals war er gerade fünfzehn gewesen, Sohn des Häuptlings eines der unbedeutenderen Clans - aber ein Jüngling, der von großen Dingen träumte, der die Vision von einem ins Meer zurückgejagten Rom, einer zu neuem Glanz erstarrten, geeinten piktischen Nation vor sich sah...

Zwei Kundschafter kamen in vollem Galopp auf piktischen Heerbann zu gesprengt. Bran schreckte aus seinem Brüten auf und umklammerte instinktiv den Schwertgriff. Die Männer ritten, als wären alle Dämonen der Hölle ihnen dicht auf den Fersen.

»Was ist?«, fragte Bran in befehlendem Ton. »Ist Verstärkung aus dem Süden eingetroffen? Ein Hinterhalt...?«

»Mein Fürst!« keuchte der vorderste Reiter. »Das römische Lager!« Er rang nach Worten, fuhr mit den Armen durch die Luft wie ein dem Wahnsinn Verfallener.

Bran bemerkte die Blässe im Gesicht des Mannes, den starren Ausdruck des Entsetzens. Er schüttelte ihn grob.

»Raus damit, verdammt!«

»Es ist ein Lager von Toten!«

IV. Betrogene Hoffnung

Die Ahnung des Todes hing über dem römischen Lager wie etwas Greifbares. Schon sammelten sich Schatten von Aaskrähen über den zerstörten Befestigungen - zögerten aber aus irgendeinem Grund, sich über das dort unten für sie bereitliegende Festmahl herzumachen. Bran sah die schwarzgeflügelte Wolke über dem Lager hängen, als die Pikten näherkamen.

Während seine Kundschafter ihre schreckensvollen und unzusammenhängenden Berichte stammelten, fragte Bran sich anfangs, ob irgendein verderblicher Zauber sie alle mit Irrsinn geschlagen hatte. Aber als ein Mann nach dem anderen die Botschaft von einem unsäglichen Gemetzel und schier unvorstellbarem Grauen bestätigte, mühte Bran sich, zu durchschauen, was nur eine unbegreifliche römische Kriegslist sein konnte - eine Falle, um die Armee der Pikten ins Verderben zu locken.

Allerdings widersprach ein solches Vorgehen aller Logik und Erfahrung - Bran kämpfte lange genug gegen die Römer, um zu wissen, dass ihre Strategie sich auf überlegene Disziplin und Ausrüstung gründete, nicht auf derart unsinnige Kunstgriffe wie diesen... Dennoch...

Ein angstvolles Gemurmel erhob sich in den Reihen der Pikten, als entstellte Versionen der von den Kundschaftern überbrachten Nachrichten von Mund zu Mund wanderten. In Erwartung irgendeiner teuflischen Hinterlist der Römer rückte Brans Streitmacht mit höchster Wachsamkeit weiter vor.

Derlei Vorsicht war überflüssig.

Der Morgenhimmel war klar und blau, aber es war nicht der Tag für eine ehrenvolle Schlacht. Über dem zerstörten Lager hing der Schatten des Todes, und namenloses Entsetzen lauerte über jedem verstümmelten Leichnam.

Der Erdwall war an mehreren Stellen eingestürzt - unterhöhlt, wie Bran beunruhigt feststellte. Unterhöhlt, wie auch die Hügel aus geborstenem Mauerwerk und Holz, die einmal Wachtürme gewesen waren. Zelte, halbfertige Barracken und *principia* - alles lag zerschmettert und verstreut auf dem ungefähr vierzig Hektar großen Lagergelände, als wäre ein wahnsinniger Riese hier Amok gelaufen. Die Zerstörung war sowohl willkürlich als auch vollständig. Jemand hatte sich die Zeit genommen, einen vollkommenen Akt scheinbar wahnwitziger Vernichtung zu vollbringen.

Jemand...

Etwas...

Gestern noch waren zweitausend Römer hier bei der Arbeit gewesen. Heute waren die Römer immer noch da, aber für sie gab es keine Schlachten mehr zu schlagen. Ihre Leichen...

Selbst der kaltblütige alte Grom war erschüttert, sein zernarbtes Gesicht trug einen Ausdruck schaudernder Fassungslosigkeit, als sie sich einen Weg durch die Trümmer des befestigten Lagers suchten. Mit einem Fluch machte er seinem Entsetzen Luft.

»Bei den Göttern! *Wo sind ihre Köpfe?*«

Bran schluckte und fragte sich, ob das nicht wieder einer seiner Alpträume war. In der frischen blauen Helligkeit des Frühlingsmorgens legten zweitausend ihrer Köpfe beraubter Leichen ein Zeugnis ab, dass während der Nacht ein unaussprechlicher Schrecken hier gewütet hatte. Vermutlich zweitausend - denn manche der Verstümmelungen...

»Gibt es keine andere Leichen?«, fragte Bran mit gepresster Stimme. »Wo sind die Leichen der Krieger, die das getan haben?«

»Ich habe keine gesehen«, antwortete Gonar. »Nur tote Römer.«

»Grom! Lass die Männer sorgfältig nach Toten Ausschau halten, die nicht zu den Römern gehören«, befahl Bran.

»Und sie sollen unter den Trümmern nach Überlebenden suchen. Ich muss herausfinden, wer hierfür verantwortlich ist!«

»Cormac na Connacht...?«, schlug Grom vor, wohl wissend, dass es nicht sein konnte.

»Cormacs Gälen nehmen keine Köpfe als Trophäen!«, schnappte Bran. »Nicht einmal die Kelten in solchem Ausmaß, wie es bei dieser irrsinnigen Schlächterei der Fall ist! Die Männer sollen genauestens nach Hinweisen auf die suchen, die das hier angerichtet haben. Und bringt mir die Kundschafter, die während der letzten Nacht das römische Lager beobachtet haben!«

Der König der Pikten stieg vom Pferd. Gefolgt von Gonar schritt er über den Schauplatz des Gemetzels, musterte jeden grausigen Leichnam, jeden Trümmerhaufen.

»Sie starben um Mitternacht, Gonar«, stellte Bran fest. »Und sie müssen alle bei einem übermächtigen Angriff den Tod gefunden haben. Sieh - ihre Körper fangen jetzt erst an, steif zu werden. Höchstwahrscheinlich waren sie ahnungslos, bis der Angriff sie aus dem Schlaf riss.

»Wer immer die Römer erschlug hatte Zeit, seinen Sieg zu genießen«, fuhr Bran fort und schaute über das Lager. »Zeit, um den Toten Rüstungen und Waffen zu rauben. Zeit, um die eigenen Toten fortzuschaffen. Zeit, um jedem einzelnen Mann hier den Kopf abzuhacken. Bei den Göttern! Das ist Wahnsinn! Das alles hier kommt mir vor wie ein unglaublicher Scherz!«

Grom schüttelte seinen zottigen Kopf. Zum erstenmal erfüllte der Anblick gefallener Römer sein Herz nicht mit wilder Freude. An dieser Schlächterei war etwas falsch, unmenschlich...

»Eine Armee hat das getan«, murmelte Grom. »Aber wie hätte eine Armee angreifeu und sich zurückziehen können - und nur wenige Meilen von uns entfernt - ohne unser Wissen? Dass sie die römischen Hunde erschlagen haben, beweist, dass sie unseren Hass auf die Römer teilen. Aber es kann sich nicht um Pikten oder Kelten gehandelt haben - sonst hätten sie sich mit uns verbündet - außer, sie ahnten nichts von unserer Anwesenheit. Waren es Piraten?«

»Wir sind zwei Tagesanbrüche von jener Küste entfernt«, erinnerte ihn Bran. »Hier gibt es nichts, was einen Piraten so tief ins Landesinnere locken könnte.«

»Haben sich denn die Britannier aus dem Süden gegen Rom erhoben?« wunderte sich Grom.

»Ohne dass wir davon erfuhren? Unmöglich! Und wäre es an dem, so gibt es im Süden römische Städte und Festungen übergenug zum Brennen und Plündern.«

»Wer dann?«

»Sag es mir, Grom - und ich schenke dir diese eiserne Krone.«

Der alte Kämpe grollte vor sich hin und entfernte sich in den ihm eigenen schaukelnden Gang.

Gonar sprach so leise, dass nur Bran es hören konnte. »Du ahnst es, mein König - oder etwa nicht?«

Bran Mak Morn zog die Brauen zusammen. Eine unheimliche Stille lastete über dem Bild der reglosen Toten und der verstörten Pikten, die in mit Furcht gemischter Scheu auf die herniederblickten, die heute ihre Gegner hätten sein sollen.

In dem dumpfen Schweigen konnte er den klagenden Ruf der Raben und Krähen hören, die am Himmel kreisten - das Summen der schwarzen Fliegenwolken, die über dem blutigen Fleisch schwebten. Der süß-säuerliche Geruch blutgetränkter Erde, rohen Fleisches und bloßliegender Eingeweide drang in seine Nase. Der bittersüße Gestank des Todes überlagerte die Düfte von Heide und Frühlingsmorgen. Ein dünner Rauchschleier stieg aus der Asche der römischen Wachfeuer - befremdlich, dass die Männer das Lager nicht in Brand gesetzt hatten.

Zu all diesem gesellte sich noch etwas anderes. Bran holte tief Atem. Unter den Ausdünstungen des Todes ahnte er einen beißenden, moschusartigen Reptilgeruch - einen widerwärtigen Gestank wie der Pesthauch aus dem Bau einer Schlange. Der Reptilgeruch war kaum wahrnehmbar - aber er *war* da.

Bran erkannte ihn wieder. Und bei einem Blick auf die unterhöhlte Mauer gedachte er jener Schreckensnacht, als der uneinnehmbare Turm des Trajan über seinen Verteidigern zusammenstürzte...

»Diese Männer starben durch Schwerthiebe«, wehrte Bran ab. »So viel ist auf den ersten Blick erkennbar. Wenn ich auch nicht sagen kann, durch wessen Hand sie den Tod fanden, waren ihre Mörder doch Menschen.«

Der scharfäugige Gonar bückte sich plötzlich, um zwischen den Trümmern einer niedergebrochenen Mauer herumzuwühlen. Er richtete sich wieder auf und überreichte Bran Mak Morn seinen grausigen Fund.

»Bist du sicher, Wolf der Heide?«

Brans dunkles Gesicht verlor für einen Augenblick so viel Farbe, dass die Schatten unter seinen Augen deutlich sichtbar wurden. Es war ein abgetrennter Unterarm, den Gonar unter den Mauerresten hervorgezogen hatte. Klein und schmal, wie der einer Frau, stammte er doch weder von einer Frau noch von einem Kind. Die Finger waren hart und sehnig wie die Zehen einer Eidechse, die Nägel kräftige, spatelförmige Krallen. Die leichenfahle Haut war unbehaart, aber mit kleinen Schuppen besetzt, und das geronnene Blut, das aus dem abgehauenen Stumpf tropfte, verbreitete einen durchdringenden Reptilgeruch.

»Wie es scheint, waren die Sieger doch nicht ganz erfolgreich bei der Beseitigung ihrer Spuren«, bemerkte Gonar sarkastisch. »Und wenn die Römer durch Schwert und Stahl den Tod fanden, müssen es doch nicht unbedingt Menschenhände gewesen sein, die diese Klingen führten.«

»Ich halte es für das Beste, wenn niemand sonst dies hier zu Gesicht bekommt«, mahnte Bran und wickelte den Gegenstand hastig in einen Fetzen von einem Umhang. »Die Römer halten sich die merkwürdigsten Haustiere aus fremden Ländern - Papageien und Affen und gefleckte Dschungelkatzen. Wer sind wir, zu wissen, welch seltsame Geschöpfe sich in den abgelegensten Gebieten von Asien oder Afrika verbergen mögen?«

Ein Ruf von Grom ersparte Gonar die Antwort.

Mit wachsendem Unbehagen eilte Bran durch die Trümmer des Römerlagers zu der Stelle, wo Grom ihm aufgeregt winkte. Eine Gruppe von Pikten stand angstvoll flüsternd um einen kreisförmigen Erdwall.

Dann erreichte Bran seine sichtlich beunruhigten Männer und sah, dass sein erster Eindruck falsch gewesen war. Überall lag frisch aufgeworfene Erde verstreut, aber kein römischer Spaten war hier am Werk gewesen. Umgeben von einem Hügel aus Erde und Steinen öffnete sich ein tiefes Loch im Boden. Ungefähr sechs Meter im Durchmesser, führte dieser Schacht an die fünfzehn Meter senkrecht in die Tiefe. Dann machte er einen Knick und der düstere Gang war lückenlos mit Erdklumpen und Gesteinsbrocken verschlossen. Der Gestank aus diesem Höllenschlund erinnerte zugleich an den Verwesungsgeruch einer eben geöffneten Gruft und an den scharfen Moschushauch einer ungeheuren Schlangengrube.

»Die Römer wollten hier einen Brunnen graben und durchstießen stattdessen die Decke einer unterirdischen Höhle«, erklärte Bran schroff. »Die Berge hier sind voll von solchen Grotten.«

Er gab sich Mühe, die frisch umgeworfenen Grassoden zu übersehen, deren Wurzelgeflecht gerade erst in der Morgensonne zu trocknen begann.

Grom erhob sich aus seiner gebückten Haltung am Rand der Grube. Er hielt sich seine schwielige Hand vors Gesicht - dann wischte er sie in plötzlichem Abscheu an dem noch feuchten Gras ab und versuchte so, sich von dem Schmutz, der an seinen Fingern klebte, zu befreien. In dem Blick, den er auf Bran richtete, lag eine stumme Frage.

Aber der piktische König hatte die trocknenden Schleimklumpen rund um die Grube schon bemerkt - den im Sonnenlicht grau glänzenden Schimmer über der tief eingeprägten Rinne im Boden, die von der rätselhaften Öffnung unmittelbar an der Innenseite der Umfriedung, zu den zerschmetterten Baracken führte - und wieder zurück, als silbernes Band mit rostfarbenen Flecken. Es erinnerte Bran an die Schleimspur einer unvorstellbar großen Schnecke.

Den anderen sagte Bran Mak Morn nichts davon. Schon jetzt huschte ein kaum vernehmbares Wispern der Panik durch die Reihen der Piktenkrieger.

»Moder«, sagte er scharf. »Irgendein schleimiges Gewächs von den Höhlenwänden.«

Grimmig wandte Bran der klaffenden Wunde im Erdboden den Rücken, aus der irgendetwas Ekelerregendes hervorgekrochen und dann, auf fürchterliche Weise gesättigt, wieder hineingeschlüpft war. Zweitausend seiner Feinde hatten auf grässliche Art den Tod gefunden, aber es war keine Freude im Herzen des Piktenkönigs. Die Erde hatte einen äonenalten Schrecken ausgespien - dessen war er sicher, und dahinter lauerte nichts als Wahnsinn. Sollte der greise Gonar das Rätsel der ihrer Köpfe beraubten Leichen und der geplünderten Festung lösen - das Rätsel unbekannter Krieger, die mordeten und dann verschwanden, das Rätsel um den am Ellenbogen abgehauenen Arm eines Dämonen und einen Gang, der in die Hölle führte.

Als Bran aus der alptraumhaften Umfriedung in die freie Weite der Heide hinaustrat, hörte er seinen Namen rufen. In einiger Entfernung erkannte er Bocah, einen der Clanhäuptlinge.

Rasch überquerte Bran das sumpfige Gelände außerhalb des römischen Lagers und erstieg den kleinen Hügel, wo Bocah und mehrere seiner Krieger ihn erwarteten.

»Mein König«, erklärte Bocah, »wir haben Nron gefunden, einen der Kundschafter, die während der Nacht das Römerlager beobachten sollte. Von den anderen gibt es keine Spur.«

Ein Blick in die angespannten Gesichter hatte Bran schon verraten, dass der piktische Kundschafter ihm nichts mehr würde sagen können. Er folgte Bocahs Handbewegung.

»Begrabt ihn«, ordnete Bran Mak Morn an und fragte sich, welches Schreckensbild das Haar des jungen Mannes weiß gefärbt hatte, ehe sein Herz vor unnennbarem Entsetzen zersprang.

V. Baal-dor

In der Nacht schlug das Wetter um, und der kalte Frühlingsregen hielt bis zum Morgen und noch den ganzen darauffolgenden Tag hindurch an. So, wie die eisige Flut die graue Asche ihrer Lagerfeuer hinwegspülte, zerschmolz das Heer der Pikten unter dem frostigen Hauch des Entsetzens, der sie auf ihrem Rückzug von dem Schauplatz des Grauens verfolgte.

Eigenartig genug, war es ein Rückzug. Keine triumphierende Rückkehr, obwohl keiner der Römer am Leben geblieben war und die Pikten so gut wie überhaupt keine Verluste zu beklagen hatten. Wäre es anders gewesen - wären die Pikten auf ein Massaker gestoßen, das eindeutig das Werk von Gälen oder eines anderen der wilden Stämme Britanniens war - so hätte das zu einer Stimmung zorniger Niedergeschlagenheit geführt, weil sie sich um die erwartete Schlacht betrogen fühlten - aber dazu hätte sich doch die Befriedigung darüber gesellt, dass einer ihrer Verbündeten einen gemeinsamen Feind besiegt hatte. Aber das... Hätten sie das römische Lager von einer tödlichen Seuche befallen vorgefunden, der Schock wäre nicht größer gewesen.

Bran Mak Morn hatte seine Armee durch Bilder von Ruhm und Sieg, Beute und niedergemetzelten Feinden um sich gesammelt. Sie wären ihm gegen alle Legionen Roms gefolgt - mit ihren uralten Kriegsrufen auf den Lippen und den Schwertern in der Hand, mit keinem anderen Gedanken, als zu töten, bis kein Feind mehr ihre Herausforderung beantwortete. Stattdessen hatte ihr König sie zu einem Ort des Entsetzens geführt - einem stillen Schlachtfeld des Todes, wo ein im Verborgenen lauerndes Grauen aus den Abgründen der Geschichte ihres Volkes emporstieg, um ihnen furchtbare Geheimnisse zuzuflüstern, die auch längst vergangene Äonen nicht gänzlich hatten begraben können...

Nur Brans unerschütterlicher Wille hatte eine völlige Panik verhindert. Während das Grauen ihren regendurchweichten Rückzug überschattete, zerbröckelte seine Armee Stück für Stück. Kleine Gruppen von Kriegern lösten sich schweigend aus den Marschreihen und kehrten, erfüllt von namenlosem Schrecken, in ihre verstreut liegenden Dörfer zurück, um dort in angstvollem Flüsterton von dem zu sprechen, was sie gesehen hatten - und über die alten Legenden der piktischen Rasse nachzugrübeln.

Sie wollten ihn nicht etwa im Stich lassen, beteuerten sie. Da es keine Schlacht geben würde, wollten sie zu ihren Familien zurückkehren und dort warten, bis ihr König sie erneut zu den Waffen rief. Bran Mak Morn versuchte nicht, sie aufzuhalten - trockener Sand lässt sich nicht in der geballten Faust halten, wie stark sie auch sein mag. Er fragte sich nur, ob sie sich tatsächlich an einem anderen Tag wieder unter seinem Banner sammeln würden.

Erschöpfung und überreizte Nerven forderten in dem kalten Nieselregen ihren Tribut. Als die Überreste von Brans persönlicher Leibwache die Mauern von Baal-dor erreichten, schaute der König aus fieberglänzenden Augen auf seine Festung.

Der befestigte Zufluchtsort der Pikten lag an einem strategisch äußerst günstigen Punkt des kaledonischen

Hochlands. Die Steinmauern waren schon halb zerfallen, als Bran sich daran gemacht hatte, sie wieder aufzubauen. Piktischen Legenden zufolge war Baal-dor eine Zitadelle der hier eingeborenen Rasse rotbärtiger Riesen gewesen, die von den zugewanderten Pikten in Schlachten, die längst im Dunkel der Vergangenheit versunken waren, bekämpft und vertrieben worden waren. Andere Legenden wieder verwiesen die Stätte in eine noch viel weiter zurückliegende Vergangenheit, und ihr Name war ganz unzweifelhaft nicht piktischen Ursprungs. Soviel stand fest: die gewaltigen Steine der Mauern von Baal-dor waren unglaublich alt, und die Festung war in den langen Jahrhunderten piktischer Vorherrschaft in diesem kargen Land mehrmals bewohnt und wieder verlassen worden.

Die Pikten kannten keine Städte oder großen Dörfer, wie die Römer sie in Britannien errichteten - was dem noch am nächsten kam, war der befestigte Sitz eines Häuptlings, dessen Clanvolk sich nur gerade so weit entfernt angesiedelt hatte, dass es sich im Falle eines Angriffs rasch zusammenschließen konnte. In seinem Traum von einer vereinten piktischen Nation erkannte Bran die Notwendigkeit einer zentralen Festung, sowohl als Hauptsitz der Verwaltung, als auch als ständigen Standort seiner Armee. Schon gleich zu Anfang seiner Versuche, sich die Königskrone zu sichern, hatte Bran von der alten Burg Besitz ergriffen und begonnen, die eingestürzten Mauern wieder instand zu setzen.

Sie war außerordentlich günstig gelegen, so dass Brans Entscheidung von kluger Überlegung zeugte, auch wenn es dort nicht bereits noch feste Mauern gegeben hätte, denen weder der Angriff feindlicher Heere noch der Zahn der

Zeit etwas hatten anhaben können. Baal-dor krönte den Gipfel eines steilen Berges, an dessen Fluss zwei schäumende Gebirgsflüsse zusammenströmten. Von dort oben beherrschte die Burg die beiden Flusstäler, während ein Ersteigen der fast lotrechten Klippen so gut wie unmöglich war.

An der Stelle, wo die Felswände nicht aus den tosenden Wassern emporragten, fiel der Boden steil ab. Hier wurde der Zugang durch hohe Steinmauern geschützt, von deren Zinnen aus die Bogenschützen freies Schussfeld auf die heidekrautbewachsenen Hänge hatten. Die alten Grundmauern waren von zyklopischen Ausmaßen, manche der Steinblöcke so groß wie Menhire. Während er die Festung wieder aufbaute, hatte Bran die Wälle noch um drei Meter erhöht und auf der bereits bestehenden Grundlage eine umlaufende Brustwehr aus festgeklopfter, mit Steinen vermischter Erde unter einer dicken Verschalung aus Felsgeröll errichtet. Eine genau durchdachte Anlage von Gräben und Wällen an den tiefergelegenen Hängen bekundete, dass der Piktenkönig sorgfältig die Bauweise römischer Befestigungen studiert hatte.

Die umliegenden Höhen befanden sich allesamt außer Bogenschussweite, während die piktischen Bogenschützen aufgrund ihres hochgelegenen Standortes jedem Feind überlegen waren, der etwa die steilen Felswände zu erklimmen versuchte. Die Mauern Baal-dors zu zerstören, bedurfte es so weit entwickelter Belagerungsmaschinen, wie man sie in Britannien noch nie gesehen hatte. Wieder nach römischem Vorbild, hatte Bran innerhalb der Festung den Bau von Baracken und Vorratshäusern aus Steinen und Holzbalken befohlen - wodurch das Innere dieses

Bergfriedes sowohl einem Römerlager als auch einer piktischen Siedlung glich. Ausreichend mit Vorräten versehen und unabhängig durch Frischwasser aus den tiefen Brunnen an der unteren Mauer, war Bran zuversichtlich, dass er und seine Männer jeder Belagerung standhalten konnten.

Stolz auf das, was er geschaffen hatte, erwärmte ihn und zerteilte die Schleier des Fiebers, als Bran Baal-dor aus den Flussnebeln emporragen sah, die in der herabsinkenden Dämmerung am Fuß der steilen Bergflanken wogten. Wenn seine Armee ihm auch unter den Händen zerfiel, die grimmigen Steinmauern blieben.

Jetzt straffte er sich müde im Sattel und setzte sich an die Spitze der ihm treu gebliebenen Krieger, als sie den steilen Felspfad zu den Toren Baal-dors hinaufritten, die sie durch den Vorhang das unaufhörlichen Nieselregens willkommen hießen.

Die Furcht, die sie seit der Entdeckung des grausigen Massakers nicht mehr losgelassen hatte, erwartete sie bereits in Baal-dor. Nachricht von dem geheimnisvollen Blutbad war der zurückkehrenden Armee vorausgeeilt, und die Gesichter, die von den Zinnen herabschauten, trugen einen Ausdruck, der sich nicht in Worte fassen ließ. Es war nicht die grimmige Gefasstheit, mit der man ein geschlagenes Heer erwartete, überlegte Bran. Noch gab es den lauten Jubel mit dem Unterton von Trauer, der die Helden eines blutig erkauften Sieges begrüßte.

Der römische Feind war vernichtet. Die Krieger des Piktenvolkes kehrten unversehrt zurück. Sicher, sie waren um ihre Schlacht betrogen, ihre Gegner von einer fremden Streitmacht niedergemetzelt worden... Es war gut, dass die Römer gestorben waren; es war gut, dass Freunde und

Clanangehörige ohne Wunden oder Verluste davongekommen waren; es war seltsam, dass eine andere Armee unbemerkt hatte zuschlagen und dann verschwinden können... Auf den Gesichtern zeigte sich eine Mischung von Triumph, Erleichterung, Verwirrung...

Aber vor allem anderen, erkannte Bran, verrieten diese Gesichter *Furcht*.

Furcht vor einer unbekannten Macht, die erbarmungslos und unsichtbar zuschlug, sie auf eine Art tötete und verstümmelte, dass selbst an Blutvergießen und Folter gewöhnten Kriegern das Herz in der Brust erstarrte. Eine Macht, die gemordet hatte und dann verschwunden war - um wieder zuzuschlagen... Wo?

Hätten zehn römische Legionen Brans Truppen bis nach Baal-dor verfolgt, die Pikten hätten sie mit einem trotzigen Kriegsgeschrei begrüßt, und jeder, der nur einen Speer halten konnte, wäre auf die Zinnen geeilt, um den Feind zurückzuschlagen. Stattdessen verfolgte ein Heer von Geistern ihren Rückzug, und die Angst vor dem Unbekannten lastete auf den Gemütern der Daheimgebliebenen, wie der kalte Sprühregen die Sinne der zurückkehrenden Krieger abstumpfte.

Bran wurde von einem plötzlichen Schüttelfrost gepackt. Nach diesem einen kurzen Anflug von Stolz hatte sich die Niedergeschlagenheit wieder in ihm breit gemacht. Er wusste, gab er den Pikten einen Feind aus Fleisch und Blut, sie würden sich in die Schlacht stürzen, ohne einen Gedanken an die Schonung des eigenen Lebens zu verschwenden. Aber das Gewisper von einer übernatürlichen Bedrohung weckte urzeitliche Furcht in ihren unwissenden Herzen - Furcht, die aus einer Vergangenheit stammte, als der Mensch der Steinzeit Beute für die Mächte uralten Schreckens war, bei dessen schwerfälliger Annäherung die frühesten Vorfahren des Menschen zitternd in den Schutz von Höhlen und Baumwipfeln flüchteten.

Und dafür konnte Bran seinem Volk keinen Vorwurf machen. Denn im ganzen Volk der Pikten war er, Bran Mak Morn, mit seinen ebenmäßigen Zügen und seinen stolzen Träumen der größte Atavismus seines Zeitalters.

In einer trübseligen Prozession zogen die Pikten durch die großen Festungstore in Baal-dor ein. Viele von ihnen machten sich auf den Weg zu den neu errichteten Baracken; aber die meisten erwarteten ein glückliches Willkommen ihrer Frauen und Kinder - die über der sicheren Rückkehr ihrer Männer die Angst vergessen hatten. Bis zu einem gewissen Grad hatte Bran ein stehendes Heer nach römischem Vorbild aufgebaut, zumindest hatten die Familien seiner Krieger nicht an dem unglückseligen Marsch zu dem feindlichen Lager teilgenommen, wie es eigentlich Sitte war, es sei denn, es zog nur ein kleiner Kriegertrupp auf Raub aus.

Rauch hing wie eine schwere Decke in dem freudlosen, dünnen Regen und ließ die äußeren Bereiche des ungefähr achtzig Hektar großen Geländes, das von Baal-dors Mauern umschlossen wurde, nur verschwommen sichtbar werden. Einfache Hütten und Lederzelte lagen in willkürlichem Durcheinander zwischen den erst kürzlich fertiggestellten Baracken und Hallen aus Stein und Holz. Der trostlose Regen verwandelte die festgetretene Erde in Schlamm, und der Geruch von Kochfeuern, schwitzenden Menschen und Herdenvieh machte im Verein mit der feuchten Luft das Atmen zur Mühe. Trupps und Gruppen von Pikten lösten sich von dem Gedrängel am Tor und eilten in einem Wirbel von bellenden Hunden und schreienden Kindern an den heimischen Herd. Später würden die angstvollen Fragen und das furchterfüllte Rätseln nach dem »Wer« und »Wie« seinen Fortgang nehmen. Aber für den Augenblick zählten nur Wärme und Geborgenheit, Essen und Ruhe.

»Bran!« Eine frohe Stimme rief seinen Namen, und auch für den König aller Pikten gab es eine Heimkehr.

Eines seiner seltenen Lächeln breitete sich über Brans düsteren Züge. »Morgain! Beinahe glaubte ich schon, du hättest deinen Bruder vergessen!«

Das Mädchen bedachte ihn mit einem ungehaltenen Blick, erkannte aber an dem Ton seiner Stimme, dass er nur im Scherz gesprochen hatte. Sie näherte sich ihm so rasch, wie sie es auf dem schlüpfrigen Boden wagte, ihre ganze Aufmerksamkeit auf den dampfenden Becher in ihren ausgestreckten Händen gerichtet. »Hier ist Glühwein, um dir die Kälte aus den Knochen zu vertreiben«, sagte sie und reichte ihm den Becher.

Bran trank den heißen, gewürzten Wein in einem großen Schluck. »Das nenne ich ein Willkommen«, seufzte er und gab den silbernen Pokal zurück. Mit steifen Bewegungen glitt er von seinem Pferd und überließ Grom die Zügel.

Morgain musterte ihn besorgt, und ihr gefielen weder die dicken Schweißtropfen, die auf seiner Stirne glitzerten, noch die bleierne Schwere, die in seinen Gesten zum Ausdruck kam. Die Nachricht von dem unheimlichen Blutbad in dem Römerlager hatte in der vergangenen Nacht Baaldor erreicht. Seitdem hatten die in der Festung zurückgebliebenen voller Unruhe die Rückkehr der Armee erwartet - während übertriebene Berichte und wilde Gerüchte zu allen möglichen düsteren Vermutungen führten. Die ganze Zeit hatte Morgain in einer Stimmung sorgenvoller Betrübnis abgewartet, da sie sehr wohl erkannte, welch vernichtender Schlag dieser Vorfall für ihres Bruders Träume von Ruhm und Größe war - außer es fand sich sehr schnell eine logische und natürliche Lösung dieses höllischen Rätsels.

»Du hast Fieber«, sprach Morgain vorwurfsvoll.

Bran lachte und wich der kleinen Hand aus, die nach seiner Stirn fühlte. Stattdessen zog er ihre schmale Gestalt in einer brüderlichen Umarmung an seine Seite. »Nichts, was Schlaf und noch etwas von diesem Wein nicht heilen könnte.«

Sie runzelte die Stirn. »Gonar, du musst ihm etwas geben. Sein Gesicht ist so bleich wie das einer gepuderten römischen Hure, und er schwitzt wie ein abgetriebener Gaul.«

»Genug!«, wehrte Bran ab. »Ich werde meinen Wein mit deinen Gewürzen trinken, aber nicht gemischt mit den Trünken oder Pulvern eines Zauberers.«

Während der alte Grom sich um die Pferde kümmerte, entfernte sich Bran mit seiner Schwester, die er sorglich zu sich unter seinen Umhang genommen hatte, und Gonar folgte ihnen zu der großen Halle des Königs.

Die Gesellschaft seiner Schwester trug viel dazu bei, Brans düstere Stimmung zu vertreiben. Ihr Vater, Malis Mak Morn, Sohn des Berul Krummrücken, war vor zwölf Jahren bei der blutigen Erstürmung des Hadrianswalls gefallen; ihre Mutter, Gydda, hatte seinen Tod nicht lange überlebt. Alle anderen Nachkommen der beiden waren schon im Kindesalter gestorben, und da Bran keine Frau genommen hatte, bestand seine ganze Familie nur aus seiner Schwester. Auf seinem einsamen Weg zur Königswürde stand niemand Brans sorgenvollem Herzen näher als Morgain.

Dies würde Morgains achtzehnter Sommer sein, erinnerte sich Bran. Sie war nicht mehr länger das Kind, das furchtsam vor der tätowierten Erscheinung Gonars zurückschreckte, als der alte Priester das erste Mal zu ihnen kam - das um das Leben eines gefangenen Legionärs bat, eines Goten, den der Magier für den blutbefleckten Altar bestimmt hatte.

Von einem scheuen Füllen war Morgain zu einem Mädchen von graziler Schönheit herangewachsen - ihre geschmeidigen, schmalen Glieder verrieten dieselbe rasche, katzenhafte Anmut, wie sie für ihren Bruder bezeichnend war. Eine Gewitterwolke aus glänzend schwarzem Haar umrahmte ein rundes Gesicht mit festem Kinn. Starke, gerade Brauen bildeten eine kaum unterbrochene dunkle Linie über einer kühnen, aber fein gebildeten Nase. Ihre Augen waren große, funkelnde Teiche aus Dunkelheit, in denen sich all die uralten Geheimnisse der piktischen Seele zu spiegeln schienen. Ihre Haut hatte die dunkle Farbe des Nordens, und ihre makellose, feingliedrige Gestalt war Beweis für ihre Abkunft von einem reinblütigen Adelsgeschlecht.

Es war ein Geschlecht, das weiterbestehen musste, überlegte Bran. Die knospende Fülle der schlanken Gestalt unter dem kurzen, wollenen Gewand erinnerte ihn daran, dass es an der Zeit war, nach einer passenden Verbindung für Morgain Ausschau zu halten. Der Gedanke verursachte ihm ein schmerzhaftes Gefühl der Verlassenheit.

Grimmig dachte Bran an den reichen Kaufmann aus Corinium zurück, der von der Schönheit der piktischen Jungfrau gehört und jedem tausend Goldstücke geboten hatte, der sie ihm herbeischaffte. Ein Mann hatte sich in den Norden geschlichen, um sich die Belohnung zu verdienen. Nur wenige Nächte darauf begab sich dieser Kaufmann zu Bett und entdeckte den grinsenden Kopf des Schurken auf seinen Kissen.

Die große Halle Baal-dors erhob sich in der Mitte der Festung - ein weitläufiges, festes Gebäude aus Steinen und Holzbalken. Teils der *principia* eines Römerlagers und teils dem befestigten Herrensitz des barbarischen Landadels nachempfunden, diente sie sowohl als Hauptquartier wie auch als Versammlungsort und außerdem als Wohnung für den König und die ihm unmittelbar Nahestehenden. Die Halle selbst nahm den größten Teil des Hauses ein - ein hoher Raum mit schweren, behauenen Balken, großen, rußgeschwärzten Feuerstellen, langen Holztischen und Bänken aus in der Mitte gespaltenen Baumstämmen. Weiter hinten befanden sich die Küchen, Vorratskammern und Schlafgelegenheiten für die Dienerschaft. Ein anderer Flügel war dem König und seinem Haushalt Vorbehalten, daran waren die Unterkünfte für seine Vertrauten und Ratgeber angebaut. Ein niedriger Turm erhob sich auf der vorderen Mauer, ein letzter Zufluchtsort für den Fall, dass es einem Feind gelingen sollte, die äußeren Wälle zu stürmen.

Wie Bran Mak Morn seit einem halben Jahrtausend der erste anerkannte König der Pikten war, so war auch Baal-dor die erste bedeutende Festung, die die Pikten seit undenklichen Zeiten errichtet hatten. Baal-dor war das Wunder von Kaledonien, das Wahrzeichen der wieder aufstrebenden piktischen Nation. Bran fühlte einen Teil seines früheren Selbstvertrauens wiedererwachen, als er und seine Begleiter in die vertraute Wärme seiner großen Halle traten.

Der würzige Geruch von bratendem Fleisch erfüllte die Halle. Vor der gewaltigen Feuerstelle an der gegenüberliegenden Wand mühte sich eine Gruppe fettbespritzter Küchendiener mit dem gewaltigen Spieß ab, an dem sich ein ganzer Ochse drehte. Darunter mischte sich der süßere Duft von frisch gebackenem Brot aus der Richtung der weiter zurückliegenden Öfen. Auf einem kleineren Herd hing ein großer Kessel mit gewürztem Wein über einem niedrig gehaltenen Feuer, und das zu Kopfe steigende Aroma des köstlichen Getränks überlagerte alle anderen Gerüche.

»Ich dachte, ich sollte Vorbereitungen für ein Fest treffen, um deinen Sieg zu feiern«, erklärte Morgain.

Bran verzog das Gesicht und warf den Umhang ab. »Es wird kein Fest geben. Es gab auch keinen Sieg. Es gibt nichts zu feiern. Das alles hier ist reiner Hohn. Lass es wegschaffen!«

»Nein!«, widersprach Gonar. »Das Fest soll stattfinden.«

Bran starrte ihn an. Seinen Umhang ablegend, trat der Magier gelassen an den dampfenden Kessel mit Wein und griff sich mit seinen knochigen Fingern einen der Äpfel heraus, die an der Oberfläche auf und nieder hüpften. Mit der Unempfindlichkeit eines alten Mannes gegen kochend heiße Speisen begann er die gewürzte Frucht zu essen -

Dampf stieg aus seinen feuchten Kleidern, während er beinahe zwischen den glosenden Holzscheiten stand.

»Das römische Lager ist vernichtet«, sagte Gonar kauend. »Feiert Roms Niederlage - und den Sieg eines anderen.«

Bran fluchte und kämpfte sich mit Morgains Hilfe aus seinem Kettenhemd. »Aber wessen Sieg, Magier?«

»Ist das wichtig?« Gonar stibitzte einen zweiten Apfel. »Da Rom ihr Feind ist, kannst du sie als mögliche Verbündete betrachten.«

»Das ist keine Schlacht!«, hielt Bran ihm entgegen. »Es war ein teuflisches Blutbad.«

Der greise Priester schnaubte verächtlich. »Ich sage dir, es war gar nichts - und du würdest mir zustimmen, hättest du gesehen, was in den Römerstädten geschah, als Königin Boudiccas Horden sie überrannten. Frauen wurden in der Asche ihrer niedergebrannten Häuser und dem Blut ihrer abgeschlachteten Säuglinge vergewaltigt; Kinder hingen an Kreuzen und Baumästen, und in den Heiligen Hainen schwammen die Altäre im Herzblut, und die Luft war schwer von dem Gestank brennender Weidenkäfige und den Schreien der darin Gefangenen.«

»Du weißt, was ich meine«, knurrte Bran und stellte sich neben dem Zauberer an das Fenster. »Du hast den abgehauenen Arm gesehen, den ich während der Nacht in dem kleinen Bergsee versenkte.«

Als der König sich vorbeugte, um seinen Becher mit Wein zu füllen, neigte Gonar seinen Kopf dicht an sein Ohr. »Und du weißt, was ich meine, Wolf aus dem Heideland«, sagte er mit leiser Stimme. »Du brauchst heute eine Siegesfeier.«

Gereizt richtete Bran sich auf. Ungerührt eignete der Magier sich einen dritten Apfel an. Das Bild des tätowierten Priesters, der sich mit der genießerischen Sorgfalt eines Knaben gewürfelte Äpfel einverleibte, wirkte eigentümlich, aber nicht komisch.

»Du bist König, Bran Mak Morn«, setzte Gonar ihm auseinander. »Alle Blicke sind auf dich gerichtet. Wenn du stark bist, ist das Volk der Pikten stark. Wenn der König Mut beweist, werden seine Männer ihm unbeirrt folgen, führte er sie auch auf den Weg zur Hölle. Aber wenn ein König Unentschlossenheit zeigt - vor Verwirrung ins Stolpern und unter dem Schatten der Furcht ins Wanken gerät... ist er bald ein König ohne Volk.«

»Ich fürchte nichts!«, fauchte Bran, und in seinen Augen glitzerte es gefährlich.

»Natürlich.« Gonar schluckte einen .Mundvoll Apfel. »Aber lass dein Volk es sehen. Ich muss dir nicht sagen, wie es um ihre Stimmung bestellt ist, seit wir das römische Lager fanden. Aus dieser Stimmung musst du sie herausreißen. Gib ein Fest. Fülle ihre Bäuche mit gutem Fleisch und Bier, und ihre Herzen mit kühnen Worten über einen unbekannten Verbündeten, der die Römer ebenso hasst wie wir. Lass sie nicht in ihre Betten schleichen, während ihr Geist noch von Furcht und den wildesten Mutmaßungen befangen ist.«

»So sei es!«, schnappte Bran. »Ein unechtes Siegesfest, aufgrund der Empfehlung meines Ersten Ratgebers. Sollen sich alle an unserem Triumph erfreuen. Und ich gehe jetzt, um diese klammen Sachen loszuwerden und mich in mein Festgewand zu werfen.«

Morgain sah ihm voller Mitgefühl hinterher, als er steif aufgerichtet den Raum verließ. »Er ist erschöpft - sein Gesicht glüht vor Fieber. Er sollte sein Bett aufsuchen und nicht den Hochsitz.«

»Er ist König«, murmelte Gonar. »Er muss tun, was eines Königs Pflicht ist.«

»Aber es ist sinnlos!« Morgain wandte sich ihm zu. »Den ganzen Tag habe ich die Leute flüstern gehört. Einige sagen, dass er glücklos ist, dass er den Zorn der alten Götter auf uns herabbeschworen hat. Andere sagen, dass eine Armee unsichtbarer Dämonen unter uns ist - Geister, die Römer so gut wie Pikten erschlagen werden, ganz wie ihr boshafter Sinn es ihnen eingibt. Überall herrschen Furcht und Unsicherheit - und ohne Grund geben sie meinem Bruder die Schuld!«

»So wendet sich das Rudel immer gegen seinen Führer, wenn die Jagd erfolglos ist«, erwiderte Gonar. »Der Wolf ist stark. Er kann das Rudel im Zaum halten, wenn er seine Kraft zeigt.«

»Aber es ist sinnlos!«, gab Morgain verärgert zurück. »Warum sollte Bran eine solche Last auf sich nehmen?«

»Weil Bran Mak Morn König sein möchte«, erklärte ihr der Magier. »Und die Königskrone hat ihren Preis.«

VI. Stimmen im Nebel

Das Festmahl war kein Erfolg.

Es war ein tapferes Schauspiel, aber eben nicht mehr. Die Männer nagten an ihrem Essen, aber es schien ihnen nicht zu schmecken. Vom Bier und Würzwein tranken sie viel, aber ohne Genuß. Anstatt des üblichen ohrenbetäubenden Getöses lauter Stimmen und rauen Gelächters gab es nur ein verhaltenes Summen nichtssagender Unterhaltung. Gewöhnlich hatten Fröhlichkeit und Ausgelassenheit sich von der großen Halle über ganz Baal-dor ausgebreitet. In dieser Nacht lagen anscheinend alle, die nicht eigens zu dem Fest geladen worden waren, in ihren Hütten oder Baracken in unruhigem Schlaf.

Bran erschien pflichtbewusst in festlicher Kleidung - brachte Trinksprüche aus, zog seine Schwester, Gonar und seine Häuptlinge in ein lautes Gespräch über seine Pläne, Rom über den Kanal zurückzutreiben. Dass das nicht mehr als hohles Geschwätz war, wusste Bran selbst zu genau, um mehr als halbherzige Zustimmung von den Clanführern erwarten zu können. Über dem ganzen Abend lag eine Stimmung erzwungener Fröhlichkeit - ähnlich einer Totenfeier für einen dahingeschiedenen Helden. Bran fühlte sich unbehaglich und war erleichtert, dass keiner der Gäste Anstalten machte, länger zu bleiben, als es die Höflichkeit erforderte.

Er wusste nicht sicher, um welche Stunde er schließlich in einen gequälten Schlummer sank. Wie es häufig der Fall ist, wenn große Erschöpfung und überreizte Nerven mit einem steigenden Fieber einhergehen, ist der Übergang vom Wachen zum Schlafen nicht ein weiches, erlösendes Gleiten - sondern eher ein schwindelndes Hineintauchen in die giftigen Nebel des Deliriums. Der Schlaf saugte Bran Mak Morn zu guter Letzt in einen fiebrigen Abgrund.

Anfangs glaubte er, es wäre wieder ein Alptraum...

»Bran! Bran Mak Morn!« Die vertraute, verhasste Stimme rief nach ihm. »Erwache, König der Pikten!«

Bran fluchte und wälzte sich gepeinigt auf seinem schweißdurchtränkten Lager.

»Bran! Bran Mak Morn! Wach auf!« Der Ruf wiederholte sich, schlich heimtückisch durch die Nebel der Fieberphantasien.

Mit einem Fluch warf Bran die Felldecken zur Seite und saß kerzengerade auf seinem Bett. In seinem Schädel dröhnte das Fieber; seine Augen versuchten die Schleier der Müdigkeit und die nächtlichen Schatten zu durchdringen. Das Zimmer war leer.

»Bran Mak Morn!«

Wild schüttelte er den Kopf, um die bleierne Schwere zu vertreiben, die seine Gedanken lähmte. Die Stimme ertönte vor seiner Tür. Halb betäubt stemmte Bran sich hoch. Er musste sehen...

Wie im Traum ging er durch sein Zimmer und griff aus alter Gewohnheit nach seinem Schwert. Der Raum verschwamm vor seinen Augen, aber er erreichte die schwere Tür und zog den Riegel zurück.

Der Gang dahinter war leer.

»Bran! Bran Mak Morn!«

Die Stimme der Hexe wisperte wie ein Seidenschleier - irgendwo in den tiefen Schatten am Ende des langen Korridors. Ohne sich mit Ankleiden aufzuhalten, trat der König der Pikten über den reglos am Boden ausgestreckten Körper seines Kampfgefährten Grom hinweg. Angestrengt lauschend folgte er dem gespenstischen Ruf den Gang entlang bis zu der Stelle, wo er eine Biegung machte.

Immer noch war keine Menschenseele zu erblicken. In den Schatten über der Treppe, die nach unten führte...

»Bran Mak Morn!«

Die Hexe war da unten, in dem Teil des Hauses, wo die Küche und die Vorratsräume lagen. Bran folgte der Stimme, die er aus tiefstem Herzen verabscheute.

Die Treppe lag verlassen. Lautlos schlich Bran die Stufen hinab. Auch die Halle war leer.

»Bran! Bran Mak Morn! Komm zu mir!«

Ein kalter Windhauch. Die massive, eisenbeschlagene Tür, die von den zurückliegenden Flügeln nach draußen führte, stand offen. Nebelschwaden drangen durch den Spalt.

»Komm zu mir, Bran!« Die Stimme lockte aus der Dunkelheit. In diesem Traum kam es Bran Mak Morn nicht in den Sinn, sich darüber zu wundem, dass die Seitenpforte unverriegelt war. Grimmig trat er durch die Öffnung und folgte der spöttischen Stimme in die Nacht.

Die zusammengesunkene Gestalt des Mannes, der hier auf Wache stand, rief ihn nicht an, bekundete keinerlei Überraschung bei dem plötzlichen Auftauchen seines Königs, der so nackt war wie das Schwert, das in seiner Faust glitzerte. Die Augen des Wächters starrten glasig ins Nichts - und würden unverwandt weiter schauen, ohne etwas zu sehen, bis eine zitternde Hand sie schloss.

»Hier, König der Pikten!« höhnte die Stimme aus dem Nebel. »Komm zu mir, Geliebter!«

Dort. Gleich da vorn. Täuschte ihn der Nebel, oder hatte er einen Blick auf die geschmeidige Gestalt der Hexe erhascht, die sich mit tänzelnden Schritten von ihm entfernte? Bran verzog seine Lippen zu einem lautlosen Knurren und packte den Schwertgriff fester. Wirklichkeit oder Alptraum - er würde die Schlangenhure lehren, ihn zu verhöhnen.

Der Nieselregen schien aufgehört zu haben, obwohl der feuchte Nebel so dicht war, dass er ihn wie ein klammes Tuch auf seiner Haut spürte. Die Erde war kalt unter seinen bloßen Füßen, und in der Höhle der Nacht rannen Fieberschweiß und Nebelfeuchtigkeit in kleinen Bächen an seinem Körper herab. Bran presste die Kiefer zusammen, damit seine Zähne nicht aufeinander klapperten, während sein Fleisch zu glühen schien.

Der schwere Dunst hüllte ihn vollständig ein, behinderte die Sicht und dämpfte alle Geräusche. Wenn sich noch ein Lebewesen innerhalb der Mauern von Baal-dor regte, so hörte und sah Bran nichts davon, noch machte er sich Gedanken darüber. Wie ein Schlafwandler folgte er der Geisterstimme und der huschenden Gestalt, die ebenso gut ein Trugbild seiner Fieberphantasien wie ein Nebelhauch sein konnte.

»Bran Mak Morn! Komm zu mir, mein König!«

Ganz bestimmt war das die Hexe dort - ein lachendes Gesicht, das für den Bruchteil einer Sekunde in den wirbelnden Schatten sichtbar wurde! Bran sprang nach vorn. Nichts.

Warte! Noch ein Stück weiter! Das Schimmern weißer Haut. Still! Ein Tappen leichter Schritte? Oder das Klappern seiner Zähne?

»Bran! Bran! Komm, liebster Bran!«

Ein Tröpfeln giftgeschwängerten Lachens.

Bran warf sich dem Geräusch entgegen. Seine Klinge schnitt durch den Nebel. Nebel, dessen Tropfen diesen schwachen Reptilgeruch verströmten.

»Hier, mein Liebster!«

»Sei verdammt, Hündin!« Die dicken Schwaden verschluckten Brans Flüche, als er unbeholfen der quälenden Stimme nacheilte. Seine eigene Stimme klang ihm hohl und fremd in den Ohren. Sein Atem kam in mühsamen Stößen; Schweiß brannte in seinen Augen, und feuchte Haarsträhnen klebten in seinem Gesicht. Scharfe Steine schnitten in die schwieligen Sohlen seiner nackten Füße, und er hinterließ eine dunkle Spur auf der vom Regen aufgeweichten Erde, während er vorwärtstaumelte.

»Hier, mein Bran!«

»Sei verdammt!«

»Komm, liebster Bran!«

»Ich werde dich töten!«

»Küss mich, Geliebter!«

»Ich töte dich, Hexe!«

Dort! Das Gesicht der Hexe!

Ein hochstehender Felsbrocken auf dem Weg beendete Brans stolpernden Lauf und schmetterte ihm mit grausamer Wucht gegen die Schienbeine. Durch seinen eigenen Schwung wurde Bran von den Füßen gerissen und rollte über geborstene Steine. Schmerz durchzuckte sein Bewusstsein, als der Fels seinen ungeschützten Körper zerschrammte. Das Schwert flog aus seiner schweißnassen Hand - verschwand klirrend in der Dunkelheit.

Die gleißende Pein vertrieb zu einem Teil die Benommenheit des Fiebers. Bran lag auf den Knien und zuckte zusammen, als erneuter Schmerz seine Beine durchfuhr. Blut rann warm über seine Unterschenkel und Fußknöchel, und es war gut möglich, dass er sich die Knochen gebrochen hatte. Er schaute sich um - in der plötzlichen Erkenntnis, dass dies kein Traum war. Hohe Steinblöcke ragten vor ihm schwarz aus dem helleren Grau des Nebels heraus. Aber dies musste ein Alptraum sein, gewiss - es gab keinen Steinkreis in Baal-dor. Doch der Schmerz war echt, der Nachtwind kalt auf fieberheißer Haut. War er irgendwie durch die Tore der Festung hinausgelangt?

Da war ein kaum merkbarer Reptilgeruch in der Nacht - vermischt mit dem süßlichen Geruch des Todes.

Erschöpft mühte Bran sich auf die Füße. Die Bewegung verursachte ihm neue Schmerzen, aber wenigstens trugen ihn seine Beine noch. Er hielt in der Finsternis nach seinem Schwert Ausschau.

Wo befand er sich?

»Bran! Komm zu mir, König der Narren!«

Bran fluchte wutentbrannt. Also phantasierte er immer noch...

»Hier bin ich, mein Geliebter!«

Zwischen den Menhiren. Die schlangenhaft geschmeidige Gestalt, mit dem Hohn in ihrem spitzzahnigen Lächeln. *Atla!*

Bran fauchte und sprang - bis zur Berserkerwut gereizt. Seine zerschlagenen Beine ließen ihn im Stich. Wieder stürzte der Pikte trunken in schmerzdurchtobte Dunkelheit, rutschte auf dem Bauch über schlüpfrige Steine.

Tod verdichtete die Nebelschleier, erstickte seinen keuchenden Atem... Eine große, kegelförmige Masse erhob sich wie ein obszöner Scherz vor seinem ausgestreckten Körper. Bran hielt den Atem an und starrte auf den Hügel des Schreckens, vor dem er lag. Die leeren Augenhöhlen von zweitausend blutverschmierten Köpfen schauten blicklos auf ihn herab.

VII. Aus den Schatten

Ein Wasserfall hasserfüllten Gelächters.

»Bran, mein Geliebter! Warum folgst du so langsam meinem Ruf? Bist du nicht mehr so erpicht darauf, das Tor zur Hölle zu finden? Oder waren meine Küsse zu kalt für dein heißes Barbarenblut?«

Atla tänzelte ihm entgegen, ihre schlangenhafte Anmut verursachte ihm einen fröstelnden Widerwillen. Bran schenkte ihr nur einen flüchtigen Blick, immer noch wie gebannt von der schauerlichen Pyramide vor ihm. Zweitausend Schädel ergaben einen Stapel von beträchtlicher Größe, beeindruckend auch für jemanden, der an die Schrecken des Krieges gewöhnt war.

Blutleere Gesichter, auf denen immer noch das Entsetzen des Todeskampfes zu erkennen war. Andere mit schlaffen Zügen, dümmlich glotzend. Schädeldecken gespalten und zertrümmert, viele Gesichter bis zur Unkenntlichkeit zerschlagen, überzogen von Masken aus Dreck und Blut. Manche mit glatt durchtrennten Hälsen; andere mit zerhackten und gesplitterten Stümpfen - nachträglich gesammelte Trophäen, oder vielleicht genommen, während das Opfer noch Kraft genug hatte, sich zu wehren. Zweitausend abgeschlagene Köpfe - ein alptraumhafter Abfallhaufen, so hoch wie ein Grabhügel. Geronnenes Blut sickerte in einer öligen Pfütze unter diesem Mahnmal des Todes hervor, und selbst die Ausdünstung einsetzender Verwesung überdeckte nicht völlig den beißend-scharfen Reptilgeruch.

In einem kleinen Winkel seines Bewusstseins, das sich mit aller Kraft gegen die Sturzflut des Wahnsinns stemmte, fand Bran die Muße, sich zu fragen, was aus ihren Augen geworden war...

Alptraum? Delirium? Oder ein endgültiges Versinken im Irrsinn?

Der Schmerz und die Kälte und der Geruch des Todes waren wirklich genug. Wie auch die Stimme der Hexe vom Dagonmoor.

Grimmig straffte Bran sich für einen Sprung. Seine Augen forschten im Dunkel nach seinem zu Boden gefallenen Schwert. Ob lebendiges Fleisch oder Gespenst: Geschöpfe der Hölle lauerten in den Nebeln, und Bran hatte im Sinn, ihre Echtheit mit kaltem Stahl zu prüfen.

»Das also ist Bran Mak Morn, der große König der Pikten«, höhnte eine neue Stimme.« Ich sehe nur einen nackten Wilden, der durch den Schlamm kriecht.«

Die Stimme war die eines Mannes, und er sprach Lateinisch. Bran schnellte auf die Füße.

»Langsam!«, warnte die Stimme. »Ist es das, wonach du gesucht hast, mein schmutziger Barbarenkönig?«

Bran wäre dem Mann an die Kehle gesprungen, aber die Schwertspitze, die sich in seine Brust bohrte, hatte bereits ein schmales Blutrinnsal hervorgerufen. Die Klinge, stellte Bran fest, war seine eigene.

Die Bedrohung durch nackten Stahl brachte Bran zu der vollen Erkenntnis seiner Lage. Irgendein letzter Wall gesunden Instinkts widerstand dem Anprall des Wahnsinns, und mit klarem Kopf stellte sich der Pikte der Gefahr, die ihn von allen Seiten umgab.

Dies waren nicht die Menhire eines Steinkreises, die in den Nachthimmel hineinragten, erkannte er - noch hatte er Baal-dor verlassen. Vielmehr stand er innerhalb der zerbröckelten Mauern eines verfallenen Turmes auf der hohen Klippe über dem Zusammenfluss der beiden Gebirgsbäche.

Vermutlich war dies ein alter Zufluchtsort gewesen - eine von mehreren eingestürzten Befestigungen innerhalb der Umwallung, die noch aus der unruhigen Vergangenheit der Feste stammten. Die meisten lohnten nicht mehr den Wiederaufbau, und man hatte sich ihrer Trümmer bedient, um neue Gebäude zu errichten. Hier war höchstwahrscheinlich die Größe der Steinblöcke der Grund dafür, dass die piktischen Maurer die Ruine unberührt gelassen hatten.

Kein Trugbild war der grausige Hügel augenloser Schädel, der die niedergebrochenen Mauern überragte, noch die in einen Umhang gehüllte Gestalt der Hexe, die ihn aus dem Nebel heraus verlachte.

Bran verlagerte sein Gewicht und wich zurück. Die Schwertspitze folgte jeder seiner Bewegungen.

»Langsam, König Bran«, mahnte die Stimme, die die lateinischen Zischlaute auf eine Art aussprach, dass dem Pikten dabei ein Schauer des Ekels über den Rücken lief. »Wir haben nicht die Absicht, unserem möglichen Verbündeten ein Leid zuzufügen.«

Bran strengte seine Augen an, während die Schwertspitze nicht von seiner Brust wich. In der Dunkelheit konnte er nur schemenhaft die Umrisse der vor ihm stehenden Gestalt wahrnehmen; gerade deutlich genug, um zu erkennen, dass es sich um einen schlanken Mann mittlerer Größe handelte, der Rüstung und Abzeichen eines römischen Offiziers trug.

»Was für ein teuflisches Spiel ist das, Atla?«, fragte Bran heiser.

Die Hexe lachte wieder über seine ohnmächtige Wut. Sie vollführte eine großartige Gebärde. »Heil dir, Bran Mak Morn, König der Pikten! Wir stehen vor dir in deiner königlichen Feste und bringen Geschenke, um unsere aufrichtige Ergebenheit zu beweisen: ich, Atla, die Hexe vom Dagonmoor, und er, Quintus Claudius Nero, Legat der Neunten Legion!«

»Genug gespottet, Hexe!«, knurrte Bran. »Die Gebeine der Neunten Legion bleichen seit nunmehr achtzig Jahren unbestattet in der Schlangenschlucht, und Rom hat die Neunte Legion nicht wieder neu aufgestellt, ihrer Schande wegen, so wird erzählt. Was hast du mit diesem Römer zu schaffen?«

»Kein Römer, mein König«, erwiderte Atla. »Und es blieben auch nicht alle Angehörigen der Neunten unbestattet.«

Bran knirschte mit den Zähnen. Die Hilflosigkeit, mit der er den Hohn der Hexe über sich ergehen lassen musste, trieb ihn fast zur Raserei. Noch ein Augenblick, und er würde den Punkt erreicht haben, dass er sich mit bloßen Händen auf das Paar stürzte.

»Bleib stehen!«, warnte der Offizier namens Claudius Nero. »Du wirst nicht lange genug leben, um diesen Sprung zu vollenden.«

Der Pikte hatte seine Muskeln für den plötzlichen Kraftausbruch gestrafft. Jetzt entspannte er sich zornerfüllt. Mit einem plötzlichen Erschauern wurde ihm bewusst, dass der Mann ihn schon zur Vorsicht gemahnt hatte, als Bran sich eben erst für den Angriff bereitmachte. Bran war ein zu erfahrener Krieger, um glauben zu können, dass er unter dem schützenden Mantel der Dunkelheit seine Absicht verraten hatte. Konnte dieser Mann also im Dunkeln sehen?

»Es besteht kein Grund für diese Feindseligkeit, mein Fürst.« Atlas Stimme klang beschwichtigend. »Wir sind als Freunde gekommen.«

»Freunde, die sich zu mitternächtlicher Stunde an mich heranschleichen?« spottete Bran.

»Eine Stunde, wie sie die Umstände erfordern«, antwortete Atla. »Aber gewiss überzeugen dich doch unsere Gaben von unseren freundlichen Absichten.«

Der Hohn in ihrer Stimme war Salz für den verwundeten Stolz des Pikten. »Wie ist die Hure von Schlangen in den Besitz dieser Beute gelangt?«, gab er zurück, und es gelang ihm nur mit Mühe, seine Stimme zu beherrschen.

»Bittere Worte!« lachte Atla. »Sag lieber, Mätresse von Königen!«

»Gleich«, knurrte Bran, »werde ich die Wachen rufen. Ich möchte sehen, ob dir auch noch Scherze einfallen, wenn unter deinen Füßen die Scheite in Flammen aufgehen.«

»Bran, du prahlst! In dieser Nacht schlafen selbst die Hunde in Baal-dor tief und fest, und in diesem Nebel dringt ein Ruf kaum über diese Mauern hinaus. Aber warum weist du das Geschenk zurück, das wir dir bringen?«

»Timeo Danaos et dom ferentes«, zitierte der Pikte sardonisch, dessen kriegerischer Geist sich während der an den Nerven zehrenden Wochen in Eboracum an der Aeneis

des Vergilius Maro ergötzt hatte. Seine geistreiche Bemerkung blieb unbeantwortet.

»Erkläre mir also«, bemerkte er schließlich nach einer Weile des Schweigens, »warum eine Hexe und ein abtrünniger Römer sich bei Nacht in meine Festung schleichen, um mich mit diesen blutigen Trophäen einer Schlacht zu beglücken, um die meine Armee betrogen wurde.«

»Ihr wurdet nicht um eine Schlacht betrogen«, widersprach Atla. »Vielmehr seid ihr mit einem unblutigen Sieg beschenkt worden, als ein Zeichen des guten Willens von denen, die in Rom einen gemeinsamen Feind sehen. Bestimmt würdest du es nicht mit so viel Unbehagen aufnehmen, wenn Cormac na Connacht dir diese Zeichen eines Sieges überreicht hätte?«

Der düstere Ausdruck in Brans Gesicht verstärkte sich noch. »Genug der Wortspielereien, Atla. Ich sah, was ich sah, dort, in dem Römerlager. Sprich jetzt klar und deutlich und ohne Umschweife, oder ich wecke meine Hunde aus ihren Träumen.«

»Also hast du etwas in den Ruinen des römischen Lagers gesehen, mein Fürst?« Der Mann mit Namen Claudius Nero lachte hämisch. »Danke deinen primitiven Göttern, dass du nicht die Bilder aus der Hölle gesehen hast, die diese augenlosen Gesichter schauten, bevor der Tod ihrem Entsetzen ein Ende machte!«

»Ihres war ein Schicksal, das Rom und all seinen Werken zuteilwerden soll!«, zischte Atla. »Ein Schicksal, das herbeizuführen Bran Mak Morn uns helfen soll!«

Wieder schrillte das zischelnde Wispern seiner Alpträume durch die Schatten, die schwer auf der Seele des Pikten lasteten. »Bran Mak Morn handelt nur für das Wohl des

Piktenvolkes, Hexe!«, sagte er herausfordernd. »Welchem Herren dient dein römischer Freund?«

»Dein dumpfer Barbarenverstand ist schwer von Begriff«, mischte Claudius Nero sich ein. »Ich bin Legat der Neunten - aber wir sind nicht mehr die Legio IX Hispana, noch dienen wir dem Kaiser in Rom.«

»Welchem Herren dann?«

Quintus Claudius Nero kicherte wie über einen nur ihm bekannten Scherz. »Die Neunte ist jetzt Legio IX Infernalis, König der Pikten. Und wir dienen dem Schwarzen Stein.«

Bran hielt den Atem an. Mit angestrengter Ruhe bemerkte er: »Dann habt ihr den römischen Adler gegen die Standarte der Hölle eingetauscht, Legat. Atla, welch teuflische Pläne euch immer bewogen haben hierherzukommen, ich will nichts damit zu tun haben! Ich habe geschworen, niemals wieder meine gerechte Sache mit dem Makel unheiliger Zauberei zu beflecken!«

»König der Pikten, du hast keine Wahl.«

Bran knurrte seine Antwort. »Keine Wahl, Hexe! Ist der König der Pikten der Vasall einer Schlange! Versuch mich zu töten - wenn du es wagst! Denn solange Bran Mak Morn noch lebt, wird er dich verfluchen und dir trotzen und deinen höllischen Verwandten, die in den Eingeweiden der Erde hausen!

Hure von Würmern! Willst du Bran Mak Morn drohen! Ich werde dir deine schuppige Haut von deinem zuckenden Fleisch schälen! Und deine Schreie werden Angst und Schrecken unter deinen fußlosen Freunden in ihren düsteren Löchern verbreiten - wo sie das helle Licht des Tages ebenso fürchten wie die Schwerter und Pfeile der Pikten!«

Angesichts seines Zorns wich Atla zurück - aber es war nicht, dass die Hexe von Dagonmoor seinen Zorn fürchtete, vielmehr bog sie sich zurück wie eine Viper, die sich zum Stoß bereitmacht.

»König der Narren! Du drohst mir! Atla, die du mit heißen Küssen für Geheimnisse bezahlt hast, an die du dich jetzt nicht mehr erinnern magst! Narr! Narr und Sklave von Narren! Habe ich dich nicht gewarnt, dass das Gewürm der Erde eines Tages aus eigenem Willen zu dir kommen würde?«

»Dann sollen sie kommen, wenn sie den Mut haben! Mit kaltem Stahl und tausend Piktenkriegern hinter mir werde ich sie willkommen heißen! Oder sei es allein und mit bloßen Fäusten, ich werde ihnen dieselbe Antwort geben! Und wenn sie mich auch töten, werden die Überlebenden doch mit einer Geschichte in ihre Löcher zurückkriechen, die die schwarzen Seelen all derer ihrer von der Hölle ausgespienen Rasse erschrecken wird, die zu glauben wagen, das Gewürm der Erde könnte einen König der Menschen befehlen!«

Bran Mak Morn hob seine Fäuste. »Geh hin und erstatte deinen Herren Bericht, Hure! Sie sollen sich in ihren Höhlen verkriechen oder sterben! Sollen sie mit ihrer Antwort zu mir kommen, wenn sie es wagen!«

»Bran, sie sind bereits hier. Und es gibt da jemanden, dessen Leben, glaube ich, du nicht so achtlos aufs Spiel setzen wirst...«

Des Pikten eiserne Selbstbeherrschung zerbrach bei Atlas Andeutungen. Mit der sinnen verwirrenden Schnelligkeit eines angreifenden Panthers wich er dem Schwert aus, das ihn bedrohte. Ohne den Soldaten zu beachten, warf er sich auf die Hexe, die ihn verspottete.

Die Finsternis um ihn wogte empor, und Brans mächtiger Sprung erreichte nie sein Ziel. Kalte Hände krallten nach seinen Beinen, zerrten seinen widerstrebenden Körper auf den blutig-schlammigen Boden, während Neros Schwerthieb an der Stelle die Luft zerteilte, an der er eben noch gestanden hatte.

»Tötet ihn nicht!«, schrie Atla. »Tot nützt er uns nichts.«

Klamme Finger suchten den sich aufbäumenden Pikten niederzuhalten. Bran kämpfte seinen rechten Arm frei - schlug mit der Faust nach einer der schattenhaften Gestalten. Mit wilder Befriedigung fühlte er ein unsichtbares Gesicht unter seinem Hieb nachgeben. Der Angreifer stürzte zurück in die brodelnde Finsternis.

Über den glitschigen Boden tastend suchten und fanden Brans zu Krallen gebogenen Finger ein Gesicht an seiner linken Seite. Scharfe Zähne gruben sich in sein Fleisch.

Brans Hand fuhr über das Gesicht, er spürte die Augen und stieß die Finger in die Höhlen. Der Griff an seinem linken Arm lockerte sich. Bran stemmte sich hoch, und für einen kurzen Augenblick schien es beinahe, dass es dem Pikten gelingen würde, sich von den tausend Armen, die aus dem Dunkel nach ihm griffen, zu lösen.

Ein plötzlicher Schlag warf Brans Kopf zurück. Blindlings versuchte er wieder hochzukommen. Ein zweiter Schlag - mit einem letzten Funken Bewusstsein spürte er die bleibewehrte Faust - ließ Blut über sein Gesicht spritzen und streckte den Pikten besinnungslos nieder.

Schmerz wogte über ihn hinweg wie eine Welle aus sternenübersäter Schwärze. Unter diesem unerbittlichen Gewicht gefangen, ahnte Bran die Nähe der Legaten.

»Töte ihn nicht!« Atlas Stimme drang aus unendlicher Ferne zu ihm. »Er wird noch mit uns verhandeln!«

»In meinen Augen ist er die ganze Mühe nicht wert«, höhnte Nero aus ebenso großer Entfernung. »Ich werde ihm etwas für seinen Stolz geben.«

Der Tritt, der Brans Kopf in den Schlamm schmetterte, kam allerdings aus nächster Nähe. Er brachte absolutes Vergessen.

Wenn es nicht eine Wahnvorstellung war, so schluchzte irgendwo eine Stimme: »Oh, Bran, hatte ich dich nicht gewarnt!«

Durch den erstickenden Mantel aus lichtloser Schwärze packten ihn raue Hände und schüttelten ihn. Jede Erschütterung bewirkte ein grelles Wetterleuchten in der dröhnenden Dunkelheit seines Schädels. Endlich wurde es schlimm genug, dass Bran die lästige Berührung abzuschütteln versuchte. Er öffnete die Augen.

Die Dunkelheit über ihm war weniger undurchdringlich als die Dunkelheit, aus der man ihn herausgerissen hatte. Vielleicht war es das erste Anzeichen der Morgendämmerung. Er erkannte die knorrige Gestalt Groms, der neben ihm hockte.

Von einem üblen Schwindelgefühl geplagt setzte Bran sich auf. Sein Kopf war ein einziges Flammenmeer aus Schmerzen. Getrocknetes Blut verklebte sein Gesicht.

»Den Göttern sei Dank, mein Fürst!«, rief Grom. »Ich hatte gefürchtet, sie hätten dir den Schädel zerschmettert!«

»Der Schädel eines Narren ist hart«, murmelte Bran durch gespaltene und verschwollene Lippen. »Was ist geschehen, Grom?«

»Teufelswerk, wenn es nach diesem Hügel aus Totenschädeln geht, den Schwarze Magie mitten in unserer Festung aufgehäuft haben muss.«

Der alte Pikte drückte Bran den Griff seines Dolches in die Hand und hob dann das bärtige Kinn, um ihm die ungeschützte Kehle darzubieten. »Stich zu, mein Fürst! Ich schlief wie ein Säugling auf deiner Schwelle, während du in tödliche Gefahr gelockt wurdest!«

Bran kniff die Augen zusammen, bemühte sich, wieder klar sehen zu können. »Gebrauche deinen Dolch, um ihn in der Kehle unserer Feinde zu versenken, alter Kämpe. Es war Zauberei, die uns beide in ihrem Bann hielt, und es ist meine Schuld, dass es soweit kommen konnte.«

»Ja, Zauberei - schwarze Magie!«, fluchte Grom. »Ich erwachte aus seltsamen Alpträumen - Furcht riss mich aus dem Schlaf, wie ein Kind, das in der Nacht nach seiner Mutter weint. Die Angst wuchs, als ich deine Tür offen, dein Zimmer verlassen fand. Ich stand auf, und ein Schwall kalter Nachtluft führte mich zu der rückwärtigen Pforte, neben der ein Leichnam Wache hielt. Von Schrecken übermannt lief ich in die Dunkelheit hinaus, um dich zu suchen. Der Gestank nach Aas brachte mich hierher, wo ich befürchten musste, einen toten König gefunden zu haben.«

Bran umfasste Groms muskulöse Schulter mit eisernem Griff. »Die Pforte offen! Die Wache tot! Du Narr! Hast du die Wächter gerufen!«

Grom krümmte sich zu seinen Füßen. »Meine Gedanken waren dumpf und langsam, als hätte ich das Zehnfache von dem Wein genossen, den ich gestern Abend trank. Ich konnte an nichts anderes denken, als dich zu finden! Töte mich jetzt, wenn ich versagt habe!«

Aber Bran entsann sich der grauenvollen Drohung, die ihn dazu gebracht hatte, sich auf Atla zu stürzen. Ohne der bohrenden Schmerzen zu achten, mühte er sich auf die Füße und hob das Schwert auf, das Claudius Nero verächtlich neben ihm auf den Boden geworfen hatte.

»Schnell!«, knirschte er. »Zurück zur Halle! Bete zu den Göttern, dass sie nicht...«

Aber schon gellte der Schrei einer Frau durch den Nebel - ein sich überschlagendes, durchdringendes Kreischen, das nicht einmal abbrach, um Atem zu schöpfen, als es vergeblich versuchte, etwas von dem Entsetzen kundzutun, das über alles menschliche Begriffsvermögen hinausging.

Ohne auf das pochende Schwindelgefühl in seinem Kopf Rücksicht zu nehmen, rannte Bran über den freien Platz innerhalb der Umwallung. Kaum sichtbare Hindernisse behinderten seinen taumelnden Lauf, aber der Piktenkönig sah und spürte nichts in seiner wilden Hast, die dunkel vor dem sich grau färbenden Morgenhimmel aufragende Halle zu erreichen.

Der Schrei dauerte endlos an - wie der Ruf einer ihres Verstandes beraubten Banshee.

Die Pforte stand immer noch offen, und der starr glotzende Wächter begrüßte ihn mit dem breiten Grinsen seiner aufgeschlitzten Kehle. Bran stürmte an ihm vorbei in die so unsäglich alltäglich wirkende Halle, wo bereits eilige

Schritte und ein Wirrwarr verstörter Stimmen diesen schier unmenschlichen Schrei des Grauens beantworteten.

Bleiche Gesichter drängten sich vor der Tür zu Morgains Zimmer. Jemand hielt eine Lampe hoch und starrte mit aufgerissenem Mund in den Raum hinein. Taumelnd übergab sich eine der jungen Zofen. Bran schleuderte sie alle zur Seite und stürzte in die Schlafkammer seiner Schwester.

Der nicht enden wollende Schrei drang aus der Kehle von Helta, Morgains Leibdienerin, obwohl Bran zweimal hinschauten musste, um das angstverzerrte Gesicht und die weit auf gerissenen Augen zu erkennen. Ihr stierer Blick richtete sich auf das - Etwas, das obszön auf den Fellen von Morgains Bett ausgestreckt lag.

Bran stöhnte durch fest zusammengebissene Zähne. Die Schläfenadern wölbten sich an seiner blutbespritzten Stirn. Unfähig, die Augen von dem Gegenstand auf Morgains Lagerstatt abzuwenden, schwankte der König der Pikten haltlos wie ein Trunkener, und schwarze Wut heulte in seinem Herzen. Eingeschmiegt in die Vertiefung in den Fellen, wo Brans Schwester im Schlaf gelegen hatte, reckte sich eine Schreckensgestalt jenseits der Vorstellungskraft auch des entarteten menschlichen Verstandes. Die Haut des jungen Mädchens war mit peinlicher Sorgfalt von ihrem Körper geschält und dann geschickt wieder zusammengenäht worden. Der Lampenschein machte die Haut durchsichtig, so dass Bran sehen konnte, dass die leere Hülle mit Hunderten - vielen Hunderten - menschlicher Augen ausgestopft war.

Nach einem Moment der Schwärze - als Bran Mak Morn erkannte, dass es sich bei der Ungeheuerlichkeit auf dem Bett seiner Schwester nicht um Morgain, sondern um ein anderes junges Mädchen handelte - vergrößerte sich sein Entsetzen nur noch...

VIII. Geheime Bündnisse

Es war ein Viereck aus dünnem Pergament, und es hatte auf der Brust des knochenlosen Grauens in Morgains Bett gelegen. Die Botschaft war in lateinischer Sprache abgefasst und stammte, nach den sorgsam gemalten Buchstaben zu urteilen, von einer weiblichen Hand. Das feinkörnige Pergament war auch weiblichen Ursprungs.

Q. Claudius Nero an Bran Mak Morn: Deine Schwester wird als Geisel in meinem Lager fest gehalten. Komm in dieser Nacht allein zu dem Grabmal unterhalb Kestrel Scaur, um unseren Vertrag zu bestätigen. Morgain ist unverletzt. Solltest du unserer Bitte nicht Folge leisten, wird sie darunter zu leiden haben.

Grimmig las Bran Mak Morn wieder und wieder die Zeilen, die sich seinem Bewusstsein bereits unauslöschlich eingeprägt hatten. Die untergehende Sonne vergoldete den Fetzen Menschenhaut, und die fließenden Buchstaben in rostfarbener Tinte sagten immer noch dasselbe. Sorgsam rollte Bran das Pergament zusammen und barg es in einem Beutel an seinem Gürtel. Sein Pferd warf den Kopf hoch und setzte sich unaufgefordert wieder bergan in Bewegung, wo Klee und Stechginster gelb und orangefarben zwischen neuen Frühlingstrieben blühten.

Die graue Anhöhe, die Kestrel Scaur genannt wurde, lag hinter dem nächsten Hügelkamm. Er würde sie vor Einbruch der Dunkelheit erreichen.

»Du gehst in deinen Tod«, klagte der alte Grom, als sie voneinander Abschied nahmen.

»Ich glaube nicht«, lachte Bran bitter. »Wenn sie meinen Tod wollten, dann hätte letzte Nacht noch ein Kopf mehr auf dem Hügel dort draußen gelegen.«

Grom schüttelte den ergrauten Kopf. »Dann warten schlimmere Dinge auf Bran Mak Morn als nur der Tod.«

Gonar hatte begriffen. Die Augen des greisen Priesters glitzerten seltsam, als Bran erzählte, was ihm von seinem Gespräch mit Atla und Claudius Nero noch im Gedächtnis geblieben war.

»Ich dachte, es wäre wieder ein Alptraum«, stöhnte Bran. »Bei den Göttern! Wäre es doch nur ein Alptraum!«

Ein Hügel verwesender Schädel und das Grauen in Morgains Kammer waren Beweis genug für die Wirklichkeit des Geschehenen...

»Du sagtest, er nannte sich selbst Legat der Neunten Legion?«, fragte Gonar.

»So behaupteten es sowohl er als auch die Hexe.«

»Bran, ich sah, wie die Legio IX Hispana niedergemetzelt wurde.«

»Claudius Nero bezeichnete seine Truppe als die Legion IX Infernalis. Er schien es für einen Scherz zu halten.«

»Und er sagte, er diene dem Schwarzen Stein?«

Bran nickte ungeduldig. »Das Rätsel wird immer verworrener«, meinte er mit einem Fluch. »Ein abtrünniger Römer, der behauptet, eine Legion zu kommandieren, schleicht sich nach Baal-dor hinein, um sich mit dem Massaker in dem Römerlager zu brüsten - und begleitet wird er von Atla, die von einem Bündnis zwischen dem Volk der

Pikten und den Dienern des Schwarzen Steins spricht. Das ist Wahnsinn, Gonar.«

Der alte Magier streichelte seinen langen Bart, und seine Augen blickten gedankenverloren.

»Wahnsinn, vielleicht«, bemerkte er schließlich. »Oder eiskalte Berechnung. Das ganze Vorgehen zeigt alle Merkmale eines sorgfältig ausgearbeiteten Plans - wenn auch von unmenschlicher Grausamkeit.«

»Unmenschlich, das kann ich dir versichern«, knurrte Bran. »Aber ich kann keinen sinnvollen Zusammenhang in diesem Alptraum aus irrem Gemetzel und unvorstellbaren Bündnissen erkennen!«

»Nein? Vor zehn Tagen hattest du jedes Schwert des Piktenvolkes hinter dir. Und hättest du zu einem Angriff gegen Rom selbst aufgerufen, sogar die Berge Kaledoniens wären dir an den Tiber gefolgt. Heute flüstert das gesamte Volk der Pikten hinter deinem Rücken von dem glücklosen König, der den Zorn Roms auf sie herabbeschworen und die Kinder der Nacht aus der Tiefe der Erde hervorgerufen hat. Und nicht einmal die uneinnehmbaren Mauern Baal-dors sind ein Schutz gegen die Gespenster, die sich in der Nacht erheben, um mit den Trophäen ihrer Macht zu prahlen - und die Schwester des Königs aus ihrem eigenen Zimmer zu entführen!«

»Genug!« Brans Gesicht färbte sich dunkel vor Wut.

Gonar kannte kein Erbarmen. »In zehn Tagen werden Bran Mak Morn nicht einmal mehr hundert Schwerter geblieben sein. Das Volk der Pikten wird auseinanderbrechen wie ein Kristallkelch, der auf dem Steinboden zerschellt. Noch wirst du jemals wieder die einmal entzweigegangene Schale gen Himmel heben können!«

»Genug!«, schrie Bran. »Also haben meine versteckten Feinde meine Stellung untergraben! Aber diese kamen zu mir und behaupteten, Freunde zu sein. Erkläre mir jetzt, warum ein Römer andere Römer erschlägt zum Wohl und Nutzen der Pikten.«

»Brudermord ist bei den Römern nichts Ungewöhnliches«, erwiderte Gonar. »Und im Namen der Freundschaft ist mehr Böses getan worden als jemals in offener Schlacht.«

»Aber ein Bündnis zwischen abtrünnigen Römern und den Kindern der Nacht. Ich weiß, welche nichtmenschlichen Hände in der Dunkelheit nach mir griffen!«

Gonar zuckte die Schultern. »Und es ist nicht ungewöhnlich, dass ein Mensch der willige Diener der Finsternis wird. Ich kann nur Vermutungen darüber anstellen, was für Netze aus uraltem Übel hier neu gewebt wurden, um Pikten und Römer in ihren Maschen zu verflechten - und das Gewürm der Erde.«

»Er sagte, die Neunte Legion«, überlegte Bran.

»Die Neunte Legion liegt in der Schlangenschlucht begraben.«

»Er sagte Legio IX Infernalis...«

Das ängstliche Wiehern seines Pferdes riss Bran aus seinem düsteren Brüten. Er nahm die Zügel kurz und schaute den Abhang am Fuß von Kestrel Scaur empor, zwischen dessen Ausläufern er sich einen Weg gesucht hatte.

Die graue Felsklippe stand kahl und abweisend in dem Zwielicht, das über dem Horizont lagerte. Aus den Schatten hinter dem verstreut umherliegenden Geröll erhob sich der Grabhügel, den die Absender der auf Menschenhand geschriebenen Botschaft zum Treffpunkt bestimmt hatten. Wie bei so vielen der Hügel und Dolmen dieses alten Landes waren weder Name noch Geschichte des Grabmals bis in die Gegenwart überliefert worden. Steinkreise und Menhire, von vergessenen Händen errichtet, Grabhügel und Dolmen, die unbekannte Gebeine behüteten. Die Römer schrieben die geheimnisvollen Kreise aufrechtstehender Steinblöcke den Druiden zu, aber die Kelten glaubten, die Pikten hätten diese steinernen Rätsel erbaut, und die Pikten wiederum hatten sie aus den schweigenden Ebenen aufragen sehen, als sie das erste Mal den Fuß auf die Insel setzten.

Voller Unbehagen erinnerte sich Bran an seinen Weg durch Dagons Hügel in die Kammer des Schwarzen Steins. Dieses Britannien war ein altes Land, und viel von seiner Geschichte war bereits vergessen, lange bevor die Pikten die Insel den Händen der rothaarigen Riesen entrissen, die sie hier vorgefunden hatten. Es war ein uraltes Land der Heldenmythen und düsteren Sagen. Vielleicht würde die Zeit kommen, da auch das Volk der Pikten im Nebel der Legende verschwunden und Bran Mak Morn nur noch eine vergessene Mär aus versunkener Zeit sein würde.

Der Mond war nur eine bleiche Sichel, so dünn geschliffen wie die Klinge eines Druiden, und er spendete kein Licht, als er glitzernd über Kestrel Scaur stand. Bran verhielt in dem Ring weißblühender Ebereschen, die den namenlosen Grabhügel umgaben, und schaute über die Lichtung. Sein Pferd schnaubte unruhig und stampfte mit den Hufen. Vor der grauen Masse des Hügels entdeckte Bran die Umrisse einer in einen Umhang gehüllten Gestalt.

Bran beruhigte sein verängstigtes Tier, sprach ihm gut zu und streichelte seine Mähne. Als er wieder aufblickte, merkte er, dass er sich geirrt hatte, denn es war niemand mehr zu sehen. Eine Täuschung seiner angespannten Nerven in der zunehmenden Dämmerung. Der Pikte runzelte die Brauen und musterte die Gegend noch eindringlicher.

Eine mächtige Wolke schob sich vor den schmalen Mond, und einen Augenblick lang herrschte vollständige Dunkelheit. Als die bleiche Sichel wieder hinter der Wolke zum Vorschein kam, erkannte Bran, dass er nicht mehr allein war.

Tief Atem holend trieb der Pikte sein Pferd mit einem Hackenschlag unter den Bäumen hervor und über die mit Buschwerk bewachsene Fläche, in deren Mitte sich der schweigende Hügel erhob.

Ein dunkles Quadrat gähnte in der grasüberwachsenen Wölbung der Grabstätte, aus der die dumpfe, abgestandene Luft einer vor langer Zeit versiegelten Gruft strömte. Vorhin, in dem nachlassenden Licht, hatte Bran keine Öffnung bemerkt, aber jetzt sah er den düsteren Gang, der in das Innere des Grabes führte. Neben der großen Steinplatte, die den Eingang verdeckt hatte, standen zwei Soldaten. Als er näherkam, erkannte Bran den schlangenhaften Körper Atlas, und einen Soldaten in Rüstung, bei dem es sich aller Wahrscheinlichkeit nach um Claudius Nero handelte.

Seinem Pferd behagte der Grabesatem nicht, der aus der schwarzen Öffnung drang - oder vielleicht war es der schwache Reptilgeruch, der in der Nachtluft hing. Bran blieb im Sattel und hatte Mühe, sein Reittier am Platz zu halten, während er finster auf das Paar niederblickte, das ihn erwartete. Wenn die beiden nicht heimlich aus den Schatten zwischen den Bäumen hervorgekommen waren,

blieb nur die Möglichkeit, dass sie sich im Innern des Grabes verborgen hatten. Dieser Gedanke trug in keiner Weise dazu bei, die Meinung des Pikten über die beiden zu verbessern.

»Habt ihr Morgain mitgebracht?«, verlangte Bran in schroffem Ton zu wissen.

»Geduld«, wehrte Nero ab. »Deine Schwester bleibt bei uns, bis wir einen Beweis deines guten Willens haben.«

Bran spuckte aus. i-Was immer deine schändlichen Pläne sein mögen, Römer, der König der Pikten verbündet sich nicht mit Frauenräubern und Feiglingen, die aus den Schatten angreifen!« Immer noch die Platzwunden und Schwellungen von Neros Schlagring im Gesicht, musste der Pikte seine ganze Selbstbeherrschung aufbieten, um das Schwert in der Scheide zu lassen.

Atla lachte verhalten, blind für den Tod, der in den Augen des Pikten tanzte. »Kannst du dir leisten, so voreilig zurückzuweisen, was wir dir bieten, Bran Mak Morn? Ändere deine Meinung! Der König der Pikten braucht starke Verbündete - jetzt mehr denn je!«

»Was meinst du damit?«

»Die im Dunkeln lauschen, hören alle Geheimnisse.«

»Ich hätte nicht geglaubt, dass diese Würmer Ohren haben«, spottete Bran.

»Die Kinder der Nacht haben Ohren genug, das Flüstern der Unzufriedenheit zu hören, das in jedem piktischen Dorf umgeht, Bran Mak Morn«, gab die Hexe zurück. »Selbst in Baal-dor verzagen die kampferprobten Krieger der Pikten vor dem Hügel aus römischen Schädeln, der ihnen bis in das Herz ihrer stolzen Festung gefolgt ist.«

»Genug! Ich kenne die Ergebenheit meiner Männer!«

»Dann muss die Sorge, die an ihren Herzen nagt, in deiner Brust ein Festmahl halten, mein Fürst Bran«, lächelte Atla. »Aber die Lauscher im Dunkeln hören auch die zornigen Stimmen der Römer in ihren Lagern und Villen. Der ganze Süden erregt sich über diese letzte Gräueltat der Pikten - so schmücken die Römer euch mit unseren Federn. Südlich der Mauern erhebt sich der Ruf nach Vergeltung, und in Eboracum hat Alfenius Senecio Boten nach Rom geschickt, um Hilfe gegen die wilden Pikten von Kaledonien zu erbitten!«

»Rom wird sich nicht darum kümmern«, sagte Bran abschätzig.

»Aber doch, Schwarzer Bran! Diesmal wird Rom zuhören. Schon trifft der Kaiser Vorbereitungen, um selbst mit neuen Legionen nach Britannien aufzubrechen.«

»Soll Severus kommen, wenn er es wagt! Wir werden ihn und die Legionäre, denen es gelingt, uns zu entkommen, heulend vor Furcht hinter die schützenden Mauern Roms zurückjagen!«

Neros Stimme schnitt ihm das Wort ab. »Wer denn? Du allein?«

Bran würgte die zornige Antwort hinunter, die ihm auf der Zunge lag. Schwarze Wut schwelte in ihm, kaum noch gebändigt von seinem eisernen Willen. Er wusste, dass einmal losgelassen diese Wut zu einem alles verzehrenden Feuer werden würde - und um Morgains Willen durfte das jetzt noch nicht sein.

»Also hast du geschickt meine Stärke untergraben, um mich damit einem unheiligen Bündnis geneigt zu machen, habe ich Recht, Legat? Gut denn, ich bin gekommen, um mir eure irrwitzigen Vorschläge anzuhören - also genug des Drumherumredens. Wer bist du und welchen Mächten dienst du wirklich?«

Der Mond war ein scharf gezeichneter Halbkreis am nächtlichen Himmel, wo ein glitzernder Fluss aus Sternen zwischen vorüberziehenden Wolken leuchtete. Brans Pferd hatte sich noch nicht an die Nähe des geöffneten Grabes gewöhnt. Stück für Stück erlaubte Bran dem stampfenden Tier, sich von dem dumpf riechenden Gang zurückzuziehen, so dass auch die Hexe und ihr Begleiter, ohne es zu merken, sich immer weiter von dem Hügelgrab entfernten. Als sie aus dem dichten Schatten in das fahle Mondlicht hinaustraten, bemerkte Bran mit leichtem Erschrecken, dass beider Augen schräg und gelb in der Dunkelheit glühten.

Claudius Nero lächelte wie jemand, der sich seines überlegenen Wissens sicher ist, und obwohl seine Züge immer noch im Schatten lagen, erhaschte Bran das kurze Aufblitzen weißer Zähne. »Vor achtzig Jahren, Pikte, erschlugen deine Vorfahren in der Schlangenschlucht die Legio IX Hispana - aber das Blutbad war nicht so vollständig, wie sie es gehofft hatten...«

»Kein Römer verließ lebend die Schlangenschlucht!«, knurrte Bran, denn die Geschichte dieser Schlacht hatte er bestimmt tausendmal gehört.

»Wahr - bis zu einem gewissen Grade, König der Pikten!«, zischte Nero hämisch. »Aber nicht alle, die in der Schlangenschlucht zurückblieben, waren tot.«

Bran runzelte die Stirn, wohl wissend, dass man mit ihm spielte, aber Morgains wegen gezwungen, das Spiel mitzumachen. »Es gab einige wenige, die sich in eine Höhle flüchteten - Calidius Falco und die letzten seiner Männer verkrochen sich dort mit ihren Frauen und Bälgern. Mein Volk verschloss die Höhle, und die Neunte kam nie wieder aus ihrem Versteck hervor.«

»Die Höhle führte tiefer in den Fels hinein, als deine barbarischen Vorfahren glaubten. *Viel* tiefer.«

Die Sterne leuchteten heller, je mehr der Nachthimmel sich aufklärte. Vielleicht hatten auch Bran Mak Morns Augen sich an die Dunkelheit gewöhnt. Während er auf Claudius Nero hinabschaute, konnte Bran jetzt die spitzen Ohren und das schmallippige Lächeln über scharfen Zahnen erkennen. Ein sardonisches Licht brannte in den schrägen, gelben Augen, und Bran wurde klar, wie sehr er sich geirrt hatte, als er Claudius Nero einen Römer nannte...

»Die Kinder der Nacht kamen über die Neunte in der Dunkelheit«, erklärte Nero überflüssigerweise. »Nicht alle wurden getötet.«

»Bei den Göttern!«, schrie Bran in tiefstem Abscheu. »Mein Volk verurteilte die Römer zu einem weit furchtbareren Schicksal, als sie sich jemals vorzustellen gewagt hatten! Hätte Utha Mak Dunn doch nur die Barrikade durchbrochen und sie alle mit Feuer und Schwert vernichtet - statt, wenn auch unwissend, menschliche Seelen dem Gewürm der Erde auszuliefern!«

Krank vor Ekel starrte der Pikte auf das Geschöpf, das weder Römer war, noch ganz menschlich - wie Atla eine unglaubliche Kreuzung zwischen Mensch und einer Rasse von Geschöpfen, die beinahe wie Menschen geworden waren, ehe die Pikten sie von der Oberfläche der Erde vertrieben. In seinem Bewusstsein überschlugen sich die Bilder von dem Entsetzlichen, das geschehen sein musste, als die Überlebenden der Neunten Legion in der Tiefe der Erde von Wesen angegriffen wurden, die sich mit jeder in der Finsternis gezeugten und heranwachsenden Generation weiter zu den Reptilien zurückentwickelten, die sie ursprünglich einmal gewesen waren. Tod, ganz gleich wie furchtbar, war das Los der Glücklichen gewesen.

»Ich verstehe nicht«, meinte Bran langsam. »Es war mein Volk, das deine Ahnen zu dem Leben verdammte, das ihr jetzt führt. Nach allen Gesetzen der Logik solltest du uns hassen - und dennoch behauptest du, dich mit uns verbünden zu wollen?«

Atla lachte. »Nicht doch, König der Pikten! Du vergisst deine eigene, oft wiederholte Weisheit. Rom ist der gemeinsame Feind ganz Britanniens!«

»Hexe! Du weißt sehr gut, dass ich nur die Völker der Menschen meinte!«

»Hört den König der Narren!« gellte Atla. »Sein eigenes Volk murrt hinter seinem Rücken, ein weltumspannendes Reich sendet seine Truppen aus, um ihn zu vernichten - und jetzt, wo es zu spät ist, macht er sich Gewissensbisse über Waffen und Verbündete!«

Bran Mak Morn presste die Kiefer zusammen, um seiner Wut Herr zu werden. »Ihr verschwendet meine Zeit. Hört endlich auf mit diesen Lügen und dem Geschwätz! Was für Ränke sind das, die das Volk der Dunkelheit zu Bundesgenossen der Menschen machen sollen?«

»Keine Lügen, Schwarzer Bran! Denn Rom ist unser gemeinsamer Feind. Du hast gesehen, wie Rom die Druiden aus den Wäldern Galliens hinausgepeitscht hat – ihre Priester tötete und ihre Heiligen Haine vernichtete. Rom schert sich nicht um die Freiheit und den Glauben der von ihm unterworfenen Völker. Rom ist ein alles verschlingendes Ungeheuer, das zahllose Stämme und Clans unter seinen eisenbeschlagenen Schuhen zertreten hat. An einem Tag ist da ein Land, bevölkert von vielen Gruppen, von denen jede nach ihren alten Sitten und Gebräuchen lebt. Dann kommt Rom, und am nächsten Tag gibt es in diesem Land nur noch Römer und solche, die ihre Ahnen verleugnen und sich brüsten, römische Bürger zu sein.«

Atla hielt inne. »Aber wer bin ich, solche Worte zu Bran Mak Morn zu sprechen - wenn es dieselben Worte sind, die der König der Pikten so oft sprach, um die Stämme Britanniens zu seinen Fahnen zu rufen.«

»Meine Worte waren für die Ohren von Menschen bestimmt, und nicht für jene, die in den Tiefen der Erde lauschen!«

»Aber dennoch waren die Worte wahr«, bemerkte Nero mit deutlicher Ironie. »Das Volk der Pikten allein kann den Vormarsch Roms nicht aufhalten. Der Kaiser wird mit seinen Legionen kommen und Bran Mak Morn und seine tapferen Pikten werden dasselbe Schicksal erleiden wie Cassivellaunus und Caractacus und Boudicca und Calgacus und all die anderen toten und besiegten Helden Britanniens. Römische Villen werden im Hochland Kaledoniens aus dem Boden wachsen, und Pikten werden die Felder ihrer römischen Herren bestellen. Und nach wenigen Generationen werden die Pikten sich in Togas hüllen, Latein sprechen und sich als römische Bürger bezeichnen, wie es die unterworfenen Britannier im Süden tun.«

Bran saß auf seinem Pferd, schwindelig von dem heißen Blut, das in seinen Ohren dröhnte. »Von einem solchen Schicksal ist mein Volk bis jetzt verschont geblieben und wird es weiter bleiben, solange ich lebe.«

»Was nicht mehr lange sein wird, wenn du Rom allein bekämpfen willst.«

»Das Risiko nehme ich auf mich.«

»Ein unnötiges Risiko.«

»Hexe! Glaubst du, meine Krieger würden Seite an Seite mit Geschöpfen kämpfen, die nach der Schlange stinken!«

»Einst opferten die Pikten auf dem Altar der Schlange!«

Bran bezähmte seinen Ärger, denn Atla sprach die Wahrheit. »Das war in einem anderen Zeitalter. Die Tempel der Schlange sind jetzt verwaist, und der weiße Gott des Mondes labt sich nicht mehr an Menschenfleisch. Einst schien es dem Volk der Pikten bestimmt zu sein, zu solcher Barbarei herabzusinken, aber ich habe mein Leben dem Ziel geweiht, meine Rasse auf einen Weg zu leiten, der nach oben und aus diesem Sumpf der Primitivität herausführt.«

»Und dennoch hast du den Zorn Roms heraufbeschworen, der das Volk der Pikten zerschmettern wird«, zischte Atla. »Glaube nicht, Bran Mak Morn, dass dein Volk es dir dankt, dass du ihm deine Ideale aufgezwungen hast!«

»Das ist eine Sache, die Menschen unter sich ausmachen müssen. Ich bedarf nicht des Ratschlags der Schlangenbrut.«

»Dein Traum steht kurz davor, von der Macht Roms ausgelöscht zu werden«, erklärte Nero. »Wir könnten das ändern.«

»Ihr würdet diesen Traum in einen Alptraum verwandeln.«

»Rom wird den Traum zerstören.«

Bran wurde des Geredes überdrüssig. »Und was hofft ihr zu gewinnen?«

»Unser Leben. Rom wird versuchen, die Kinder der Nacht auszurotten, so wie die Legionen die Druiden niedermetzelten und Salz auf die Asche ihrer niedergebrannten Haine streuten. Gemeinsam werden unsere Armeen stark genug sein, um Rom nicht nur aufzuhalten, sondern zurückzudrängen. Haben wir Rom erst von unseren Küsten vertrieben, wird es eine Rückkehr zu den alten Gebräuchen geben. Die Villen und Städte der Römer werden niedergebrannt, ihre Straßen und Mauern Stein für Stein auseinandergerissen. Die Stämme Britanniens werden frei sein von römischer Herrschaft und römischen Steuern.«

Atlas Stimme wurde eindringlich. »Wenn dies dein Wille ist, wird Bran Mak Morn König über ganz Britannien sein. Die Pikten werden aus den kalten Hügeln dieses Landes hinabsteigen und die Gebiete wieder in Besitz nehmen, die ihnen die Kelten vor Jahrhunderten entrissen haben. Piktische Fürsten werden das Land regieren...«

»Und was mit den Kindern der Nacht?«

»Ein Ende der Verfolgung. Die Freiheit, nach ihrer eigenen Weise in den Höhlen unter der Erde zu leben. Das Volk der Dunkelheit hat kein Verlangen mehr nach der Welt der Menschen.«

Bran gab einen sarkastischen Laut von sich. »Und wie soll dieses vorgeschlagene Bündnis aussehen?«

Claudius Nero sprach mit merkbarem Stolz. »Wir haben auch einen überzeugenden Beweis dafür geliefert, wozu die Neunte imstande ist. Aus Gründen, die ich dir wohl nicht erläutern brauche, können wir bei Tage nicht angreifen. Außerdem ist unsere Zahl begrenzt. Mein Vorschlag geht dahin, das Vorgehen unserer Streitkräfte so aufeinander abzustimmen, dass wir den größtmöglichen Nutzen erzielen. Dir und deinen Pikten gehört das Feld bei Tage, und ihr stellt auch den Großteil der Truppen. Die Neunte wird während der Nacht Entsetzen in die Reihen der Feinde tragen - noch gibt es irgendeine römische Mauer oder Festung, die uns aufhalten könnte!

Soll Severus mit seinen Zehntausenden anrücken!«, begeisterte sich Nero. »Bis zum Herbst wird nichts mehr von Rom und seinen Legionen geblieben sein, und ganz Britannien wird Bran Mak Morn als Befreier und König grüßen!«

»Und es wird wieder sein wie in den alten Tagen?«, erkundigte sich Bran.

»Ja!« Atla lächelte. »Die alten Zeiten, die alten Sitten...«

»Und die alten Götter!« Bran lachte freudlos. »Ihr Narren! Habt ihr geglaubt, Bran Mak Morn mit bunten Versprechungen von Ruhm und Macht zu einem solchen unheiligen Bündnis verlocken zu können! Geht zurück und erzählt euren Meistern, dass der König der Pikten kein einfältiger Tölpel ist, der an ihren Fäden tanzt und hüpft! Hieltet ihr mich wirklich für einen solchen Narren, dass ich den giftdurchtränkten Lügen des Gewürms der Erde Glauben schenken würde!«

»Du hast keine Wahl!«, warnte Nero. »Wir haben deine Schwester.«

»Wahr genug«, stimmte Bran ihm gelassen zu. »Ihr habt Morgain. Und ich habe *euch*!«

»Ho! Pikten! Zu mir!«, schrie Bran unvermittelt. Während er sein Pferd zwischen das überraschte Paar und den Eingang des Grabhügels drängte, aus dessen Nähe er sie geschickt hinweggelockt hatte, stieß der Piktenkönig einen wilden Schrei aus und zog sein Schwert.

Aus dem dunklen Unterholz erklangen Antwortrufe und das Rascheln und Knacken vieler Leiber, die aus ihren Verstecken hervorkamen.

»Während wir unser kleines Gespräch hatten, haben meine Männer hier Position bezogen«, erklärte Bran. »Ihr seid umzingelt. Bleibt, wo ihr seid, und es wird euch nichts geschehen!«

»Narr!«, zischte Atla. »Morgain...«

»Euer Leben hängt von ihrer sicheren Rückkehr ab!«

»Hast du Titus Sulla vergessen?«

In Brans Stimme klang unverhüllte Drohung. »Morgain wird unversehrt zurückgebracht oder ihr werdet Muße haben, festzustellen, dass auch die Pikten nicht ganz unerfahren in der Kunst der Folter sind!«

»Narr!«, kreischte Atla.

Aber Nero spuckte einen Schwall von Zischlauten aus, die keine menschliche Kehle hätte hervorbringen können.

Ein plötzliches Beben ließ Bran keine Zeit mehr, irgendetwas zu unternehmen. Dann hob sich die Erde und barst mit verheerender Gewalt - als der Ruf aus der Tiefe beantwortet wurde. Sein Pferd schrie und überschlug sich in der Dunkelheit. Bran wurde über den Hals des Tieres geschleudert und flog durch die zerrissene Luft und den Schwall gen Himmel stiebender Erde.

Ein flüchtiger Blick war ihm vergönnt, als das schlangengleiche Grauen sich ungeheuerlich aus der zerfetzten Erde reckte, um die wirbelnden Sterne mit ihrem Anblick zu entsetzen. Dann schmetterte ihm der Boden entgegen, und Bran sah nichts mehr und hörte nichts mehr, auch nicht die Schreie seiner zum Untergang verurteilten Männer.

IX. Nicht länger mehr König

Die Besinnungslosigkeit dauerte nur kurz. Betäubt von dem Sturz erwachte Bran bald wieder in einer Dunkelheit, in der die Sterne ruhig am Himmel standen und der Halbmond schweigend zwischen ziehenden Wolken hindurchlugte.

Kalte Hände berührten seine Stirn. Bran öffnete die Augen und erwiderte den Blick des blassen Gesichts, das forschend auf ihn niederschaute. Die Erde hatte sich wieder beruhigt. Sein Kopf ruhte auf einem harten Kissen aus Metall. Er wandte den Kopf und sah, dass es sich bei dem Kissen um gepanzerte Knie handelte.

Bran versuchte stöhnend, sich aufzusetzen. Das Gesicht und der Mond verschwammen vor seinen Augen. Schmerz zuckte in roten Lichtblitzen durch seinen Schädel. Dunkelheit legte sich wieder über sein Bewusstsein.

Dann hörte er Groms heisere Stimme seinen Namen rufen, und als er sich erneut aufrichtete, war er allein. Schwingen der Dunkelheit umfingen sein Gehirn, aber Bran Mak Morn kämpfte sich auf die Füße.

»Mein Fürst Bran! Bist du unverletzt?« Der alte Grom warf seinen Herrn beinahe um, als er auf ihn zustürzte. In dem schwachen Mondlicht konnte Bran sehen, dass das Gesicht des Mannes mit Schmutz und Blut verschmiert war.

»So gut wie«, antwortete Bran mit schwankender Stimme und schaute zu der Stelle, wo mit grotesk verdrehtem Kopf sein totes Pferd lag. »Mit viel Glück bin ich einem zerschmetterten Schädel und gebrochenem Rückgrat entgangen.«

Immer noch benommen, hielt Bran verständnislos Umschau. Eine riesig große Wunde klaffte im Boden der Lichtung, und undeutlich konnte Bran ein Gewirr geborstener und entwurzelter Bäume in dem Kreis von Ebereschen ausmachen. Große Brocken Erde und Fels waren aus dem Krater in der Nähe des Grabmals herausgeschleudert worden, und jetzt wurde Bran sich auch eines widerwärtigen Gestanks bewusst - eines Gestanks, an den er sich noch aus dem römischen Lager erinnerte.

»Bei den Göttern! Was ist passiert?«, stieß Bran hervor, während ein Durcheinander bruchstückhafter Erinnerungen auf ihn einstürmte.

»Möge die Mondfrau ihre Seelen verfluchen, die anderen flohen alle, als der Höllenwurm aus der Tiefe zuschlug«, knurrte Grom und konnte ein krampfhaftes Erschauern nicht ganz unterdrücken. »Ich wurde von einem durch die Luft fliegenden Stein niedergestreckt, und als ich wieder zu mir kam, war alles still.«

»Der Höllenwurm?«

»Hast du ihn nicht gesehen? Es war ein solcher Anblick, dass ich den Göttern dankbar bin, weil der Mond nicht heller schien! Es war der Großvater und die Großmutter aller Schlangen - nein, es war der Gott aller Schlangen! Selbst die großen Schlangen, die die Römer in Eboracum sich brüsten aus fernen Urwäldern für ihre Arena herbeigeschafft zu haben, sind nichts als Larven im Vergleich mit ihm! Sein Rachen könnte einen Mann aufnehmen, so leicht, wie ein Lachs eine Elritze verschluckt.

Er reckte sich aus dem Boden, als wir gerade deinem Ruf folgten. Ich sah einen Mann auf fürchterliche Art sterben - dann wurde ich niedergeworfen und sah nichts mehr von dem, was folgte.«

Bran gab einen kehligen Laut von sich. »Wer war das, der eben neben mir saß?«

»Mein Fürst, ich sah niemanden, als ich herbeikam.«

»Niemanden?« Verwundert runzelte Bran die Stirn. »Ich dachte... Aber unwichtig. Ich war noch halb besinnungslos.«

Grimmig überdachte Bran seine Lage. Von Atla und Claudius Nero war natürlich keine Spur mehr zu finden.

Er hatte damit gerechnet, dass die beiden nicht unvorbereitet zu diesem Treffen erscheinen würden, aber etwas wie dieses hatte Bran beim besten Willen nicht ahnen können. Mit einem Fluch gestand er sich ein, dass er hoch gespielt und alles verloren hatte. Und die Folgen dieser Niederlage wagte er sich nicht auszumalen. Der Gedanke an Titus Sulla löste in seinem Gehirn Vorstellungen aus, die er sich weigerte, in Betracht zu ziehen.

»Sie hätten dich töten können«, versuchte Grom ihn aufzumuntern, als er die Verzweiflung im Gesicht seines Herrn bemerkte.

Bran zuckte die Achseln. »Wahrscheinlich hielten sie es nicht der Mühe wert. Bei den Göttern, schon zum zweitenmal haben sie einen Narren aus mir gemacht!«

Grom widersprach ihm nicht. »Was jetzt, mein Fürst«, fragte er ratlos. »Wie können Menschen gegen Geschöpfe aus Dunkelheit und Alpträumen kämpfen?«

»Mit Stahl!«, erwiderte Bran leidenschaftlich. Schweigend starrte er in den Abgrund, der sich im Boden aufgetan hatte. Kleine Erdklumpen und Kieselsteine rieselten immer noch in die stinkende Tiefe hinab. Eine vage erkennbare Schleimspur glitzerte frostig im bleichen Licht der Sterne.

»Sogar das«, sagte er leise zu sich selbst.

Bleib und lass dir die echten Früchte der Hölle zeigen! Das hatte Atla in jener Nacht in Dagons Ring gerufen, als Bran Mak Morn von Abscheu geschüttelt vor dem Leichnam des lallenden Wahnsinnigen flüchtete, der einmal Titus Sulla gewesen war. Und sie hatten Morgain...

Brans Kiefer schmerzten vor Anspannung. Grom starrte ihn verwundert an. Dumpf bemerkte Bran, dass das tiefe, heisere Grollen, das er gehört hatte, aus seiner eigenen Kehle stammte.

»Komm, alter Wolf!«, sagte Bran laut. »Hier gibt es nichts mehr zu tun. Es bleibt nichts anderes übrig, bis dieses Schlangenvolk sich wieder meldet. Wir haben keine andere Wahl.«

Bran schwankte plötzlich. Sofort sprang Grom herzu, um ihn aufzufangen.

Der König der Pikten stützte sich schwer auf die kräftigen Schultern seines Dieners. »Es ist nichts«, beteuerte er. »Ich brauche nur Ruhe...«

»Mein Fürst!« Mitgefühl sprach aus Groms Stimme. Unbeholfen stützte der gnomenhafte Krieger den größeren Mann und führte seinen König über die Lichtung und zwischen den Bäumen hindurch.

Leblos ausgestreckt inmitten der niedergebrochenen Eschen fanden sich Beweise genug, dass nicht alle von Brans Pikten die Flucht ergriffen hatten.

Sie hatten fast eine Meile zurückgelegt, als vor ihnen in der Dunkelheit das leise Klappern von Hufen ertönte. Sofort drückten sie sich in den dichten Schatten einer riesigen Buche.

Der Reiter kam langsam näher, ein langer weißer Bart leuchtete silbern im Sternenschein. Die hochgewachsene, knochige Gestalt war unverkennbar.

»Gonar!«, zischte Bran und trat hinter dem schützenden Baumstamm hervor.

Der Magier zog die Zügel an. »Also lebst du noch?«, bemerkte er sarkastisch. »Unterwegs traf ich entsetzte Männer, die Stein und Bein schworen, ein Schlangendämon sei aus der Hölle emporgestiegen und habe Bran Mak Morn mit Haut und Haaren verschlungen.«

Mit knappen Worten berichtete Bran von den Ereignissen bei Kestrel Scaur.

»Sie haben dich am Leben gelassen«, meinte Gonar, als Bran zu Ende war. »Dann hoffen sie also immer noch auf einen Handel.«

»Es wird keinen Handel geben.«

»Einst opferten auch die Pikten auf dem Altar der Schlange.«

Bran bedachte den greisen Priester mit einem scharfen Blick. In der Dunkelheit konnte er seinen Gesichtsausdruck nicht deuten. »Nein! Diese Zeiten werden niemals wiederkehren!«

»Sie haben Morgain«, erinnerte ihn Gonar schonungslos.

»Nicht mehr lange«, schwor Bran leise.

»Was hast du vor?«

»Komm tiefer in den Schatten«, forderte Bran auf. »Ich weiß nicht, welche Ohren lauschen, welche Augen spähen.

Ich war mir vorhin sicher, dass jemand uns vom Grabhügel aus folgte, obwohl ich das Gefühl habe, dass wir jetzt allein sind. Ich habe dem guten alten Grom beinahe das Kreuz gebrochen, indem ich ihm zumutete, mich so weit zu schleppen, aber der Anblick sollte jeden Beobachter überzeugt haben, dass Bran Mak Morn eine ganze Zeitlang hilflos darniederliegen wird.«

»Bran! Was für einen Plan hast du dir ausgedacht!«, rief Grom in plötzlichem Begreifen.

»Für alle Welt muss der König der Pikten halbtot in seinen Gemächern liegen - ihr habt den Auftrag, diese Täuschung glaubhaft aufrechtzuerhalten! Wenn Atla wieder versucht, mit mir Verbindung aufzunehmen, muss sie davon überzeugt werden, dass Bran Mak Morn zu elend ist, um sich von seinem Lager zu erheben. Gonars Pferd kann mich nach Baal-dor zurücktragen, und dann werde ich mich heimlich davonmachen. Die List sollte sie davon abhalten, sich an Morgain zu vergreifen...«

Bran klammerte sich an diese Überzeugung. Er musste um jeden Preis Morgains Wert als Geisel erhalten.

»Bran...« setzte Gonar zum Widerspruch an.

»Ich habe ihren Schwarzen Stein gestohlen. Also kann ich ihnen verdammt noch mal auch Morgain wieder entreißen.«

»Das kannst du nicht! Es ist verrückt, zu versuchen...«

»Ich bin mir der Gefahr bewusst!«, schnappte Bran.

»Dann weißt du auch, dass du in den Tod gehst.«

»Ich weiß, dass es kein Bündnis zwischen dem Volk der Pikten und den Kindern der Nacht geben wird, solange Bran Mak Morn noch atmet. Und ich weiß, was Morgain bevorsteht, wenn sie erkennen, dass nicht einmal ihr Leben diesen Entschluss erschüttern kann. Ich gehe, um Morgain zu befreien - oder auch Bran Mak Morn wird niemals wieder zurückkehren.«

»Wahr - du wirst nicht zurückkehren«, bestätigte Gonar trocken. »Und das Volk der Pikten wird ohne seinen König untergehen. Ein König kann sein Leben nicht so einfach wegwerfen. Seine Pflichten gegenüber seinem Volk...«

»Zur Hölle mit meinen Pflichten gegenüber meinem Volk!«, knurrte Bran. Schon jetzt spricht eben dieses mein Volk gegen mich - beschwert sich über Steuern und Truppenaushebungen, und Kriege, an denen ich schuld bin. Ich versuche, ihnen die Wiedergeburt der Nation der Pikten vor Augen zu führen - und sie können nicht weiter denken als bis zu ihrer nächsten Mahlzeit! Und in dieser Stunde der Prüfungen flüstern sie hinter meinem Rücken! Genug, sage ich!

Ich habe es satt, den König zu machen. Könnte ich mich selbst noch einen Mann nennen, wenn ich meine leibliche Schwester dem Gewürm der Erde für ihre grausamen Spiele überlassen würde? Bis jetzt haben sie einen Narren aus König Bran gemacht! Jetzt ist Schluss! Jetzt ist es nicht mehr der König der Pikten, mit dem sie es zu tun haben! Es ist Bran Mak Morn, vor dem sie sich verantworten müssen!«

Bran fuhr sich mit der Hand an die Stirn und machte dann eine wegwerfende Bewegung.

Etwas funkelte im Mondlicht, verfing sich in den Falten von Gonars Umgebung. Es war eine eiserne Krone.

X. Begegnung im Morgengrauen

Es war natürlich Wahnsinn. Vor sich selber gab Bran Mak Morn es - wenn auch ungern - zu, nicht aber vor den anderen. Besser als jeder andere Mensch kannte der König, der seine Krone weggeworfen hatte, die unmenschlichen Gefahren, denen er entgegenging.

Fast zwei Jahre waren vergangen, seit Bran durch die Tür von Dagons Grab in die unterirdischen Gefilde der Erde hinabgestiegen war, um den Schwarzen Stein zu stehlen. Wenn du jemandem auf dem Weg begegnest, wirst du sterben, wie seit langen Jahrhunderten kein Mensch mehr gestorben ist. So hatte Atla ihn damals gewarnt. Trotzdem hatte Bran tollkühn das Wagnis unternommen, den Schwarzen Stein in seinen Besitz zu bringen.

Was er jetzt vorhatte, erforderte größeren Mut. Denn inzwischen wusste Bran, welche Geschöpfe uralten Schreckens in den Höhlen unter der Erde herrschten.

Hoch oben ließ sich ein Falke von den kalten Winden tragen, schwebte lautlos durch den morgendlichen Himmel. Bis auf diesen Raubvogel schien Bran in dem öden Heideland völlig allein zu sein. Er beeilte sich, über die mit gelbblühendem Ginster bewachsene Ebene hinwegzukommen und die Hügel zu erreichen, wo ein Mischwald aus Birken und Kiefern gute Deckung bot. Einmal in dem Gehölz vor ungebetenen Blicken geschützt, erstieg der Pikte den Fuß von Kestrel Scaur, als eben die Sonne über dem östlichen Grat erschien.

Krähen stiegen mit schwerfälligen Flügelschlägen aus dem über den Boden kriechenden Morgennebel, als Bran auf den Grabhügel hinabblickte, der im Schatten der Felsklippe lag. Die Aasfresser unterbrachen ihr Festmahl an den traurigen Überresten menschlicher Leiber, die zwischen den geknickten und entwurzelten Bäumen lagen, und Bran war nicht so allein, wie er es gerne gewesen wäre. Später, wenn die Sonne hoch und vertrauenerweckend am Himmel stand, würden seine Männer kommen, um zu begraben, was immer von ihren Gefährten übrig geblieben sein mochte.

Bran versuchte, seine bruchstückhafte Erinnerung an das, was er vor wenigen Stunden erst aus der Erde hatte hervorbrechen sehen, zu einem Ganzen zusammenzusetzen. Allerdings bedauerte er nicht sonderlich sein Unvermögen, sich ein vollständiges Bild von diesen Augenblicken des Grauens zu machen.

Seine Pläne waren notgedrungen vage und ungenau. Bran wusste nur, dass Morgain die Gefangene der Kinder der Nacht und ihrer halbmenschlichen Gefolgsleute war. Irgendwo unter der nach Frühling duftenden Heide schmachtete sie in einer der Höhlen, die die Erde durchzogen wie die Gänge von Maden den Schädel eines toten Riesen. Lebendig oder tot, das konnte Bran nicht ahnen - und wenn er sich an Titus Sulla erinnerte, vermochte er nicht mehr zu sagen, was ihm lieber war.

Aber finden würde er sie - wenn nicht, um sie zu retten, dann, um sie zu rächen. Mit Verzweiflung im Herzen wusste Bran, das Letzteres wahrscheinlicher war.

Wenn es denn nicht anders sein sollte! Er, Bran Mak Morn, hatte dieses Grauen aus den Tiefen der Hölle herausgelockt - wo das Gewürm der Erde seit Jahrhunderten hauste, die Welt der Menschen vergessend und von ihr vergessen. Es war nur gerecht, dass er dem Fluch ein Ende bereitete, den er so leichtfertig heraufbeschworen hatte. Er würde unter dem Ungeziefer wüten, wie die Kinder der Nacht es gewiss in ihrem eigenen, verborgenen Reich nicht erwarten würden. Und wenn er selbst schließlich auf den Hügeln der von ihm niedergestreckten Schlangenbrut den Tod fand, würden die Überlebenden kaum noch einmal den Mut aufbringen, aus ihren Löchern herauszukriechen. Dann konnte der alte Gonar die eiserne Krone an einen anderen tollkühnen Narren weitergeben, der den Ehrgeiz verspürte, Führer einer Horde affenähnlicher Wilder zu sein - oder die Krone in den tiefsten See werfen, ganz wie er es für richtig hielt.

Das Gewürm der Erde war zu dem König der Pikten gekommen. Jetzt war Bran auf dem Weg zu ihnen.

»Grimmige Gedanken umdüstern die Stirne Bran Mak Moms«, ertönte plötzlich eine Stimme aus dem Schatten einer Kiefer. »Warum brütet der König der Pikten über Blut und Vernichtung an einem so schönen Frühlingsmorgen?«

Bran wirbelte auf den Absätzen herum - sein Schwert fuhr aus der Scheide wie ein silberner Blitz. Er hatte sich hier alleine geglaubt - denn aus welchem Grund sollte noch jemand außer ihm diesen gespenstischen Ort aufsuchen, besonders nach dem unbeschreiblichen Grauen der vergangenen Nacht?

Die Stimme lachte leise. »Nein - birg dein Schwert wieder am Gürtel, König Bran. Willst du denn Krieg anfangen mit jedem, der deinen Weg kreuzt, mein Fürst? Wahrlich eine ungebärdige Laune für einen Morgen, der neues Leben verspricht.«

Misstrauisch suchte Bran mit seinen Blicken die Schatten zu durchdringen. Der Tonfall der Stimme war unbeschwert und die Sprache Piktisch, wenn auch mit eigenartiger Betonung. Trotz der entwaffnenden Freundlichkeit erhaschte Bran das Funkeln einer Rüstung in dem gedämpften Sonnenlicht, das den struppigen Ästen der Kiefern sickerte.

»Komm heraus!« forderte Bran, der nicht zum Scherzen aufgelegt war.

Ein Rascheln und das Klirren von Metall. Eine hochgewachsene Gestalt trat aus dem Halbdunkel der grauen Stämme und ihrer tief herabhängenden Zweige mit den dunkelgrünen Nadeln.

Bran knurrte einen erstaunten Fluch.

Der Neuankömmling war einen halben Kopf größer als Bran Mak Morn. Unter einem Wolfsfellumhang, der über eine Schulter zurückgeworfen war, blinkte ein langes Hemd aus eigenartig gearbeitetem Kettengewebe. Der Körper unter dem Kettenhemd und den *bracae* war schlank und gerade gewachsen und - Bran versicherte sich dessen mit einem genaueren Blick - weiblich. Eine Fülle der Brust unter der Rüstung und eine Wölbung der Hüften, wo ein langes Schwert am Gürtel hing - keineswegs übermäßig auffällig, aber auch nicht zu übersehen.

»Wer bist du?«, fragte er mit einer gewissen Scheu.

Das Mädchen lachte über sein Unbehagen. »Ich bin Liuba.«

»Der Name ist mir fremd«, meinte Bran und musterte sie mit unverhüllter Verwunderung. Sie war eine Erscheinung, die trotz der Stimmung, in der er sich augenblicklich befand, seine Aufmerksamkeit fesselte.

Haar, schwarz und glänzend wie Rabenflügel, im Nacken von einer goldenen Spange zusammengehalten, fiel lang über ihren Rücken. Glatte Strähnen hingen tief in ihre Stirn; seitlich, war das Haar in Höhe der Backenknochen abgeschnitten und bildete eine gerade Linie bis zu ihren Ohren, wo die ungestutzte Mähne von der Spange nach hinten gezogen wurde. Die Frisur - die Bran noch bei niemandem gesehen hatte - umrahmte ein Gesicht, dessen gerade Nase und festes Kinn für eine Frau zu hart schienen, aber für einen Mann zu fein gemeißelt waren. Ihre Brauen verliefen als dünner, gerader Strich über ihre Stirn, und die Augen darunter waren tiefliegend, schwarz und glänzend wie Onyx. Bittere Ironie verriet sich in ihrem Blick, wie auch in dem sarkastischen Zug um ihre vollen, bleichen Lippen.

Liuba lachte sardonisch, während sie Brans Musterung über sich ergehen ließ. Ihre Zähne waren makellos und sehr weiß gegen ihre dunkle Haut.

»Was starrst du mich an, Bran Mak Morn? Eigentlich sollte ich es sein, die dich anstarrt - denn dein Gesicht ist eine Maske verschorfter und geschwollener Wunden.«

»Ich bin auf der Jagd nach denen, die für mein zerschlagenes Gesicht bezahlen werden«, erwiderte Bran mit einem harten Lächeln.

»Du bist eine Piktin?«, sagte er dann - halb Feststellung, halb Frage.

»Ich bin eine Piktin.«

Bran runzelte nachdenklich die Brauen. Dass sie von reinstem piktischem Blut war, stand für ihn fest. Aber von denen, die sich einer solcherart ununterbrochenen Ahnenreihe rühmen konnten, gab es in seiner Zeit nur schmerzlich wenige.

»Ich dachte, ich wüsste die Namen aller Adligen meines Volkes«, meinte er.

»Überreste der einst großen Nation leben noch immer verborgen an Orten, die selbst König Bran nicht bekannt sind«, gab Liuba leicht ironisch zurück. »Mein Clan ist zur Bedeutungslosigkeit herabgesunken, und ich bin erst vor kurzer Zeit von weither gekommen, um Bran Mak Morn mein Schwert anzubieten.«

Bran stieß einen Knurrlaut aus. Dass eine Frau Waffen trug, war bei einem wilden Volk wie den Pikten nicht eben ungewöhnlich - denn ihre Fehden und Stammeskriege waren tödlich und endgültig, und es wurde niemand geschont. Selbst die barbarischen Kelten hatte es vor der steinzeitlichen Wildheit der Pikten geschaudert, und viele der keltischen Eindringlinge hatten unter der ungezügelten Wut der Männer, Frauen und Kinder ihr Leben ausgehaucht, deren ärmliche Hütten sie niederzubrennen gedachten. Aber wenn die Frauen der Pikten auch zu Keulen und Schwertern griffen, um ihren Männern auf das Schlachtfeld zu folgen - und die Götter mochten dem verwundeten Feind gnädig sein, der ihnen in die Hände fiel! - hatte man doch noch nie von einer Frau gehört, die voll bewaffnet und in eine kostbare Rüstung gekleidet daherkam.

Noch seltsamer, dass eine solche Frau Bran Mak Morn völlig unbekannt sein sollte...

Es war ein Rätsel, mit dessen Lösung er sich jetzt nicht aufhalten konnte.

»Dein Schwert ist willkommen und deine Dienste werden dankbar angenommen«, erklärte Bran und fragte sich gleichzeitig, wie er vorgehen sollte. Um den Erfolg seines verzweifelten Plans nicht gleich von Anfang an zu gefährden, musste seine Anwesenheit in dieser Gegend geheim bleiben. Unter diesen Umständen bleib ihm keine andere Wahl, als sie beim Wort zu nehmen und auf ihre freundlichen Absichten zu vertrauen.

»Meine Lage ist recht schwierig«, fuhr er fort. »Was ich hier vorhabe, kann nur unter größter Geheimhaltung gelingen. Wenn du mir einen großen Gefallen erweisen willst, so gehe weiter nach Baal-dor und sage niemandem, dass du mich gesehen hast. Nach einiger Zeit werde auch ich dorthin zurückkehren, und wir können ausführlicher miteinander reden...«

»Der König der Pikten wird nie mehr nach Baal-dor zurückkehren«, sagte Liuba ernst. »Von dem Ort, zu dem Bran Mak Morn sich kühn auf den Weg gemacht hat, wird er nie wieder in die Welt der Menschen hinaufsteigen.«

Brans Augen verengten sich. »Es scheint, dass du außergewöhnlich gut unterrichtet bist. Bist du eine Wahrsagerin oder nur eine gerissene Spionin?«

Liuba brach ein Stück von einer Schlingpflanze ab und verflocht den mit blauen Blüten besetzten Stiel zwischen ihren langen Fingern. »Ist das wichtig? Es reicht, wenn ich sage, dass du in den Tod gehst.«

»Welches Spiel treibst du, Liuba?«

Ihre dunklen Augen begegneten seinem Blick. »Du gehst, die alten Feinde unserer Rasse zu erschlagen. Allein wird dir das nie gelingen. Lass mich mit dir kommen. Es mag sein, dass zwei Klingen aus piktischem Stahl, in die

Waagschalen des Schicksals geworfen, das Unvermeidliche abwenden können.«

Bei einer anderen Gelegenheit hätte Bran vielleicht überlegter gehandelt. Aber an diesem Morgen waren seine Nerven zu angespannt, seine Geduld so dünn wie die Klinge eines scharfgeschliffenen Dolches. Es ging ihm gegen den Strich, so von dieser selbstbewussten Frau in der Kleidung eines Mannes angesprochen zu werden.

»Da du anscheinend so genau über meine Angelegenheiten und mein Schicksal Bescheid weißt«, setzte er ihr schroff auseinander, »weißt du zweifellos auch, dass es sich um eine persönliche Blutfehde handelt. Wenn du mir helfen willst, geh deine Wege und erzähle nichts von unserer Begegnung.«

»Persönliche Blutfehde?« Liuba hob die Brauen. »Und was ist mit deiner Schwester? Mit meiner Hilfe besteht die Möglichkeit...«

»Wenn ich Hilfe bräuchte, hätte ich unter den Besten meiner Krieger wählen können«, schnappte Bran. »Es braucht Heimlichkeit und eiserne Nerven, um Morgain zu retten - ein Unterfangen, dass nur ein einzelner Mann hoffen kann, erfolgreich zu bestehen. Es ist keine Aufgabe für eine lärmende Armee, und auch nicht für ein Mädchen, das in der Rüstung eines Mannes herumstolziert.«

Der Pflanzenstängel zerbrach in ihrer Faust, als ihre Hand auf den Schwertgriff fiel. Ein Blick auf den Zorn, der in ihren Augen schwelte, und Bran wusste, dass er sie würde töten müssen, wenn sie die Klinge zog.

»So sei es!«, sagte Liuba nach einer Weile, während der die Gefahr beinahe greifbar in der Luft hing. Ihre Lippen waren schmal vor eiskalter Wut.

»Ich habe dir freiwillig meine Hilfe angeboten. Du hast sie abgelehnt. Also gut. Wenn ich dir das nächstemal meine Hilfe anbiete, dann nur für einen Preis.«

»Nur zu«, antwortete Bran säuerlich. »Ich verlange von keinem Mann, dass er mir dient, ohne irgendeine Entschädigung zu erhalten.«

»Du kannst sicher sein, dass ich den Preis bestimme!«

»Was du willst. Jetzt aber genug von diesem Gerede. Geh du deiner Wege, und sag nichts davon, dass wir uns getroffen haben.«

Aber Liuba hatte bereits auf dem Absatz kehrt gemacht, und mit tierhafter Anmut schritt das Mädchen zurück in das Halbdunkel unter den Kiefern und war augenblicks verschwunden.

XI. Das Reich ewiger Nacht

Einen Augenblick lang schaute Bran dem verschwundenen Mädchen hinterher. Eine seltsame Erscheinung, überlegte er, dieses Mädchen, das sich selbst als Schwertgefährtin für eine aussichtslose Sache anbot. Fast war er geneigt, sie für eine Ausgeburt seines überreizten Verstandes zu halten oder für einen Geist dieses verschwundenen Landes, so geheimnisvoll waren ihr Gebaren, ihr plötzliches Auftauchen und Verschwinden. Tatsächlich wurde dieses Gebiet von Pikten und Kelten gleichermaßen gemieden, obwohl sich keinerlei furchterregende Sagen darum rankten, die diese Scheu begründet hätten.

Dann, mit einem Schulterzucken, wandte Bran sich wieder dem namenlosen Grabhügel unterhalb Kestrel Scaur zu.

Wie schon einmal, vor zwei Jahren, suchte Bran Mak Morn nach einer Tür zu Jenen Dort Unten. Damals hatte er in Dagons Grab einen Zugang gefunden. Aber der König der Pikten war inzwischen zu gut bekannt, als dass er eine Reise zu den Marschen von Wales, südlich des Hadrianswalls, hätte wagen können. Es war auch nicht anzunehmen, dass das Volk der Dunkelheit ein Tor unbewacht lassen würde, durch das er schon einmal zu ihm vorgedrungen war.

Bran wusste, dass Atla, Claudius Nero und ihre Gefolgsleute, als sie in jener verhängnisvollen Nacht Morgain entführten und einen Hügel aus Totenschädeln errichteten, um zu beweisen, dass es für sie keine Hindernisse gab, durch irgendeinen geheimen Gang in Baal-dor eingedrungen sein mussten. Eine sorgfältige Suche hatte nichts dergleichen zutage gefördert, und Bran folgerte daraus, dass sie ihren Tunnel sorgsam hinter sich verschlossen hatten, um ihren Rückzugsweg geheimzuhalten.

Während er um die stinkende Grube, die in der Mitte der Lichtung gähnte, herumging, stellte Bran fest, dass sie genauso aussah wie der Krater, den er in dem zerstörten Römerlager gefunden hatte. Ungefähr acht Meter im Durchmesser, reichte der Schacht annähernd zwanzig Meter tief senkrecht in den Boden. Am unteren Ende bog er im scharfen Winkel ab, und die Öffnung war dort vollkommen mit Geröll und Erdklumpen ausgefüllt. Bran krampfte sich der Magen zusammen bei der Erinnerung an das Ungeheuer, das er hier hatte hervorbrechen sehen. Höllenwurm. Ein Alptraum, der unter der Erdoberfläche gelauert hatte, um auf Neros Befehl hin anzugreifen.

Bran überlegte einen Moment lang, welch andere, ungeahnte Schrecken wohl noch unter der zerbrechlichen Schale auf der Lauer liegen mochten, die der Mensch in seinem Unverstand als feste Erde bezeichnete. Der Tunnel, den das Ungeheuer als Spur hinterlassen hatte, war blockiert. Aber auch wenn das nicht der Fall gewesen wäre, hätte Bran trotz Verzweiflung und Zorn kaum das Herz gehabt, diesem schleimverschmierten Weg zu folgen.

Wie abwartend ins Gras geduckt und geheimnisvoll lag das Hügelgrab inmitten der Lichtung. Der Stein, der den Eingang verschlossen hatte, stand noch immer neben der Öffnung. Ein Blick genügte, um an der frisch aufgewühlten Erde und den zerrissenen Graswurzeln zu erkennen, wo der große Block erst vor kurzem zur Seite gewuchtet worden war. Der Stein war gewaltig; es musste vieler Hände bedurft haben, um ihn von der Stelle zu bewegen.

Brans Gesicht verhärtete sich. Atla und Claudius Nero waren zuerst neben dem Hügelgrab aufgetaucht; sobald der Höllenwurm angriff, hatten sie die Flucht ergriffen. Als Bran sich der Stufen erinnerte, die unter dem mittleren Stein von Dagons Grab in die Tiefe führten, glaubte der Pikte zu wissen, wohin die beiden geflüchtet waren.

Der Gang, der in das Grab hineinführte, war dumpf und muffig, obwohl der frische Wind des Frühlingsmorgens die abgestandene Luft drinnen in Bewegung gebracht zu haben schien. Vereinzelte Sonnenstrahlen geisterten durch den Eingang und erhellten ein Stück des mit modrigen Steinplatten ausgekleideten Tunnels. Der Gang war niedrig und schmal und verschwand in der Dunkelheit.

Bran warf einen langen Blick über die morgenhelle Frühlingslandschaft und nahm einen tiefen Atemzug von der nach Blüten duftenden Luft. Seine Liebe für den mit weißen Wolken betupften, blauen Himmel und die wellige Heide war tief und beständig. Es war ihm leid, dass er beides nicht mehr sehen sollte.

Er wandte sich ab und tauchte in die schmale Dunkelheit.

Der Gang war eng, selbst für einen Mann von Brans kompaktem Körperbau. Er ekelte sich vor den kalten Tropfen einer zähen Flüssigkeit, die aus den Steinplatten quoll, konnte aber nicht vermeiden, daran entlangzustreifen, als er sich geduckt durch den engen Gang zwängte.

Dann war er durch und in einer niedrigen, gewölbten Kammer, wo er sich von den beengenden Mauern fernhalten konnte. Eine Ahnung von Sonnenschein kämpfte sich durch den Tunnel und milderte zumindest ein wenig die dichte Finsternis. Als Brans Augen sich an das dürftige Licht gewöhnten, konnte er vage die Umrisse der unter einem von Menschenhand aufgeschütteten Erdhügel liegenden Grabstätte ausmachen. Dicker Salpeterniederschlag verkrustete die Wände, und durch Ritzen zwischen den Steinen hereinrieselnde Erde hatte sich auf dem Fußboden zu formlosen Häufchen Staub gesammelt. Über allem lagerte ein weicher Teppich aus Staub und Moder und Spinnwebfetzen ungezählter Jahrhunderte.

Es war ein mit Sorgfalt und Geschick errichtetes Grabmal, das die lange Zeit seit seiner Entstehung unbeschadet überstanden hatte. In der Mitte der Kammer befand sich ein massiver Steintisch - eine gewaltige Steinplatte, vielleicht fünf Meter lang und etwa halb so breit, die an beiden Enden auf zwei rechteckigen Blöcken aus Stein ruhte. Da der Tisch ziemlich hoch war, konnte man ihn auf den ersten Blick für einen Altar halten. Als er an den Rändern keine eingegrabenen Rillen zur Ableitung des Opferblutes fand, kam Bran zu dem Schluss, dass hier der Leib des Königs oder Kriegers geruht hatte, für den die Grabstätte erbaut worden war.

Die Steinplatte war vollkommen leer, nicht die kleinste Spur war mehr von der Leiche zu entdecken. Knochen und Sehnen, Kleider und Grabbeigaben - alles war zu feinem Staub zerfallen. Bran spürte einen Anflug von Mitleid für diesen unbekannten König, dessen trauerndes Volk ihm eine Grabstätte errichtet hatte, die sowohl Gebeine wie Erinnerung überdauerte.

Eindringlinge hatten die Gruft geschändet, und das erst kürzlich - das konnte Bran aus dem zertretenen Teppich aus Schutt und Verfall, der den Boden bedeckte, herauslesen. Das Schwert in der Hand starrte der Pikte misstrauisch in die beinahe greifbare Dunkelheit. Eine verwischte Spur vieler Füße führte vom Eingang in die Krypta des Totenhauses.

In Dagons Grab hatte sich der Fußboden aus sechs gleich großen Steinplatten zusammengesetzt, die um einen siebenten, sechskantigen Stein herum angeordnet waren. Diese mittlere Platte hatte Bran unter Zuhilfenahme seines Schwertes herausgestemmt und darunter eine lange Treppe ausgetretener Stufen entdeckt, die in schier unendliche Tiefen führte...

Hier verdeckte das Tuch aus dem Staub wer weiß wie vieler Jahrhunderte die Steinfliesen, so dass Bran keine besonderen Regelmäßigkeiten oder Muster erkennen konnte. Außerdem stand in der Mitte dieser Kammer der schwere Steintisch. Unter der gewaltigen Platte und den stützenden Blöcken gab es einen freien Raum. Bran kauerte sich nieder und blickte hinein.

Unter dem Tisch hatte man eine Bodenplatte entfernt. Ein Abgrund aus undurchdringlicher Dunkelheit tat sich vor ihm auf.

Bran hätte viel für eine Fackel gegeben, aber obwohl er Zunder und Feuerstein bei sich hatte, wollte er auf Licht verzichten, außer wenn es gar nicht mehr anders ging. Sehr wahrscheinlich war der Gang bewacht. Eine Fackel in diesem lichtlosen Reich hätte ihn sofort jedem spähenden Auge verraten. Diese stygische Dunkelheit war die Heimat der Kinder der Nacht. Wenn er sich heimlich in ihren Lebensraum einschleichen wollte, musste die Helligkeit, die für ihre schrägen, gelben Augen ausreichte, auch Bran Mak Morn genügen.

Lockere Erde lag am Rand des Loches. Bran warf eine Handvoll davon in den Brunnen aus Finsternis. Sofort hörte er das Prasseln, mit dem sie nur ein kleines Stück unter ihm auf Stein rieselte.

Grimmig schaute der Pikte zu dem Rechteck aus Tageslicht in dem Rahmen des Grabeingangs. Aber Bran Mak Morn dachte nicht daran zurückzugehen. Ihm kam es vor, als wäre sein Weg vorherbestimmt gewesen, seit er getrieben von einem unheilvollen Verlangen nach Rache, die Tür zu dem Schwarzen Stein und jenen, die ihn anbeteten, gesucht und gefunden hatte.

Die Schachtöffnung war nicht groß - nicht breiter als die Schultern eines Mannes. Bran krallte die Finger in den Rand, spannte die Muskeln und ließ sich vorsichtig in das schwarze Loch hinab.

In einer Tiefe zwischen anderthalb und zwei Metern berührten seine Zehen festen Untergrund. Mit einem unbehaglichen Gefühl löste Bran seinen Griff und verlagerte sein volles Gewicht auf den schlüpfrigen Fels unter seinen Füßen. Wieder nahm er das Schwert in die Hand und untersuchte damit die Schachtwände. Ein Stück über dem Boden stieß die Klinge ins Leere.

Bran schloss für einen Moment fest die Augen. Als er sie wieder öffnete, war die Finsternis weniger undurchdringlich. Vage konnte er die dunklere Stelle am Grund des Schachtes erkennen. Die Wände um ihn herum bestanden aus frisch aufgewühltem Lehm. Erst vor kurzem gegraben, folgerte Bran, und den Abfall hatte man von unten her weggeschafft.

Er bückte sich und schaute in die Öffnung. Der Felsvorsprung, auf dem er kauerte, fiel steil zu dem dunklen Loch hin ab. Aus der Tiefe drang ein schwacher Reptilgeruch.

Der Pikte schob sein Schwert vor sich her und kroch mit dem Kopf voran in die enge Höhlung.

Der Gang - eigentlich war er wenig mehr als die Fressspur einer Made in einem Apfel - senkte sich in einem immer steileren Winkel nach unten. Wie der Schacht unter dem Steintisch schien auch dieser Tunnel erst vor kurzer Zeit gegraben worden zu sein. Der Fels unter Brans Knien und Ellbogen war glitschig vor Lehm, und er nahm an, dass die Erbauer bei ihrer Arbeit dem Verlauf eines unterirdischen Felshanges gefolgt waren.

Abwärts. Tiefer und immer noch tiefer. Ein zeitloses Kriechen durch erstickende Schwärze. Schweiß und Dreck verschmierten Brans Haut und Kleider. Seine Gelenke schmerzten durch die ungewohnte Anstrengung und die verkrampfte Haltung, das raue Gestein verschrammte und zerkratzte seine nackten Arme, und in dem schlauchartigen Tunnel wurde sein Atem schon bald zu einem mühsamen Ringen nach Luft. Der Felshang wurde noch steiler, und Bran musste sich in dem schlüpfrigen Lehm festkrallen, um nicht kopfüber haltlos in die Tiefe zu schlittern.

Erneut wurde ihm die ungeheuerliche Rückentwicklung bewusst, die mit dem Volk der Dunkelheit vor sich gegangen war. Dieser Weg hier war für Geschöpfe gemacht, die sich wie knochenlose Würmer auf dem Bauch vorwärtsschlängelten.

Sein ausgestrecktes Schwert stieß wieder ins Leere, und sofort verharrte Bran mitten in der Bewegung. Seine Finger tasteten blind umher. Der Tunnel war zu Ende, offensichtlich mündete er hier in einen anderen Gang.

Vorsichtig erforschte der Pikte mit seiner Klinge, was vor ihm lag. Die Spitze schabte über Stein, nur wenig mehr als einen Meter unterhalb des Tunnelausgangs. Langsam schob Bran Kopf und Schultern aus der Öffnung und befühlte den Felsboden. Die Dunkelheit hier unten war für ein menschliches Auge undurchdringlich. Nur von seinem Tastsinn geführt, glitt Bran aus dem steilen Tunnel heraus und stand auf.

Stygische Finsternis umhüllte ihn wie ein greifbarer Schleier. Er streckte die Arme aus, stellte fest, dass er eine gegenüberliegende Mauer berühren konnte, und, wenn er sich reckte, auch die unsichtbare Decke über ihm. Anscheinend war er also in einer Art kleiner Höhle oder künstlich angelegtem Gang weit unter der Erdoberfläche herausgekommen.

Ihm wurde klar, dass er jetzt das eigentliche Reich des Gewürms der Erde betreten hatte - dass der Tunnel, durch den er gekrochen war, erst kürzlich angelegt worden war, um einen geheimen Zugang zu der Welt der Menschen zu haben. Es war alles andere als angenehm, darüber nachzudenken, dass der Einlass dieses Kriechganges nur knapp über dem Boden der Höhle lag.

Welche Richtung jetzt?

Bran war zu seinem aberwitzigen Unternehmen mit nichts anderem aufgebrochen als nur dem Gedanken, seinen Feinden bis zu ihren Höhlen zu folgen, ihnen dort Morgain zu entreißen - wenn ihm so viel Glück beschieden war - oder blutige Rache zu üben. Der Weg hier führte in zwei entgegengesetzte Richtungen; er hatte keine Ahnung, wohin er sich wenden musste, um seine Schwester zu finden.

Voller Unbehagen dachte er daran, dass das Land hier von Höhlen und weitverzweigten Gängen durchzogen war wie eine Bienenwabe. Er konnte tagelang umherirren, ohne auf jene zu stoßen, die er suchte. Er konnte sich sehr leicht verirren - um schließlich durch Hunger und Erschöpfung ein unrühmliches Ende zu finden. Und in der Dunkelheit - ein plötzlicher Sturz konnte ihn bewegungsunfähig machen - ihn dazu verurteilen, in hilfloser Qual zu warten...

Bran knurrte einen Fluch. Derlei Sorgen und Zweifel führten zu nichts. Er würde Morgain finden - auch wenn das Schicksal und sämtliche Götter sich gegen ihn verschworen. Zornig bog er nach links in den Gang ein.

Auch dieser Weg führte ihn immer noch weiter in die Tiefe. Während er sich mit der linken Hand an der Felsmauer entlangtastete, ging Bran so schnell voran wie es eben möglich war. Die Wand und der Boden unter seinen Sandalen fühlten sich uneben an, aber nicht so sehr, dass er ins Stolpern geriet. Allmählich kam Bran zu der Überzeugung, dass er einem natürlichen Gang folgte, der nur künstlich geglättet und geebnet worden war, um ein besseres Durchkommen zu ermöglichen.

Diese Erkenntnis ermutigte ihn, und der Pikte beschleunigte seinen Schritt in dem wachsenden Vertrauen darauf, dass er bei einem Fehltritt nicht gegen einen scharfkantigen Felsvorsprung fallen oder in einen sich unvermutet auftuenden Abgrund stürzen würde. Der Boden schien mit Staub und losen Steinen bedeckt zu sein - letztere spürte er schmerzhaft an seinen Zehen. Bran dachte beim Gehen darüber nach, dass diese Passage offenbar nicht viel benutzt wurde - war keineswegs verwunderlich war, wenn man das ungeheure Labyrinth von Höhlen und Gängen bedachte, dessen erschreckende Ausdehnung der Pikte eben erst zu begreifen begann.

Von Zeit zu Zeit blieb Bran stehen, um den Versuch zu unternehmen, sich zu orientieren. Der Gang schien endlos in die Tiefe zu führen. In der erdrückenden Dunkelheit war die raue Felswand unter seiner linken Hand die einzige Verbindung mit der Wirklichkeit. Abgesehen davon konnte er sich genauso gut durch eine niemals endende und sternenlose Nacht bewegen. Gelegentlich traf die Klinge, die er vor sich hielt, gegen Felsen über ihm oder an der gegenüberliegenden Wand. Genausooft berührte sie gar nichts.

Die linke Gangmauer machte in unregelmäßigen Abständen immer wieder scharfe Biegungen oder kaum wahrnehmbare Krümmungen, aber die Finsternis war so vollkommen, dass Bran nicht feststellen konnte, ob es sich um den natürlichen Verlauf des unterirdischen Pfades oder um eine unsichtbare Abzweigung handelte. Manchmal drückte die rechte Wand des Ganges gegen seine Schulter; ein andermal ließ ihn der gedämpfte Widerhall seiner Schritte vermuten, dass er eine größere Höhle durchquerte, die sich weit in die geheimnisvollen Tiefen dieser beunruhigend fremden Welt erstreckte.

Zeit und Entfernung wurden zu bloßen Worten ohne Bedeutung. Er konnte ein Blinder sein, der sich durch die ewige Nacht tastete, die mit dem Tod der Sonne über die Erde hereingebrochen war. War eine Stunde vergangen, seit er den Tunnel betreten hatte - oder ein Tag? Hatte er eine Meile seines unsichtbaren Weges zurückgelegt - oder zehn?

In einem Moment schnürte ihm das Gefühl auswegloser Enge die Brust zusammen. Dann, als er eine scheinbar grenzenlose Höhle durchquerte, wurde er von schwindelnder Panik ergriffen, als müsse er, wenn er den Kontakt mit der linken Felswand verlor, für alle Ewigkeit durch kosmisches Dunkel fallen.

Bran suchte Stärke im Hass, und ließ seinen Zorn die sich aufbäumenden Wogen von Furcht und Wahnsinn zurückdrängen. Bitter wurde er sich bewusst, dass es vor zwei Jahren Atla gewesen war, die es ihm ermöglicht hatte, die Kammer des Schwarzen Steins zu finden. Und wieder Atla, die ihn zu der Höhle in den Bergen der walisischen Marschen führte, in der ihn das Volk der Dunkelheit erwartete. Diesmal hatte Bran darauf vertraut, dass er nur durch die Tür unter Kestrel Scaur zu treten brauchte, um seinen Feinden schon gegenüberzustehen. Jetzt schien es, dass Atla und Claudius Nero sich für jene unglückselige Zusammenkunft einen wenig benutzten Teil dieses Höhlenlabyrinths ausgesucht hatten.

Mehr denn je musste Bran gegen den Eindruck ankämpfen, dass er endlos durch dieses düstere, unterirdische Gewirr von Gängen und Tunneln wandern musste, um doch niemals die zu finden, die er suchte. Vielleicht konnte er den Weg zurück zu dem Gang finden, durch den er hergekommen war...

Nein. Eine Umkehr kam nicht in Frage. Irgendwo hier unten war Morgain. Besessen von dem Entschluss, sie zu finden, schritt Bran tiefer in die erdrückende Dunkelheit.

Nur der Tatsache, dass seine Sinne bis zum Äußersten angespannt waren, verdankte es Bran, dass er nicht völlig unvorbereitet ins Verderben lief. Seine Nase hatte sich an den schwachen Reptilgeruch gewöhnt. Plötzlich wurde sich Bran bewusst, dass der beißende Gestank stärker geworden war. Er erstarrte.

Dunkelheit überall. Irgendwie spürte Bran, dass der Gang sich erweitert hatte - dass ein kaum wahrnehmbarer Luftzug von rechts den moschusähnlichen Dunst herantrug. Dann folgte das kratzende Schaben von Krallen und Schuppen auf Stein.

Bran knurrte - und die Dunkelheit brandete über ihm zusammen.

Augenblicklich lehnte sich der Pikte mit dem Rücken gegen die linke Wand des Ganges. Während er mit der linken Hand nach dem langen Dolch griff, beschrieb sein langes Schwert einen weiten Halbkreis vor seinem Körper. Der Hieb war blind geführt - und beinahe wurde ihm die Klinge aus der Faust gerissen, als sie durch eine Masse unsichtbarer Leiber schnitt.

Bran heulte auf - wie ein vom Blutgeruch berauschter Panther, der sich auf seine Beute stürzt. Sein hasserfüllter Schrei hallte durch die mitternächtliche Höhle - und wurde beantwortet von einem widerwärtigen Chor zischelnder Laute.

Beim Zorn der Götter! Mit wie vielen Feinden hatte er es hier zu tun!

Einen Augenblick lang zögerten sie. Bran fühlte warmes Blut über seine Faust rinnen, hörte das stimmlose Schrillen der Pein von denen, die sein erster Abwehrschlag getroffen hatte. Etwas flappte ziellos auf dem Felsboden vor seinen Füßen.

Irgendein tierhafter Instinkt leitete ihn, wo die Augen versagten. Bran trat mit dem Fuß zu - spürte, wie seine Sandale ein herankriechendes Gesicht zermalmte. Klauenbewehrte Finger krallten sich in seine Beine, scharfe Zähne gruben sich in sein Fleisch. Sie hatten es darauf abgesehen, ihn zu Boden zu reißen.

In diesem Augenblick zersprengte wilde Berserkerwut die Ketten des Verstandes. Bran Mak Morn hackte mit dem Dolch nach unten, fühlte Fleisch und Sehnen unter seinen wahllosen Stößen nachgeben. Die Hände, die seine Beine umklammerten, lösten sich - gerade als Bran mit seinem Schwert einen schwingenden Hieb knapp über dem Boden führte und die vorderen Reihen dieses kriechenden Gewürms niederwarf.

Aber diesmal war kein Zurückweichen die Folge. Gleich einer unaufhaltsamen Flutwelle brachen die Horden über ihn herein. Bran schrie und kämpfte. Sein triefendes Schwert mähte durch ihre zwergenhaften Körper wie die Sichel durch faulendes Korn. Ihr selbstmörderischer Ansturm hielt unvermindert an - obwohl Brans Schulter schmerzte von dem eklen Widerstand, den das unsichtbare Fleisch seiner blitzschnell zuckenden Klinge bot. Immer weiter kletterten sie über zerfleischte Leiber und abgetrennte Gliedmaßen - krochen heran und starben unter des Pikten wütender Gegenwehr.

Von hinten kamen sie nicht an ihn heran, weil er mit dem Rücken an der Felswand lehnte. Aber mit todesverachtender Beharrlichkeit griff ihn, das Schlangenvolk von beiden Seiten an, um ihn von der schützenden Wand abzudrängen. Bran veränderte seine Stellung, trat mit den Füßen zu und stach mit dem Dolch in seiner linken Hand auf alles ein, was ihm in die Nähe kam. Dann verkeilte sich die lange Klinge in irgendwelchen Knochen. Bran versuchte sie mit einem verzweifelten Ruck freizubekommen - aber die Klinge saß fest, der Griff war schlüpfrig vor Blut - und die Waffe wurde ihm aus der Faust gerissen.

Es kümmerte Bran nicht. Sein langes Schwert jetzt in beiden Händen haltend, stellte sich der Pikte mit vermehrter Wut seinen Angreifern. Seine schwere Eisenklinge zerschmetterte mit mörderischer Kraft Knochen und Muskeln, verstreute Blut und Him und Eingeweide über den Boden der Höhle. Auf dem Fels bildete sich eine glitschige Schicht aus Blut und Fleischfetzen - der Pikte war in seinen eigenen schaumigen Schweiß und das aufspritzende Blut seiner Feinde gebadet. Das abscheuliche Knirschen von Eisen auf Knochen, Brans berserkerhaftes Gebrüll, das seelenlose Zischen der Schlangenhorde und winselnde Kreischen der Sterbenden hallte unter der Decke der unterirdischen Halle. Es war wie das Geheul einer verdammten Seele in der tiefsten Hölle - die sich entschlossen hatte, den teuflischen Dämon mit gleicher Münze heimzuzahlen.

Das Schlangenvolk ging in die Tausende. Bran Mak Morn war nur ein einzelner Mann. Nur die Tatsache, dass seine Gegner waffenlos waren, hatte ihm diese Galgenfrist beschert. Der Pikte wusste, dass das Volk der Dunkelheit der Bearbeitung von Feuerstein kundig war - und die dämmernde Erkenntnis, dass sie ihn offenbar lebend haben wollten, verlieh seiner Berserkerwut neue Nahrung.

Ohne es zu merken, entfernte sich Bran von der schützenden Felswand - er brauchte mehr Platz für seine beidhändig geführten, weiten Hiebe. Es war schwierig, auf dem blutgetränkten Gestein einen sicheren Stand zu finden. Vor ihm erhob sich in der Dunkelheit ein ungeheurer Wall von erschlagenem Schlangenvolk, der Bran in einem unregelmäßigen Halbkreis umgab. Über diesen Haufen toten Ungeziefers kletterten aber immer noch mehr ihrer Art, und viele nutzten die Höhe, um auf seine Schultern zu springen.

Durch ihre schiere Übermacht bezwangen sie seine Klinge - ließen sich selbstmörderisch von dem Schwert durchbohren und zerrten an dem Stahl, während sie daran aufgespießt starben. Verzweifelt riss Bran die Waffe zurück - beinahe gelang es ihm, sie hochzuheben, mitsamt ihrer Last aus durchbohrtem Fleisch.

Diese sekundenlange Unterbrechung in seiner todbringenden Abwehr war genug. Noch mehr Hände griffen nach dem in zuckenden Leibern gefangenen Schwert. Im gleichen Augenblick warfen sich unbemerkt gebliebene Angreifer auf seine Schultern. Von beiden Seiten stürzten sie sich auf ihn - Zähne und Krallen rissen an seinen Beinen, schuppige Arme umschlangen ihn, um ihn niederzuzwingen.

Dem Pikten wurde das Schwert aus den blutbeschmierten Fingern gewunden - gerade als der zischelnde Schwarm ihn überrollte. Durch das Gedränge ihrer abscheulichen Leiber - lebende und tote - wurde Bran auf den Höhlenboden gezerrt, der in glitschigen Gedärmen und zerfetztem Schlangenfleisch schwamm.

Waffenlos, war der Pikte immer noch ein tödlicher Gegner für das Schlangengezücht. Seine Fäuste, seine Füße schlugen und stießen blindlings zu - zersplitterten ihre dünnen Knochen, zermalmten Rippen und Gliedmaßen, schmetterten in schnappende Kiefer und nichtmenschliche Schädel. Sie konnten, trotz ihrer hundertfachen Überzahl, den Pikten in seiner Raserei nicht halten. Wenn er sich auch nicht von ihnen losmachen konnte, schleuderte er sie doch klumpenweise von sich - warf sie gegen die Höhlenwände, zerquetschte sie wie Käfer am Boden, schwang sie gegen ihre taumelnden Gefährten.

Als sie seine Glieder auf den Boden drückten, zerriss der Pikte sie mit den Zähnen. Wieder und wieder kämpfte er sich hoch, schüttelte ihre an ihm zerrenden, an ihm klebenden Leiber ab, wie ein Bär seinen letzten Stand gegen die kläffende Hundemeute macht. Sie kratzten ihn, bissen ihn mit ihren spitzen Zähnen - sein Kettenhemd schützte weder sein Gesicht noch Arme und Beine. Zehn fielen auf den zu einem blutigen See gewordenen Höhlenboden - und Hundert sprangen über ihre leblosen Körper.

Begraben unter einem Mahlstrom von reißendem und krallendem Schlangenvolk - von zerschmetterten und sterbenden Körpern, neuen Scharen, die über die Toten hinwegschwärmten - wusste Bran nicht zu sagen, wann er schließlich das Bewusstsein verlor.

XII. Morgain

Das Gefühl, dass sich in ihrer Nähe etwas bewegte, weckte Morgain aus ihrer schmerzerfüllten Betäubung. Aus einer alptraumhaften Ohnmacht erwachte sie langsam zu schwindeliger Übelkeit, zuerst unfähig, ihre Umgebung von den nur langsam verblassenden Schattenbildern ihrer furchtbaren Träume zu unterscheiden. In dieser Welt lebendig gewordener Alpträume war das kein so leichtes Unterfangen.

Schmerz. Schwarzer, wirbelnder Schmerz...

Der Schmerz war für sie ein Halt in der Wirklichkeit. Morgain wunderte sich flüchtig über die Schmerzen, und dann kehrte nach und nach die Erinnerung zurück.

Morgain erinnerte sich an das Grauen jener letzten Nacht in Baal-dor, als sie aus dem Schlaf emporgefahren war. Auf den ersten Blick nur vage erkannte, gnomenhafte Gestalten hatten sie aus dem Bett gezerrt. Nichts hatte sie vor diesem Überfall gewarnt, obwohl Morgain so leicht schlief wie eine Katze. Einen verwirrten Augenblick lang hatte sie geglaubt, ihr eigenes Volk wäre über sie hergefallen. Dann enthüllte ihr der Schein ihrer Lampe die skeletthaften, leichenfahlen Körper - die sogar für Pikten zu klein waren.

Ihre Gesichter...

Morgain hatte den Mund geöffnet, um zu schreien. Stattdessen wurde sie mit einem zusammengeknüllten Stück Stoff geknebelt, das sie beinahe erstickte. Obwohl sie sich mit verzweifelter Kraft wand und um sich schlug, konnte sie sich nicht von den kalten Händen befreien, die sie gepackt hielten. Nach einem kurzen, schweigend ausgetragenen Kampf wurden Hand- und Fußgelenke des fassungslosen Mädchens mit Lederriemen gefesselt, der Knebel festgebunden, und es wurde ihr eine Binde vor die Augen gelegt.

Das Letztere war tatsächlich eine Gnade. Morgain konnte sich nur bruchstückhaft daran entsinnen, in die Nacht hinausgeschleppt und dann rücksichtslos durch feuchte Gänge und Tunnels gezerrt worden zu sein, die kein Ende nehmen wollten. Blind und stumm, konnte das Mädchen doch die abscheuerregenden, zischelnden Rufe ihrer Überwältiger hören. In tausend Nächten hatte Morgain zitternd neben der Feuerstelle gekauert und den unheimlichen Geschichten über die Kinder der Nacht und die jungen Mädchen gelauscht, die sich zu weit von ihrer Heimstatt entfernten. Ihre Gedanken, während sie dulden musste, dass ihr gefesselter Körper durch enge Passagen aus schmieriger Erde geschleift wurde, waren alles andere als erfreulich.

Schließlich machten ihre Entführer halt, und Morgain lag ausgestreckt auf einer Fläche aus kaltem Stein. Sie hatte gegen ihre Fesseln angekämpft, bis mehrere kräftige Fußtritte in den Bauch sie eines Besseren belehrten. Halb betäubt, lag das Mädchen still... die schauerlichen Stimmen des Schlangenvolkes verrieten ihr, dass sie nicht allein war.

Nach einiger Zeit entfernten grobe Hände ihre Augenbinde. Verstört schaute Morgain sich um. Zu ihrem unbeschreiblichen Erstaunen fiel ihr Blick auf zwei Gestalten, die sie anfänglich für Menschen hielt. Einen Moment lang rätselte ihr Verstand an dem Geheimnis des Mannes und der Frau, die schweigend auf sie hinabschauten, hier, in den geheimen Höhlen des Gewürms der Erde.

Die Frau war wunderschön, auf eine abstoßende Weise. Morgain sah ihr zu, wie sie mit geschmeidigen Bewegungen näherkam, und musste an die juwelengleich schimmernde Anmut einer gleitenden Schlange denken. Bei einer genaueren Musterung bemerkte sie die spitzen Ohren, die schrägen gelben Augen. Bran hatte ihr ein wenig von seiner unglückseligen Suche nach dem Schwarzen Stein erzählt.

Die Frau kniete neben ihr nieder und löste das Band, das den Knebel an Ort und Stelle hielt. Morgain spuckte das erstickende Lumpenknäuel aus. »Du bist Atla?«, fragte sie mühsam.

Die Hexe hob die Brauen. »Du kennst mich, Mädchen? Hat dein Bruder also vor dir mit seinen Geliebten geprahlt. Ich hätte Besseres von einem so kühnen Liebhaber erwartet!«

»Bran hat mir einiges über dich erzählt«, erwiderte Morgain mit erzwungener Gelassenheit. »Schläfst du jetzt mit Römern?«

Atla schlug sie - hart, mit gleichgültiger Grausamkeit. »Zügle deine Zunge, Mädchen! Oder es wird mir leid tun, dass ich dir den Knebel abgenommen habe.«

»Nimm mir die Fesseln ab, und dann versuch mich zu schlagen!«, fauchte Morgain mit blutenden Lippen.

Atla lächelte mit tödlicher Boshaftigkeit und hob die Hand.

»Lass sie in Ruhe«, schnappte der Römer. »Das Mädchen hat Mut. Das gefällt mir.«

»Wer bist du, dass du mir Befehle gibst, Claudius Nero!«, zischte Atla, und jetzt richtete sich ihr Zorn gegen ihn.

Der andere berührte nur seinen Schwertgriff. »Du bist für unsere Pläne nicht unersetzlich, Atla.«

Er sprach das Piktische stockend, und die Art, wie er die Zischlaute betonte, wirkte unangenehm. Die Bedeutung seiner Worte allerdings war Atla durchaus klar. Ärgerlich zog sie sich von dem Mädchen zurück.

Ohne die Hexe weiter zu beachten, musterte Morgain den Römer. Das Licht war dürftig, nur eine flackernde Kohlenpfanne, die nicht ausreichte, um die ganze Höhle zu beleuchten. Außerhalb des Lichtkreises erhaschte Morgain einen kurzen Blick auf den wogenden gelben Schimmer zahlloser Augenpaare. Es war besser, den Römer anzusehen.

An dem Mann, den Atla Claudius Nero genannt hatte, konnte sie nicht viel Besonderes feststellen. Er trug Gewand und Rüstung eines römischen Offiziers. Ein dicker Wollumhang betonte seine schmalen Schultern. Der Mann war nicht größer als ihr Bruder und bei weitem nicht so kräftig gebaut. Ein spitzes Kinn und schmales Gesicht mit hoher Stirn blieben in den Schatten verborgen. Seine Augen hatten dieselbe nur eben angedeutete Schrägstellung und den gelblichen Schimmer, der das Mädchen eine Beziehung zu Atla vermuten ließ - obwohl sie bis jetzt noch nichts von der Art dieser Beziehung ahnte.

Morgain gefiel es nicht, wie Claudius Nero sie anstarrte. Der Blick machte ihr plötzlich bewusst, dass das dünne Hemd, das sie im Bett getragen hatte, an vielen Stellen zerrissen und bis zu ihren Hüften hochgerutscht war. Mit einem kalten Gefühl im Magen, wand sich das Mädchen auf dem Steinboden, um das zerfetzte Kleidungsstück weiter nach unten zu schieben.

Atla lachte hämisch.

»Was hat das zu bedeuten, Römer?«, verlangte Morgain in neu aufflammendem Ärger zu wissen. »Mein Bruder wird dich mit Stücken deiner gerösteten Eingeweide füttern, während ich zusehe, wie du stirbst!«

»Dein Bruder wird gar nichts tun, außer dem, was wir ihm befehlen«, antwortete Nero gleichgültig. »Oder wir schicken ihm deine abgeschälte Haut als Erinnerung.«

»Narr! Eine Geisel soll ich sein? Bran Mak Morn wird einen Waffenstillstand mit Rom schließen, wenn Wölfe zu Schafhirten werden!«

Nero lachte und lenkte mit einer bedeutungsvollen Gebärde ihre Aufmerksamkeit auf ihre Umgebung. »Morgain, du bist nicht in Rom. Und du kannst sicher sein, dass ich kein Römer bin.«

Das Mädchen mühte sich, zu begreifen - voller Angst, es könnte sich bestätigen, was sie vermutete. Claudius Nero kniete neben ihr nieder, umfasste ihr Kinn mit seinen schmalen Händen und hob ihr Gesicht zu sich empor. Trotzig starrte Morgain ihn an - und sah erst jetzt mit vollem Bewusstsein die spitzen Ohren, die scharfen Zähne, die das spöttische Lächeln entblößte, die feinkörnige, fleckige Beschaffenheit seiner Haut...

Nun wusste sie, was Atla und Claudius Nero gemeinsam hatten.

Nero schien nicht über den Widerwillen erfreut zu sein, den sein Anblick in Morgains Augen hervorrief. Er erhob sich geschmeidig und ließ sie auf den Steinboden zurückfallen.

»Du bist meine Geisel«, erklärte er schroff. »Als Geisel wird dir kein Leid geschehen. Das heißt, solange Bran Mak Morn zur Zusammenarbeit mit uns bereit ist. Sollte dein Bruder sich aber starrsinnig zeigen, wird dich der Tod nicht einmal halb so schnell erlösen, wie du es ersehnst.«

In der garstigen, zischelnden Sprache des Schlangenvolkes erteilte Nero einen Befehl. Morgain versuchte ein Schaudern zu unterdrücken, als das zwerghafte Gezücht in den Lichtkreis glitt.

Ihre verwachsenen, kleinen Körper waren abstoßend in ihrer Nacktheit. Schlangenköpfe wippten an langen, sehnigen Hägen, als sie wie ein verächtliches Zerrbild des Menschen heranwatschelten - Geschöpfe, deren erbärmlicher Stolz es war, aufrecht zu gehen, in Missachtung ihrer ursprünglichen Herkunft, nach der sie geschaffen waren, um auf dem Bauch zu kriechen. Sie waren nicht größer als Kinder, aber ihre verkümmerten Gliedmaßen standen in keinem Verhältnis zu den aufgeblähten Leibern. Kleine, fahle, warzige Schuppen überzogen ihre Haut mit formlosen Mustern. Unter seltsam flachen Stirnen glühte in starren, gelben Augen die uralte Bosheit der Schlange. Schlaffe Lippen sabberten über gekrümmten Fängen, und ihre Kiefer schienen eigentümlich gelenkig zu sein.

Kinderhände, kalt und hart wie geeister Stahl, griffen nach ihren Fußknöcheln. Morgain würgte eine auf steigende Übelkeit herunter und zuckte vor der Nähe dieser Geschöpfe zurück. Aber sie wollten nur die Fesseln an ihren Beinen lösen.

Nero trat vor, fasste das Mädchen, das seine Berührung als nicht minder unangenehm empfand, bei den Schultern und zog sie mit einer Kraft auf die Füße, die sie ihm nicht zugetraut hätte.

»Komm mit mir«, befahl er. »Es wird angenehmer für dich sein, wenn du gutwillig mitgehst. Wenn nicht - ganz wie du willst.«

Morgain hatte keine andere Wahl als zu gehorchen. Atla nahm die Fackel aus der Halterung und folgte ihnen dichtauf. Um sie herum huschte und schlurfte das Volk der Dunkelheit. Morgain hielt ihren Blick auf Neros flatternden Umhang gerichtet.

Sie legten wenigstens eine Meile zurück, vielleicht auch zwei oder mehr - Morgain verlor jeden Sinn für Zeit und Entfernung während des alptraumhaften Marsches durch riesige Höhlen und schmale Gänge. Zuerst hatte das Mädchen versucht, sich den Weg zu merken - aber bald musste sie erkennen, dass sie niemals zurückfinden würde.

Morgain war erschöpft, als sie schließlich eine große Höhle erreichten, die von einem geisterhaften Licht erhellt wurde, dessen Quelle Morgain nicht ausmachen konnte. Die Helligkeit reichte nicht aus, um die ganze Ausdehnung der Höhle sichtbar zu machen, und als ihre Schritte plötzlich keinen Widerhall mehr erzeugten, schloss Morgain daraus, dass die Höhlendecke unglaublich hoch sein musste. Der Boden der Grotte senkte sich zur Mitte hin und bildete eine flache Schale - ob natürlich entstanden oder aus dem Fels herausgehauen, vermochte Morgain nicht zu sagen.

In der Mitte der Höhle erhob sich ein Altar aus menschlichen Schädeln. Auf dem Hügel grinsender Totenköpfe ruhte - Morgain wusste es sofort - der Schwarze Stein.

Mattschwarz und seltsam bedrohlich, beherrschte er die gewaltige Höhle, obwohl er nicht größer war als einer der bleichen Schädel, die man ihm zu Ehren aufgeschichtet hatte. Eine unerklärliche Anziehungskraft ging von dem düsteren Gegenstand aus. Morgain hätte ihn als das erkannt, was er war, auch wenn Bran ihr den sechsseitigen Stein mit den sechzig dolchähnlichen Keilschriftzeichen auf jeder der sechs Flächen nicht beschrieben hätte.

Morgain blieb stehen, und Atla, die ihren entsetzten Blick bemerkt hatte, lachte. »Also erkennst du den Schwarzen Stein, Mädchen?«

»Sind wir denn in Wales?«, fragte Morgain verwundert. Ihr kam es tatsächlich vor, als hätte man sie eine Ewigkeit durch diese unterirdischen Gänge geschleppt.

»Nein, du bist in der Hölle«, versicherte Atla. »Das Volk der Dunkelheit beschloss, den Schwarzen Stein in einen weniger leicht zugänglichen Tempel zu bringen, nachdem dein Bruder ihn gestohlen hatte.«

Morgain schluckte ihre Verzweiflung hinunter. Trotz seines unheimlichen Aussehens hatte der Anblick des Schwarzen Steins einen Funken Hoffnung in ihr geweckt. Bran hatte schon einmal den Weg zu seinem Altar entdeckt - ganz bestimmt würde er jetzt seine Armee durch die vertrauten Gänge unter Dagons Grab führen, um nach ihr zu suchen. Aber man hatte den Schwarzen Stein in eine neue und unbekannte Grotte dieses Höhlenlabyrinths geschafft. Hier würde er sie niemals finden.

Eine düstere Reihe eiserner Käfige erwartete sie in der Höhle - leer und drohend, die dicken Stäbe kalt und rostig. Morgain wagte nicht darüber nachzudenken, warum die Käfige hier aufgestellt waren, noch welches Schicksal die darin Eingeschlossenen erlitten hatten.

Nachdem er die festen Knoten der Fesseln an ihren Handgelenken gelöst hatte, stieß Nero sie in einen der Käfige. Mit dem Kreischen rostiger Angeln schlug die eiserne Tür zu; dumpf knirschend schnappte das Schloss ein. Atla nahm den eigenartig geformten Schlüssel an sich, und sie und Claudius Nero ließen das Mädchen mit seinen Gedanken allein.

Der Käfig - wie auch die anderen, soweit sie es erkennen konnte - hatten seit unbestimmter Zeit leer gestanden. Der Gitterboden und die Seitenwände waren ungefähr einen halben Meter breiter beziehungsweise höher, als sie mit ausgestreckten Fingerspitzen reichen konnte. Die Stäbe waren dick, rostzerfressen, aber immer noch stabil, und die Zwischenräume waren selbst für jemanden mit ihrer schlanken Gestalt zu eng. Der Steinboden unten war trocken und frei von Schmutz und Unrat - bis auf ein paar zerkrümelnde Häufchen Staub, die man mit viel Mühe als uralte Knochen erkennen konnte. Morgain vermochte sich nicht vorzustellen, wie man diese Käfige hierhergebracht hatte, obwohl das eindeutig schon vor langer Zeit geschehen sein musste - noch auf welche Weise solches Ungeziefer in den Besitz derartig kostspieliger und sorgfältig gefertigter Gegenstände aus Eisen gekommen war.

Lange Stunden vergingen - wieviel Zeit es war, hatte Morgain keine Möglichkeit festzustellen. Sie wurde hungrig, trotz ihrer Angst - und furchtbar durstig. Was sie bei dem Fest getrunken hatte, konnte nie und nimmer der Grund für ihre ausgedörrte Kehle und die pochenden Kopfschmerzen sein. Sie fragte sich, ob sich irgendein Betäubungsmittel in dem Essen oder dem Wein befunden hatte. Endlich erschien einer von dem Wurmvolk aus der Dunkelheit hinter dem Altar und schob einen Krug mit lauwarmem Wasser und ein Stück ranziges Fleisch durch die Gitterstäbe. Mit einem unguten Gefühl trank Morgain von dem Wasser, aber das Fleisch ließ sie unberührt liegen, wo das Geschöpf es hingeworfen hatte.

In der gewaltigen Höhle herrschte eine lastende Stille, und nur manchmal sah Morgain einige der verwachsenen Gestalten am Rande des Lichtscheins vorüberhuschen. Das Licht, stellte sie schließlich fest, schien von dem Altar auszugehen - entweder hatte man den Schädelhügel mit einem phoshorhaltigen Mittel bestrichen, oder vielleicht verströmte der Schwarze Stein selbst irgendeine unheimliche Helligkeit.

Fast die ganze Zeit über fühlte sich das Mädchen von den mitleidlosen Blicken eines unsichtbaren Beobachters gemustert - irgendwo aus dem im Dunkeln liegenden Teil der Höhle. Dieses Gefühl jagte ihr Angst ein, umso mehr, weil sie nicht die geringste Spur von dem verborgenen Wächter im Schatten entdecken konnte.

Wenigstens hatte man ihr Wasser und etwas zu essen gegeben - Beweis dafür, dass man sie am Leben erhalten wollte. Mit diesem dürren Stückchen Hoffnung kauerte sich Morgain in eine Ecke des Käfigs und versuchte zu schlafen.

Aber der Schlaf wollte nicht kommen, die überreizten Nerven waren stärker als ihre Erschöpfung. Unruhig vor sich hin dösend saß Morgain zitternd an die kalten Gitterstäbe gelehnt und bemühte sich, an gar nichts denken. Das rostige Eisen drückte sich schmerzhaft in ihr zartes Fleisch, so dass sie daran, wie oft der dumpfe Schmerz der Gitterstäbe an ihrem Körper sie zwang, die Stellung zu wechseln, ungefähr abschätzen konnte, wieviel Zeit vergangen war. Nach einer Weile war sie auch dazu nicht mehr imstande.

Ein zorniges Stimmengemurmel riss das Mädchen aus ihrem Halbschlaf. Trotz der Steifheit in ihren Gliedern erhob sich Morgain und starrte durch die Stäbe des Käfigs.

Fackelschein zuckte gespenstisch hinter dem dichten Schleier der Dunkelheit, der einen Großteil der riesigen Höhe verbarg.

Als das Licht tanzend näherkam und sich schließlich mit der von dem Altar ausgehenden Helligkeit vermischte, erkannte Morgain Atla und Claudius Nero. Zu ihrem Erstaunen befanden sich noch einige andere Männer bei ihnen. Sie konnte sie nicht deutlich sehen, aber das unstete Licht glitzerte aus römischen Rüstungen und Waffen. Sie sprachen Latein - was Morgain nur unvollkommen beherrschte - und das zischelnde Kauderwelsch des Schlangenvolkes. Morgain verstand nicht genug, um sich über den Grund ihrer Verärgerung klar zu werden.

Die Hexe hatte sich inzwischen von den anderen getrennt, und die Fackel entfernte sich wieder, um schließlich hinter der Biegung eines nur schattenhaft sichtbaren Ganges zu verschwinden. Während Atla gleitend näherkam, spielte sie mit dem schweren Schlüssel, der an ihrem Gürtel hing. Ihr Lächeln war so tödlich wie das starre Grinsen einer Viper.

»Dein Bruder ist ein großer Narr«, sagte Atla eisig.

Morgain bemerkte das zerzauste Aussehen der Hexe, die Schmutzflecken an ihrem hautengen Gewand und den geschmeidigen Gliedern. »Bist du in ein Loch gefallen?«, erkundigte sie sich mitfühlend.

Atlas Lächeln zuckte. »Wir versuchten mit deinem Bruder zu einer Einigung zu kommen. Der Narr will nicht zuhören.«

»Bran wird niemals ein Bündnis mit Schlangengezücht eingehen!« höhnte Morgain.

»Dein mit so hehren Grundsätzen durchtränkter Bruder ist ein verräterischer Dummkopf!«, gab Atla zurück. »Er wollte uns gefangen nehmen. Wir zeigten ihm einen der echten Alpträume der Hölle.«

»Ist er...?« Morgain verfluchte sich selbst für diesen Ausruf der Verzweiflung, den sie nicht hatte zurückhalten können. Die Hexe weidete sich an ihrer Angst.

»Bran Mak Morn wird am Leben bleiben, um sich zu erinnern - obwohl seine Männer nicht so gut davonkamen. Der Wolf der Heide hat sich zurückgezogen, um seine Wunden zu lecken. Wir werden ihm eine letzte Möglichkeit geben, sich der Vernunft zu beugen. Wenn er sich weiter uneinsichtig zeigt...«

Atla musterte das Mädchen eingehend. »Ich habe Claudius Nero den Vorschlag gemacht, Bran eine kleine Aufmerksamkeit zukommen zu lassen, um ihn an die Notlage seiner Schwester zu erinnern. Deine ausgerissenen Fingernägel vielleicht - zusammen mit deinen Ohren zu einer Kette aufgetäfelt...«

»Aber deine Ohren sind bedeutend hübscher«, bemerkte Morgain. »Verrate mir, was hast du gemacht, dass sie so niedlich spitz geworden sind?«

Atla zischte wütend und schlug zwischen den Käfigstäben hindurch nach ihrem Gesicht.

Mit verzweifelter Schnelligkeit packte Morgain den Arm der Hexe und warf sich zurück. Dadurch aus dem Gleichgewicht gebracht fiel Atla gegen den Käfig, wobei sie mit Kopf und Schultern hart gegen das rostige Gitter prallte.

Sofort sprang das Piktenmädchen wieder nach vorn, um die günstige Gelegenheit auszunützen. Sie streckte ihren kräftigen Arm zwischen den Gitterstäben hindurch und legte ihn um den schlanken Hals der noch halb benommenen Hexe. Atlas Kopf schlug gegen Eisen, und der unbarmherzige Druck an ihrer Kehle erstickte ihren Aufschrei.

Die Hexe wehrte sich mit einer Kraft, der Morgain kaum standhalten konnte - krallte mit der einen freien Hand nach dem Arm, der sie gegen das Gitter presste und trat mit den Füßen nach hinten aus. Grimmig verstärkte Morgain ihren Würgegriff und drehte Atla den anderen Arm scharf auf den Rücken. Atlas Sandalen rissen dem Mädchen die Schienbeine auf. Mit der freien Hand versuchte Atla, etwas unter ihrem geschlitzten Gewand zu erreichen. Mitleidlos stieß Morgain der Hexe ein Knie in die Nieren - schmetterte ihren Kopf gegen die Eisenstangen, als die Frau vor Schmerzen stöhnte.

Atla sank gegen den Käfig, ihre Bewegungen wurden schwächer. Da sie eine List befürchtete, drückte Morgain ihren Arm noch fester gegen den Hals der Hexe. Atlas Körper wurde schlaff und hing wie tot an den Stäben.

Morgain ließ Atlas rechten Arm los und griff um ihre schmale Taille herum nach dem Schlüssel an ihrem Gürtel. Der kraftlose Körper der Hexe wurde nur noch von dem Arm um ihren Hals aufrecht gehalten. Es war Morgains Absicht gewesen, sie zu erwürgen, aber Zeit war jetzt wichtiger als Rache, so dass das Mädchen sich nicht von dem Tod ihrer Feindin überzeugte, wie Bran es sie gelehrt hatte.

Sie ließ die reglose Gestalt auf den Boden fallen, sprang zu der Tür ihres Gefängnisses und bemühte sich in fliegender Hast, den Schlüssel in das Schloss zu bringen. Ihre Bewegungen waren unbeholfen, weil sie um die Gitterstäbe herumreichen musste, und das Schloss war verrostet und widersetzte sich ihren Anstrengungen. Das Mädchen fluchte und wand sich verzweifelt.

Der Schlüssel entglitt ihren schweißnassen Fingern und klirrte auf die Steine.

Beinahe schluchzend in ihrer Bedrängnis warf Morgain sich zu Boden und streckte den Arm nach dem Schlüssel aus. Er lag gerade eben außerhalb ihrer Reichweite. Morgain streckte sich der Länge nach auf den Steinplatten aus, presste ihre Schulter gegen die rostigen Stäbe - reckte ihren Arm, so weit es nur ging. Ihre zitternden Finger streiften den Schlüssel, hätten ihn beinahe noch weiter weg geschoben. Dann verhakten sich ihre Fingernägel an einem Rostblättchen, zogen den Schlüssel kratzend heran.

Immer noch keine Alarmrufe. Wieder steckte Morgain den Schlüssel in das Schloss - zwang ihre zitternden Hände zur Ruhe. Ein Drehen, ein plötzliches, ruckartiges Knacken. Morgain stöhnte.

Aber es war nicht der Schlüssel, der geknackt hatte. Es war das Knirschen der verrosteten Riegel. Als sie dagegen drückte, schwang die Tür auf.

Morgain taumelte durch die Öffnung, richtete sich auf und schaute sich wachsam um, wie ein in die Enge gedrängtes Wild. Sie hatte sich aus ihrem Gefängnis befreit - aber um was zu tun? Um wohin zu gehen?

Unwichtig. Lebend würden sie sie nicht noch einmal fangen. Dahinten war der Gang, durch den man sie hergeführt hatte. Vielleicht konnte sie sich doch wieder auf den Weg besinnen. Sie brauchte eine Fackel. Und eine Waffe.

Sie musterte Atlas bewegungslose Gestalt. Es war unmöglich, dass die Hexe eine Waffe besaß, die sie während ihres kurzen Ringens nicht hatte erreichen können. Morgain kam noch ein zweiter Gedanke. Wenn sie die Hexe nicht getötet hatte, konnte sie sie vielleicht zwingen, sie aus dem Höhlenlabyrinth herauszuführen.

Rasch kniete Morgain neben dem wie tot am Boden liegenden Körper nieder. Bran hatte ihr von dem Dolch erzählt, der bei seiner ersten Begegnung mit der Hexe an seinem Kettenhemd zerbrochen war. Morgains Hände glitten über den schlafenden Leib. An ihrer Taille war nichts zu fühlen; der tiefe Ausschnitt ihres Kleides eignete sich nicht als Versteck. Morgain bemerkte, wie sich die Brust der Hexe unter langsamen Atemzügen hob und senkte. Also lebte sie noch.

Im gleichen Augenblick berührten ihre Finger einen länglichen Gegenstand am Schenkel der Hexe. Ein Dolch, der unter dem geschlitzten Kleid in einer Lederhülle an ihrem Bein festgebunden war. Morgain beugte sich vor, um die Waffe in ihren Besitz zu bringen.

Atlas Knie traf sie an der Kinnspitze. Der Kopf des Mädchens flog zurück, und Schmerz löschte ihre Sinne aus.

Allerdings verlor sie nicht völlig das Bewusstsein, obwohl für eine geraume Weile die Welt für sie ein schmerzdurchtobter Abgrund war, und Übelkeit ihren Leib schüttelte.

Nur vage merkte sie, dass die Hexe ihren zu keiner Gegenwehr fähigen Körper wieder in den Käfig zerrte; hörte, wie sie wütend Befehle in der zischelnden Sprache des Schlangenvolkes ausspie. Plötzlich griffen andere Hände nach ihr. Sie fühlte, wie ihr das Hemd vom Körper gefetzt, ihre Arme grausam verdreht über ihren Kopf gezerrt wurden. Schmerz in ihren Handgelenken und Schultern, Kälte auf ihrer nackten Haut. Und ein Schwindelgefühl - das Empfinden, sich langsam, schwebend, durch das sternenübersäte Nichts zu drehen. Es regnete...

Wieder klatschte Wasser in ihr Gesicht. Morgain öffnete die Augen. Sie hing in der Luft. Der Höhlenboden befand sich mehrere Zentimeter unter ihren Füßen.

Der letzte Rest von Benommenheit verflog. Ihre Handgelenke waren über dem Kopf zusammengebunden, die Rohhautriemen an den Stäben des Käfigdaches befestigt. Ihres einzigen Kleidungsstückes beraubt, hing Morgain an den Armen in der Mitte des Käfigs.

Langsam drehte sich ihr Körper, bis sie Atla vor sich sah. Der Hals der Hexe war blutunterlaufen, ein dünner Blutfaden zog sich über ihre Stirn. Ihr Lächeln war etwas Furchtbares, als sie liebevoll die schlangenähnlichen Windungen einer langen Peitsche ausschüttelte.

Morgain gab sich selbst das Versprechen, nicht zu schreien.

Atla hatte viel Geduld, und Morgain brach ihren Schwur, lange ehe sie endlich die Besinnung verlor.

Durch ihr schmerzverschleiertes Bewusstsein taumelten die Erinnerungen, während Morgain sich in die Wirklichkeit zurücktastete. In der schwindelerregenden Dunkelheit t klammerte sie sich an das klare Licht ihrer Schmerzen und folgte ihm durch das gespenstische Wirbeln ihrer verworrenen Gedanken. Als ihr dann einfiel, was der Grund für ihre Schmerzen war, stöhnte sie leise und öffnete die Augen.

Morgain hing immer noch an ihren Armen in dem Käfig, ihre nackte Haut umhüllte jetzt ein dichtes Gewebe aus Peitschenstriemen. Ihre Zehen drehten sich langsam über einer getrockneten Blutlache.

Mühsam hob das Mädchen den Kopf zwischen ihren ausgestreckten Armen. Und über ihre ausgedörrten Lippen drang ein Schrei tiefster Verzweiflung.

In einem anderen Käfig lag eine reglose Gestalt. Trotz der dicken Schicht aus Blut und Schmutz erkannte sie Bran Mak Morn.

XIII. Herr der Schatten

»Du hast sie getötet!«

Atla zuckte die Schultern. »Sie wird leben. Die kleine Hure hat mich beinahe erwürgt. Sie kann froh sein, mit genug heiler Haut für das Häutemesser davongekommen zu sein. Was kümmert dich das überhaupt, Claudius Nero?«

Der Legat starrte sie zornig an. »Sie ist meine Geisel.«

»Eine Geisel ohne Wert«, betonte Atla. »Jetzt, da wir Bran Mak Morn in unserer Gewalt haben.«

Als ihre Stimmen durch die Ohnmacht sickerten, die ihn verschlungen hatte, öffnete Bran langsam die Augen. Ohne sich zu rühren, musterte der Pikte seine Umgebung.

Seiner Waffen beraubt lag er auf dem Boden eines eisernen Käfigs. Seine Glieder waren mit Biss- und Kratzspuren übersät. Getrocknetes Blut klebte an seinem Kettenhemd, verkrustete sein zerschundenes Fleisch. Sein ganzer Körper schmerzte, aber er konnte keine wirklich ernsthafte Wunde feststellen.

Als er zwischen den Gitterstäben hindurchblickte, konnte er Atlas nackte Fußgelenke und die Beinschienen von Claudius Nero sehen, deren ärgerlicher Wortwechsel ihn aufgeweckt hatte. Mit schwerem Herzen erkannte Bran, dass er ihnen in die Hände gefallen war. Er wandte den Blick zur Seite und bemerkte die bloßen Füße, die in einem gegenüberliegenden Käfig über den Boden hingen. Ein lauter Schmerzensschrei...

Mit einem Knurren der Wut sprang Bran auf die Füße - warf sich gegen die Stäbe, die ihn von seinen Feinden trennten.

»Was habt ihr mit Morgain gemacht?«

Als sie seine Stimme hörte, rief das Mädchen seinen Namen - Erleichterung darüber, dass er noch lebte, verlieh ihrem Ruf einen unter diesen Umständen bizarren Klang von Freude. Bei dem erbarmungswürdigen Anblick ihres gemarterten Körpers, der geschwollenen und blutigen Striemen auf ihrer nackten Haut verlor Bran schier den Verstand. In ohnmächtiger Raserei rüttelte der Pikte an den eisernen Stäben, schrie wilde Flüche heraus, während sich Schaum auf seinen Lippen bildete.

Endlich durchdrang die Erkenntnis, dass seine Peiniger nur über ihn lachten, den purpurnen Schleier seiner Wut. Grimmig suchte Bran seines Zornes Herr zu werden.

»Narr!«, höhnte Nero. »Hast du geglaubt, meine Warnung wäre nur eine leere Drohung? Wärest du nicht wie ein Dummkopf selber in unser Reich gestolpert, hätten wir unsere nächste Botschaft an dich auf Morgains Haut geschrieben.«

»Vielleicht hätte ich mich bereitgefunden, euch und eure auf dem Bauch kriechende Verwandtschaft in euren Löchern in Frieden zu lassen«, fauchte Bran. »Für das, was ihr Morgain angetan habt, werde ich jeden einzelnen von euch jagen, solltet ihr auch aus euren Löchern in die tiefsten Tiefen der Hölle flüchten!«

»Aber mein kleiner Barbarenkönig«, reizte ihn Claudius Nero, »du bist nicht mehr in der Lage, irgendwelche Drohungen wahrzunehmen.«

»Meine Zeit wird kommen!«

»Deine Zeit ist vorbei, Bran Mak Morn. Wir haben dich nur deshalb noch nicht zerschmettert, weil wir dachten, du könntest uns für unsere Pläne nützlich sein.«

»Du kennst die Antwort!«

»Unglücklicherweise - für dich - denke ich schon, dass ich sie kenne. Deine mangelnde Rücksichtnahme auf das Schicksal deiner Schwester, deiner unbesonnenen Versuche, uns zu hintergehen - solche sture Dummheit hat mich zu der Überzeugung gebracht, dass wir dir niemals trauen könnten. Und deshalb, König Bran, bist du für uns nicht länger von Wert.«

»Warum dann dieses Katz-und-Maus-Spiel? Tötet mich und macht ein Ende.«

»Vielleicht haben wir doch noch Verwendung für dich«, mischte Atla sich ein. »Möglicherweise ist Gonar etwas zugänglicher, was ein Bündnis betrifft...«

»Gonar kann keine Verträge schließen. Ich bin der König der Pikten.«

»Und die Komödie mit der eisernen Krone hast du vergessen?«, spottete Nero. »O ja, wir haben inzwischen davon erfahren. Du hast doch wohl nicht wirklich geglaubt, etwas vor uns geheim halten zu können!«

»Gonar mag meine Krone haben - dennoch ist niemand König der Pikten als Bran Mak Morn! Verhandelt- mit Gonar, wenn es euch Spaß macht. Nur Bran Mak Morn kann für das Volk der Heide sprechen.«

»Da hast du nun deine Eisenkrone weggeworfen und behauptest immer noch, für die Pikten sprechen zu können«, bemerkte Nero mit beißendem Sarkasmus. »Ein kleiner barbarischer König in einem Käfig, dessen Volk ihn im Stich gelassen hat. Du strapazierst meine Geduld,

König Bran. Ich überlege, ob ich dieses sinnlose Gaukelspiel beenden soll.«

»Dann beende es doch!«, forderte Bran ihn heraus. »Oder ist es so, dass Quintus Claudius Nero nicht für das Volk der Dunkelheit spricht?«

Das bleiche Gesicht des Legaten färbte sich rot vor Zorn. Bran wusste, dass sein aufs Geradewohl abgeschossener Pfeil gut getroffen hatte - schon ehe aus den Schatten ein zischendes Hecheln ertönte, das man als Lachen deuten konnte. Bei dem Geräusch trübte eine Mischung aus Furcht und seelenlosem Hass Neros Blick und verzerrte sein schmales Gesicht zu einer Dämonenfratze.

»Du bist ein Narr, Claudius Nero«, ertönte eine Stimme hinter dem Vorhang der Dunkelheit. Die Stimme sprach das Piktische auf eine solch gedehnte und zischende Art, dass die Worte kaum noch zu verstehen waren. »Und schlimmer noch, du bist ein unfähiger Narr.«

Der Sprecher aus dem Schatten glitt in den Lichtkreis. Brans Augen weiteten sich vor Staunen. Die lispelnde

Stimme kam aus einer Kehle, die niemals dazu bestimmt gewesen war, menschliche Laute zu formen.

»Ssrhythssaa!« Nero stieß den Namen in einer Art und Weise hervor, wie Bran ihn niemals hätte aussprechen können. »Ich dachte, du...«

Das zischende, dürre Lachen raschelte wieder durch die Höhle. »Es ist nicht deine Aufgabe zu denken, Nero. Deine Aufgabe ist es, zu gehorchen. Ich kam, um mir selbst diesen lästigen Pikten anzusehen, mit dem zu verhandeln du dich selber für unfähig erklärt hast.«

Zuerst hatte Bran Mak Morn vermutet, der Neuankömmling wäre noch einer von diesen halbmenschlichen

Bastarden. Ein zweiter Blick ließ erkennen, dass kein Tropfen menschlichen Blutes in den Adern dieses Geschöpfes floss.

Die Gestalt war so groß wie Bran und kaum mehr als Haut und Knochen - obwohl unter den Falten seines weiten Gewandes nichts Genaues auszumachen war. Die Arme, die unter den wehenden Ärmeln zum Vorschein kamen, waren mit den fahlen Schuppen einer uralten Schlange bedeckt, die Hände mit langen, schwarzen Klauen bewehrt. Der Kopf auf den schmalen Schultern war an den Schläfen eigenartig flach und verjüngte sich zu einer hohen Spitze. Diesen spitz zulaufenden, haarlosen Schädel schmückte ein goldener Reif, der mit glanzlosen Juwelen von düsterer Farbe besetzt war. Seine Ohren waren gleichfalls spitz, die Nase aufgeworfen und eingedrückt wie die Schnauze einer Viper, das Gesicht wenig mehr als eine fahle, enganliegende Schuppenmaske über einem nichtmenschlichen Schädel. Glänzende und spitze Zähne bildeten eine Doppelreihe entlang der grinsenden Kiefer. In den gelben Reptilaugen spiegelte sich eine Seele voll uralter Bosheit, die unverwandelt das Kommen und Gehen von Jahrhunderten beobachtet hatte.

Der Pikte war sich der Verwandtschaft dieses beeindruckenden Geschöpfes mit dem degenerierten Schlangenvolk bewusst, gegen das er in der Dunkelheit gekämpft hatte. Eine innere Stimme sagte ihm, dass er hier einen vom Volke der Dunkelheit vor sich sah, an dem er erkennen konnte, wie diese Rasse in einem versunkenen Zeitalter über die Erde gewandelt war, bevor Jahrtausende in lichtlosen Höhlen sie zu dem werden ließ, was sie heute war. Betäubt fragte sich Bran, ob dieses Geschöpf - wie Bran selbst - ein vereinzelter Rückfall in die hochentwickelte Vergangenheit dieser Rasse war - oder ein Überlebender jenes Äonen zurückliegenden Zeitalters.

Bran löste seine Augen von dem starren Blick, dessen hypnotischer Bann urzeitliche Ängste tief in seiner Seele weckte - instinktive Furcht aus einer Zeit, als seine äffischen Vorfahren in zitternder Hilflosigkeit vor dem lähmenden Blick einer gewaltigen Schlange erstarrten. Mit einem gewaltsamen Ruck, der ihm plötzlich vor Augen führte, wie sehr Wunden und Erschöpfung an seiner Kraft gezehrt hatten, befreite Bran sich von dem Bann dieser Augen - und wusste jetzt mit erschreckender Sicherheit, warum die Schlange bei allen Rassen als Symbol des Bösen galt.

»Meine Sklaven berichteten mir von deinen stolzen Prahlereien, Bran Mak Morn«, zischte die Stimme, in abscheuerregender Verstümmelung der menschlichen Sprache. »Hast du ihnen nicht zugetraut, mir deinen albernen Hochmut begreiflich zu machen? Oder dachtest du, ungestraft dort lustwandeln zu können, wohin sich seit Jahrhunderten niemand deines Volkes mehr gewagt hat?«

Die schmalen Hände deuteten auf den Altar aus Totenschädeln. »Dort liegt das, was du recht gut kennst. Bist du gekommen, es noch einmal zu stehlen, oder bist du diesmal gekommen, um dem Schwarzen Stein deine Ehrerbietung zu erweisen?«

Bran kämpfte verbissen gegen seine Schwäche an. »Euer Geschwätz macht mich krank, ihr Würmer, die ihr als Menschen gelten wollt! Ausgeburt der Hölle - bist du also der Herr dieser schleichenden Mörder und Frauenräuber? Dann weißt du, welche Antwort deine Sklaven von mir bekommen haben! Es gibt keinen gemeinsamen Feind, der Pikten und Schlangenbrut zu Verbündeten machen kann, und Bran Mak Morn wird eher ein Hund Roms werden, bevor er gegen Menschen, Schulter an Schulter mit Wesen kämpft, die vergessen haben, wie man kriecht!

Auf dem reptilhaften Gesicht zeigte sich keine Regung - obwohl Bran ein dunkles Aufblitzen in den gelben Augen wahrzunehmen meinte. »Ich bin der Herr dieser Welt, Pikte. Vielleicht werde ich schon binnen kurzem das Vergnügen haben, gewissen Wilden beizubringen, auf dem Bauch zu kriechen, wie es sich für sie geziemt.«

»Wir verschwenden unsere Zeit mit diesem starrsinnigen Pikten«, grollte Nero.

Ssrhythssaa brachte ihn mit einer Handbewegung zum Schweigen. »Nicht alles, was dieser starrsinnige Pikte sagt, ist eitle Prahlerei, Claudius Nero. Er spricht die Wahrheit, wenn er behauptet, dass nur Bran Mak Morn der König der Pikten ist. Wenn wir ihn töten, wird das Volk der Pikten wieder in hundert einzelne und unbedeutende Clans von Wilden zerfallen. Verstreut und führerlos können die Pikten Rom niemals standhalten, noch können sie uns in irgendeiner Weise von Nutzen sein.«

»Die Pest auf diese Pikten! Du überschätzt ihre Bedeutung. Mit meiner Legion...«

»Deine Legion ist nur begrenzt einsatzfähig«, schnitt Ssrhythssaa ihm das Wort ab. »Ihr seid zu wenige, und wir haben keinen Ersatz für die, die im Kampf fallen. Um die Römer zu vertreiben - und unsere Herrschaft über die Oberflächenwelt zu festigen, brauchen wir die Horden der Pikten. Du kannst sicher sein, dass keiner der keltischen Stämme unsere Vormacht anerkennen wird. Nur unsere

Feinde von alters her können uns in dieser Sache helfen. Die Pikten - gleich uns Überlebende eines versunkenen Zeitalters - sind jetzt Verfolgte und Gejagte, ihre Rasse ist heruntergekommen und im Schlamm der Barbarei versunken. Über die Äonen hinweg sind unsere Geschicke parallelen Bahnen gefolgt - und piktische Priester haben auf dem Altar der Schlange geopfert...«

»Geht nur zu Gonar mit euren betrügerischen Bündnisangeboten«, fauchte Bran. »Gonar mag in vergangenen Jahren ein Priester der Schlange gewesen sein. Seither hat er mir geschworen, all seine schwarzen Künste in meinen Dienst zu stellen!«

Wieder das nichtmenschliche Lachen. »Bist du dir Gonars Treue so sicher, König Bran? Aber unwichtig. Wie du sagtest, Gonar ist nicht der König der Pikten. Es gibt nur einen König, dem die Pikten folgen werden, und wenn sie jetzt auch noch hinter deinem Rücken gegen dich sprechen, so wird doch ein ruhmreicher Sieg über die Römer das gesamte Volk wieder zu deinen Fahnen eilen lassen. Wir werden dir einen solchen Sieg ermöglichen, Bran Mak Morn.«

»Ich werde diesen Sieg nicht annehmen, Ssrhythssaa«, gelobte der Pikte. »Bist du unbedarft genug, wirklich anzunehmen, du könntest mich zu einem unheilvollen Pakt mit dir und deinen schleimigen Artgenossen überlisten?«

Die dunkelgewandete Gestalt musterte ihn ausdruckslos. »In Wahrheit - denn es liegt kein Sinn mehr darin, dir unsere wahren Absichten zu verheimlichen - hielt ich dich anfangs für nichts anderes als einen dreisten barbarischen Gesetzlosen, der sich durch Kühnheit und die Launen des Glücks die legendäre Krone des Piktenvolkes angeeignet hatte. Ich hegte kaum einen Zweifel daran, dass eine Mischung von finsteren Drohungen und leuchtenden Versprechungen von Reichtum und Macht, dich dazu bewegen würden, meinen geheimen Plänen zu folgen, sobald deine Lage erst einmal verzweifelt genug wäre.

Ich war im Irrtum. Ob du in der Tat ein größerer Mann bist als der ehrgeizige Barbarenkönig, mit dem ich es zu tun zu haben glaubte - oder nur ein Verrückter - vermag ich nicht zu beurteilen. Aber es ist offensichtlich, dass du mir aus freiem Willen nicht dienen wirst.«

»Und auch nicht aufgrund von Drohungen und lügenhaften Versprechungen!« fügte Bran hinzu, wohl wissend, dass er damit sein eigenes Todesurteil aussprach.

»Es wäre günstiger gewesen«, überlegte Ssrhythssaa, »wenn du uns aus freiem Willen gedient hättest. Aber wenn du nicht unser nichtsahnender Strohmann sein kannst, ist es möglich, dass du zu unserem willigen Diener wirst. Ich kenne deine äffische Rasse seit undenklicher Zeit, Bran Mak Morn. Es gibt wenig, was die Menschen nicht zu tun bereit sind, sei es nun aus Furcht oder Gier.«

»Wenn du glaubst, ich würde freiwillig meine Rasse hintergehen, jetzt, wo ich die Wahrheit über deine finsteren Pläne erfahren habe, dann weißt du nur sehr wenig von der Menschheit und noch viel weniger von Bran Mak Morn!«, schleuderte ihm der Pikte entgegen.

Ssrhythssaa gelang es, Verachtung aus seiner grotesken Art des Sprechens herausklingen zu lassen. »Ich weiß genug von Affen, die nur an funkelnden Tand und an ihre erbärmliche Bequemlichkeit denken, um zu wissen, dass jeder Mensch seinen Preis hat - und eine Grenze für das, was er ertragen kann. Aber ich halte es für besser, dass du mehr über meine Rasse erfährst, Bran Mak Morn, und auch über deine eigene - damit du einsiehst, dass meine Versprechen nicht eitel und meine Drohungen nicht leeres Geschwätz sind.«

Diesmal riefen Brans Flüche nur ein Aufflackern sardonischer Belustigung hervor. Ohne sich um das wütende Aufbegehren des Pikten zu kümmern, wandte der uralte Schlangenmann dem eisernen Käfig den Rücken und näherte sich ehrerbietig dem Altar des Schwarzen Steins.

XIV. Bilder der Vergangenheit

Ssrhythssaa hob seine langen Arme, so dass die zurückfallenden Ärmel seiner Robe die fahle Schuppenhaut seiner geschmeidigen Glieder entblößten. Seine Schlangenstimme wisperte eine lange Reihe zischender Laute, die so fremdartig klangen, dass Bran zweifelte, ob es sich tatsächlich um Worte irgendeiner Sprache handelte. Eher gemahnten sie ihn an ein Nest von Vipern, das man auf ein Feuer aus grünem Holz geworfen hatte, oder an lange, dürre Krallen, die über eine mit Menschenhaut bespannte Trommel kratzten.

Einmal in einer geplünderten Villa, hatte Bran den Leichnam eines Mädchens gefunden, der an einem Ast über dem Mosaikboden eines Gartens hing. Das weiche Tröpfeln der vollgefressenen Maden, die sich aus dem Bauch der Leiche auf den Boden fallen ließen, und ihr blindes Wimmeln zwischen den zuhauf gewehten Blättern hatte ein derartiges, unsagbar ekelhaftes Geräusch verursacht.

Dunkelheit stahl sich plötzlich aus den schattigen Winkeln der riesigen Höhle heran. Der unheimliche Schimmer, den der Schädelhügel verbreitete, wurde schwächer - und noch schwächer. Jetzt schien es, dass der Schwarze Stein selbst zu leuchten begann - eine Helligkeit verbreitete, die außerhalb des Spektrums von natürlichem Licht lag. Finsternis verschlang die ganze Höhle. Und durch den Schleier aus Schwärze wob das unwirkliche Schillern des Schwarzen Steins ein Muster aus flackernden Umrissen.

Zuerst Chaos.

Dann Verschmelzung...

Die Dunkelheit zerbarst zu einem Fiebertraum aus monströsen Gestalten, dampfenden Dschungeln und unförmigen Städten, die auf der urzeitlichen Erde emporragten.

Die Sterne am Himmel waren kalt und fremd, und reißende Bestien und unirdische Pflanzen, wie sie kein Menschenauge je gesehen hatte, ergriffen von der schimmernden Landschaft Besitz. Gestaltgewordenes Entsetzen verdunkelte die Sterne - kämpfte auf Leben und Tod gegen Geschöpfe von noch ungeheuerlicher Fremdartigkeit. Berge zerschmolzen zu gewaltigen Leuchtfeuern aus glühender Lava. Vernichtende Kräfte, die jedes menschliche Begreifen überstiegen, strömten gleich Höllenfeuer von den Sternen herab. Himmelhohe Türme zerbarsten in einem Flammenmeer; ragende Städte versanken in Stille und Tod.

Kontinente wankten. Städte und Dschungel starben in kreischendem Dampf und singendem Feuer. Dunkelheit breitete sich über die ausgebrannten Trümmer...

Bran erkannte, dass in rasenden Bildern Jahrtausende an seinen Augen vorüberflogen. Neue Kontinente erhoben sich aus den von einer Aschenschicht erstickten Meeren, neue Dschungel wurzelten auf verwüstetem Boden. Neue Geschöpfe krochen aus dem üppigen Grün hervor und starrten in angstvollem Staunen auf die verfallenden Trümmerhaufen, wo einst fremdartige Türme den Sternen den Kampf angesagt hatten und Städte auf Seen aus Feuer schwammen.

Zuerst glaubte Bran, die Gestalten wären die von Menschen.

Es waren keine Menschen, obwohl sie versuchten, aufrecht zu gehen. Verschwommen ahnte Bran in manchen der affenähnlichen Wesen die Anlagen, die sie einst zum Menschen machen würden. Andere Tiere ahmten nur die Gestalt des im Werden begriffenen Menschen nach.

Denn während der Affe sich in mühevoller Langsamkeit zum Menschen wandelte, beobachtete Bran andere, monströse Entwicklungen, die dem Menschen gleich zu werden versuchten. Er sah seltsame Geschöpfe, die dem Samen von Wölfen entsprangen, von Fledermäusen, Raubvögeln, Pferden und Ziegen. Die trägen Fluten des Meeres trugen merkwürdige und missgestaltete Ungeheuer heran, die aus dem Wasser auf das Land strebten. Es gab noch andere grässliche Hohngestalten, Auswurf der Träume eines wahnsinnigen Gottes. Geschöpfe, die unter dem Einfluss kosmischer Energien aus den degenerierten Nachkommen der Alten Rassen entstanden, und die Ergebnisse der blinden Evolution dieser urzeitlichen Welt. Und zwischen diesen Lebewesen einer sinnlosen Schöpfungskraft krochen Schlangen, aus deren Leibern Gliedmaßen wuchsen, um sie aus dem Staub zu heben.

Es gab Kriege. Kriege von rachsüchtiger Wildheit und hirnloser Mordlust, die sogar den Blutdurst übertrafen, der im Herzen der Pikten loderte. Wieder erhoben sich bizarre Städte und Türme aus den von Ungeheuern durchstreiften Urwäldern. Nichtmenschliche Armeen kämpften und eroberten. Städte wankten unter vernichtenden Flammen und erbarmungsloser Plünderung. Der Boden der Urzeit färbte sich schwarz von den Strömen fremdartigen Blutes.

Es war ein Krieg bis zur völligen Ausrottung, der zwischen der im Wachsen begriffenen Menschheit und den affenähnlichen Vorfahren des Menschen tobte. Der Tod war allgegenwärtig in dem von Kämpfen erschütterten Land - nicht nur bei dem titanischen Zusammenprall gewaltiger Heere, sondern auch in der dunklen Verlassenheit einsamer Waldwege oder in den stillen Stunden der Nacht. Geschöpfe, halb Mensch, halb Wolf, stürzten sich auf zottige Jäger, starben unter ihren Feuersteinäxten. Durch die Dächer abseits gelegener Hütten brachen lederflügelige Geschöpfe und entschwanden mit ihrer schreienden Beute in der Nacht.

Wie lange dieser erbarmungslose Krieg über die Vorherrschaft auf der am Morgen ihres Lebens stehenden Welt andauerte, vermochte Bran Mak Morn nicht zu ermessen - so wenig, wie er die ungeheure Zahl der Erschlagenen zu nennen wusste oder die Namen der vorgeschichtlichen Helden, deren grimmige Siege nur mehr ein verklingender Nachhall uralter Mythen sind.

Während die Jahrhunderte vor seinen gebannten Blicken entstanden und vergingen, merkte Bran, dass die Menschheit schließlich ihren ersten und größten Sieg errang. Die größere innere Wildheit des Menschen und seine Fähigkeit zu zerstören verminderte die Zahl der Wer-Geschöpfe. Die rivalisierenden Städte fielen in Trümmer und wurden nicht wieder aufgebaut. Die nichtmenschlichen Armeen wankten und schwanden unter immer neuen Niederlagen. In die Wüsteneien, die öden Gegenden der Welt, flüchteten sie, die gejagten Überbleibsel der halbmenschlichen Rassen. Einige davon kannte Bran aus den düsteren Sagen seiner eigenen Rasse und den Legenden, die die Römer erzählten - Werwölfe und Wertiger, Fledermausmenschen und Harpyien, Centauren und Satyrn,

Sphingen und Zyklopen - nebst anderen Wesen, die noch ungeheuerlicher waren und jeder Beschreibung spotteten.

Von all diesen misslungenen Schöpfungen einer irregeleiteten Evolution erwies sich das Schlangenvolk als tödlichster Rivale der Menschheit. Ihnen war die größere Verschlagenheit zu eigen - entstanden aus einer gewissen instinktiven Klugheit, die in der Ahnenreihe ihrer Rasse verwurzelt war, welche bis zu den rauchenden Trümmern der Alten Erde zurückreichte. Das Schlangenvolk - das den Menschen hasste, weil er es seines rechtmäßigen Erbes beraubt hatte, und gleichzeitig menschliche Haltung und menschliches Gebaren nachahmte - war nicht so leicht zu besiegen.

In offenem Kampf brannten die vordringenden Armeen der Menschheit die fremdartigen Städte des Schlangenvolkes nieder und zerstörten ihre seltsamen Altäre. Das Schlangenvolk wehrte sich mit unheiliger Magie und hinterhältigem Verrat. Dieses gnadenlose Ringen dauerte über Jahrhunderte hinweg an, aber wie immer erwies sich die Menschheit als stärker. Die vordringende Flut der Affenmenschen konnten schwarze Hexerei und die höllischen Diener des Schlangenvolkes nicht aufhalten. Als ihre letzte Zitadelle von den primitiven Armeen der Menschheit erobert wurde, flüchteten die wenigen Überlebenden des Schlangenvolkes in die Schatten.

Und in den Schatten glühte unvermindert ihr Hass gegen die Menschen.

Jahrtausende zogen in raschem Wirbel vorbei. Kontinente stiegen auf und versanken; das Meer gebar neues Land. Dampfende, reptilienverseuchte Sümpfe verdorrten zu kalten und leblosen Wüsten. Wuchernde und ungezähmte Dschungel verwandelten sich in würdige Hartholzwälder. Schroffe Gebirgsketten aus diamanthartem Fels wuchsen aus der Erde empor; eine endlose Linie aus stahlblauem Eis überrollte ihre gezackten Gipfel und hinterließ nur einen zermalmten Haufen Geröll.

In der Nacht ihres schicksalhaften Kräftemessens hatte der alte Gonar ähnliche Bilder heraufbeschworen, wie sie sich jetzt vor Brans verwirrten Augen aneinanderreihten. Bran erkannte die in Sagen bewahrte Geschichte seines Volkes, der Pikten - des Urvolkes.

Er beobachtete die Entwicklung der tierhaften Affenmenschen zu schlanken und pantherhaft geschmeidigen Wilden, geschickt bei der Bearbeitung von Feuerstein und bei der Jagd. Jahrtausende vergingen. Die Pikten lebten in Frieden auf den westlichen Inseln und lernten die Künste der Zivilisation. Immer wieder einmal griff das Urvolk zu den Waffen, um ihr Land gegen die immer noch in der Entwicklung befindlichen Affenmenschen aus den großen Wäldern im Süden und Osten ihrer Inseln zu verteidigen - oder die feindlichen Kanuflotten der halbmenschlichen Plünderer von Lemurien abzuwehren, Geschöpfe mit der rauen Haut von Haifischen, die einige Stufen der Evolution übersprungen und unmittelbar aus dem urzeitlichen Meer heraus das feste Land für sich erobert hatten.

Erneut wankte die Erde unter Erschütterungen, die ganze Kontinente auseinanderrissen. Lemurien versank im brodelnden Meer. Die westlichen Inseln stiegen aus dem Wasser hervor und bildeten die Gebirge einer neuen und lebensfeindlichen Landmasse. Die Pikten flüchteten in die Wälder im Süden und Osten - zurückgeschleudert in die Barbarei.

Es folgte ein verwirrendes Panorama von sich verändernden Kontinenten und Rassen, von vordringenden Eisfeldern und unaufhörlichen Völkerwanderungen. Neue Rassen drängten ans Licht, um sich gegenseitig zu bekämpfen. Königreiche und Imperien, Städte und Zivilisationen, marschierende Armeen und in Seeschlachten verwickelte Flotten - alles raste vorbei, wie die kaum fassbaren Muster treibender Schneeflocken. Nur die Pikten blieben ein fester Bestandteil in diesem Sturm von Bildern.

Und in den Schatten wartete das Schlangenvolk...

Nur in den verlassenen und schwer zugänglichen Gebieten der Erde hatten einige wenige des Schlangenvolkes überlebt. Auf einem fernen Kontinent im Westen erhob sich ihre letzte große Stadt noch Jahrhunderte, nachdem die Pikten sie aus der Welt der Menschen vertrieben hatten. Schließlich fiel auch diese letzte Stadt unter dem Ansturm gelbhäutiger Krieger, von denen Bran annahm, dass es sich um die Abkömmlinge der urzeitlichen Lemurier handelte. Die Überlebenden dieses vernichtenden Massakers retteten sich in Höhlen unter dem Boden ihres Tales - um sich dort zu scheußlichen Ungeheuern zurück zu entwickeln, nicht unähnlich der Brut, die jetzt die Moore Kaledoniens heimsuchte. Sie verehrten das Götzenbild einer gefiederten Schlange aus durchsichtigem Kristall und ein riesiges Juwel, das in etwa dem Schwarzen Stein vergleichbar war, nur dass es ständig ein düsteres, fremdartiges Licht ausströmte. Unbeschreiblich widerwärtig waren ihre Riten und Zauberkünste. Bran sah, dass ihre Priester die Macht besaßen, Tote wieder zum Leben zu erwecken; es gab noch andere Abscheulichkeiten, die sein Gehirn sich weigerte aufzunehmen.

Und in dem Reich der Pikten führte das Schlangenvolk mit Hilfe seiner schwarzen Künste einen hinterlistigen Schlag gegen die Menschheit. Ihre magischen Kräfte entwickelten die ihnen angeborenen hypnotischen Fähigkeiten zu einem erschreckend hohen Grad der Vollkommenheit. In den aufstrebenden Königreichen dieses versunkenen Zeitalters fanden Könige und große Krieger in aller Heimlichkeit den Tod - und an ihrer Stelle wandelte das Schlangenvolk, das die genaue Gestalt des Erschlagenen angenommen hatte. Königreich bekriegte Königreich in dieser Zeit der Morgendämmerung - Nationen stiegen auf und gingen unter - unheilvolle Kulte blühten auf und welkten. Und immer wieder, wenn irgendeine Schlüsselfigur eines zukunftsentscheidenden Kampfes schließlich unter den Waffen ihrer Feinde starb - nahm der Leichnam im Tode die verborgene Gestalt des Schlangenvolkes an. Denn ihres war ein Schattenkönigreich geworden, und Menschen wurden nicht immer von Menschen regiert.

In dem versunkenen Atlantis, wo das Schattenkönigreich seine größte Macht erreichte, verehrte das Schlangenvolk in seinem Tempel ein grünes Juwel aus einem unirdischen Kristall, und durch seine Zauberkraft waren die aufstrebenden Königreiche der Menschen kaum mehr als Sklavenvölker, die von Schlangen in menschlicher Gestalt beherrscht wurden. Dann schritt durch die ständig wechselnde Flut der Bilder ein riesenhafter Krieger, dessen düsteres Gesicht Bran Mak Morn wohlbekannt war - Kuli von Atlantis, König des in unzähligen Sagen besungenen Valusien. An seiner Seite ging ein Pikte, dessen Gesichtszüge sogleich an Bran Mak Morn denken ließen, obwohl er größer und breitschultriger war. Dieser Mann, wusste

Bran, war sein eigener Vorfahr, Brule der Speerschleuderer, an dessen Finger der seltsame rote Edelstein funkelte, der jetzt Bran Mak Morns Eisenkrone schmückte. Eine dritte eindrucksvolle Gestalt - ein weißbärtiger Magier, der eine vage Ähnlichkeit mit Gonar hatte. Das, vermutete Bran, war Gonars Ahnherr gleichen Namens, der größte Magier dieses vergangenen Zeitalters.

Gemeinsam bekämpften die drei legendären Helden die unheilvolle Macht des Schlangen Volkes. Durch hinterhältige Mordanschläge und plötzlich ausbrechende Kriege suchte das Schlangenvolk König Kuli zu vernichten. Aber der Mut und die Klugheit von Kuli und seinen Gefährten erwies sich als stärker denn die Heimlichkeit und Verschlagenheit des Schlangenvolkes. In einer letzten großen Schlacht unternahm das Schlangenvolk einen verzweifelten Versuch, die Herrschaft über die Menschheit an sich zu reißen. Es war sein Untergang. Kuli und seine Armeen - Männer der neuen Königreiche und piktische Krieger - zermalmten das Schlangenvolk, jagten die flüchtenden Überlebenden. Einige wenige suchten Zuflucht unter der Erde und in den verlassenen Gegenden ferner Länder. Die Macht der Schlange war gebrochen.

Doch wie zum Hohn erschütterten wieder ungeheure Beben die Erde. Königreiche versanken in den Fluten, und bis zu den Wolken reichende Wellen rissen ganze Nationen in die brodelnde Gischt. Solche ungeheuren Wogen überrollten Atlantis. Ein Teil von Atlantis ging unter, doch ein anderer Teil der Insel stand, und seine öden Berge erhoben sich über breiten Stränden, an denen sich das Treibgut der vom Meer verschlungenen Königreiche sammelte. Obwohl dieser Rest von Atlantis noch immer aus einem Meer ragte, das kein Schiff je befahren hatte, verurteilte der Fluch eines Magiers die vergessene Insel dazu, von den Völkern der Erde unentdeckt zu bleiben, bis zu einer Zeit, da sich gewisse Vorzeichen erfüllen würden.

Wieder wurden die Menschen des Urvolkes in vollkommene Barbarei zurückgestoßen - während die Überlebenden der vor der Katastrophe im Aufstieg begriffenen Nationen in noch größerer Primitivität versanken. Wieder machte die Menschheit sich, aus kahlen Höhlen und Affennestern in Baumwipfeln hervorkriechend, auf den mühevollen Weg zurück in die Zivilisation. Neue Rassen und neue Königreiche entstanden in diesem, dem Hyborischen Zeitalter - und die erste unter diesen Nationen waren die unbezwingbaren Krieger der Pikten. Denn die Menschen des Urvolkes erhoben sich erneut aus der Barbarei - obwohl mit jedem neuen Wiedererwachen sie niemals ganz die Höhlen erreichten, aus denen sie zuvor herabgestürzt waren.

In der gespenstischen Komödie der Menschheitsgeschichte reiften wieder neue Nationen heran und gelangten zur Blüte, stolze Städte breiteten sich über das Land. Und wie immer mordeten und brannten neue Armeen; Völker wurden ausgerottet, und Wald und Wüste verschlangen die kalte Asche der Städte. Die Pikten führten Kriege oder schlossen Bündnisse mit den neuen Königreichen - gemäß dem Weben eines gedankenlosen Schicksals. Eine Zeitlang trieben die Horden der Pikten alle Armeen vor sich her, im Gefolge eines unbesiegbaren Kriegers, der von einem Königreich träumte - Bran kannte den legendären Gorm, den größten aller Piktenkönige, in der äonenlangen Geschichte dieser Rasse. Gorm, der die unzähmbaren Clans der Pikten zu einer Einheit zusammenschmiedete, der die Zivilisation des Hyborischen Zeitalters vernichtete. Gorm, über dessen Sage Bran Mak Morn manche Stunde seines Lebens gebrütet hatte.

Die Pikten waren die Eroberer des Hyborischen Zeitalters. Ihr Reich umspannte die zivilisierte Welt - Halt geboten ihnen nur die Berge Cimmeriens im Norden und das von den Æsir regierte Nemedien im Osten, während sie an anderen, weit entfernten Grenzen in beständige Kleinkriege mit feindlichen Barbarenstämme verwickelt waren. Aber die piktischen Eroberer ließen nichts Neues aus der Asche der vergangenen Zivilisation wachsen. Ihres war ein Reich der Barbarei und der dauernden Kriege, die auf den Ruinen ausgetragen wurden.

Jahrhunderte vergingen. Wieder schoben sich die Eisfelder nach Süden. Neue Stämme wanderten vor den Gletschern einher, führten Krieg mit den Pikten. Völkerwanderungen fluteten über die unter dem Schnee begrabenen Ruinen der Hyborischen Kultur. Neue Rassen entstanden, alte starben. Häufiger aber vermischte sich ihr Blut und zeugte neue Völkerschaften nomadisierender Krieger. Das Barbarentum bewies seine blutige Überlegenheit über den hochmütigen Dünkel der Zivilisation. Barbarei, der natürliche Zustand der Menschheit. Barbarei, ein Zeitalter der beständigen Veränderung, in dem die Angehörigen des Urvolkes einen aussichtslosen Kampf gegen die neuen Stämme führten.

Und verborgen vor den Augen der Menschen - in ihren lichtlosen Höhlen und heimlichen Verstecken in vergessenen Ländern - stürzte auch das Schlangenvolk in den Abgrund der Primitivität. Sehr wenige nur hatten den Vernichtungskrieg der vergangenen Äonen überlebt. Durch dauernde Inzucht wurde ihre Rasse schwach und kränklich. Neue Monstrositäten verunreinigten ihr ohnehin verdünntes Blut - das Ergebnis abscheulicher Paarungen mit gefangenen Menschen und den großen Schlangen des Dschungels. Einst war das Schlangenvolk beinahe dem Menschen gleichgekommen. Jetzt erlag es dem Zwang ihres reptilhaften Erbes. Von seiner früheren Kultur und Weisheit blieb nur eine Erinnerung an uralte Ungerechtigkeiten und eine Leidenschaft für die scheußlichsten aller widerwärtigen Zauberkünste.

Und wieder bebte die Erde. Das Meer drängte heran, um die Asche der hyborischen Königreiche und die Gebeine der, wilden Stämme, die zwischen den Ruinen gekämpft hatten, fortzuspülen. Neue Berge reckten sich aus dem nördlichen Kontinent. Wieder schmolzen die Gletscher, wichen vor der verzehrenden Kraft der Sonne und hinterließen ihre zermalmte und zerschmetterte Beute auf der sich erwärmenden Erde. Die neugeordneten Kontinente zeigten jetzt Umrisse, wie sie in Brans Zeit bekannt waren. Die Berge des westlichen Cimmerien wurden von dem alles verschlingendem Meer abgeschnitten und bildeten die Inseln Britanniens. Die blauen Wasser des Mittelmeers überfluteten die sagenhaften Länder Argos, das im Westen gelegene Koth und Shem.

Aus der Barbarei sank das Volk der Pikten in tiefere Barbarei. Wieder kämpften sich die Überlebenden der Menschheit aus dem Dunkel der Primitivität heraus. Neue Rassen entwickelten sich aus den verstreuten Resten des Hyborischen Zeitalters. Wieder tastete sich der Mensch der Zivilisation entgegen - folgte einem blutigen Schwert und einer erhobenen Fackel, um alles niederzubrennen, was sich nicht mitschleppen ließ.

Für den Zeitraum vieler Jahrhunderte lebten die Menschen des Urvolkes an den warmen Küsten des Mittelmeeres. Wieder erreichten die Pikten einen gewissen Grad von Kultur; sie bestellten den Boden und weideten ihre Herden. Ihre Grenzen blieben unbehelligt von den neuen Stämmen, die in der dahinterliegenden Wildnis gegeneinander kämpften. Eine Zeitlang lebten die Pikten in Frieden.

Dann überrannten die nach Süden drängenden Scharen der neuen barbarischen Stämme die Grenzen der Pikten. Einmal mehr führte das Urvolk Krieg gegen die nach oben strebenden Völkerschaften der Menschen. Einmal mehr der die Erde erschütternde Zusammenprall großer Armeen, das gnadenlose Gemetzel, der Flammentod von Städten. Einmal mehr erbarmungsloser Krieg bis zur völligen Vernichtung.

Diesmal wankten die Armeen der Pikten unter blutigen Niederlagen. Die Krieger der Pikten standen fest vor dem unaufhaltsamen Vormarsch der wandernden Völker - und starben, wo sie standen. Die Städte der Pikten lernten jetzt die Fackeln heulender Scharen von Plünderern kennen. Ihre Felder und Obsthaine verbrannten über den Leichen derer, die sie bearbeitet hatten. Ihre Frauen wurden zusammen mit dem gestohlenen Vieh davongetrieben.

Unter verbissenen Rückzugsgefechten wurden die Angehörigen des Ersten Volkes von den sonnenbeschienen Ufern des Mittelmeers vertrieben - durch den ganzen Kontinent zurückgedrängt, bis sie schließlich über den Kanal zu den weißen Klippen jenseits des blauen Wassers flüchteten. Von der einst gewaltigen Nation der Mittelmeerpikten blieb nur eine Handvoll gehetzter Wilder in den Bergen Spaniens übrig.

Nach Britannien flohen alle anderen, die den Zusammenbruch ihrer Mittelmeerzivilisation überlebt hatten. Dort sahen sich die Krieger einer Rasse rothaariger Riesen gegenüber, stark und wild, wenn auch von beschränktem Verstand. Diese waren die Nachkommen der Überlebenden einiger der hyborischen Stämme. Gegen diese riesenhaften Krieger führten die Männer des Ersten Volkes einen verzweifelten Kampf - und dieses Mal blieben sie siegreich. Was von diesen eingeborenen Wilden am Leben blieb, flüchtete in die nördlichen Einöden.

Aber die Krieger des Piktenvolkes trafen hier auch noch auf eine weit ältere Rasse. In den Höhlen unter diesem weitgehend menschenleeren Land hatte das Schlangenvolk überlebt. Nach Jahrtausenden eines Lebens unter der Erde, unaussprechlicher Riten und Paarungen war das Schlangenvolk zu grenzenloser Verderbtheit abgesunken. Sie hassten jetzt das Licht der Sonne und hätten die Welt der Menschen ganz und gar gemieden, wäre nicht der unauslöschliche Hass gewesen, den sie allem Menschlichen entgegenbrachten.

Noch hatten die Pikten den alten Zwist vergessen. Mit besessener Sorgfalt spürten die Pikten die verborgenen Tempel und heimlichen Brutstätten des Schlangenvolkes auf. Aus diesem einst so mächtigen Volk war eine Rasse widerwärtiger, gnomenhafter Monstrositäten geworden - Geschöpfe, deren ekelhaftes Aussehen nur mehr ein höllisches Zerrbild des menschlichen Körpers war - Ungeheuer, für die die Bezeichnung »Gewürm der Erde« mehr

Wahrheit als Beleidigung darstellte. Zu Hunderten starb das Schlangenvolk unter den Schwertern und Pfeilen der Pikten, verbrannte in reinigendem Feuer. Wo während der endlosen Jahrhunderte der Barbarei das Schlangenvolk noch daran festgehalten hatte, in primitiven Lehmhütten über der Erde zu hausen, um dort Waffen und Werkzeug aus Feuerstein herzustellen, die Fertigkeiten menschlicher Kultur nachzuahmen - jetzt vernichteten die Pikten restlos alle dieser abscheuerregenden Rasse, die noch unter freiem Himmel zu finden waren.

Wild und grausam waren ihre Schlachten, lange dauerten die Kriege. Und am Ende krochen die Letzten des Schlangenvolkes in ihre Höhlen unter der Erde und verbargen kunstreich alle Türen, die in die Welt der Menschen führten.

Weiter rollte die Flut der Jahrhunderte. Die Türen zu Jenen Dort Unten blieben verschlossen. Die Kinder der Nacht wurden zu einer Sage von längst vergessenem Grauen. In ihren verborgenen Höhlen glitt das Schlangenvolk immer weiter in den Abgrund seiner tierhaften Ursprünge. Nackt und abscheulich, verlor das missgebildete und gnomenhafte Gewürm der Erde jede Verbindung mit der Menschheit.

Nur ihr Hass überlebte.

Jahrhunderte wirbelten vorbei.

Und jetzt folgte ein anderes Volk von Invasoren den Pikten auf die Insel. Die schwerttragenden Krieger der Kelten sprangen brüllend von ihren Schiffen und auf die Blutüberströmten Strände Britanniens. Stamm um Stamm drangen die Kelten in die piktischen Inseln vor. Wieder die grausamen Kriege von Verteidigung und Eroberung. Wieder - wieder - wie sie aus den Ländern um das Mittelmeer vertrieben worden waren - wurden die Pikten blutig zurückgeworfen.

Diese letzten Schlachten waren der grimmige und rücksichtslose Kampf eines Steinzeitvolkes gegen die Menschen einer neuen Zeit - das letzte Aufbäumen der uralten piktischen Nation. Niederlage und Tod waren das Schicksal der Pikten. Zahllose blutige Schlachten wurden auf Feldern der Verzweiflung ausgefochten, in denen die Pikten einen hohen Tribut von den keltischen Invasoren forderten - aber es kamen immer mehr Kelten, um ihre Reihen wieder aufzufüllen, und bei den Pikten wuchsen nicht genug neue Krieger heran, um den Platz der Gefallenen einzunehmen.

Nach einem Jahrhundert oder mehr war der Sieg der Kelten vollkommen. Nur in dem kargen Hochland von Kaledonien herrschten noch die Überreste des Piktenvolkes - in einer gebirgigen Einöde, wohin ihnen zu folgen die Kelten weder der Mühe für wert erachteten, noch es wagten. Es war Ironie, dass diese Letzten des Urvolkes sich jetzt mit den rothaarigen Giganten vermischten, die sie vor Jahrhunderten hierhin vertrieben hatten. Durch diese Blutmischung entwickelten sich die geschmeidigen und pantherhaften Pikten zu einer Rasse missgestalteter Zwerge, affenähnlicher Wilder, die mit jedem vergehenden Jahrhundert weiter in das Dunkel steinzeitlicher Barbarei hineinglitten.

Hier im Hochland Kaledoniens. Das Urvolk. Die Pikten - eine Rasse, die wieder und wieder zu den Höhen der Zivilisation aufgestiegen war, nur um in den Abgrund primitiver Wildheit zurückzufallen. Hier würden sie bleiben, erkannte Bran - rechtlose Gejagte in diesem Zeitalter, zwergenhafte Ungeheuer im nächsten, wenn die Ruhmestaten des Piktenvolkes nicht einmal mehr in der Sage lebendig waren. Das war das Schicksal, das die Pikten erwartete - wenn es ihm nicht gelang, dieses Schicksal abzuwenden...

Neue Invasoren tauchten auf. Die Galeeren Roms landeten an Britanniens Küsten. Cäsars Legionen marschierten in die Wälder Britanniens - und jetzt waren die Kelten die hart bedrängten Verteidiger ihrer Heimstätten - jetzt waren es Kelten, die unter den Schwertern der Eindringlinge starben.

In einem Schwall aus Blut und Feuer drangen die Bilder der römischen Eroberungszüge auf ihn ein - Bilder, die Bran Mak Morn nur allzu vertraut waren. Schwert und Lanze. Die gepanzerten, straff ausgerichteten Reihen der Legionen gegen den ungestümen Angriff der Kelten - die mit ihren langen, für den Nahkampf ungeeigneten Eisenschwertern zuschlugen, von ihren raschen Streitwagen aus kämpften, deren Beweglichkeit ihnen doch keinen Vorteil über die unerschütterliche Disziplin der römischen Truppen verschaffte.

Trotz all der vorhergegangenen, Jahrtausende überspannenden Bilder von schauerlichen Grausamkeiten und zermürbenden Kriegen hatten diese Visionen römischer Siege die Macht, Brans Herz mit schwarzem Rachedurst und tödlicher Wut zu erfüllen. Die vernichtenden Niederlagen der keltischen Stämme weckten tiefen Schmerz in seiner piktischen Seele - Bran Mak Morn, ein Pikte, dessen Volk aus eben diesem Land von den Vorfahren dieser niedergemetzelten Kelten vertrieben worden war.

Nicht einmal der Gedanke an die Abscheulichkeiten des Schlangenvolkes erregten in ihm jetzt noch Übelkeit - nicht während er das blutige Morden und tyrannischen Verwüstungen der römischen Eroberer beobachtete. Sein Hass auf Rom wurde zu einem brennenden Schmerz in seinem Herzen, einem nagenden Dämon in seinem Hirn.

Und jetzt standen die gepanzerten Legionen Roms bereit, um das Hochland Kaledoniens mit Raub und Mord zu überziehen. Ganz sicher war jeder Pakt mit jeder Macht gerechtfertigt, wenn es den Untergang Roms bedeutete...

Plötzliche Schwärze.

Dann das langsame Aufblühen der unheimlichen Helligkeit, die von dem Altar des Schwarzen Steins ausging.

In Brans Augen glühte ein irres Licht. Beim Zorn der Götter - was hatte er da erlebt! Wie lange war er von diesem Zauber gebannt gewesen? Seine Muskeln schmerzten von dem langen Verharren in ein und derselben Haltung, in einem plötzlichen Anflug von Schwäche gaben seine Knie nach.

Ja, ein Bündnis mit Geschöpfen, die eine Macht wie die, von der er eben einiges geschaut hatte, gegen Rom ins Feld führen konnte... Wie König Gorm, würden die Taten Bran Mak Morns zu Legenden werden, die die Zeiten überdauerten...

Ein schmales Lächeln kroch über Brans zerschlagenes Gesicht, als er darüber nachdachte...

Atlas Schrei zerbrach den tückischen Zauber.

»Wo ist Morgain?«

XV. Kein Weg in die Freiheit

Als die Höhle sich in einem phantastischen Wirbel vergangener Äonen auflöste, blieb allein Morgain von dem Zauber unberührt. Der pochende Schmerz ihres gegeißelten Fleisches und die ziehende Pein in ihren Handgelenken waren sehr viel zwingendere Empfindungen als das hypnotische Gefühl des Staunens, das all die anderen in seinen Bann zog - Bran, Atla und Claudius Nero, und den alten Schlangenmagier, Ssrhythssaa.

Langsam drehte sich das Mädchen am Ende der Lederriemen, die ihren gepeinigten Körper in der Schwebe hielten. Abwechselnd schauten ihre schmerzverschleierten Augen auf die schimmernden Trugbilder des Schwarzen Steins oder in die sternenlose Nacht der äußeren Bereiche der Höhle.

Ein Erinnerungsfaden. Die schneidenden Umarmungen von Atlas langer Peitsche hatten ihren zuckenden Körper an seinen Fesseln herumgewirbelt. Die verdrehten Lederschnüre hatten sich noch nicht wieder glattgezogen. Atla war dabei gewesen, sie zu schlagen, als Claudius Nero mit dem besinnungslosen Bran Mak Morn dazukam. Nero hatte der Folter ein Ende gemacht. Wie lange hatte sie gedauert? Morgain konnte sich nicht besinnen. Dass sie noch lebte, war ein Beweis dafür, dass die Hexe auf Anzeichen des wiederkehrenden Bewusstseins gewartet haben musste, bevor sie die grausame Auspeitschung fortsetzte.

Immer noch benommen von den Schlägen, die sie hatte ertragen müssen, widmete Morgain dem wundersamen

Schauspiel, das die anderen gefangen hielt, nur wenig Aufmerksamkeit. Ihr Körper drehte sich immer langsamer, in dem Maße, wie die verdrehten Riemen sich strafften, als ein plötzlicher Ruck das Mädchen aus seinem stumpfen Dahindämmern aufschreckte. Sie schien ein winziges Stückchen tiefer über dem Käfigboden zu hängen. Morgain hob ihr Gesicht.

Einer der Lederriemen war gerissen - durchgescheuert von dem ständigen Reiben an dem rostzerfressenen Gitterstab.

Hoffnung - so schwach, so unerwartet, dass sie fast ein grausamer Scherz zu sein schien - belebte Morgains Kampfgeist. Von Neros Auftauchen bei der Ausübung ihrer Rache unterbrochen, hatte Atla sich nicht die Mühe gemacht, die Zelle ihres ohnmächtigen Opfers zu verschließen. Die Tür stand einen Spaltbreit offen.

Eine verzweifelte Möglichkeit - aber Morgain wusste sehr gut, dass sie nichts zu verlieren hatte. Ihre Finger waren wie abgestorben, aber sie konnte immer noch ihren Körper hin und her schwingen. Mit fest zusammengebissenen Zähnen, weil bei jeder Bewegung neuer Schmerz ihren gepeinigten Körper durchzuckte, wand und drehte Morgain sich am Ende ihrer Fessel - und die Lederriemen schabten weiter über das raue Eisen.

Die Dunkelheit verbarg ihre vorsichtigen Bewegungen. Angespornt von dem Wissen, dass sich jeden Augenblick einer der wie gebannt dastehenden Zuschauer von den Schattenbildern, die der Schwarze Stein hervorbrachte, abwenden konnte, achtete Morgain nicht auf die vermehrte Qual in ihren Handgelenken und Schultern, sondern kämpfte mit verbissener Kraft gegen ihre Fesseln.

Die Zeit schien sich zu Stunden der Hoffnungslosigkeit zu dehnen. Schwindelgefühl und Schmerz verursachten ihr Übelkeit. Stur setzte Morgain ihre Anstrengungen fort.

Ein zweiter Riemen gab nach. Dann ein dritter Ruck...

Morgain fiel auf den Käfigboden. Es war ein Sturz aus nur geringer Höhe, aber ihre Knie gaben nach, und das Mädchen streckte ihre gefühllosen Hände aus, um nicht haltlos aufs Gesicht zu fallen. Ihr kam es so vor, als erbebte die ganze Höhle unter dem Aufprall. Atemlos wartete Morgain auf den warnenden Schrei.

Nichts. Blind und taub für alles außer dem, was der Schwarze Stein ihnen zeigte, hatte niemand das leise Geräusch ihres Sturzes wahrgenommen. Ein langgezogenes Zischen - Morgain zuckte zusammen. Es war ihr eigener Atem, den sie ohne es zu merken angehalten hatte.

Behutsam stand das Mädchen auf. Ihre Handgelenke waren immer noch zusammengebunden. Tausend weißglühende Nadeln durchbohrten ihre Hände, als wenigstens ein Teil der Blutzirkulation wieder einsetzte. Getrocknetes Blut klebte an den Lederriemen, wo sie ins Fleisch geschnitten hatten. Morgain wusste, auch wenn es ihr gelang, die Fesseln zu lösen, würde es mehrere Minuten dauern, bis sie ihre Finger wieder gebrauchen konnte. Aber im Augenblick war es wichtiger, aus der Zelle zu entkommen.

In der Erwartung, jeden Moment entdeckt zu werden, schlich Morgain zu der Käfigtür. Die Angeln hatten fürchterlich geknirscht, erinnerte sie sich. Die Tür stand offen, nur ein wenig, aber Morgain war schlank. Mit angehaltenem Atem schob sie ihre geschmeidige Gestalt durch die schmale Öffnung.

Rostiges Eisen kratzte über ihre nackte Haut. Das Mädchen drückte sich an den Stäben vorbei. Es war eine sehr schmale Öffnung...

Ein gedämpftes Knarren der Angeln - ein Donnerschlag für ihre Ohren.

Dann hatte sie sich hinausgewunden. Mit weit aufgerissenen Augen hielt Morgain nach Anzeichen von Alarm Ausschau. Aber nichts. Keiner der Zuschauer hatte das Geräusch gehört - nicht einmal Bran, den sie nur als verschwommenen dunklen Fleck hinter den Stäben seines Käfigs erkennen konnte.

Kaum glaublich, aber sie war frei.

Frei, um *was* zu tun?

Ein Skorpion, so wird erzählt, der sich vom Feuer umringt sieht, tötet sich mit seinem eigenen Stachel. Alle anderen Geschöpfe, die nicht die Weisheit des Skorpions besitzen, versuchen zu fliehen, mag ihre Lage noch so aussichtslos scheinen. So war es auch mit Morgain.

Sie hatte keine Ahnung, welche anderen Augen sie noch aus der Dunkelheit heraus beobachteten. Jeden Moment konnte sie gesehen werden. Sie wusste, dass die Schwärze, die sie zu verbergen schien, eine trügerische Zuflucht war; denn die Augen des Volkes der Dunkelheit konnten mit Sicherheit diesen Schleier durchdringen, wenn auch die Halbmenschen - Atla und Claudius Nero und jene, die er befehligte - immer noch wenigstens einen schwachen Lichtschimmer zu benötigen schienen.

Waffenlos, mit gefesselten Händen, gab es nichts, was Morgain hätte tun können, um Bran aus seinem Gefängnis zu befreien. Jeder unvernünftige Versuch in dieser Richtung musste Aufmerksamkeit erregen und zu ihrer sofortigen Wiederergreifung führen. Wenn sie flüchtete, bestand die geringe Möglichkeit, die Welt der Menschen zu erreichen und mit einer Armee von Brans rachedurstigen Kriegern zurückzukehren.

Es war ein beinahe hoffnungsloses Unterfangen - aber der Tod war die sichere und fürchterliche Alternative. Morgain floh mit lautlosen Schritten.

Morgain verdankte ihr Entkommen zwei glücklichen Zufällen. Ohnmächtig von einer schweren Auspeitschung, gebunden und hilflos, kam ihren Peinigern erst gar nicht der Gedanke, dass sie überhaupt in der Lage sein könnte zu fliehen. Gleichzeitig hatte ihre schmerzdurchtobte Benommenheit sie vor Ssrhythssaas hypnotischen Gaukeleien bewahrt.

Als sie durch die unter einem Zauber liegende Höhle schlich und in den ersten Gang einbog, der sich vor ihr auftat, blieb das Glück dem Mädchen auch weiterhin treu. Der Weg schien nach oben zu führen, und es konnte gar nicht anders sein, als dass ein günstiges Geschick ihre Schritte lenkte. Letzteres war eine grausame Illusion.

Wie weit sie gelaufen war, bevor sie schließlich nach Atem ringend zusammenbrach, wusste Morgain nicht. Das Licht der schillernden Zauberbilder des Schwarzen Steins sickerte ein kleines Stück in die Gänge, die von der Höhle fortführten. Dahinter gab es nichts als Schwärze - Schwärze voller unsichtbarer Gefahren, verborgener Abgründe und Hindernisse - und immer wieder bewahrten ihre ausgestreckten Hände sie im letzten Augenblick vor einem schmerzhaften Zusammenprall mit plötzlich aufragenden Felswänden.

Nach einer geraumen Weile hatte Morgain das Gefühl, dass ihre Lungen wieder tief genug atmen konnten, um die pochenden Schmerzen in ihrer Brust zu lindern. Indem sie den Boden des Ganges abtastete, in dem sie lag, fand das Mädchen schließlich ein scharfkantiges Stück Feuerstein.

Unbeholfen sägte sie mit dem faustgroßen Steinsplitter an ihren Fesseln und konnte sich endlich davon befreien.

Wieder bohrten sich die weißglühenden Nadeln in ihre Hände, als das Blut durch die abgestorbenen Glieder zu kreisen begann. Der Körper des Mädchens war ein einziger großer Schmerz, so dass diese zusätzliche Pein ihr nur einen kraftlosen Fluch entlockte.

Die Tatsache, dass sie sich hoffnungslos verirrt hatte, war so offensichtlich, dass es sie nicht sonderlich bekümmerte - nicht mehr, als es den Überlebenden eines Schiffsunglücks kümmert, dass er nass geworden ist oder dass die Küste, der er sich mit letzter Kraft nähert, das Land seiner Feinde sein könnte.

Als Morgain genauer darüber nachdachte, kam es ihr seltsam vor, dass sie bei ihrer kopflosen Flucht keinem einzigen Angehörigen des Schlangenvolkes begegnet war. Vielleicht war es Tag in der Welt droben, überlegte sie, und die Kinder der Nacht hielten selbst in ihrem Reich der ständigen Dunkelheit an ihrer nächtlichen Lebensweise fest. Vielleicht war sie aber auch in einen wenig benutzten Teil dieser endlosen Höhlen und Gänge geraten. Mit Sicherheit war sie in ihrer angstvollen Hast an vielen Abzweigungen und Biegungen vorbeigelaufen.

Es gab einen anderen Grund dafür, dass diese Höhlen von dem Schlangenvolk so selten aufgesucht wurden, wie Morgain bald erfahren sollte.

Alles war besser als hilflos in diesem entsetzlichen Käfig zu hängen. So glaubte Morgain wenigstens. Sie beschloss, das Stück Feuerstein zu behalten, bis sie eine bessere Waffe ergattern konnte, und machte sich wieder auf den Weg durch die Dunkelheit. Ein Gang, der aufwärts führte, musste schließlich an der Erdoberfläche herauskommen, sagte sie sich. Es blieb die Schwierigkeit, herauszufinden, welcher der unsichtbaren und verschlungenen Tunnel nach oben führte.

Letzteres erwies sich in der Finsternis als unmöglich. Wieder und wieder geriet Morgain in eine Sackgasse und war gezwungen, so gut es eben ging, ihre ziellosen Schritte zurückzuverfolgen. Verschwommen erkannte das Mädchen, dass ihr Weg sie stattdessen immer tiefer in das unterirdische Reich hineinführte. Verzweiflung trieb sie weiter, obwohl Erschöpfung, Hunger und Durst allmählich ihre letzten Kraftreserven aufzuzehren begannen. Dass die piktische Frau sich nach einer Auspeitschung, die ziemlich jedes Mädchen aus Roms marmornen Städten umgebracht hätte, überhaupt noch auf den Beinen hielt, war ein Beweis für die unbezwingliche Kraft ihrer Rasse.

Schwäche nagte erbarmungslos an ihrem schmerzenden Körper. Ihre langen Schritte wurden zu einem qualvollen Schlurfen, und trotz eines Lebens, in dem sie öfter barfuß als mit Schuhen herumgelaufen war, hinterließen ihre von den Steinen zerschnittenen Füße unsichtbare Blutflecken auf dem felsigen Boden. Ihre Hände und Arme waren gefühllos und zerschlagen, weil sie unvermeidlich gegen immer neue Hindernisse taumelte, oder sich abstützen musste, wenn sie hinfiel, was jetzt immer häufiger vorkam.

Ihr Magen krampfte sich vor Hunger zusammen. Wie lange war es her, seit sie etwas gegessen hatte? Wenigstens zwei Tage, vielleicht sogar länger. Die Hungerkrämpfe würden allmählich nachlassen, Erschöpfung sie übermannen. Lippen und Kehle waren zersprungen und trocken, ausgedörrt von dem Staub in den Höhlen. Irgendwo gab es bestimmt Wasser. Wenn sie in Bewegung blieb. Wenn sie nicht nur im Kreis lief, wie sie manchmal vermutete.

Etwas gab unter ihren stolpernden Füßen nach, und sie stürzte der Länge nach in einen Haufen von klappernden Gegenständen. Morgain blieb liegen, wo sie gefallen war, und kämpfte mit dem letzten Rest Entschlossenheit gegen eine Ohnmacht an. Drei plötzliche Erkenntnisse rissen das Mädchen vom Abgrund des Vergessens zurück.

Das dumpfe Dröhnen in ihren Ohren war keine Folge ihrer schwindenden Sinne; es stammte von einem unterirdischen Fluss irgendwo weiter vorn in der Dunkelheit.

Die Gegenstände, auf denen sie lag, waren Knochen - ein Skelett weder tierischer Herkunft noch so sauber abgenagt, wie sie es gerne gehabt hätte.

Und, ganz nahe, ein Rappeln dürrer Knochen, als irgendetwas sich auf sie zu bewegte.

XVI. Keine Schonung mehr

Ssrhythssaa betrachtete den leeren Käfig ohne eine sichtbare Veränderung in seinen maskenhaften Zügen, dennoch spürte Bran Mak Morn, dass das Geschöpf vor unmenschlicher Wut kochte. Der Schlangenblick richtete sich auf Atla, und die Hexe zuckte zusammen wie unter dem Schlag einer weißglühenden Peitsche.

»Es ist ein trauriger Beweis für die Primitivität, zu der mein Volk herabgesunken ist, dass ich gezwungen bin, solch hirnlose Narren zu meinen wichtigsten Dienern zu machen«, bemerkte Ssrhythssaa und überließ die beiden ihrer Erbitterung über seine boshaften Worte.

Immer noch aufgewühlt von den durch Zauberkraft heraufbeschworenen Bildern vergangener Jahrtausende, war Bran sich undeutlich bewusst, dass Ssrhythssaa sich nicht über Morgains Entkommen erzürnte, sondern vielmehr über Atlas unzeitigen Ausruf, der den Piktenkönig aus der tückischen Verzauberung der wundersamen Bilder gerissen hatte. Einen Augenblick lang hatte Bran Mak Morn daran gedacht, einen unheiligen Pakt mit dem Schlangenvolk zu schließen.

»Unsere Rassen sind beide aus den Höhen von Ruhm und Macht hinabgestürzt«, beschwor Ssrhythssaa den Pikten. »Wir sind gleich, du und ich - Männer eines fernen Zeitalters, die davon träumen, aus Asche und Verfall das Licht unserer Völker zu neuem Glanz anzufachen. Wir sind die letzten der Völker aus den Kindertagen der Erde,

Bran Mak Morn. Feinde von alters her, das ist wahr - aber in dieser elenden Zeit sind alle Hände gegen uns erhoben. Wir müssen den alten Hass vergessen und uns zusammentun.«

»Zwischen uns kann es kein Bündnis geben, Höllengezücht!«, grollte Bran in unerschütterlicher Entschlossenheit. »Würdest du einem anderen der alten Völker der Menschheit angehören, wäre deine Rede wahr und vernünftig. Aber du lügst, wenn du behauptest, dass wir beide gleich sind! Denn du bist Schlange und ich bin Mensch, und alles, was die Pikten dem Gewürm der Erde je anbieten werden, sind Feuer und Schwert! Was bedeutet es, dass jede Hand gegen mein Volk erhoben ist? So sind die Menschen und ihre Kriege. Einer Schlange aber schenkt ein Mensch nur so viel Beachtung, wie nötig ist, sie zu zertreten!«

Der Zorn in Ssrhythssaas gelben Augen prallte gegen die ungezügelte Wut im glühenden Blick des Pikten. Ssrhythssaa war es, der den Kopf zur Seite wandte.

»Es betrübt mich, zugeben zu müssen, dass du recht hattest, Claudius Nero«, lispelte Ssrhythssaa. »Der Pikte wäre ein unzuverlässiger Bundesgenosse. Ich glaube, es ist ein Wahnsinn in seinem Herzen, den weder Versprechungen noch Drohungen bezwingen können.«

»Was ist dein Wunsch?« Neros Stimme klang hocherfreut. »Auch ich bin der Arroganz des Pikten müde geworden. Soll ich ihn vor uns kriechen lassen, bevor er stirbt?«

»Narr!«, wies Ssrhythssaa ihn zurecht. »Bran Mak Morn darf nicht sterben. Ich brauche ihn, um die Armeen des Piktenvolkes anzuführen. Kein anderer Mann ist so gut dazu geeignet wie er.«

»Aber ich kann nicht verstehen...«, begann Nero gereizt.

»Du kannst viele Dinge nicht verstehen, mein Legat! Was der Grund dafür ist, dass ich dir lediglich den Auftrag gebe, Morgain wieder einzufangen, bevor sie sich zu weit entfernt hat. Dazu wirst du imstande sein, oder? Als Geisel hat sie keinen Wert mehr für uns, aber ich denke, dass der Große Alte sie nicht verschmähen wird.«

Ein Rascheln teuflischen Gelächters, als Ssrhythssaa die ohnmächtige Wut des Pikten genoß. »Atla, du wirst bei mir bleiben. Es wird Kleinigkeiten zu erledigen geben, bei denen du mir behilflich sein kannst.

Was dich betrifft, Bran Mak Morn - du wirst erfahren, dass wir nicht alle unserer vor uralter Zeit erworbenen Fähigkeiten verloren haben. Da ich deinen Willen nicht brechen kann, werde ich deine Seele töten. Die Krieger der Pikten werden ihrem König folgen, aber ihr König wird nicht der Mann sein, den sie für Bran Mak Morn halten!«

»Es gibt keinen noch so unheiligen Zauber, der Bran Mak Morn dem Willen des Gewürms der Erde gefügig machen könnte!«, schrie der Pikte in wildem Trotz. »Bevor du meine Seele tötest, wird mein Körper ein verstümmeltes Stück Aas sein, und mein Geist wird dich in der Hölle verfluchen!«

In Atlas Stimme lag eine Schärfe, die Bran verwirrte. »Erinnere dich an Titus Sulla, Wolf der Heide!«

Ihre Worte waren als Spott gemeint, aber ein seltsames Flehen sprach aus ihrem Blick. »Ich bin kein weichlicher römischer Feigling, der bei dem Anblick höllischer Schrecken zu einem winselnden Idioten wird!«, antwortete Bran grimmig.

»Vielleicht hättest du Titus Sulla damals fragen sollen, welche Bilder er sah, statt ihn so unbedacht zu verurteilen«, meinte Ssrhythssaa boshaft.

»König der Pikten, du bist ein noch größerer Narr als die, die mir dienen. Für deine Großsprecherei und deinen gedankenlosen Hochmut kann es nur zwei Gründe geben - Dummheit oder Wahnsinn: Aber ob du nun verrückter oder kühner Narr bist, du wirst mir dienen wie diese Sklaven!

Wenn nur mehr von dem alten Wissen erhalten geblieben wäre, hätte es dieses ermüdenden Spieles nicht bedurft. In jenen längst vergangenen Tagen hätten wir einen Narren wie dich getötet, und ein anderer hätte in deiner Gestalt als König regiert - bis der Tod den Zauber aufgehoben und ein betrogenes Volk das Antlitz-der Schlange unter der Krone geschaut hätte. Aber König Kuli beraubte uns damals unserer Macht, und in den darauffolgenden Äonen ist unser Volk zu tief gesunken, zu tief.«

Ssrhythssaa verstummte gedankenverloren. »Ich bin alt, Bran Mak Morn, alt genug, um Zeuge der unaufhaltsamen Rückentwicklung meines Volkes gewesen zu sein. Lange Jahrhunderte habe ich auf eine Gelegenheit gewartet, um dieses Abgleiten in immer größere Primitivität aufzuhalten und umzukehren. Oft glaubte ich, dass es für mein Volk zu spät sei - dass wir, die wir von der Schlange abstammen, so weit abgesunken wären, dass wir niemals die uns bestimmte Herrschaft über die Welt zurückerobern könnten. Deine Rasse hat uns diese Herrschaft entrissen, uns unseres Rechts beraubt. Ohne die Möglichkeit, etwas dagegen zu tun, konnte ich nur warten und dem unaufhaltsamen Abstieg Zusehen.

Welche Ironie, dass dein Volk - die Pikten, unsere ältesten und erbittertsten Feinde - mir die Waffen in die Hand gab, die ich brauchte, um dem Abstieg Einhalt zu gebieten! Viele der Römer überlebten das Massaker, als wir in den Höhlen unter der Schlangenschlucht über sie herfielen. Schon seit Jahrtausenden haben wir eure Frauen geraubt - wenn sie in dunklen Nächten über die Moore wanderten. Die Früchte solcher Paarungen waren den degenerierten Nachkommen unseres eigenen kränklichen Blutes um einige Grade überlegen, wie ich immer wieder feststellte.«

Ssrhythssaas nichtmenschliches Lachen war so obszön wie die lange schwarze Zunge, die zwischen den Doppelreihen seiner gekrümmten Zähne hervor schnellte.

»Durch die Gefangenen der Neunten war ich im Besitz ausreichenden Zuchtmaterials. Sie hatten viele Frauen bei sich, zusätzlich verschonten wir einige der Männer, die uns als Sklaven dienten und mit der Zeit den Abscheu vor unseren Frauen verloren. Einige ihrer Nachkommen entpuppten sich als merkwürdige Abweichungen von der Stufenleiter der Evolution, aber nach mehreren Generationen hatte ich eine beträchtliche Anzahl starker Krieger herangezogen - obwohl ich mir vorstellen könnte, dass einige von ihnen deinen Augen nicht so angenehm anzuschauen sein dürften wie Claudius Nero.«

Brans Flüche drückten nicht einmal einen Bruchteil des Ekels aus, der sich unter seinen Hass mischte. Ssrhythssaa kicherte hechelnd vor grausigem Vergnügen.

»Fast ein Jahrhundert nahm die Aufzucht meiner Legion in Anspruch, Bran Mak Morn - aber was sind Jahrhunderte für Ssrhythssaa, den Unsterblichen? Und habe ich nicht die Zeit auf angenehme Weise verbracht?

Gäbe es nicht Rom, hätte ich vielleicht noch einmal hundert Jahre gewartet - hundert solcher Legionen herangezogen, um damit die Erde zu überschwemmen. Aber Rom mit seiner unersättlichen Macht ist eine Bedrohung für mich. Nicht seit einer Zeit, die noch weiter zurückliegt, als sogar mein jahrhundertelanges Leben dauert, hat ein solches Reich die Welt beherrscht. Ich muss bald zuschlagen, bevor die Römer herausfinden, was unter den Hügeln ihres eroberten Landes vor sich geht - bald, bevor Severus und seine Legionen auch das Hochland Kaledoniens zu einer unterworfenen Provinz machen.«

Ssrhythssaas Stimme bekam einen fanatischen Klang. »Bald - denn ich sehne mich danach, mein Volk aus seinen unterirdischen Höhlen herauszuführen - hinaus in die mondlose Nacht, wo durch die schweigenden Tempel der Schlange wieder die Schreie der Opfer hallen sollen...«

Seine Worte zerflossen zu einem unverständlichen Wispern. Und Bran wusste, dass er diese Schlange töten musste, selbst wenn er dies nur dadurch erreichen konnte, dass sein Geist aus den Flammen der Hölle emporstieg, um Ssrhythssaa zu erschlagen.

Der greise Schlangenpriester erwachte aus seinen Träumen von ungehemmten Gräueltaten. Wieder spürte der Pikte die ganze Macht dieser hypnotischen Augen - stemmte sich mit äußerstem Abscheu gegen dieses gewaltsame Eindringen in sein Bewusstsein.

»Du bist stark, König Bran«, zischte Ssrhythssaa und unterbrach den abscheuerregenden Kontakt. »Aber wir werden bald herausfinden, wer der Stärkere ist.

Ich brauche dich, Mann!«, erklärte der Schlangenpriester heftig, und wütende Enttäuschung führte zu einer Offenheit, die für den Pikten Schlimmes vorausahnen ließ. »Ich brauche die Armeen der Pikten, um sie den Schwertern der römischen Legionen entgegenzuwerfen. Claudius Nero ist bis zu einem gewissen Grade ausgebildet und er ist im Besitz der Ausrüstung der Neunten sowie der in dem zerstörten Römerlager gemachten Beute. Aber Legio IX Infernalis, wie er sie zu nennen liebt, hat nicht einmal die Kampfkraft einer vollen Legion. Aus meinem Volk kann ich keine Soldaten machen. Aber Bran Mak Morn kann die Horden der Pikten zu seinen siegreichen Fahnen rufen. Ja, und auch die Kelten werden dir folgen, wenn sie sehen, dass die Römer vor dir zurückweichen.

Ich muss dich haben, Bran Mak Morn! Ich brauche deine Affenhorden als unerschöpfliches Schlachtvieh für die Speere und Schwerter der Legionäre! Die Legionen haben solche Barbarenhaufen zu Zehntausenden niedergemetzelt, in einer einzigen Schlacht. Deine Armee soll ihre Waffen stumpf machen, ihren Schwertarm ermüden - zerquetsche die Legionen unter Tausenden von Erschlagenen, so dass Claudius Nero mit den Überlebenden leichtes Spiel hat.

Piktisches Blut soll den römischen Stahl aus diesem Land hinwegspülen! Piktisches Blut soll meinem Volk die Rückkehr aus den Schatten ermöglichen! Piktisches Blut soll der Preis sein für die Äonen, während derer deine Rasse meine Rasse gezwungen hat, sich unter dem Land zu verbergen, das nach dem Willen des Schicksals uns gehört!«

Der greise Schlangenpriester starrte auf den Mann in dem Käfig mit dem Hass, der am tödlichsten ist, weil der Gegenstand dieses Hasses gleichzeitig unentbehrlich ist.

»Du wirst also begreifen, Bran Mak Morn, warum es für dich keine andere Möglichkeit gibt als zu gehorchen. Nur du kannst die Armee der Pikten anführen. Fünf Jahrhunderte sind vergangen, seit ich den letzten König aller Pikten sah; und auch in weiteren fünf Jahrhunderten wird es nicht wieder einen geben.

Hätte das Wissen, über das unsere Rasse einst verfügte, die Herrschaft König Kulis überlebt, wäre dieses Spiel nicht notwendig gewesen. Hätte ich dich durch Täuschung an mich binden können, durch Verlockungen und Drohungen, die hundert andere Barbarenkönige auf meine Seite gebracht hätten, wäre es für uns beide besser gewesen. Genug! Ich habe all meinen Willen und Geschick eingesetzt, um dich mir geneigt zu machen.

Ich hatte keinen Erfolg. Aber dein Sieg kostet dich deine Seele.«

Ssrhythssaas Stimme war des Hasses wegen, der jede einzelne Silbe vergiftete, kaum noch zu verstehen.

»Ich werde deine Seele vernichten, König Bran. Ich werde sie so behutsam und so qualvoll pflücken, wie diese Hände einem Mädchen die Haut abgezogen haben, ohne die zarte Hülle zu beschädigen. Und wie aus dem hautlosen Geschöpf immer noch das Leben herausschreit, das sich weigert, ihrem rohen Fleisch zu entfliehen - so wird deine körperlose Seele in der Hölle brüllen, während die willenlose Hülle, die die Menschen immer noch Bran Mak Morn nennen, tanzt und springt, wie ich es befehle!«

»Ich glaube, ich werde eher sterben«, meinte Bran trocken.

»Das glaube ich nicht«, verspottete ihn Ssrhythssaa. »Denn ich werde sehr, sehr vorsichtig sein. Sehr viel vorsichtiger, als wenn ich mich mit dem Häutemesser vergnüge, und es ist eine ganze Anzahl von Jahren her, seit das letzte Mal eines meiner Opfer gestorben ist, bevor ich ihr die makellose Haut vor die*lidlosen Augen halten konnte, um sie zu bewundern.«

Ssrhythssaa betrachtete seinen Gefangenen voll hämischer Vorfreude. »Du weißt einiges von den Kräften des Schwarzen Steins, Bran Mak Morn. Sind meine Worte eitle Prahlerei?«

»Du lügst, wie dein Schlangenvolk immer gelogen hat«, knurrte Bran, wohl wissend, dass Ssrhythssaa keine Unwahrheit ausgesprochen hatte.

»Claudius Nero hat recht«, sagte Ssrhythssaa verächtlich. »Dein großspuriges Gehabe ist ermüdend. Komm, Atla. Es gibt entscheidende Punkte, bei denen ich keinen Fehler machen darf. Ich habe da gewisse Materialien, die du dir mit mir zusammen ansehen sollst.

Wenn ich zurückkehre, König Bran, denke ich, dass du dann bestimmte Kenntnisse über die Kräfte des Schwarzen Steins mit uns teilen wirst. Vielleicht wird dieses Wissen zu deiner Unterhaltung beitragen, während deine Seele auf ewig durch die Gefilde der Hölle treibt.«

XVII. Das dritte Mal

Dieser Augenblick in der Dunkelheit übertraf alle Schrecken, die Morgain bis jetzt erduldet hatte. Die trügerische Hoffnung auf ein Entkommen, grausam zunichte geworden nach Stunden des ziellosen Herumirrens in diesem Labyrinth aus erdrückendem Fels - Hoffnung, jetzt aufs neue geweckt durch das ferne Rauschen von Wasser, einen unsichtbaren Fluss, der sich irgendwo in diesen Höhlen befinden musste - ein Auf und Ab von Gefühlen, bei dem das Mädchen zwischen abgrundtiefer Verzweiflung und wiedererwachter Hoffnung hin und her geworfen wurde. Und während sie erschöpft und von Schmerzen gepeinigt hier inmitten der Abfälle eines Leichnams lag und sich an die verzweifelte Hoffnung auf einen unterirdischen Fluss klammerte - machte das leise Klappern von Knochen sie darauf aufmerksam, dass sie sich nicht allein an diesem Ort befand.

Die Schwärze war undurchdringlich. Seit sie aus der Höhle des Schwarzen Steins geflohen war, hätte es keinen Unterschied gemacht, wenn Morgain tatsächlich blind gewesen wäre. Nun gab es da noch etwas, das sich in diesem vergessenen Labyrinth bewegte - ein Geschöpf dieses sonnenlosen Irrgartens, das sie durch die Finsternis verfolgte. Ein Angehöriger des Schlangenvolkes? Oder irgendein neuer und tödlicher Schrecken aus den Tiefen der Hölle? Einer, ein Dutzend? Morgains Einbildungskraft beschwor hundert entsetzliche Bilder herauf, während sie gelähmt vor Angst am Boden lag.

Die Grotte, in die es sie verschlagen hatte, stank nach frischem Tod und alter Verwesung - und da war noch ein stärkerer, ekelhafter Geruch, den sie nicht zu benennen wusste, obwohl er sie an die moschusartige Ausdünstung des Schlangenvolkes erinnerte, allerdings noch vermischt mit faulendem Schlamm. In der Dunkelheit klang jedes Geräusch überlaut, und ihr angsterfülltes Vorstellungsvermögen tat ein Übriges. Warum, wenn ihr der eigene keuchende Atem und rasende Herzschlag in den Ohren dröhnten, konnte sie die Atemzüge ihres Verfolgers nicht hören? Nur das gelegentliche Klappern der herumliegenden Knochen, als er näherkam. Keine Schritte. War da ein trockenes Rascheln, wie von einem schuppigen Leib, der sich über Felsboden wand?

Das Mädchen war zu sehr der Wildnis und ihren urzeitlichen Instinkten verhaftet, um daran zu zweifeln, dass das unsichtbare Lebewesen in der Dunkelheit ihr feindlich gesinnt war - und die, Absicht hatte, sie zu töten.

Unter Anspannung all ihrer Sinne suchte Morgain das Geschöpf auszumachen, das sich ihr immer weiter näherte - während gleichzeitig ihre Gedanken in fieberhafter Hast nach einer Fluchtmöglichkeit suchten. Offenbar war die Finsternis für das Geschöpf kein Hindernis. Dass es sich nicht einfach auf sie stürzte, schien darauf hinzudeuten, dass es Angst vor ihr hatte - oder sich seiner Beute sicher war. Konnte es sein, dass das Schlangenvolk sie heimlich umzingelte? Klein wie sie waren, hatten sie durchaus Grund, vor einem Kampf mit der verzweifelten Piktin zurückzuschrecken - mit dem Steinbrocken, den sie in der Faust hielt, konnte sie ihnen leicht ihre dünnen Knochen zerschmettern.

Etwas Kaltes, Schleimiges leckte über ihr nacktes Bein.

Morgain schrie auf - der ungezügelte Schrei des Steinzeitmenschen, der aus ihrer piktischen Seele hervorbrach - und warf sich zur Seite, um der ekelhaften Berührung zu entkommen. Ein starker, fester Griff schloss sich um ihr Bein und riss sie zurück.

Fauchend wie eine Katze bäumte Morgain sich auf und schlug blindlings nach der stählernen Umklammerung, die sie daran hinderte zu fliehen. Die scharfe Kante des Feuersteins drang in eine kalte, gummiartige Masse - knochenlos und von dem Umfang eines Männerdaumens. Die Umklammerung verstärkte sich noch - zog sie trotz ihres Sträubens über den rauen Boden. Morgain hackte wie von Sinnen auf die zähe Fessel ein, bis sie endlich nachgab, und nur das abgetrennte Ende sich noch um ihren Knöchel schlang.

Als das Ziehen, gegen das sie angekämpft hatte, so ruckartig nachließ, fiel Morgain rücklings auf den von Knochen übersäten Fels und kroch auf allen Vieren weiter. Ein plötzlicher Luftzug warnte sie, und sie warf sich gerade noch rechtzeitig zur Seite, als in der Dunkelheit etwas an ihr vorbeisauste.

Stille, bis auf ihre eigenen schluchzenden Atemzüge. Morgain wurde sich darüber klar, dass sie immer noch nicht wusste, mit was für einem mörderischen Geschöpf sie es hier zu tun hatte.

Ein Scheppern dürrer Knochen zu ihrer Linken.

Morgain rettete sich mit einem Satz in die entgegengesetzte Richtung. Ein schwerer Körper schien gegen die Steine zu prallen, während sie geduckt weiter zurückwich. Wieder die Berührung von kaltem Schleim auf ihrer Haut, diesmal an ihren nackten Schultern. Der Schwung ihrer Ausweichbewegung brachte sie außer Reichweite, bevor der Griff sich festigen konnte. Morgain schrie auf, als sie spürte, wie ein Fetzen Haut von ihrem zerschundenen Rücken gerissen wurde.

Undeutlich nahm sie war, dass noch immer etwas ihr Bein umschlungen hielt. Sie stieß mit ihrer kümmerlichen Waffe zu, fühlte, wie der Druck sich lockerte und dann ganz verschwand. Es war der durchtrennte Fangarm des wie auch immer gearteten Geschöpfes gewesen, das sie vor einem Augenblick zu packen versucht hatte.

Wieder der kalte Luftzug. Morgain sprang beiseite. Diesmal ertönte ein bedrohlich klingendes Knacken von der Stelle, an der sie eben noch gestanden hatte - das Zuschnappen tödlicher Fänge, oder nur das Splittern morscher Gebeine?

Ein langer Knochen geriet unter ihrem Fuß ins Rollen und brachte sie beinahe zu Fall. Sofort bückte sich Morgain und hob ihn mit der freien Hand auf. Ein Oberschenkelknochen, schätzte sie, von einem Menschen oder menschenähnlichen Wesen, und schwer. Er gab eine ausgezeichnete Keule ab, wenn sie nur hätte sehen können, wohin damit zielen.

Dann das Brechen von Knochen hinter ihr. Morgain wirbelte herum und schwang die neugefundene Waffe. Die makabre Keule traf etwas in der Dunkelheit - etwas, das knirschte und nachgab, und ihren Arm mit irgendeiner Flüssigkeit bespritzte.

Immer noch ohne einen Laut von sich zu geben, fiel der unsichtbare Angreifer zu Boden. Da sie blindlings aus der Brusthöhe heraus zugeschlagen hatte, wusste sie nicht, wohin ihr Feind getroffen war. Sie hob den Arm, um noch einmal zuzuschlagen.

Irgendetwas umklammerte von hinten die Keule und riss ihr den Knochen aus der Hand.

Das waren mehr als einer...

Morgain sprang auf gut Glück nach vorn. Sie fiel der Länge nach über die zuckende Fleischmasse, die ihr Hieb gefällt hatte - ob der Schlag tödlich oder nur betäubend gewirkt hatte, wusste sie nicht - ebenso wenig, wie sie sich ein klares Bild davon machen konnte, gegen was für eine Art von Lebewesen sie eigentlich kämpfte. Kalt, schleimig - nach diesen kurzen Berührungen war es unmöglich zu beurteilen, ob das Fleisch unter dem Schleim von Schuppen, Stacheln oder zäher, gummiartiger Haut umkleidet war. Etwas, das wohl eine Art Fangarm sein musste, schlug ziellos nach ihr, als das Mädchen über den gewölbten Leib hinwegrollte und stolpernd auf die Füße kam.

Aus der Richtung der zuckenden Masse am Boden, ertönte jetzt das träge Klatschen und Schwappen massiger Körper, die gegeneinander kämpften. Morgain ahnte, dass eine ganze Anzahl der unsichtbaren Wesen sich in der Dunkelheit um sie versammelt hatte - und dass sie jetzt über das Geschöpf herfielen, das von ihr verwundet worden war. In der schreckensvollen Stille konnte sie das Knirschen von reißendem Fleisch und Knochen hören - und ein unaussprechlich scheußliches saugendes - oder sprudelndes - Geräusch.

Während sie spürte, wie der letzte Rest von klarem Verstand ihr entglitt, schleuderte Morgain ihren scharfkantigen Steinbrocken mit aller Gewalt zwischen die Schlemmenden und hörte ihn in weiches Fleisch eindringen. Ohne es zu wagen, an eine Verfolgung auch nur zu denken, flüchtete das Mädchen Hals über Kopf in die Dunkelheit.

Etwas, das mehr war als nur reine Panik, trieb das Mädchen weiter. In den vergangenen Tagen hatte Morgain körperliche und seelische Belastungen durchgemacht, die ein Mädchen jedes zivilisierten Volkes getötet oder zu einem winselnden, hilflosen Nichts gemacht hätten. Für jeden Menschen gibt es eine Grenze dessen, was er ertragen kann. Morgain hatte die ihre um einiges überschritten.

Wahnsinn allein verlieh ihren schmerzenden Gliedern und überanstrengten Muskeln noch Kraft, aber ein letzter Rest von Selbsterhaltungstrieb veranlasste sie, auf das rauschende Wasser zuzulaufen. In einem Winkel ihres betäubten Verstandes wusste Morgain - noch eine einzige ekle Berührung, ein noch so kurzer Blick auf was immer es für Alptraumwesen waren, die sich im Dunkeln an sie herangeschlichen hatten, und ihr Geist würde zerbrechen und in einen Abgrund stürzen, der so schwarz und ausweglos war wie die Dunkelheit, durch die sie floh.

Morgain rannte, sie wusste nicht wohin, nackt und waffenlos, mit blutenden Füßen und von Krämpfen halbgelähmten Beinen, ohne den Schmerz und die Erschöpfung wahrzunehmen. Sie wusste nicht, ob sie verfolgt wurde. Es hätte ihr Entsetzen auch nicht mehr vergrößern können.

Der Höhlenboden war rau und uneben. Bei vielen Gelegenheiten konnte Morgain durch reines Glück das Gleichgewicht bewahren, und durch noch größeres Glück kam sie jedes Mal wieder unverletzt auf die Beine, wenn sie doch stürzte. Wenigstens blieben ihr die schmerzhaften Zusammenstöße mit den Felswänden erspart. Anscheinend hatte die Höhle sich hier beträchtlich ausgeweitet.

Der Stein unter ihren Füßen war kalt und feucht und hatte einen schaumig-glitschigen Überzug. Das Rauschen von unsichtbarem Wasser wurde stetig lauter, obwohl der Hall in dieser riesigen Grotte es unmöglich machte, die genaue Entfernung und Richtung zu schätzen.

Die Luft wurde kühl und dunstig. Der Fels war wie glattpoliert und doppelt tückisch durch den rutschigen Belag aus Schleim, der über ihre Beine spritzte. Das Geräusch des Wassers klang jetzt ganz nah.

Etwas näher, als Morgain vermutete.

Ein Wirbel von Armen und Beinen, als der Felsboden schroff in die Tiefe abfiel - schlüpfriges Gestein, das keinen Halt bot - und Morgain stürzte kopfüber in eine Schwärze, die plötzlich eisigkalt war, und schäumend und nass.

Der Schock des kalten Wassers vertrieb den Wahnsinn, der an ihren angstzerfressenen Sinnen gezerrt hatte. Nach Atem ringend schoß das Mädchen zurück an die tintenschwarze Oberfläche - und begriff allmählich, was geschehen war. Die Strömung des unterirdischen Flusses war beträchtlich, obwohl er ziemlich tief zu sein schien, und das Wasser floss ruhig dahin, trotz der Schnelligkeit, mit der es einem unbekannten Ziel entgegenstrebte. Morgain war eine gute Schwimmerin und ließ sich ohne Gegenwehr von der Strömung mittragen - dabei wurde sie auf der mitternachtsdunklen Oberfläche auf und ab geschaukelt wie ein Stück Treibgut auf dem Styx.

Die Strömung schien sie vom Ufer wegzuziehen, was vielleicht gar nicht schlecht war. Die schleimüberzogenen, glattgescheuerten Felsen waren ohnehin unmöglich zu ersteigen, selbst wenn sie in die von Alptraumwesen bevölkerte Höhle zurückgewollt hätte, aus der sie gerade geflohen war. Und in der undurchdringlichen Finsternis konnte die Strömung sie leicht an irgendwelchen unsichtbaren Felsklippen zerschmettern.

Morgain konnte keines der Ufer des Flusses erkennen, hatte keine Vorstellung davon, wie breit oder tief er sein mochte. Außerdem hatte sie auch keine Vorstellung davon, wohin er sie bringen würde - ob aus dem Höhlengewirr heraus oder tiefer unter die Erde. Vielleicht schleuderte er sie in irgendeinen brodelnden Abgrund. Nicht, dass es ihr besonders wichtig gewesen wäre, denn Morgain wäre in schäumende Stromschnellen oder einen tosenden Strudel hineingesprungen, um den Wesen zu entkommen, die sie in der Grotte verfolgt hatten.

Während sie mit der Strömung dahin trieb, wurde dem Mädchen klar, dass sie nicht endlos Wasser treten konnte. Bevor die Kräfte sie verließen, musste sie das Ufer erreichen - oder ertrinken.

Mit jeder Minute, die verging, neigte sich die Waagschale dem letzteren zu. Das kalte Wasser machte ihren schmerzenden Körper taub, schwemmte das letzte bisschen Kraft aus ihr heraus. Ein geübter, ausgeruhter Schwimmer hätte sich gegen die Strömung zum Ufer zurückkämpfen können. Morgain war dem Zusammenbruch nahe gewesen, als sie in den Fluss stürzte. Selbst die geringe Anstrengung, die nötig war, um den Kopf über Wasser zu halten, überstieg beinahe ihre schwindenden Kräfte. Mit jedem schäumenden Meter drang die eisige Kälte des Wassers in ihren Körper, und ihre Glieder waren wie Bleigewichte, die schwächlich gegen den übermächtigen Sog ankämpften.

Ertrinken, hatte Morgain erzählen gehört, war ein leichter Tod. Das Mädchen hatte nie daran gedacht, diese Binsenweisheit einmal am eigenen Leibe nachprüfen zu müssen, obwohl es ihr jetzt, als die Wahrscheinlichkeit an sie herantrat, eine sehr viel angenehmere Art zu sterben schien als andere, denen sie hier unten nur knapp entkommen war. Schon jetzt, in ihrem benommenen Zustand, spürte sie nichts mehr von dem Brennen ihres geschundenen Fleisches, der Pein in ihren erschöpften Gliedern. Es musste ganz einfach sein, mit diesen sinnlosen Bemühungen, über Wasser zu bleiben, aufzuhören, sich der wohltuenden Betäubung zu ergeben, und von den schwärzen Fluten in die Tiefe ziehen zu lassen.

Erinnerst du dich, wie es in der Jugend war? Über dir schien die Sonne, wärmend und klar...

Keine Sonne hier. Endlose Nacht. Wie der Tod.

Und jetzt bist du alt. Und deine Haut ist so kalt...

So kalt...

Ein Schwall Wasser drang in ihren Mund, brachte das Mädchen spuckend wieder an die Oberfläche. Das dritte Mal, wurde gesagt, taucht man nicht wieder auf. Morgain fragte sich, warum es ausgerechnet drei Mal sein mussten.

Ihr kam zu Bewusstsein, dass sie nicht sterben wollte. Diese Erkenntnis bewirkte noch einmal ein verzweifeltes Aufflackern ihrer Kräfte - aus ihr herausgewrungen wie die letzten Tropfen Flüssigkeit aus einem leeren Weinschlauch. Eine Zeitlang trieb sie dahin und dachte an Wein und seine Wärme.

Nicht gewärmter Wein, sondern eiskaltes Wasser füllte jetzt ihren Mund. Würgend kämpfte Morgain ihren bleischweren Körper wieder an die Oberfläche. Zweimal. Die letzten Augenblicke ihres Lebens. Das dritte Mal bleibt man unten.

Oder war es so, dass man beim dritten Mal oben blieb? Morgain war sich nicht mehr sicher. Gerade jetzt sah sie sich selbst in der großen Halle von Baal-dor sitzen. Ein großes Feuer brannte, und sie erzählte Bran, dass Ertrinken eine zu kalte Art zu sterben war, und dass man drei Mal...

Dann packte etwas ihren steifen Körper und zog sie mit unwiderstehlicher Kraft in die Tiefe.

XVIII. Das Lied vom Sterben

Hoffnungslosigkeit ist eine eiserne Zelle, vergessen und begraben in den Tiefen der Hölle; wo der König, dessen Stirn der Kronreif geziert, im Dunkel der Erde seine Seele verliert...

Bran Mak Morn hatte nie gedacht, dass es einmal so enden würde.

Der Tod war sein ständiger Begleiter gewesen, seit dem Tag, da ein heißblütiger Jüngling mit wilden Träumen von Glanz und Ruhm den Schwertern des Wolfsclans nach Süden gefolgt war, um ein mächtiges Reich das Fürchten zu lehren. Der Tod war zu sehr Bestandteil seines Lebens, als dass er übermäßig viel darüber nachgedacht hätte. Ein Bergsteiger, der täglich wolkengekrönte Gipfel und senkrechte Felswände erklimmt, fürchtet die Höhe nicht, obwohl er weiß, dass es einmal einen Fehltritt geben wird.

Brans größte Angst war, dass er sterben könnte, bevor es ihm gelungen war, seinen Traum zu verwirklichen. Abgesehen davon war der Tod in der Schlacht ein Risiko, an das er kaum einen Gedanken verschwendete. Er wusste, dass er den Römern niemals lebend in die Hände fallen würde. Bran Mak Morn würde sein Leben nicht an einem römischen Kreuz aushauchen oder in Ketten durch die Straßen Roms gezerrt werden, wie es das trauriges Schicksal des Caratacus gewesen war.

Hier sterben, durch die Hand des Gewürms der Erde, war ein Schicksal, das ihn frösteln machte - ein Schicksal, das er nicht hinnehmen konnte. Und viel schlimmer noch -

zu sterben mit dem Wissen, dass seine seelenlose Hülle zurückkehren würde, um sich die eiserne Krone wieder aufzusetzen und Bran Mak Morn zu dem erbärmlichsten

Verräter zu stempeln, den das Volk der Pikten in seiner Jahrtausende langen Geschichte erlebt hatte.

Während die Stunden schleppend vergingen, erkannte Bran mit immer größerer Deutlichkeit, dass er diesem Geschick nicht würde entrinnen können. Diese Erkenntnis war unerträglich. Verzweifelt bemühte Bran sich, das Unvermeidliche zu leugnen, den Lauf des Schicksals durch die schiere Kraft seines Willens zu ändern. Wenn er dann schließlich die absolute Vergeblichkeit seines Sträubens einsah, würde Bran Mak Morn den Verstand verlieren.

Schicksal.

Ein von allwissenden Göttern sorgsam gewobenes Tuch oder ein nach den aberwitzigen Launen einer lachenden Horde verrückter Teufel willkürlich zusammengesponnenes Flickwerk? Folgte das Leben eines Menschen einer vorgezeichneten Richtung oder einem verschlungenen Pfad, der durch das Chaos blinden Zufalls führte? Glück oder Schicksal, für den Menschen bedeutet es dasselbe. Der Mensch wird durch die unpersönliche Bosheit der Götter, die er hasst, zu Fall gebracht. Der Mensch ist das hilflose Opfer in den Schlingen des blinden und unvorhersehbaren Zufalls. Chaos oder die Götter, in jedem Fall ist der Mensch das Spielzeug von Mächten weit jenseits seines Verständnisses. Nur einigen wenigen Menschen ist es jemals gelungen, ihr Schicksal in die eigenen Hände zu nehmen, und indem sie es taten, beschworen sie sowohl die Rache der Götter als auch die Hinterhältigkeit des Zufalls auf sich herab.

Schicksal.

Und Bran Mak Morn saß in einer eisernen Zelle in den Kerkern der Hölle und gelobte dem Schicksal, dass es nicht sein Los sein würde...

Ssrhythssaa hatte den Schwarzen Stein genommen und sich in irgendeinen geheimen Winkel zurückgezogen, wo er und die Hexe jetzt über die außergewöhnlichen Vorbereitungen für den Zauber, der seine Seele vernichten sollte, beratschlagten. Dass der Schwarze Stein eine solche Macht besaß, daran zweifelte Bran nicht. Er begriff einiges von den vagen Hinweisen auf die Kraft, unglaubliche Verwandlungen zu bewirken, die in den so sehr an Dolchspitzen erinnernden Keilschriftzeichen auf den sechsseitigen Flächen dieses fremdartigen Überbleibsels der Alten Erde zum Ausdruck kam, Relikt einer Zeit, als die Götter noch ohne Umschweife ihrer Scherze mit der Menschheit trieben.

Die Macht war vorhanden. Aber Ssrhythssaa war unsicher, fürchtete einen Fehlschlag. Einen Fehlschlag, der den Mann, den er zu seiner Puppe machen wollte, völlig vernichten würde - gleichzeitig mit dem Willen auch das Leben auslöschte. Die Schwierigkeiten und die Gefahr mussten beträchtlich sein, oder der greise Schlangenpriester hätte sich nicht erst ganz zuletzt dazu entschlossen, nachdem der Pikten-Herrscher seine Listen durchschaut und über seine Drohungen gespottet hatte.

Es vermittelte Bran ein grimmiges Gefühl des Triumphes. Er hatte Ssrhythssaa bis an die Grenzen seiner dunklen Künste getrieben. Dass der Magier sich diese Möglichkeit als letzten Ausweg offengehalten hatte, dass er jetzt Stunden mit dem genauen Studium des Zaubers zubrachte

- bewies, dass Ssrhythssaa Angst hatte, sein gewagtes Spiel könne misslingen.

Die Macht des Schwarzen Steins anzurufen, um die Seele des Pikten zu zerstören, sein Leben aber zu verschonen, war, überlegte Bran, wohl dem Versuch vergleichbar, durch einen Schlag mit einem Bihänder eine dicht am Herzen sitzende Pfeilspitze zu entfernen. Möglich, vielleicht - aber...

Ermutigt von dem Wissen, dass ein Misslingen für Ssrhythssaa den sicheren Tod für Bran Mak Morn bedeutete, betete der Pikte inständig darum, dass Ssrhythssaa versagen möchte. Diese schwache Hoffnung auf den Tod statt seelenloser Sklaverei, hielt Bran während der endlosen Stunden des Wartens bei klarem Verstand.

Auch ohne den Schwarzen Stein verbreitete der Altar aus Totenschädeln eine schwache Helligkeit. Bran vermutete, dass man die Schädel mit einer phosphorhaltigen Substanz behandelt hatte, denn er erinnerte sich noch sehr gut an den mit Phosphor bestrichenen Altar in Dagons Ring. Das Schlangenvolk empfand augenscheinlich eine große Scheu vor dem Licht, das es nicht mehr ertragen konnte, und deshalb gehörte zu ihren grausigen Ritualen auch dieser fahle Schimmer, als ein armseliges Zerrbild dessen, was sie fürchteten.

Bran wartete nicht allein. Ein halbes Dutzend von Claudius Neros Legionären hielten vor dem Käfig Wache. In dem kümmerlichen Schein, den der Schädelhügel ohne die Unterstützung des Schwarzen Steins verbreitete, konnte Bran nur wenig von denen erkennen, die ihn bewachten. Nach ihren Rüstungen und Waffen zu urteilen, hätten es Römer sein können, obwohl von sehr schmächtiger Statur, selbst für die Männer Roms. Die Augen unter den geraubten Helmen glühten bernsteinfarben, und die wenigen Worte, die sie sprachen, waren Latein, das durch die gelispelten Zischlaute allerdings so gut wie unverständlich blieb. Wenn sie auch Wache standen wie ausgebildete Soldaten, kam Bran doch der Gedanke, dass echte Legionäre einen so eintönigen Dienst kaum in dermaßen ausdauerndem Schweigen erfüllt haben würden.

Ihre Anwesenheit war Beweis dafür, dass Ssrhythssaa jede Vorsichtsmaßnahme getroffen hatte. Bran war nicht angekettet, aber der eiserne Käfig hatte vorhin dem Anprall seiner ganzen Kraft standgehalten. Noch war es Bran seitdem gelungen, irgendeine schwache Stelle an Gitterwerk oder Schloss zu entdecken. Er saß in einer ausweglosen Falle, hier in den unerforschten Tiefen der Erde, wo seine Freunde ihn niemals finden würden, selbst wenn sie es versuchten - denn Bran hatte Gonar und Grom Stillschweigen auferlegt, um ihrem König die Möglichkeit zu geben, auf eigene Faust vorzugehen. Die Anwesenheit bewaffneter Posten war nur die letzte aller denkbaren Vorsichtsmaßnahmen, ein unmissverständlicher Wink, dass, selbst wenn es dem Pikten durch ein Wunder gelang, aus dem Käfig auszubrechen, dieser Trupp bewaffneter Krieger seinem Fluchtversuch ein abruptes Ende setzen würde.

Eine Zeitlang dachte Bran daran, einen Anlauf zu nehmen und mit dem Kopf voran gegen die Gitterstäbe zu springen. Obwohl der Käfig nicht sonderlich groß war, gelang es ihm vielleicht, sich den Schädel zu zerschmettern oder das Genick zu brechen, bevor die Wachen ihn überwältigen konnten. Der Gedanke an Selbstmord stieß ihn ab, denn er bedeutete, dass er sich seinem Schicksal unterworfen hatte.

Trotzdem hätte Bran vielleicht den Versuch gemacht - aber er entsann sich der wieder zum Leben erweckten Toten, die er in den Bildern des Schwarzen Steins gesehen hatte - so groß war die Macht des Schlangenvolkes in einem anderen Land und in einer anderen Zeit gewesen. Verfügte auch Ssrhythssaa über solch finstere Kräfte - oder war das ein Teil des uralten Wissens, das über die Jahrtausende hinweg verlorengegangen war? Bran konnte es nicht sicher wissen. Vielleicht war es besser abzuwarten - und zu hoffen, dass Ssrhythssaa versagte.

Und wenn er bei dem Versuch, Selbstmord zu begehen, einfach nur das Bewusstsein verlor, würde man ihn ganz bestimmt an Händen und Füßen fesseln. Der Gedanke, hilflos warten zu müssen, wie irgendein zusammengeschnürtes Opfertier in den Weidenkäfigen der Druiden, war mehr, als er ertragen konnte.

Aber - wenn er nur Selbstmord zu begehen versuchte, mussten sie seinen Käfig aufschließen, um ihn überwältigen zu können. Vielleicht konnte er sich losreißen, in die dunklen Gänge flüchten, die Horden des Schlangenvolkes umgehen, die in der Finsternis lauerten...

Noch ein verzweifelter Plan, der nur dazu diente, Hoffnungslosigkeit und Wahnsinn abzuwehren. Aber er hatte noch nicht wieder von Morgain gehört. War es möglich, dass sie ihnen entkommen war? Wenn sie das geschafft hatte, warum nicht auch er?

Bran wusste, wie gering die Aussicht für sie beide war, jemals wieder das Tageslicht zu sehen. Immerhin, er konnte es versuchen. Eine verzweifelte Möglichkeit, aber wenn er keinen Erfolg hatte, verspielte er sich dadurch jede andere günstige Gelegenheit, die sich vielleicht noch bot...

Hoffnungslosigkeit ist eine eiserne Zelle...

Eine hochgewachsene Gestalt trat plötzlich in den Lichtkreis. Zuerst dachte Bran, es wäre Ssrhythssaa, der zurückkehrte, um sein teuflisches Zauberkunststück auszuführen, denn die Wachen gaben keinen Alarm.

Bran irrte. Die Gestalt war der Tod, und nichts hatte die Wachen gewarnt.

In diesem Augenblick des Staunens erkannte Bran Liuba - den geschmeidigen Frauenkörper unter dem enganliegenden Kettenhemd, den Schwung von rabenschwarzem Haar in ihrem Nacken. Aber das lange silberne Schwert lag jetzt in ihrer Hand, und als sie sich auf die Wächter stürzte, geriet es in Bewegung.

Der erste Posten starb, ohne überhaupt zu wissen, was ihn getötet hatte. Ein Funkeln ihrer Klinge, als sie an ihm vorüberglitt, und Kopf samt Helm fielen träge von dem durchtrennten Hals - rollten klirrend über den Steinboden, während der Körper langsam in sich zusammensank.

Schon war Liuba an dem zweiten der Wächter vorbei und näherte sich einem dritten. Bran fragte sich, warum der zweite Posten die Frau nicht beachtete, dann entdeckte er den sprudelnden Halbkreis aus Blut - sah, wie der Mann das Interesse an dem Schild verlor, den er zu heben versuchte, ihn fallen ließ und über dem Haufen verschlungener Eingeweide zusammenbrach, die Liubas blitzartiger Rückschlag unter seinem Lederharnisch herausgerissen hatte.

Bran blieb die Rolle des staunenden Zuschauers überlassen. Nie zuvor hatte er jemanden sich so schnell und sicher bewegen gesehen. Liubas lange Klinge war ein unsichtbares Flimmern in dem ungewöhnlichen, beidhändigen Griff, den sie anwandte - und brachte den aufgeschreckten Wächtern einen plötzlichen Tod.

Schwert und Schild des dritten Wächters klirrten auf die Steine, kaum dass er beides abwehrend erhoben hatte. Die nichtmenschliche Faust umklammerte immer noch den Schwertgriff, und der größte Teil einer Schulter folgte dem Schild auf den Boden. Der Wächter wirbelte herum und versuchte, mit dem, was von seinem Arm übriggeblieben war, den blutigen Springquell seiner Schulter zu erreichen.

Nur Sekunden waren vergangen. Die drei übriggebliebenen Wächter hatten nur gerade so viel Zeit, um zu erkennen, dass ohne Vorwarnung der Tod über sie gekommen war - so schnell, so unerwartet, dass in diesen ersten Sekunden noch kein Alarmruf ertönt war. Mit zischendem Schreien - die mehr der Überraschung entsprangen als eine bewusste Warnung darstellten - stürzten sie sich alle zugleich auf die Frau.

Liuba drehte sich, um den Angreifer anzunehmen, der ihr am nächsten war. Ein anderer Wächter sprang von hinten an sie heran. Bran war kaum in der Lage, dem Zucken von Liubas Schwert zu folgen, als das Mädchen eine geschmeidige Seitwärtsbewegung vollführte, die Klinge hinter ihrem Rücken durchzog - scheinbar ohne hinzusehen - und dann wieder nach vorn schnellte, um sich ihrem ersten Gegner zu widmen. Der Wächter, der gedacht hatte, dem Mädchen in den ungeschützten Rücken zu fallen, neigte sich auf den Fersen zurück und stürzte wie ein Baum, den Kopf gespalten vom Helm bis zum Kinn.

Der andere Posten, der auf seinen von hinten angreifenden Kameraden gerechnet hatte, zögerte. Für den Bruchteil einer Sekunde senkte er den Schild. Liubas Klinge leckte über die entblößte Stelle zwischen Helm und Schildrand. Ein zweiter behelmter Kopf rollte über die Steine.

Der einzige überlebende Wächter, der sich Liuba während des Kampfes von rechts genähert hatte, erreichte die Schwertkämpferin nur wenige Sekunden, nachdem sie ihre beiden Gegner abgetan hatte. Er überlebte seine Kameraden um eben diese paar Sekunden. Als er mitansehen musste, wie die anderen beinahe in einem Atemzug den Tod fanden, verlor er den Geschmack an einem Zweikampf und ergriff die Flucht. Liuba sprang vor, ihre Klinge flammte herab, wie ein aufzuckender Blitz.

Die Schwertspitze durchbohrte die Wirbelsäule, ohne im Mindesten von Harnisch oder Knochen aufgehalten zu werden.

Der armlose Wächter stürzte mit dröhnender Rüstung zu Boden, als Liuba sich eben von ihrem letzten Opfer abwandte. In der kurzen Zeitspanne zwischen Verwunderung und Zusammenbruch hatte er sich aus zwei durchtrennten Arterien zu Tode geblutet. Liuba beugte sich über den Wächter mit dem aufgeschlitzten Leib, um seinen Zuckungen ein Ende zu machen, dann schritt sie ohne einen weiteren Blick an den verstümmelten Leichen vorbei. Nachdem sie zwischen Daumen und Zeigefinger das Blut von der Klinge gewischt hatte, schob sie das Schwert in die Hülle zurück.

Bran merkte, dass er sie mit offenem Mund anstarrte. Er war schnell; sein Gefährte, Cormac na Connacht, war beinahe genauso schnell. Der Piktenkönig war in den zahllosen Schlachten und Zweikämpfen, die er überlebt hatte, nie jemandem begegnet, der ihnen ebenbürtig gewesen wäre. Bis zu diesem Moment. Schwertkampf, wie der Pikte ihn kannte - und Bran war ein meisterlicher Schwertkämpfer - bestand aus Schlag und Abwehr, Hieb und Stich - ein grobes und regelloses Gerangel, bei dem die Schwertspitze nur selten benutzt wurde und ein starker, schneller Schwertarm das Wichtigste war - ob man nun mit den gewaltigen Bihändern der Kelten und Pikten focht oder mit dem Kurzschwert der römischen Legionäre. Liuba kämpfte, wie Bran es noch nie gesehen hatte - mit verwirrender Schnelligkeit und einer sicheren, tödlichen Präzision in ihren Bewegungen. Selbst in seiner bedrängten Lage neigte Bran sich im Geiste vor einer Künstlerin, deren überragenden Fähigkeiten er es nur hoffen konnte gleichzutun.

Es gab Wichtigeres.

»Liuba!« Von neuer Hoffnung erfüllt, holte Bran tief Atem. »Wie bist du hierhergekommen! Sind noch andere bei dir?«

Liubas Augen funkelten sardonisch. Der Kampf gegen sechs bewaffnete Posten schien sie kaum außer Atem gebracht zu haben.

»Ich kam allein, König Bran. Du bist nicht umgekehrt, obwohl ich dich gewarnt hatte. Ich dachte mir, dass die Brut dich für gewisse Scheußlichkeiten aufheben würde, an denen sie hier unten Vergnügen haben, und dass ich dich deshalb in der Höhle des Schwarzen Steins finden könnte. So bin ich ihnen gefolgt, um herauszufinden, ob es mir vielleicht doch noch möglich wäre, den stolzen König der Pikten zu retten.«

Bran lagen tausend Fragen auf der Zunge, aber dies war nicht die Zeit, sie zu stellen. »Kannst du die Zelle öffnen?« Hast du bei einem der Wächter den Schlüssel entdeckt?«

»Ich kann deine Zelle öffnen«, erwiderte Liuba.

Bran fluchte über ihre kühle Gelassenheit. Der Kampf war so schnell vonstattengegangen, dass keine der Angegriffenen Zeit gehabt hatte, einen Warnruf auszustoßen. Aber jede Sekunde konnte jemand auftauchen, um sich nach dem Grund für den Kampfeslärm zu erkundigen.

»Bei dem Donner der Götter, Frau! Dann lass mich heraus!«

Liuba schien in der Stimmung zu sein, den Augenblick zu genießen. »Einmal habe ich dir freiwillig meine Hilfe angeboten, Bran Mak Morn. Du hast mein Angebot und meine Warnung in den Wind geschlagen.«

»Liuba, wirst du...!«

»Hör genau zu, diesmal, König Bran!« Ihre Stimme war so unaufhaltsam wie ihre Klinge.

»Noch einmal biete ich dir meine Hilfe an - aber für einen Preis!«

»Sei verdammt, Weib!« Diese unerwartete Hoffnung, doch noch zu entkommen, hatte Bran aus der Fassung gebracht. »Nenn deinen Preis und gib Ruhe!«

Liubas Augen waren so kalt wie ihr Lächeln. »Den Preis werde ich nennen, wenn ich die Zeit für gekommen halte noch wirst du dich weigern, mich mit dem zu beschenken, was ich verlange.«

Bran hätte ihr in diesem Moment sogar seine Seele versprochen, wenn die Alternative ein sicherer und entsetzlicher Tod unter den seelenvernichtenden Zaubersprüchen des greisen Schlangenpriesters war. »Alles was ich habe, bis auf die Krone der Pikten, kannst du von mir verlangen, Liuba! Das schwöre ich dir! Jetzt öffne die Zelle!«

»Fürchte nicht, König Bran«, sagte Liuba. »Ich werde nicht deine Krone fordern, die du mit solch großer Geste weggeworfen hast. Wirst du mich also bitten, deine Zelle zu betreten?«

»Liuba! Genug der Herumtändelei! Das Schlangenvolk...«

»Wirst du mich bitten, deine Zelle zu betreten?«

Bran stöhnte verzweifelt. »Edle Dame Liuba, würdet Ihr die Güte haben, meine ärmliche Zelle zu betreten?«

»Auf deinen Wunsch«, murmelte Liuba ohne eine Spur von Belustigung.

In dem Halbdunkel hatte Bran nicht gesehen, dass das Mädchen den Schlüssel in das Schloss gesteckt hatte. Er nahm an, dass sie ihn dem einen Wächter abgenommen hatte, zu dem sie sich für den *coup de grâce* hinabgebeugt hatte. Ein genauerer Blick hätte ihm verraten, dass das Schloss in dem Moment auf sprang, als Liuba es berührte.

Bran drängte sich an ihr vorbei, als sie die Tür öffnete und Anstalten machte, hereinzukommen. Nach dem, was sie für ihn getan hatte, verdiente sie es, ihr Spiel auszukosten, aber Bran hatte dennoch nicht übel Lust, sie zu erwürgen.

Als erstes hob Bran eines der am Boden liegenden Schwerter auf. Die kurze römische Klinge lag ihm ungewohnt in der Hand, aber wieder kalten Stahl in der Faust zu halten, ließ frische Kräfte in seinen erschöpften Körper strömen.

»Hätten wir nur die Zeit, um zwei dieser Bastarde auszuziehen«, bemerkte Bran aus einer plötzlichen Eingebung heraus. »Aber wir dürfen unser Glück nicht noch weiter herausfordern. Jeden Moment kann das Schlangenvolk über uns kommen.«

»Was willst du mit zwiefach geraubter römischer Ausrüstung?«, fragte Liuba.

»Uns als zwei von Neros Legionären ausstaffieren«, erklärte Bran. »Oder wenigstens ich mich selbst. Ich bin Morgains wegen hierhergekommen und werde nicht ohne sie gehen. Ich kann von dir nicht verlangen, dich einer noch größeren Gefahr auszusetzen, als du bereits auf dich genommen hast, aber wenn du es wagst, noch ein wenig länger in diesen Höhlen auf Jagd zu gehen...«

»Das wage ich allerdings«, schnappte Liuba. »Du hast mein Schwert gekauft, und ich muss zusehen, dass du am Leben bleibst, um die Rechnung zu begleichen. Geh voran - wenn du weißt, wohin.«

Bran fand den beißenden Humor des Mädchens unter diesen Umständen ziemlich entnervend. »Morgain ist vor einigen Stunden aus ihrem Käfig geflohen«, sagte er, während er sich rasch von der Insel aus Licht entfernte, in der die Leichen der Wächter lagen. »Seither habe ich nichts von ihr gehört.«

»Ich kann nicht glauben, dass es ihr gelungen ist, an ihnen vorbeizuschlüpfen und sich ins Freie zu retten«, erwiderte Liuba. »Sie müssen sie wieder eingefangen haben.«

Bran spie einen Fluch aus. »Der Magier hat Nero befohlen, sie zu dem Großen Alten zu bringen. Weißt du...?«

»Wenn Morgain dem Großen Alten geopfert wurden gibt es nichts mehr, was du oder die Götter für sie tun könnten!«

»Ich muss es genau wissen!«, knurrte Bran.

»Dann bleibt dir nichts anderes übrig, als in der Höhle des Großen Alten nachzuschauen«, meinte Liuba düster. »Und das da ist nicht der Weg dorthin. Komm hier entlang und bleib dicht hinter mir.«

Da er keinen besseren Vorschlag zu machen hatte, folgte Bran, wohin Liuba ihn führte. Es gab eine Menge wichtiger Fragen, auf die er eine Antwort haben wollte. Und er würde sie bekommen, das schwor er sich finster. Aber für jetzt gab es Dringlicheres als Fragen an diesen geheimnisvollen Engel des Todes zu stellen - der allzu gut über die Pfade und Dämonen der Hölle Bescheid zu wissen schien.

XIX. Tod und Sternenlicht

Das kalte Wasser schloss sich über Morgains Gesicht, nahm ihr den Atem. Aus reinem Selbsterhaltungstrieb schlug sie um sich. Ihre Fäuste hämmerten gegen Stein. Dumpf wurde ihr bewusst, dass der Fluss durch einen Tunnel im Fels strömte. Es gab keine Luft mehr über ihr, in die sie auftauchen konnte, nur massiven Fels.

Dann zwang der Sog sie in seine Umarmung, zerrte sie durch diesen mitternachtsdunklen Kanal wie ein Stück Treibgut, das in einem Strudel gefangen war. Rauschende Wirbel schleuderten ihren schlaffen Körper zwischen den spiegelglatt polierten Felswänden hindurch. Sie drehte sich hilflos - blind, erschöpft, halb erstickt. Stein schrammte über ihre nackte Haut, die Fluten tosten mit einer Geschwindigkeit dahin, dass kein Knochen in ihrem Körper heil bleiben konnte, wenn sie mit dem Kopf voran gegen irgendein Hindernis stieß.

Zwar hätte Morgain das schon nichts mehr ausgemacht. Sie ertrank in den Abwasserkanälen der Hölle.

Es schien, ihre Lungen würden bersten. Dann prallte sie gegen eine vorüberrasende Wand aus glattem Fels, spürte das scharfe Knacken ihrer Rippen durch das Schmerzen ihrer Lungen hindurch - und mit einem letzten, ekstatischen, blasigen Schrei löste sich der angehaltene Atem aus ihrer Brust.

Eisiges Wasser strömte in ihre Lungen, als sie den Drang, Luft zu holen, nicht länger beherrschen konnte. Morgain schlug mit letzter Kraft um sich, ohne sich ihres

Tuns mehr bewusst zu sein als ein Säugling, der mit dem Kopf voran dem Leben entgegenkriecht.

Aber dies war der Tod.

Hustend und nach Atem ringend würgte Morgain an der Gischt, die ihren Mund füllte, und was sie am Leben hielt, war nur primitiver Überlebensinstinkt. Sie war schon zu weit fort, um zu begreifen, dass zusammen mit dem flockenden Schaum des tosenden Wassers auch wieder Luft in ihre Lungen drang.

Eine unvermutete Seitenströmung schwemmte ihren zerschlagenen Körper über eine niedrige Felsleiste, wo sie gegen einen Damm aus verkeiltem Treibholz geschleudert wurde. Ohne eigentlich zu wissen, was sie tat, zog Morgain sich an dem Damm entlang und kroch über algenbewachsene Felsen aus dem knietiefen Wasser auf das steinige Ufer.

Stechende Schmerzen durchzuckten ihre geprellten Rippen, während sie sich wieder und wieder erbrach, und das schwarze Wasser aus ihrem Magen und ihren Lungen würgte. Als sie imstande war, den Brechreiz lange genug zu unterdrücken, um ihr Gesicht auf die kalten Steine zu betten, wurde Morgain auf die Helligkeit aufmerksam, die ihre schmerzenden Augen blendete.

Es war Sternenlicht.

Eine Zeitlang verlor Morgain das Bewusstsein. Traumlos, tiefer als Schlaf, war es der endgültige Zusammenbruch ihres überforderten Körpers. Einige Stunden lag sie so reglos wie eine Ertrunkene - welchem Schicksal sie nur knapp entronnen war - ein zerschlagenes Stück Strandgut, das die Fluten der Hölle ans Ufer gespült hatten.

Schließlich hustete sie schwach und begann sich zu regen. Die kalten Steine drückten gegen ihren zerschundenen Körper, und Morgain setzte sich schmerzgepeinigt auf. Sie zitterte unter der frostigen Liebkosung des Nachtwinds auf ihrer immer noch feuchten Haut. Sie stützte sich auf ein gleich ihr angetriebenes Stück Holz und stand auf.

Es war eine mondlose Nacht. Anscheinend waren also nur wenige Tage seit ihrer Entführung vergangen, denn als sie das letzte Mal den Mond gesehen hatte, stand er im letzten Viertel. Zeit hatte wieder eine Bedeutung.

Und Raum? Morgain betrachtete mit verwirrtem Staunen ihre Umgebung. Während ihr benommener Verstand um Klarheit rang, begriff das Mädchen, dass der Fluss sich einen Weg durch die Felsen und zurück in die Welt der Menschen gegraben hatte. Aber wo? Bei ihrem Herumirren durch das dunkle Reich unter den Hügeln Kaledoniens hatte sie jeden Sinn für Richtung und Entfernung verloren.

Das bleiche Licht der Sterne war ihr beinahe zu grell, nach der undurchdringlichen Schwärze des Erdinnern. Die Morgendämmerung konnte nicht mehr fern sein, schätzte Morgain, denn sie vermutete, dass sie mehrere Stunden ohnmächtig gewesen war. Auf zitternden Beinen suchte sich das Mädchen einen Weg über den seichten Kiesstrand und kletterte eine Erhebung aus umherliegenden Felsbrocken hinauf, um zu sehen, ob sie sich nicht doch zurechtfinden konnte. Bei jeder ihrer mühsamen Bewegungen zuckte ein scharfer Schmerz durch ihre Seite. Morgain hatte keine genaue Erinnerung daran, ob, wann und wie sie verletzt worden war, aber ganz sicher hatte sie ein paar angebrochene Rippen davongetragen, wenn nicht Schlimmeres.

Die Sterne schienen matter zu werden, während sie andächtig den Nachthimmel betrachtete. Entweder raubte ihnen die Morgendämmerung den Glanz, oder ihre Augen gewöhnten sich wieder an das Licht. Morgain stand auf einem Hügel vom Wasser glattgeschliffener Felsen und schaute über das enge Tal eines tosenden Bergbachs. Zu beiden Seiten des Flusses ragten schwarz und schroff die Schluchtwände empor. Nirgends in den steilen Klippen konnte Morgain eine Lücke entdecken, die als Austrittsöffnung des unterirdischen Flusses in Frage kam. Entweder war sie ein ganzes Stück flussabwärts getrieben, ohne zu merken, dass sie sich schon in freiem Wasser befand, oder aber - was wahrscheinlicher war - der Zufluss erfolgte durch eine unter Wasser liegende Höhle.

Ein Dickicht aus Kiefern und Birken wucherte am Boden der Schlucht. Ginster überzog die Ufer des Flusses, und dicke Büschel aus blühendem Heidekraut verkleideten die lotrechten Hänge. Das kaledonische Hochland, ohne Zweifel. Morgain lächelte zum erstenmal seit einer Ewigkeit. Es war ganz gleich, wo im Hochland sie herausgekommen war. Sie würde dem Fluss folgen, bis sie auf eine piktische Siedlung stieß.

Nachdem sie von ihrem Aussichtspunkt heruntergeklettert war, machte sich das Mädchen ungeachtet ihrer Schmerzen auf den Weg am Fluss entlang, wobei sie immer wieder Hügel aus Felstrümmern und Anhäufungen von angeschwemmtem Treibgut umgehen musste. Der tiefe Schlaf hatte sie ein wenig erfrischt, und die Vision des sich im Licht der Sterne vor ihr ausbreitenden freien Hochlands verlieh ihr neue Kraft. Trotzdem sehnte sie sich danach, ihren zerschundenen Körper im Schutz der Ginsterbüsche auf der weichen Erde auszustrecken und einen ganzen Tag lang zu schlafen, oder bis der Hunger sie weckte. Aber es schien ihr das Klügste, soviel Entfernung wie nur möglich zwischen sich und dem wasserdurchfluteten Ausgang der Höhlen der Kinder der Nacht zu legen.

Inzwischen waren die Sterne unbestreitbar blasser geworden. Sie bewegte sich durch die tiefe Dunkelheit, die der Morgendämmerung vorausging. Andernfalls hätte Morgain vielleicht schon eher den Steinhügel bemerkt, dem sie sich hinkend näherte. Endlich gewahrte sie die Umrisse der dunklen Masse, die vom Boden der Schlucht in den tiefschwarzen Himmel ragte. Ein riesiger Hügel aus geborstenen Steinen - aber er war kein Werk der Natur.

Es war ein Grabhügel.

Und Morgain wusste, wo sie sich befand. In der Schlangenschlucht.

Geister hatten nicht mehr die Macht, sie zu erschrecken. Nicht, nachdem sie durch das Labyrinth der Hölle geirrt war. Morgain unterdrückte ein Frösteln, das nicht von dem kalten Wind verursacht wurde, und tastete sich entschlossen an dem stillen Hügel vorbei.

Ganz so still war der Hügel nicht. Bei dem Poltern kleiner Steine fuhr Morgain mit einem unterdrückten Aufschrei herum.

Zwei - drei - nein, mehr! Gestalten in der Rüstung römischer Legionäre, ragten plötzlich aus, den dünnen Bodennebeln auf. Sie schnitten ihr den Weg ab.

Geister! Der Sage nach gingen in der Schlangenschlucht die Geister der Neunten Legion um, die hier niedergemetzelt worden war.

Oder Römer - *lebendige* Römer!

Das im Aufbau begriffene, jetzt zerstörte Römerlager befand sich nicht weit von hier. Versprengte Soldaten oder neue Truppen, die man geschickt hatte, um für das Massaker Rache zu nehmen.

Morgain machte Anstalten, zwischen ihnen durchzubrechen - erkannte, dass es unmöglich war. Sie wirbelte herum. Auch zurück konnte sie nicht mehr.

Es war jetzt nicht mehr so dunkel, dass ihr in der anbrechenden Morgendämmerung der Bernsteinschimmer ihrer Augen verborgen blieben konnte. Das wusste Morgain, dass sie Schlimmerem gegenüberstand als Römern - lebendigen oder untoten.

»Was denn, Morgain, du scheinst dich verlaufen zu haben«, bemerkte Claudius Nero.

XX. Proserpina und Pluto

»Du bist eine sehr einfallsreiche Frau«, stellte Claudius Nero mit sardonischer Bewunderung fest. »Entweder stimmt es, dass Pikten schwerer zu töten sind als Katzen, oder du bist ein Liebling des Glücks.«

Morgain machte sich in eben diesem Augenblick so ihre eigenen Gedanken über die Launen des Glücks, hielt es aber für besser, sie nicht laut werden zu lassen.

»Du bist auch eine sehr schöne Frau, Morgain.« Die Bewunderung war nicht geheuchelt.

Unter dem unverfrorenen Blick des Legaten und gefangen in dem Kreis seiner nichtmenschlichen Soldaten spürte Morgain eine größere Kälte über ihre Haut kriechen als nur die der Nachtluft. Sie rief sich ins Bewusstsein, dass sie die Schwester des Königs der Pikten war, und ließ sich nichts anmerken - erwiderte die Musterung mit erhobenem Kinn und einem Ausdruck von Gelassenheit und Hochmut in den Augen. Sie wirkte stolz und wild, wie ein in die Falle gegangener Raubvogel, der seinem Herren trotzt.

»Proserpina«, bemerkte Nero, der sich an eine seiner bevorzugten Sagen erinnert fühlte. »Und Ssrhythssaa ist ein Narr. Du sollst nicht die Beute des Großen Alten werden.«

Zu Morgains Verwunderung nahm der Legat seinen Umhang ab. Sie stand sehr gerade und still, als er herankam, ihr den Wollmantel um die nackten Schultern legte und ihn mit einer Goldfibel zusammenheftete. In Morgains Augen blitzte Staunen auf.

»Proserpina darf sich nicht erkälten«, sagte Nero. »Kennst du die Geschichte von Proserpina und Pluto?«

Morgain schüttelte den Kopf und zog den Umhang fester um ihren Körper. Sie hatte gar nicht bemerkt, wie kalt es war.

»Nein?« Neros Stimme klang eigenartig. »Umso besser, denn bald werde ich dir ihre Geschichte erzählen.«

Er gab seinen Männern ein Zeichen, und sie nahmen hinter ihr Aufstellung. »Ich denke, es ist das Beste, wenn wir jetzt zurückgehen«, zischte Nero. »Mir war es möglich, mich an das Licht der Morgensonne zu gewöhnen, aber einige meiner Leute sind nicht so anpassungsfähig. Hier entlang, wenn es dir beliebt«, bat er sie mit ironischer Höflichkeit.

Nicht weit von dem Hügel, der damals das Schicksal der letzten Überlebenden der Legio IX Hispana besiegelt hatte, gab es eine Stelle in den scheinbar massiven Klippen, wo ein Teil der Felswand sich nach außen drehen ließ. Dunkelheit und der ätzende Geruch des Schlangenvolkes strömte aus der gähnenden Öffnung.

Eine Tür zu Jenen Dort Unten, dachte sich Morgain, während sie Claudius Nero folgte. Mutter des Mondes, wie viele solcher verborgenen Tore mochte es noch geben, aus denen dieses Ungeziefer hervorkommen konnte, um die saubere Erde von Heide und Moor zu besudeln! War die ganze Welt denn nur eine hohle und brüchige Schale, unter der ein Reich der Alpträume und Schatten lauerte? Morgain wusste, dass, sollte sie durch irgendeine Wendung des Zufalls überleben und wieder durch das kaledonische Hochland streifen können, sie sich immer fragen würde, wie dünn der Boden der Wirklichkeit war, über den sie schritt.

Der letzte von Neros Legionären trat in den Tunnel, und hinter ihm schloss sich die Tür. Wieder zurück in meinem Grab, sann Morgain niedergeschlagen, und spürte ein wenig Erleichterung bei dem Aufflammen der Fackel, die jemand entzündet hatte.

»Anders als unsere gnomenhaften Verwandten, die in den unteren Höhlen hausen, brauchen wir immer noch Licht«, erklärte Nero mit einem Anflug von Stolz, der Morgain nicht entging.

»Ich dachte mir, dass du den Kriechern entkommen konntest«, meinte Nero, während sie nebeneinander durch den Tunnel gingen. »Wir folgten dir bis zu der Stelle, wo du in ihre Höhle gestolpert bist. Dort stießen wir auf die Überreste eines Festmahls, an dem die Kriecher sich ergötzt hatten - außerdem auf blutige Fußspuren, die zu dem Ufer des Flusses führten, und die nur ich bemerkte. Ich sandte Ssrhythssaa die Botschaft, dass die Kriecher dich getötet hätten, und begab mich dann zu der Stelle, wo der Fluss dich freigeben musste, wenn du noch am Leben warst.« .

»Was sind... die Kriecher?«, fragte Morgain widerstrebend, unfähig, ihre Neugier zu beherrschen.

»Ein wenig von dem, und ein wenig mehr von jenem«, erwiderte Nero ausweichend. »Aber ich vergesse, dass du gar nicht sehen konntest, was dich in der Dunkelheit verfolgte.

Das Volk der Dunkelheit ist tiefer in den Schlamm der Urzeit zurückgesunken, als Ssrhythssaa sich einzugestehen wagt. Es haben Mutationen stattgefunden, abscheuliche

Paarungen mit anderen Geschöpfen der Tiefe. Einige der Geschöpfe, die daraus entsprossen sind, haben sich in die unbenutzten Grotten geflüchtet - ernähren sich von Aas und Pilzen und bringen noch grässlichere Ungeheuer hervor. Hätte ich zu befehlen, würde ich sie ausrotten lassen. Ssrhythssaa findet sie amüsant.«

»Und es ist Ssrhythssaa, der befiehlt«, stichelte Morgain.

Claudius Nero warf ihr einen finsteren Blick zu. »Ssrhythssaa ist einer der Alten. Das Volk der Dunkelheit ist die herrschende Rasse, und Ssrhythssaa ist ihr Meister. Wir sind nur die Sklaven, aufgrund des Makels der menschlichen Herkunft in unserem Blut.«

Es klang, als hätte Claudius Nero ein Glaubensbekenntnis aufgesagt, das ihm und seinen halbmenschlichen Gefährten von Geburt an eingeprägt worden war. Die Verärgerung in seinen Augen strafte die Aufrichtigkeit in seiner Stimme Lügen. Es stand noch etwas anderes in seinen Augen, als er sie anschaute.

»Du hast dem Magier gesagt, ich wäre tot, obwohl du glaubtest, ich sei noch am Leben«, fragte Morgain scharf. »Warum?«

»Du bist meine Proserpina«, lächelte Nero. »Eiserne Käfige können dich nicht halten; die Kriecher können dich nicht fangen; der Fluss kann dich nicht töten. Ssrhythssaa soll dich nicht bekommen.«

Morgain hielt es für unklug, diesen Andeutungen weiter nachzuforschen.

Sie kamen an eine Biegung. Vor ihr erweiterte sich der Gang zu einer riesigen Höhle.

»Willkommen im Lager der Legio IX Infernalis«, meinte Claudius Nero mit einer stolzen Gebärde.

Das Bild in der Höhle war noch bizarrer als alles, was Morgain bis jetzt gesehen hatte.

Die Höhle war gewaltig - offenbar eine natürliche Grotte von beträchtlichen Ausmaßen, die entsprechend den Bedürfnissen der halbmenschlichen Armee vergrößert worden war. Am jenseitigen Ende entdeckte Morgain einen breiten Durchlass, der zu einer ähnlichen, tiefer gelegenen Höhle führte. In großen Abständen verbreiteten Fackeln in Halterungen an den Felswänden ein unstetes Licht und erhellten bis zu einem gewissen Grad die stygische Dunkelheit der unterirdischen Grotte.

Für Morgains Empfinden war es eine kümmerliche Beleuchtung, aber selbst ein so spärliches Licht war wie die Mittagssonne, nach der erdrückenden Schwärze in den Gruben des Schlangenvolkes. Sie fragte sich, inwieweit diese Nachkommen der Neunten Legion tatsächlich auf das Licht angewiesen waren, oder ob diese einsamen Fackeln nicht nur ein Symbol ihres Stolzes in ihrem Sklave-Herr- Verhältnis mit dem echten Schlangenvolk waren.

In dem schwachen Fackelschein konnte Morgain die ordentlichen Reihen der Baracken ausmachen, die sich längs der Höhlenwände hinzogen. Kasernen - inmitten dieser künstlich ausgeweiteten Grotten, tausend Meilen tief im Innern eines Berges. Peinlich genau ausgerichtete Gebäude aus eingemörtelten Steinen, die sich in Reihen zu je zehn Stück paarweise gegenüberstanden. Die Häuser besaßen keine Dächer, und als sie von ihrem leicht erhöhten Standort auf sie herabblickte, musste Morgain plötzlich an die Festungen aus Hölzchen, Kieselsteinen und Schlamm denken, mit denen sie als Kind gespielt hatte.

Aber nicht einmal die Alpträume eines Kindes hätten eine Spielzeugfestung mit solchen Dämonen bevölkern können, wie sie dort unten auf den Straßen und zwischen den oben offenen Gebäuden umhergingen.

»Ich habe die Legio IX Infernalis genau nach dem Muster römischer Legionen aufgebaut«, verkündete Nero in stolzem Ton. »Jede Barackeneinheit beherbergt eine Zenturie, beziehungsweise eine Manipel in je zwei gegenüberliegenden Einheiten.«

»Ich zähle fünf Manipel hier, Legat«, bemerkte Morgain abschätzig. »Besteht deine Legion also nur aus achthundert Mann?«

»In dieser Höhle befindet sich nur die Erste Kohorte«, antwortete Nero leichthin. »Die anderen Kohorten sind in kleineren Höhlen untergebracht, die von dieser hier abzweigen. Du kannst sie gerne irgendwann alle besichtigen, wenn du möchtest.«

Er deutete auf ein massives Bauwerk an der Wand, wo nur zwei Paar Baracken standen. Das wenig anheimelnde Gebäude hatte ein gewölbtes Steindach, eine breite Säulenreihe bildete eine imponierende Fassade. »Die *principia* ist dort drüben. Mein Hauptquartier, aber wir werden es jetzt noch nicht besichtigen. Später werde ich dir vielleicht das *sacellum* zeigen. Hast du jemals zuvor eine römische Feste besucht?«

Morgain schüttelte den Kopf. Bran hatte geraume Zeit in Eboracum verbracht, bevor sein Gesicht zu bekannt wurde, als dass er noch solche Spionage-Unternehmen hätte wagen können. Er hatte ihr ziemlich viel über die militärische Organisation der Römer erzählt.

»Zu schade«, sagte Nero mit einer Spur von Enttäuschung in der Stimme. »Es hätte mich interessiert, zu hören, wie unser Lager im Vergleich abschneidet. Aber es ist auch nicht so wichtig. Nicht mehr lange, und es wird ausreichend geplünderte Römerlager geben, um sie mit Muße zu studieren.

Inzwischen hatte ihre Gruppe die erste Höhle durchquert und bewegte sich durch die breite Passage, die sich zu einer zweiten künstlich erweiterten Höhle öffnete. Wie sich herausstellte, war sie der ersten ziemlich gleich, wenn vielleicht auch nicht ganz so groß. Weitere ordentliche Reihen gemauerter Baracken - Morgain zählte drei paarweise angeordnete Einheiten und erinnerte sich daran, dass nur die erste Kohorte einer Legion aus zehn Zenturien bestand, während die übrigen neun sich aus je sechs Zenturien zusammensetzten. Claudius Nero hatte keine Kleinigkeit außer Acht gelassen.

»Die Zweite Kohorte, nehme ich an«, bemerkte sie trocken. Sie konnte wenigstens noch zwei weitere solche Gänge wie den, aus dem sie gerade heraustraten, erkennen, welche von dieser Grotte abzweigten. »Gibt es also noch acht solcher Höhlen?«

»Nicht ganz«, gestand Nero zögernd ein. »Wir haben noch nicht die volle Stärke einer Legion erreicht. Dabei wäre es leicht möglich, wenn ich nur mehr Rekrutierungsmaterial zur Verfügung hätte. Aus dem Volk der Dunkelheit kann man keine Soldaten machen, und so wie es jetzt ist, bin ich gezwungen, einige von uns, die kaum besser sind als die Kriecher, mit in die militärische Ausbildung einzubeziehen...«

Nero brach ab, als ärgerte er sich darüber, soviel von seinen Gedanken preisgegeben zu haben.

»Noch eine *principia*, Legat?«, fragte Morgain und deutete auf das quadratische Steingebäude an der jenseitigen Felswand - nicht so eindrucksvoll wie die *principia*, aber trotzdem imposant. In diesen Höhlen war ein Gewölbedach reine Eitelkeit.

»Das *praetorium*«, berichtigte Nero. »Mein Palast, für den Augenblick. Ich plane einige Verbesserungen, sobald ich aus dem Beutegut der geplünderten römischen Städte wählen kann.«

Mit einer königlichen Geste wies er auf den Gang, der aus dieser Höhle herausführte. »Es gibt noch mehr zu sehen. Die Baracken der anderen Kohorten. Das *valetudinarium*. Die *borrea* - obwohl kein römisches Getreide dort gelagert ist. Die *fabricae*. Entlang des Flusses haben wir wirklich ausgezeichnete Bäder.«

»Es tut mir leid, sie bei meinem Schwimmausflug verpasst zu haben«, sagte Morgain bitter. »Ich hätte mir einen weiten Umweg erspart.«

»Ein anderer Fluss«, klärte Nero sie auf. »Du hattest Glück, einen zu finden, der nach draußen führte. Es gibt zahlreiche Flüsse unter der Erde. Die meisten - so wie der, der durch unser Lager strömt und uns mit Fischen versorgt - fließen unterirdisch zu Abgründen, die selbst Ssrhythssaa nicht kennt. Ich glaube nicht, dass es dir an den Ufern, zu denen diese Flüsse dich gebracht hätten, wohl ergangen wäre.«

Morgain hegte auch keine sonderliche Sympathie für die Ufer, an die sie der grausame Scherz des Schicksals verschlagen hatte - behielt es aber für sich. Es gab noch furchtbarere Schrecken in diesen lichtlosen Irrgängen - obwohl ihr schon der Anblick einiger Legionäre einen Schauer über den Rücken jagte, die sich in den tieferen Schatten herumdrückten, weil sie augenscheinlich das schwache Licht der Fackeln fürchteten.

Claudius Nero schritt durch die Säulenreihe vor dem *praetorium*. Zwei Legionäre standen neben der geöffneten Tür Wache. Ihr Salut wäre der Garde eines Kaisers würdig gewesen, obwohl Severus höchstwahrscheinlich keine Männer mit schuppiger Haut und klauenbewehrten Fingern in seiner Leibwache beschäftigte.

»Dein Heim, Proserpina«, verkündete Nero mit einer höhnisch-einladenden Armbewegung.

»Ich sehe keinen eisernen Käfig«, gab Morgain zurück.

»Eine derartige Umgebung ist deiner nicht würdig. Ich denke, dies hier dürfte dir eher gerecht werden.«

Der Legat geleitete Morgain über den von Säulen eingerahmten Innenhof und zu einem Flügel des Gebäudes, woi eine portierenverhängte Tür sich zu einer geräumigen Zimmerflucht öffnete. Die Einrichtung war prunkvoll - Beute aus dem Tross der Neunten und dem kürzlich geplünderten römischen Lager, vermutete Morgain. Mosaike und Teppiche, ein in den Boden eingelassenes Bad, Wandbehänge und Trophäen, die genauer zu betrachten sie nicht das Bedürfnis hatte, Truhen und Tische, einige kleine Lampen, ein breites Ruhelager.

Unter anderen Umständen hätten dieses palastartige Haus, die luxuriösen Zimmer Morgains Staunen und Entzücken erregt. Die jetzigen Umstände waren nicht dazu angetan.

Dass es sich bei diesen Räumen offensichtlich um Neros Privatgemächer handelte, verbesserte die Sache keineswegs.

Morgain wusste es besser, als unschuldige Verwirrung zu heucheln - oder etwa anzunehmen, der Legat hätte vor, ihr seine Räume zu überlassen. Während sie den Mantel fester um die Schultern zog, betrachtete sie mit weit geöffneten Augen ihre Umgebung.

Eine Dienerin brachte Wein und zwei flache Schalen - weitere Beutestücke aus dem Römerlager. Es war die erste Frau dieser Mischrasse, die Morgain aus der Nähe zu Gesicht bekam - Atla rechnete Morgain nicht mit ein, denn die Hexe von Dagonmoor war zumindest in der Welt der Menschen geboren worden. Das Mädchen erwiderte den neugierigen Blick der Piktin mit einer Ausdruckslosigkeit, die ihr Schlangenerbe deutlich machte - weder feindselig noch teilnahmsvoll. Sie war ein schlankes Geschöpf mit kleinen Brüsten und spitzen Zügen. Während man Atla auf den ersten Blick ohne weiteres für einen Menschen halten konnte, ging von diesem Mädchen etwas aus, das sie unzweifelhaft als nichtmenschlich abstempelte.

Mit flinken Bewegungen war sie Claudius Nero bei seinem Harnisch und den Beinschienen behilflich und huschte schweigend davon, als er sie mit einem Wink entließ. Nero mischte in den zwei Schalen Wein mit Wasser, wie es römische Sitte war. Er nahm allerdings mehr Wein als Wasser.

»Hier.« Er reichte ihr eine Schale und prostete ihr mit der seinen zu. »Du scheinst zu frieren. Ich hoffe, du hast dich nicht erkältet.«

Morgain ergriff die Schale mit zitternden Fingern und trank begierig. Neros Vertraulichkeit machte ihn ihr um keinen Deut sympathischer. Der Ton in seiner Stimme klang eher nach Besorgnis um ein neues Beutestück.

Ihr Pokal war leer und Nero rasch bei der Hand, ihn wieder zu füllen, wie auch seinen eigenen. Morgain nippte und schaute sich weiter in dem Zimmer um. Der Wein wärmte sie, aber erschöpft, wie sie war, und mit nichts als Flusswasser im Magen, stieg er ihr zu Kopfe, obgleich er verdünnt war.

»Du bist sehr kühl, Morgain«, stellte Nero fest. »Aber ich habe nichts anderes erwartet. Ich mag Dinge, die kalt und stark sind. Wie ich.«

. »Was für ein herrliches Buch!« Morgain tippte auf einen Kasten mit Schriftrollen, von denen eine geöffnet auf einem Lesetisch ausgebreitet war.

»Cäsars De Bello Gallico«, wurde sie von Nero belehrt. »Es gehörte meinem Urgroßvater, Publius Calidius Falco, Legat der Neunten, die damals hier ausgelöscht wurde. Ich habe es schon hundertmal gelesen.«

Er trat hinter sie, um ihre Schale zu füllen. Anschließend berührte er die goldene Spange an ihrem Hals.

»Du brauchst meinen Umhang jetzt nicht mehr«, sagte er und zog ihr den schützenden Mantel aus den widerstrebenden Händen.

Morgain zwang sich, den Wein zu trinken. Ihre Kehle war so trocken, dass sie kaum schlucken konnte.

»Du bist wunderschön, Morgain«, hauchte Nero. »Ich habe recht daran getan, dich nicht Ssrhythssaa zu überlassen.«

Das letztere enthielt eine Drohung. Wenn es auch Dinge geben mochte, die schlimmer waren als der Tod, wusste sie doch, dass der uralte Schlangenzauberer ihr weder das eine noch das andere ersparen würde. Morgain^, hatte das Gefühl, dass sie noch mehr Wein brauchte. Ihr Verstand suchte benommen nach einer Möglichkeit, dem Unvermeidlichen zu entgehen.

»Ich versprach, dir von Proserpina und Pluto zu erzählen«, sagte Nero heiser.

»Ja! Bitte!« drängte Morgain und griff damit nach dem falschen Strohhalm. Wenn er nur noch weiter redete...

Claudius Nero gab sich alle Mühe, ihr die Geschichte auch wirklich begreiflich zu machen.

Morgain schrie nur einmal, vor Schock und allergrößtem Ekel. Aber es war in einem Augenblick, in dem Jungfrauen allgemein ein wenig zu schreien pflegen, und Nero fühlte das Blut nur um so heißer durch seine Adern tosen.

XXI. Auf Messers Schneide

Morgain erwachte schließlich aus einem von Alpträumen heimgesuchten Schlaf. Selbst die Schmach, von Nero in Besitz genommen worden zu sein, hatte ihre Erschöpfung nicht vertreiben können. Bis ins Innerste durchkältet von Abscheu, war Morgain bald in einen tiefen Schlummer gesunken. Sie träumte von Proserpina und Pluto, und von Schlangen, die entsetzliche und widerwärtige Dinge miteinander taten.

Als sie erwachte, öffnete sie die Augen in der dumpfen Hoffnung, dass alles nur ein Alptraum gewesen sei. Das von Lampen erhellte Schlafzimmer war unverändert, und sie wusste, dass der Schlimmste ihrer Träume Wirklichkeit gewesen war. Morgain bezweifelte, dass sie sich jemals wieder sauber fühlen würde.

Zornige Stimmen weckten sie endgültig aus ihrer schläfrigen Benommenheit. Morgain setzte sich auf und zuckte zusammen, als sie die Schmerzen ihrer zerschlagenen Rippen spürte.

Claudius Nero hatte sich bereits erhoben. War es Morgen? Bedeutungslos. Hier war es immer Nacht. Die flackernden Lampen warfen die gleichen verzerrten Schattenbilder an die Wände, wie zuvor, obwohl Morgain ahnte, dass sie einen ganzen Tag in der Welt draußen verschlafen haben musste.

Neben dem im Boden eingelassenen Bad ließ der Legat sich von einer Dienerin trockenreiben. Eine wütende Atla schrie auf ihn ein.

»Die piktische Hündin wurde also von den Kriechern zerrissen! Und wie kommt es, dass sie sich hier befindet, in dem *praetorium* des Claudius Nero? Du hast Ssrhythssaa angelogen! Du Narr! Was wirst du ihm sagen, wenn er es herausfindet?«

Neros spitzes Gesicht war dunkel vor Zorn, und gereizt schob er das Handtuch beiseite. »Das Mädchen ist den Kriechern irgendwie entkommen. Ich habe sie erst vor wenigen Stunden wieder eingefangen; es war ihr gelungen, die Schlangenschlucht zu erreichen, und sie befand sich auf dem geraden Weg in die Freiheit, als ich sie aufgriff. Meine Nachricht an Ssrhythssaa war keine Lüge. Jetzt hat er außerdem gar keine Verwendung mehr für Morgain - und ich habe ebenso viel Recht auf sie wie der Große Alte.«

»Ha! Lass mich hören, wie du das Ssrhythssaa sagst! Er wird dich zusammen mit dem Mädchen dem Großen Alten zum Fraß vorwerfen!«

Nero sprach mit größerer Sicherheit, als er fühlte. »Das würde Ssrhythssaa nicht wagen. Er braucht mich, Hexe, was auf dich nicht zutrifft - weder aus seiner noch aus meiner Sicht!«

Atla gab einen erstickten Wutschrei von sich, und rannte an ihm vorbei zu dem Ruhebett, auf dem Morgain kniete. Nero folgte ihr mit einem warnenden Ausruf.

Hochaufgerichtet stand die Hexe vor Morgain und betrachtete mit einem hämischen Lächeln die beschmutzten Laken. »So, du kleine Schlampe! Es wird Bran Mak Morn interessieren zu erfahren, wie seine Schwester ihrer Unschuld beraubt wurde. Spiel mir doch jetzt noch einmal die stolze Jungfrau vor und beschimpfe mich, weil ich mit Römern liege! Du Futter für den Höllenwurm! Jetzt wünschst du dir wohl, schön sicher in deinem Käfig geblieben zu sein!«

Zorn vertrieb die Scham aus Morgains Gesicht. Sie ahnte den Grund für Atlas Wut und schlug zurück, um ihren eigenen Stolz zu bewahren und die Hexe in ihrer Eitelkeit zu verletzen.

»Du bist entweder einfältig oder blind, liebste Atla«, lächelte sie zuckersüß. »Nero hat mir nichts geraubt. Ich habe mich ihm freiwillig hingegeben. Wundert es dich, dass der Fürst der Unterwelt ein Mädchen von reinem, menschlichen Blut als Gefährtin bevorzugt?«

Atlas Hand zuckte nach ihrem Dolch, aber Nero war schneller. Er drückte der tobenden Hexe die Arme an den Leib und schleuderte sie zur Seite. Atla riss sich los und wollte kratzend und beißend an ihm vorbei. Nero versetzte ihr einen Schlag mit der offenen Hand, der sie ins Taumeln brachte.

Wilder Stolz klang aus der Stimme des Legaten. »Da hast du deine Antwort, Hexe! Da du mir deine Nachricht überbracht hast, dürfte kein Zweifel mehr daran bestehen, dass ich keine Verwendung mehr für dich habe. Lass uns allein!«

Atlas Antwort war voller Hass. »Willst du Atla verstoßen wegen dieser Hure aus einem Volk von Wilden? Du wirst mich anflehen, zu dir zurückkommen, nachdem Ssrhythssaa sie dem Höllenwurm geopfert hat!«

»Wenn du Ssrhythssaa deine Lügen in die Ohren bläst«, warnte Nero, »werde ich dafür sorgen, dass du es bist, die den Altar des Großen Alten schmückt! Ssrhythssaa braucht mich, um die Neunte Legion zu befehligen. Der einzige Nutzen, den du für ihn hattest, bestand darin, Bran Mak

Morn zu umgarnen. Und das ist dir nicht gelungen, Atla. Möchtest du wirklich Ssrhythssaas Dankbarkeit erproben?«

Fauchend vor ohnmächtiger Raserei verließ Atla das Zimmer. Bei der verhängten Tür blieb sie noch einmal stehen. »Es interessiert dich vielleicht, Morgain - während du hier die Buhle für seinen Feind spielst, setzte dein Bruder sein Leben aufs Spiel, um dich zu finden!«

Nero machte einen drohenden Schritt in, ihre Richtung. Atla floh mit einem höhnischen Lachen.

»Was hat sie gemeint?«, fragte Morgain erregt. Nach dem, was sie zuletzt von ihrem Bruder gesehen hatte, nahm sie an, dass man Bran gefangen halten würde, während Ssrhythssaa versuchte, ihn zu irgendeinem unheilvollen Bündnis zu überreden. Ihr eigenes Vorgehen war darauf ausgerichtet, Zeit zu gewinnen, bis sie eine Möglichkeit fand, zu fliehen und ihm Hilfe zu bringen.

»Nichts, was dich betrifft«, sagte Nero ausweichend. »Sie kam, um mir mitzuteilen, dass Bran Mak Morn entkommen ist. Offensichtlich ist einem Trupp seiner Männer gelungen, an unseren Wachen vorbeizuschleichen, die Höhle des Schwarzen Steins zu finden und ihn zu befreien. Eigentlich vollkommen unmöglich, aber dennoch ist er für den Augenblick auf freiem Fuß. Allerdings ist ein Entkommen ausgeschlossen. Es ist nur eine Frage der Zeit.«

Morgain sagte nichts dazu, ihre Gedanken arbeiteten fieberhaft.

»Ich muss gehen und dafür sorgen, dass er wieder eingefangen wird«, teilte Nero ihr mit, und beobachtete dabei misstrauisch ihr ausdrucksloses Gesicht.

»Wir wissen, dass er die Höhlen nicht verlassen hat. Jeder Ausgang wird bewacht, selbst wenn sie es fertigbringen sollten, den Rückweg zu finden. Er wird uns wieder in die Hände fallen. Ssrhythssaa wird Bran seinem Willen unterwerfen - lebendig oder tot. Sein Widerstand ist sinnlos.«

Nero öffnete eine Truhe und nahm ein prachtvolles Gewand aus schmiegsamer Seide heraus. »Hier«, sagte er und hielt es ihr entgegen. »Das müsste dir passen. Du hast ungefähr Atlas Größe.«

Er betrachtete sie verschlagen. »Es könnte sein - wenn du in deinem Herzen wirklich so denkst, wie du Atla gesagt hast - dass es dir gelingt, deinen Bruder zu überreden, sich der Vernunft zu beugen. Familiäre Interessen... würden ihn vielleicht veranlassen, seine sture Haltung betreffend eines Bündnisses zu ändern. Es gäbe viel für ihn zu gewinnen, an Macht und Reichtum, wenn er sich uns freiwillig anschließt. Wenn nicht, wird Ssrhythssaa ihn trotzdem für seine Zwecke benutzen.«

Morgain folgte dem Pfad, den der Instinkt ihr wies. »Vielleicht könnte ich etwas erreichen«, meinte sie, »wenn es ein Bündnis von Kriegern wäre, und nicht von kriechenden Geschöpfen. Warum brauchst du Ssrhythssaa? Du hast selbst gesagt, dass die Würmer der Erde im Kampf wertlos sind. Wenn deine Legion so stark ist, warum bückst du dich dann vor solch erbärmlichem Ungeziefer?«

Neros Augen wurden schmal. Der Gedanke war ihm nicht neu. Mit weiblicher List nutzte Morgain seine Eitelkeit und seine Unzufriedenheit zu ihrem Vorteil aus. Des Legaten besessene Sorgfalt in Bezug auf jedes Detail der militärischen Organisation und Gesellschaftsstruktur Roms zeigte deutlich, wie verbissen Claudius Nero die menschliche Rasse nachzuahmen versuchte. Ein von solchen

Zwängen beherrschter, noch dazu dünkelhafter Mann konnte gar nicht anders als seinen nichtmenschlichen Herrn hassen und diese Rasse von Würmern, der er durch Tradition und Furcht dienstbar war.

Morgain hatte die schwache Stelle in seiner Rüstung entdeckt, und jetzt stieß sie ihren tödlichen Dolch noch tiefer in die Wunde.

»In deiner hübschen Geschichte«, bemerkte sie, »war nicht davon die Rede, dass Pluto vor einer Horde von schwächlichen Missgeburten das Haupt geneigt hätte. Bran Mak Morn würde jeden Tod erleiden, bevor er sich vor einem heruntergekommenen Pack von lichtscheuem Ungeziefer auf den Boden werfen würde.«

Mit einem Ruck wandte Nero ihr den Rücken zu. »Du bist gefährlich, Proserpina«, sinnierte er. »Wenn ich deiner nur sicher sein könnte...«

»Du hast behauptet, Stärke zu lieben«, drängte Morgain weiter. »Wenn du nichts anderes willst als einen lauen Geist und heiße Schenkel, dann ruf Atla zurück und hüte dich vor der Schwester eines Königs der Pikten!«

»Ich fürchte dich nicht!«, erklärte Nero. »Und Ssrhythssaa ebenso wenig! Versuche nicht, mich mit deinen Einflüsterungen nach deinem Willen zu lenken, Mädchen! Claudius Nero ist sein eigener Herr!«

Verärgert schritt er aus dem Zimmer. »Du wirst hier bleiben, bis ich zurückkomme«, rief er zurück. »Meine Diener werden sich um deine Bedürfnisse kümmern - und überall im *praetorium* stehen meine Wachen.«

Morgain fragte sich, ob sie des Guten zu viel getan hatte, glaubte es aber nicht. Claudius Nero war von einem Wahn besessen - einem gewissen düsteren Fanatismus, ähnlich dem, der ihren Bruder antrieb. Mit Vorsicht und Schläue konnte sie diesen Wahn als Waffe benutzen.

Die Dienerin beobachtete sie teilnahmslos. Draußen vor der Tür konnte sie eine Gestalt in Rüstung entdecken. Kein Entkommen. Immerhin war diese Zelle eine Verbesserung gegenüber dem eisernen Käfig.

Behutsam stieg Morgain aus dem Bett. Ihre Rippen schmerzten unerträglich, ihre Glieder fühlten sich an, als käme sie geradewegs von der Streckbank, und ihre zerschundenen Füße waren kaum in der Lage, ihr Gewicht zu tragen. Alles zusammen trug dazu bei, ihre Gedanken von der Unreinheit abzulenken, die in ihrem Körper brannte. Morgain ließ sich in das Bad sinken und wusch sich mit wütender Gründlichkeit - obwohl sie wusste, dass sie sich anschließend trotzdem nicht sauberer fühlen würde.

Die Dienerin trocknete sie ab und strich behutsam eine Salbe auf die Blutergüsse und Schrammen an ihrem Leib und Gliedmaßen. Die Spuren von Atlas Peitsche waren verblasst, bis auf die Stellen, wo die Haut aufgeplatzt war. Nach ihrer Erfahrung mit heilenden Wunden schätzte Morgain, dass ihre Auspeitschung vor wenigstens zwei Tagen stattgefunden hatte. Zum erstenmal fühlte Morgain sich zuversichtlich genug, um darüber besorgt zu sein, ob die Peitschenstriemen wohl Narben hinterlassen würden.

Eine breitere Schwellung an ihren Schultern und einem Bein rührte von dem Angriff der Kriecher her. Es fiel Morgain ein, dass sie sich immer noch keine klare Vorstellung davon machen konnte, was sie da in der Dunkelheit überhaupt gepackt hatte. Ihre Haut war so mit blauen Flecken übersät, dass sie sich gut vorstellen konnte, als eine der Schlangenfrauen durchzugehen.

Da sie zu hungrig war, um sich beherrschen zu können, aß Morgain vorsichtig von einem Tablett mit geräuchertem Fisch und anderen undefinierbaren Speisen, die sie unberührt ließ. Sie war am Leben, überlegte sie, und für den Augenblick in Sicherheit. Der Preis...

Die letzte Nacht war furchtbar gewesen. (Vage kam Morgain zu Bewusstsein, dass es Tag gewesen sein musste; es dämmerte gerade, als man sie wieder eingefangen hatte.) Nach Stunden unablässigen Entsetzens waren ihre Sinne abgestumpft - sie hatte das Ungeheuerliche über sich ergehen lassen, ohne viel davon wahrzunehmen. Morgain war froh darüber, dass Wein und Erschöpfung ihr Erinnerungsvermögen wenigstens bis zu einem gewissen Grade getrübt hatten. Wenn sie lange genug am Leben blieb, würde sie sich eines Tages allein irgendwo in die Heide setzen und weinen. Jetzt im Moment lebte sie - was ihr wie ein Wunder vorkam - und balancierte auf Messers Schneide zwischen einem entsetzlichen Tod und der schwachen Hoffnung auf ein Entkommen.

Es gab ihr Mut zu wissen, dass Bran geflohen war. Sie fragte sich, wem es gelungen war, ihn zu befreien. Grom würde alles für seinen König wagen, und Gonar hatte vielleicht die Macht, sie zu der Stelle zu führen, wo Bran gefangen gehalten wurde. Wenn sie trotz der widrigen Umstände so viel erreicht hatten, konnten sie sich vielleicht auch wieder bis nach Baal-dor durchschlagen - oder kamen vielleicht sogar hierher, um sie aus Claudius Neros Lager zu retten.

Morgain hatte keinen Zweifel daran, dass Bran sich nur ihretwegen noch in diesem unterirdischen Reich aufhielt. Bitter dachte sie daran, dass sie jetzt bei ihrem Bruder und seinen Befreiern sein könnte, wenn sie nicht aus ihrem Käfig geflohen wäre.

Das seidene Kleid passte ihr ausgezeichnet - ein lose fallendes, ärmelloses Gewand, das an beiden Schultern mit Silberspangen zusammengehalten und um die Taille von einem roten Gürtel gerafft wurde. Es war das bei weitem kostbarste Kleidungsstück, das Morgain jemals getragen hatte, und sie war so gut wie sicher, dass es sich um ein weiteres Beutestück aus dem Tross der Neunten handelte.

Die Zimmer hier waren voll von solchen Erinnerungsstücken. Beinahe fühlte man sich an einen Tempel erinnert. Nero hatte erwähnt, dass Calidius Falco sein Urgroßvater gewesen war, und noch während sie einschlief, hatte er von dem Schicksal der Neunten erzählt und von seinen eigenen prahlerischen Träumen von Eroberung und Macht. Die Überlebenden der Neunten hatten noch lange Jahre in diesen Höhlen gehaust und in ihren halbmenschlichen Nachkommen das Bewusstsein ihres römischen Erbes wachgehalten - bis es für sie zu einer Art Kult wurde.

Umgeben von römischem Prunk, besessen von der Erschaffung einer Legionärsfestung nach römischem Vorbild - Claudius Nero war ein ebenso fanatischer Römer wie irgendein Aristokrat, der seine Ahnenreihe bis zu Romulus und Remus zurückverfolgen konnte. Wenn das Mädchen an die seelischen Spannungen dachte, die aus dieser Besessenheit erwachsen mussten - welcher andererseits die Wirklichkeit in Gestalt der Tatsache gegenüberstand, dass Claudius Nero zu mehr als der Hälfte Schlangenblut in seinen Adern hatte, einer Rasse kriechender Würmer dienen musste und von einem alten Magier gezwungen wurde, seine geliebte Legion mit den verhassten Pikten zusammenzuschließen, um gegen das ihm heilige Rom zu kämpfen - Morgain begriff den Wahnsinn in der Seele des Mannes, der sich selbst als Legat der Legio IX Infernalis bezeichnete.

Für einen Mann von seinem Hochmut und seiner Großmannssucht musste ein gewisser Glaube an seine eigene Überlegenheit die einzige Zuflucht sein, und ein nagender Hass auf alles, das ihn an seine unterlegene Position erinnerte.

Morgain wusste, dass sie Neros Wahnsinn für sich ausnutzen konnte. Er konnte ihre Rettung sein. Doch ein Fehltritt würde den sicheren Tod bedeuten.

Sie wünschte sich, Bran würde sie finden und hier herausholen, bevor ihre Nerven plötzlich nicht mehr mitspielten.

Sie spürte eine plötzliche Spannung in der Luft. Vor der Tür entstand ein Tumult, und sie hörte das aufgeregte Zischen des Schlangenvolkes.

»Bran!«, rief Morgain überglücklich.

Eine hochgewachsene Gestalt trat bei ihrem Ausruf durch die Vorhänge an der Tür.

Es war Ssrhythssaa.

XXII. In den Tiefen der Hölle

Der Gang, durch den Liuba und Bran die Höhle des Schwarzen Steins verlassen hatten, führte steil nach unten. Bran schätzte, dass sie in völliger Dunkelheit und ohne jeden Zwischenfall mehrere Meilen zurückgelegt haben mussten - wobei Bran sich immer dicht hinter Liuba hielt. Die Frau verlangsamte kein einziges Mal ihren Schritt, umging unfehlbar Hindernisse, die Bran gar nicht gesehen hatte, und schenkte den Gängen, die in diese Passage einmündeten oder von ihr abzweigten, keinerlei Beachtung. Hin und wieder warnte Liubas gedämpfte Stimme Bran vor einer unsichtbaren Erdspalte, kündigte ihm eine plötzliche Biegung an; ansonsten stiegen sie in gespenstischem Schweigen in die Tiefen der Erde hinab.

Schließlich hielten sie an, um Atem zu schöpfen - mehr um seinetwillen als Liubas wegen, stellte Bran verärgert fest. Außerdem wurde ihm bewusst, dass die geheimnisvolle Schwertkämpferin eigens langsam ging, damit er Schritt halten konnte. Die Anstrengungen der letzten Tage hatten selbst Bran Mak Moms eiserne Ausdauer fast gänzlich aufgezehrt. Aber er spürte, dass hier noch etwas anderes als nur seine eigene Erschöpfung im Spiel war. Niemand - ganz gleich wie kräftig oder tollkühn - konnte sich so schnell und so sicher durch dieses stockdunkle Labyrinth bewegen, außer...

»Liuba«, fragte Bran, »kannst du im Dunkeln sehen?«

»Ja«, erwiderte sie, als wäre es das Selbstverständlichste von der Welt. »Wie sonst hätte ich den Weg zu der Höhle des Schwarzen Steins finden können?«

»Ich frage mich, wie es kommt, dass du diese Gabe hast.«

Liuba lachte. »Nun, ich wurde nachts geboren, König Bran - und deshalb bin ich ein Geschöpf der Nacht, wie das Sprichwort sagt. Woher soll ich wissen, warum meine Augen die Dunkelheit durchdringen? Erkläre du doch mir - warum kommen manche blind auf die Welt und manche mit Augen so scharf wie die eines Falken? Stört dich etwas daran?«

Bran zuckte die Schultern. Ungewöhnlich, aber nicht unmöglich. Es kam oft genug vor, dass manche Menschen in der dunkelsten Nacht noch deutlich sehen konnten, während andere wie blind umhertappten, obwohl der helle Vollmond am Himmel stand. Liuba gehörte offensichtlich nicht zu den Menschen mit Nachtblindheit.

»Viel mehr interessiert es mich, dass du dich so leicht in diesem Labyrinth zurechtzufinden scheinst«, wechselte Bran das Thema. »Und dass du so gut mit den geheimen Plänen der Kinder der Nacht vertraut bist.«

»Warum sollte ich mich nicht in diesen Höhlen auskennen?«, fragte Liuba zurück. »Und mit den hinterhältigen Plänen dieses Ungeziefers! Ich habe einen Tag auf deine Rückkehr gewartet, und dann bin ich noch einen ganzen Tag durch diese Schlangengruben gewandert - erst, um dich zu finden, und dann musste ich eine Gelegenheit abwarten, um dich zu befreien. Du vergisst, dass ich diese Biegungen sehen kann, die für dich so verwirrend sind. Ha!

Die Dankbarkeit der Könige ist immer dieselbe! Wessen genau klagst du mich an?«

»Ich entschuldige mich«, murmelte Bran, etwas beschämt. Sie hatte Recht, da war nichts - nur ein vages Unbehagen und das Gefühl, dass etwas anderes hinter Liubas geschmeidigen Erklärungen lag. Nein - sie hatte ihn befreit; es gab für sie nirgends einen Platz in den tückischen Machenschaften des alten Schlangenpriesters. Die letzten furchtbaren Tage hatten ihn gegen alles und jeden misstrauisch gemacht.

Und Unentschlossenheit konnte Morgain jetzt um ihre einzige kümmerliche Chance bringen. »Wir verschwenden Zeit«, knurrte Bran und spürte dabei Liubas unsichtbares Lächeln.

Der Gang führte immer noch weiter in die Tiefe, erweiterte sich in unregelmäßigen Abständen zu felsigen Rachen mit Zähnen aus Stein, die für Liuba kein Hindernis bildeten, und manchmal war er nicht mehr als ein enger Tunnel durch massives Gestein. Einmal blieb Liuba stehen und zog Bran in eine der Nischen der Grotte, die sie gerade betreten hatten. Zusammengeduckt hinter verwachsenen Säulen aus Fels warteten sie, während ein beachtlicher Trupp von Schlangenvolk aus dem jenseitigen Tunnel kam und an ihnen vorbeimarschierte.

Bran lauschte auf die schlurfenden Schritte der unsichtbaren Horde, die in dem Gang untertauchte, den er und Liuba gerade verlassen hatten. Wären sie in dem schmalen Tunnel der vor ihnen lag, auf diese schleichenden Würmer gestoßen...

»Bis jetzt haben wir Glück gehabt«, flüsterte Liuba, als sie aus ihrem Versteck hervorkamen. »Die Suche konzentriert sich auf die höhergelegenen Ebenen. Ssrhythssaa ist nicht auf den Gedanken gekommen, dass wir stattdessen tiefer in die Abgründe der Hölle kriechen.«

Bran gab einen Laut von sich, der alles bedeuten konnte, und hoffte nur, dass Liubas Ortskenntnis sie nicht im Stich gelassen hatte. Es würde schwer werden, sich einen Weg zu den oberen Gängen zu erkämpfen, wenn die Postenkette erst einmal vollständig war.

»Sie könnten aus der Höhle des Ungeheuers gekommen sein«, meinte er drängend. »Wie weit ist es noch?«

»Wir sind dem Altar des Großen Alten schon ganz nahe«, erklärte Liuba. »Es gibt zwei Gänge, die zu seiner Höhle führen. Ich halte es für wenig wahrscheinlich, dass wir auf dem Pfad, dem wir jetzt folgen, auf Schlangenvolk treffen.«

»Dann ist es umso wahrscheinlicher, dass sie Morgain durch den anderen Gang zum Tode schleppen«, fluchte Bran. »Weiter - und soll das Ungeziefer doch versuchen, uns aufzuhalten!«

Beinahe sofort, als sie aus dem engen Tunnel in eine dahinterliegende Höhle gelangten, fiel Bran der scheußliche Gestank auf, der ihm aus der Finsternis entgegen-

schlug. Zuerst nahm er an, es handle sich um die Ausdünstung der eben vorbeigezogenen Horde des Schlangenvolkes, der noch in der Luft hing. Die beiden hasteten weiter, und die dumpfe Luft roch immer unerträglicher. Es war ein Übelkeit erregender Geruch nach Fäulnis und Verwesung, nach einem ganzen Nest von Vipern, nach dem eklen Schleim der tiefsten Höllen.

Es war der Gestank des Höllenwurms.

Plötzlich entdeckte Bran einen fahlen grauen Schimmer am anderen Ende der Höhle. Liuba ging geradewegs auf dieses Fleckchen Helligkeit zu, das überhaupt nur wegen der undurchdringlichen Dunkelheit der Höhle erkennbar war. Als sie die Stelle erreichten, entpuppte sie sich als der Eingang zu einem weiteren schmalen Gang, durch den ein Rinnsal matter Helligkeit tröpfelte.

Die Luft in diesem Tunnel war zum Ersticken. Es war, als hätten sie die Gruft eines gewaltigen Drachen betreten, in dessen Kadaver noch immer die Maden wimmelten. Bran hatte in den letzten Tagen nichts gegessen, also war es nur Galle, die ihm sauer in den Mund stieg.

Der Tunnel mündete auf eine schmale Felsleiste, die an der Wand einer tiefer gelegenen Höhle entlanglief, deren Boden sich ungefähr fünfzig Meter unterhalb ihres Standortes befand. Von dort kam auch das phosphoreszierende Leuchten, das dem Schlangenvolk so viel bedeutete - anscheinend hervorgerufen von irgendeinem pilzartigen Bewuchs. Ein bedrohlich wirkender Altar aus schwarzem Stein ragte als dunkle Insel inmitten des glühenden Hexenfeuers auf. In der Mitte dieses Teiches aus höllischem Licht öffnete sich ein kreisrunder Abgrund - und Bran Mak Morn wusste, dass er auf eines der Tore zu den Höllen schaute, die tiefer waren als jede Hölle, die die armselige Vorstellungskraft des Menschen sich ausmalen konnte.

»Die Wohnstatt des Großen Alten«, erklärte Liuba unnötigerweise. »Das da unten ist sein Altar, wo die Kinder der Nacht ihm die Leckerbissen zum Opfer bringen, die so unglücklich waren, ihnen in die Hände zu fallen. Im Augenblick ist der Altar leer.«

»Und wie kommen wir da hinunter?«, verlangte Bran zu wissen.

»Ein Pfad führt an den Wänden des Schachts entlang«, 1 antwortete Liuba. »Er ist schwierig zu begehen, aber ich glaube, dass wir ihn bewältigen können. Die Schlangenbrut benutzt den Gang dort unten, um ihre Opfer zum Altar zu schleifen.«

Sie deutete auf eine dunkle Öffnung am Fuß der jenseitigen Höhlenwand, ungefähr hundert Meter von ihnen entfernt. Der Altar erhob sich auf dem kurzen Absatz zwischen Tunnelausgang und Abgrund. Diese Höhle konnte unmöglich ein Werk der Natur sein. Bran fragte sich, welcher schrecklichen Gottheit hier mit welchen entsetzlichen Ritualen gehuldigt werden mochte.

»Was für eine Art Ungeheuer ist der Große Alte?«, fragte Bran mit unwillkürlicher Scheu.

»Es gibt Höllen unter der Hölle, und Höllen, die sogar noch tiefer sind«, murmelte Liuba. »Zahlreich sind die furchtbaren Geheimnisse und die Überlebenden aus Urzeiten, die in den verschütteten Grüften der Erde hausen. Bete, dass diese Grüfte nie geöffnet werden, König Bran! Der Große Alte ist einer von denen, die in der Tiefe lauem, und Ssrhythssaa in seiner Verworfenheit hat ihn aus der Hölle heraufbeschworen.«

»Kann man ihn töten?«

»Das kannst du selbst am besten beurteilen, Bran Mak Mom. Denn du bist dem Großen Alten schon näher gewesen als ich.«

»Wirklich?« Bran kannte die Antwort bereits.

»Den Höllenwurm hast du ihn genannt. Am Fuß von Kestrel Scaur.«

»Du hast gesehen, was dort geschah?«, fragte Bran.

»Ich war da, König Bran.« Liuba lachte seltsam. »Sei versichert, ich war da!«

Bran runzelte die Stirn. Das erklärte zumindest, woher die Schwertkämpferin so genau über seine und die Pläne des Schlangenvolkes Bescheid wusste. Er hatte in jener Nacht auch die Anwesenheit eines unsichtbaren Zuschauers gefühlt - vermutlich hatte Liuba sie aus dem Schutz der Ebereschen heraus beobachtet.

Es blieb das Rätsel um die Frau selbst. Bran war fest entschlossen, den Schleier von Liubas gewandten Ausreden zu lüften, sobald sich die Gelegenheit dazu bot. Sie spielte ein Spiel, soviel war sicher. Wessen?

»Ich gehe hinunter«, sagte Bran entschlossen. Er konnte nicht wissen, was er vorfinden würde, aber wenn an dem leeren Altar irgendwelche tragischen Spuren von Morgains Anwesenheit zu erkennen waren... dann konnte Liuba ihr Spiel alleine spielen, dann Bran Mak Morn würde nie wieder in das freie Hochland zurückkehren, solange auch nur einer des Schlangenvolkes sich noch in diesen Höhlen vor seiner Rache verbarg.

Der Pfad, der in einer Spirale zum Boden der Grube hinunterführte, war schmal und abschüssig - außerdem noch schlüpfrig durch die Auswüchse der phosphoreszierenden Pilzwucherungen, die sich aus dem feurigen Teich dort unten die steilen Felswände hinaufzogen. Eng an die Felsen gedrückt, während sie sich Schritt für Schritt weitertasteten, gelang ihnen der Abstieg ohne Zwischenfälle. Der widerwärtige Gestank wurde immer stärker und verursachte Bran ein gefährliches Schwindelgefühl, bis seine Nase sich schließlich daran gewöhnte.

Der leuchtende Pilzbewuchs bedeckte den Höhlenboden wie ein Teppich - eine dünne Schicht aus greifbarer Helligkeit, die den Klang ihrer Schritte dämpfte und ihre Sandalen mit einem unheimlichen Schimmer überzog. Der Fels darunter war glatt und neigte sich kaum wahrnehmbar dem Abgrund zu. Bran kämpfte gegen das Gefühl, dass er bei dem geringsten Stolpern auf diesem schleimigen Teppich unaufhaltsam in diese gähnende, kreisrunde Öffnung hineinschlittern würde...

Gewiss wandelten sie nun auf der furchtbaren Schwelle zu einer vergessenen Hölle, die wie ein unreines Geschwür unter der Erde geeitert hatte, seit sich die wankenden Berge der urzeitlichen Welt über ihr geschlossen hatten.

Der Altar war ein nichts Gutes verheißender sechseckiger Klotz aus Basalt, drei Meter im Durchmesser und gefährlich nahe am Rand des Abgrunds. Bran versuchte, nicht an die zahllosen Opfer zu denken, die gefesselt und hilflos auf dieser Insel in einem See aus leuchtenden Pflanzen gelegen und darauf gewartet hatten, dass ein Wesen, wie es in den schlimmsten Alpträumen nicht vorkam, aus seinem unterirdischen Versteck herauskroch...

Stücke von zersplitterten Knochen lagen um den Altar verstreut, bildeten grausige Hügel unter dem allgegenwärtigen Teppich aus leuchtendem Moder. Streifen aus getrocknetem Schleim zogen sich wie stinkende Eiszapfen von dem Altar bis zum Boden und von da bis zu dem schwarzen Abgrund. In das Basaltgestein hatten sich Flecken eingefressen, die dann noch seine Oberfläche besudeln würden, wenn die Erde in die tote Sonne stürzte und selbst die wahnwitzigen Träume der Götter zu kaltem Staub zerfielen.

»Es ist einige Tage her, seit der Große Alte sein letztes Festmahl hier gehalten hat«, bemerkte Liuba. Sie deutete auf einen Gegenstand, der schon halb von den wuchernden Pilzen überwachsen war. Es war eine genagelte römische Sandale, deren schimmelnde Lederriemen immer noch den verwesenden Fuß umschnürten. »Der Höllenwurm speist nicht so reinlich, dass keine Spuren Zurückbleiben würden.«

Bran spürte, wie eine ungeheure Last von seiner Seele wich. »Ich glaube, du hast recht«, stimmte er zu und wandte sich von dem Altarstein ab. »Wir sind noch rechtzeitig gekommen.«

Er wagte eine genauere Untersuchung des gähnenden Schlundes in der Mitte der Höhle. Selbst von dem Felspfad hoch oben hatte es ausgesehen, als reichte er bis in unergründliche Tiefen. Der betäubende Fäulnisgestank, der sich in seiner Nase festsetzte, entströmte diesem schwarzen Kreis. Kein Geräusch verriet die Anwesenheit von was auch immer dort unten hauste. Bran wünschte, der Schacht wäre tatsächlich unergründlich, denn er wusste, es gab nichts, was er und Liuba gegen den Schrecken ausrichten konnten, den er in jener Nacht vor den Sternen hatte aufragen sehen.

Die schwarze Tiefe, der ätzende Geruch machten ihn plötzlich schwindelig. Rasch trat Bran von der Kante zurück.

»Wir brauchen eine Deckung«, überlegte er. »Irgendein Versteck, von dem aus wir das Schlangenvolk angreifen können, wenn sie Morgain zu diesem Höllenschlund bringen.«

»Auf dem Felsband oben?« schlug Liuba vor.

»Von dort aus könnten wir nicht schnell genug zuschlagen«, entgegnete Bran. »Und sie auch nicht überraschen. Was ist mit diesem unteren Tunnel?«

»Er führt mehr als eine Meile durch massiven Fels«, berichtete Liuba. »Das ist auch der Grund, weshalb ich uns auf dem Umweg hierhergebracht habe. Wenn wir in dem Tunnel keinen Feinden begegnen, denn liegt dahinter eine Höhle.«

Bran schüttelte den Kopf. »Zu weit von dem Altar entfernt. Vielleicht kommen sie doch von oben. Gibt es keine Stelle, wo wir uns hier unten verbergen können?«

»Ich sehe nichts dergleichen«, meinte Liuba in einem Tonfall, dem leicht zu entnehmen war, dass sie keinen Wert darauf legte, hier zu verweilen.

»Dann müssen wir es doch mit dem Felsband versuchen«, bestimmte Bran.

»Du verlässt dich zu sehr darauf, dass das Gewürm Morgain tatsächlich hierherbringt«, gab Liuba ihm zu bedenken. »Wir wissen nicht einmal, ob sie noch lebt.«

»Wenn du einen besseren Plan hast, spuck ihn aus«, schnappte Bran. »Ich habe nichts anderes, auf das ich mich stützen könnte, als nur diese Vermutung. Ich werde es dir nicht zum Vorwurf machen, wenn du keine Lust hast, bei diesem hoffnungslosen Unternehmen dein Leben aufs Spiel zu setzen. Ich habe von Anfang an gesagt, dies ist eine persönliche Blutfehde.«

Liubas Augen verengten sich. »Eines Tages wirst du die Grenzen meiner Geduld überschreiten, König Bran. Wir haben eine Pakt geschlossen, du und ich.«

Bran schluckte seinen Ärger hinunter, denn er wusste ganz gut, dass nur das entsetzliche Gefühl der Hilflosigkeit ihn soweit brachte, seine einzige Verbündete in diesem Höllenreich anzuschreien.

»Es tut mir leid«, gestand er. »Wenn du bereit bist, mit mir zusammen diese Sache zu einem Ende zu bringen, so habe ich noch einen Vorschlag zu machen - allerdings einen, der beträchtliche Gefahren für dich in sich birgt.«

»Ich würde meine augenblickliche Lage auch kaum als besonders gemütlich bezeichnen«, meinte Liuba ironische. »Sprich weiter.«

»Ich denke, wir sollten uns trennen«, fuhr Bran fort. »Und da du dich so ausgezeichnet in diesem Höhlengewirr zurechtzufinden scheinst, wirst du diejenige sein, die die zusätzliche Gefahr auf sich nehmen muss.«

In seiner Stimme klang Besorgnis. Liuba fluchte und versicherte ihm wenig freundlich: »Natürlich werde ich gehen, wenn einer von uns hierbleiben muss. Was würdest du schon erreichen, außer dich im Dunkeln zu verirren!«

Bran beherrschte sich. »Ich werde bleiben, falls sie Morgain doch dem Höllenwurm vorwerfen, wie Ssrhythssaa es befohlen hat. Wenn sie kommen, ehe du zurück bist, werde ich sehen, was ich tun kann. In der Zwischenzeit wird es deine Aufgabe sein, herauszufinden, was sie Vorhaben - und was aus Morgain geworden ist. Berichte mir, was du entdeckst, und dementsprechend werden wir dann handeln. Auch wenn es nichts zu berichten gibt, kehre von Zeit zu Zeit hierher zurück. Es besteht die winzige Möglichkeit, dass Morgain doch geflohen ist. In diesem Falle werden wir versuchen, es ihr gleichzutun.«

»Wahrscheinlicher ist, dass sie sich irgendwohin verlaufen hat, wo selbst die Schlangenbrut sie nicht mehr finden kann«, gab Liuba ihren Befürchtungen Ausdruck. »Wie lange willst du hier warten?«

»Solange es nötig ist«, schwor Bran. »Ich werde dort auf dem Felspfad sein. Da sehe ich einen Geröllhaufen, hinter dem ich mich vor jedem verbergen kann, der hier zufällig auftaucht, und außerdem bezweifle ich, dass sie ausgerechnet diese Höhle in ihre Suche mit einbeziehen. Das größte Wagnis liegt bei dir.«

»Lass das meine Sorge sein«, schnaubte Liuba. »Dieses Ungeziefer kann mir nichts anhaben.«

»Wenn sich die Gelegenheit ergibt, Liuba«, sagte Bran zögernd, »könnte es sich als nützlich erweisen, wenn du uns römische Waffen und Rüstungen besorgst. Das würde uns vor einer zufälligen Entdeckung schützen, und wir könnten uns ganz unbesorgt auf dem Felspfad sehen lassen, sollte das Höllengewürm mit Morgain hier auftauchen.«

»Es dürfte nicht besonders schwierig sein, irgendwelchen versprengten Patrouillen aufzulauern«, meinte Liuba. »Aber mit einer ganzen Wagenladung römischer Eisenwaren herumzuziehen, stellt ein Problem dar. Nun, ich werde tun, was ich kann.«

Nachdem das Mädchen gegangen war, verspürte Bran plötzlich ein Gefühl der Verlassenheit. Geheimnisvoll, aufbrausend - trotzdem verkörperte Liuba in seinen Augen den stolzen Wagemut der piktischen Rasse. Ohne ihre Gesellschaft wurde ihm bedrückend klar, wie völlig allein er in diesem vergessenen Reich des uralten Bösen war. Wie immer das Ende aussehen mochte, Bran hoffte nur, dass er nicht der Grund für ihren Tod sein würde.

Ein niedriger Wall aus herabgestürzten Felsbrocken bot eine kümmerliche Deckung vor suchenden Blicken, sowohl aus der Richtung des oberen Tunnelausgangs wie auch vom Boden der Höhle her. Bran streckte sich in seinem Versteck aus und zwang sich zur Geduld. Es war eine Qual, dazuliegen, nichts zu tun. Und an Morgain zu denken und die Gefahr, in der sie schwebte. Taten, welcher Art auch immer, wären dem tausendmal vorzuziehen gewesen, aber Bran wusste, dass er nichts anderes tun konnte als hier auf Morgain zu warten, bis er einen Grund hatte zu handeln.

Trotz der Unbequemlichkeit seiner beengten Umgebung und der Nähe der Behausung des Höllenwurms merkte Bran plötzlich, wie er einnickte. Es war Stunden her, seit er zuletzt geschlafen hatte - und die Müdigkeit zehrte an seiner Kraft. Der Pikte hielt es für geraten, soviel an Schlaf mitzunehmen, wie er nur kriegen konnte. In den nächsten Stunden würde er all seine Kraft brauchen, und mehr - und Brans angeborene Reflexe waren so ausgezeichnet, dass jede noch so geringfügige Bewegung in diesem Höllenschlund ihn augenblicklich aufwecken würde.

Der Schlaf ließ nicht lange auf sich warten - tiefer Schlummer, der ihm wiedergab, was die Anstrengungen der letzten Zeit ihm geraubt hatten. Hier, am Rand eines der Abgründe der Hölle, fand Bran einen erholsameren Schlaf als bei manch anderer Gelegenheit in den zurückliegenden Monaten.

Und während er schlief, träumte er, dem greisen Gonar zu begegnen...

Das Gesicht des Magiers war bleich vor Anspannung und Sorge. »Bran!«, rief er. »Also lebst du noch! Ich versuche schon seit mehr als zwei Tagen, zu dir durchzudringen.«

»Ich bin hier, Alter«, erwiderte Bran. Er hatte schon in anderen Nächten durch die Tore des Schlafs mit dem tätowierten Magier gesprochen - einmal in Eboracum, als Gonar ihn vergeblich bat, von seiner unglückseligen Suche nach einer Tür zu Jenen Dort Unten abzulassen.

»Wo bist du, Wolf der Heide?«, flehte Gonar, während seine Stimme und seine Erscheinung schwächer wurden. »Weilst du tatsächlich noch unter den Lebenden? Ich kann dein Gesicht nur verschwommen erkennen. Für mich sieht es aus, als lägest du inmitten der kalten Flammen der Hölle.«

»Ich warte bei dem Altar des Höllenwurms auf Morgain, Alter«, sagte Bran im Traum. »Ist meine Schwester in die Welt von Heideland und Sonne zurückgekehrt?«

»Bis jetzt nicht, Bran«, antwortete Gonar. »Nichts haben wir von euch beiden gehört, seit du uns vor drei Tagen in

Baal-dor verlassen hast. Dein Volk verlangt nach dir, König Bran. Komm zurück zu uns. Die Römer ziehen im Süden ihre Truppen zusammen, um gegen uns zu marschieren. Das Volk der Pikten ruft nach seinem König.«

»Ich werde nicht zurückkehren, bis ich Morgain sicher an meiner Seite habe«, gelobte Bran. »Erst vor wenigen Tagen hat mein Volk noch gegen mich gesprochen. Warum sollte ich hören, wenn es jetzt nach mir schreit?«

»Du bist König, Bran Mak Morn. Das ist eine Verantwortung, die du nicht einfach zusammen mit deiner eisernen Krone von dir werfen kannst. Es ist dein Volk, und dein Leben gehört den Pikten.«

»Ich werde zu meinem Volk zurückkehren, wenn es in meiner Macht liegt«, versprach Bran. »Aber nicht alleine. Nur mit Morgain zusammen werde ich meinen Fuß wieder auf das Heideland setzen, oder ich werde dem Fluch ein Ende machen, den ich auf das Geschlecht der Mak Morn herabbeschworen habe.«

»Bran! Komm wieder zu uns...« Gonars Stimme verklang. Sein Bild verschwand wie ein Schatten in zunehmender Dunkelheit. Bran schlief ungestört weiter.

Da es keine weitere Störung gab und seine Erschöpfung die Grenzen selbst seiner Ausdauer erreicht hatte, schlief Bran mehrere Stunden lang. Dennoch; das leise Geräusch eilender Schritte auf nacktem Fels - ein Geräusch, das die meisten zivilisierten Menschen nicht einmal unter Anspannung aller Sinne wahrgenommen hätten - war für den Pikten ein Alarmsignal, das ihn sofort kampfbereit emporfahren ließ.

Bran griff nach seinem Schwert und beobachtete den Gang unten in der Höhle - durch den die schwachen Geräusche sich näherten. Irgendjemand kam da gelaufen. Eine einzelne Person.

Liuba stürzte aus der Tunnelöffnung und stürmte geradewegs zu seinem Versteck. Bran glaubte, sie würde verfolgt, aber bei einem Blick in ihr Gesicht durchzuckte ihn eine größere Furcht.

»Was ist?«, fragte er scharf, da er bemerkte, dass sie sich keine Mühe gab, vorsichtig zu sein.

»Morgain!« keuchte Liuba. »Deine Vermutungen waren falsch! Ssrhythssaa hat sie zu dem Altar des Schwarzen Steins bringen lassen!«

XXIII. Machtwechsel

Die Höhle des Schwarzen Steins war nicht mehr verlassen. Scharen der Kinder der Nacht brandeten gegen die fernen Wände, drängten sich zusammen im Tempel ihres fremdartigen Götzen wie Maden in der Enge eines verwesenden Schädels.

Der Altar aus Totenköpfen verströmte eine grausige Helligkeit - ein Hügel aus kaltem Feuer, der den sechsseitigen Kristall des uralten Bösen auf der Spitze der Pyramide mit einem unheimlichen Schimmer umgab. Zwei der eisernen Käfige hatte man in den Kreis aus höllischem Licht gerückt. Auch die Käfige waren nicht mehr leer.

Morgain stand an den Gitterstäben des einen Käfigs. Sie hatte ein makabres Gefühl von *déjà-vu*, das sie faszinierend gefunden hätte, hätte es nicht alle Merkmale eines schon einmal durchlebten Alptraums gehabt. Ihrer Kleidung entblößt, erwiderte das Mädchen starr die Blicke von zahllosen gelblich funkelnden Augenpaaren - und dachte in dem Winkel ihres Gehirns, der sich gegen die Wogen unfassbaren Entsetzens zur Wehr setzte, dass es fast so war, als stünde sie nackt inmitten einer wolkenlosen Sternennacht. Die Jungfrau in dem Sternbild am Himmel musste sich ähnlich fühlen - obwohl sie nun keine Jungfrau mehr war, und dies nicht der Himmel.

In dem anderen Käfig wand sich eine gewaltige Schlange, auf deren fahlen Schuppen sich gespenstisch das schillernde Licht des Altars widerspiegelte. Gefangen in irgendeiner verborgenen Höhle, hatte diese Schlange niemals die

Sonne gespürt. Von dem Umfang eines Männeroberschenkels und mehr als sechs Meter lang, schlängelte sich das Reptil ängstlich in der ungewohnten Helligkeit, und seine schwarze Zunge glitt in einer langen Liebkosung über die eisernen Stäbe.

Die straff ausgerichteten Reihen mehrerer Hundert von Claudius Neros Legionären bildeten Inseln der Ordnung in dem Gewimmel des Schlangenvolkes. In steifer Hab-Acht-Stellung belegten die Halbmenschen in ihren römischen Legionärsrüstungen eine Abteilung der überfüllten Höhle mit Beschlag. Unter gestohlenen Helmen waren ihre nichtmenschlichen Gesichter dem Altar des Schwarzen Steins zugewandt - und den beiden Käfigen in dem Kreis aus grünlichem Hexenlicht.

Claudius Nero presste die Kiefer zusammen und vermied es, Morgain ins Gesicht zu sehen. Seine zornigen Augen suchten Atla, die neben ihm stand, und der Tod leuchtete darin wie eine bernsteinfarbene Flamme.

»Ich war es nicht!«, flüsterte Atla mit vor Angst erstarrtem Gesicht. »Er wusste schon Bescheid.«

Vermutlich sagte sie die Wahrheit, gestand Nero sich ein. Nach den Aussagen seiner Männer war der ergrimmte Schlangenpriester in das *praetorium* gestürmt, lange bevor Atla ihm von der Anwesenheit Morgains in den Gemächern des Legaten hätte berichten können. Trotzdem quälte Nero in seiner hilflosen Raserei die Hexe mit drohenden Blicken.

Sie standen beide vor den eisernen Käfigen, hinter sich die Tausende, die den Altar des Schwarzen Steins umdrängten. Ihr Gebaren verriet Furcht, wie sie auch in der Haltung der Legionäre zum Ausdruck kam - ungezogenen

Kindern gleich, die der Bestrafung durch ihren unerbittlichen Meister harrten.

In wallenden Gewändern, die ein verwirrendes Spiel ineinanderfließender Farben zeigten, stand Ssrhythssaa vor dem Altar. Wie seine Zunge immer wieder über die Doppelreihe seiner spitzen Zähne schnellte, glich er der gefangenen Schlange. Irgendwie ließ das dämonische Gesicht trotz seiner maskenhaften Starre den tödlichen Zorn des Magiers erkennen - und das selbstgefällige Bewusstsein unumschränkter Macht.

In den zischelnden Lauten des Schlangenvolkes hielt Ssrhythssaa den Massen seiner reptilblütigen Untertanen eine Rede. Umrahmt von dem unheimlichen Leuchten der Schädelpyramide, wirkte der greise Schlangenpriester böse und erbarmungslos wie der Erzdämon in den Flammen der Hölle.

Das schrille Gezeter des Gewürms der Erde begleitete seine zornige Ansprache, von der Morgain nicht eine Silbe verstehen konnte. Aus der geduckten Haltung von Claudius Nero und Atla erriet sie, wem der Grimm des Zauberers galt.

Dass sie die Gunst des Magiers verwirkt hatten, ließ Morgain nichts Gutes für ihr eigenes Schicksal ahnen. Immer noch überlief es sie kalt bei der Erinnerung an das plötzliche Auftauchen Ssrhythssaas im Lager der Legio IX Infernalis, und daran, wie sie von dem gnomenhaften Schlangengezücht die gewundenen Gänge entlanggezerrt und wieder in einen der eisernen Käfige in der Höhle des Schwarzen Steins gesperrt worden war. Dann die Versammlung des Volkes der Dunkelheit und ihrer Sklaven.

Sie wagte nicht darüber nachzudenken, warum Ssrhythssaa sie zusammengerufen hatte.

Ssrhythssaa wandte sich jetzt dem Trupp der Legionäre zu, und sprach sie auf Lateinisch an - ob nun des besseren Verständnisses wegen oder um ihnen ihre Unterlegenheit zu verdeutlichen, konnte Morgain nicht sagen. Sie war des Lateinischen nur unvollkommen mächtig - Nero hatte zumeist Piktisch mit ihr gesprochen - aber Morgain konnte den Worten des Magiers doch soweit folgen, dass sie ihre schlimmsten Befürchtungen bestätigt fand.

Claudius Nero hatte keinerlei Schwierigkeiten zu verstehen, was gesagt wurde.

»Es betrübt mich, erkennen zu müssen, dass die, die mir dienen, Narren sind«, zischte Ssrhythssaa. »Unfähige Narren, die nicht in der Lage sind, die einfachsten Aufgaben zu erfüllen. Eine Bande piktischer Wilder kann ohne entdeckt zu werden in mein Reich eindringen, das Gefängnis ihres Königs aufbrechen und meine vielgerühmten Legionäre töten, ohne dass Alarm gegeben wird - und befindet sich trotz stundenlanger, erfolgloser Suche immer noch in Freiheit. Es war nicht anders zu erwarten. Konnte nicht dieses Mädchen entkommen, mit keiner anderen Hilfe als nur der Dummheit einiger von euch - und ungehindert ihrer Wege gehen, bis sie durch reinen Zufall wieder eingefangen wurde?

Dummheit. Unfähigkeit. Das allein würde schon ausreichen, um meine Geduld mit euch auf die Probe zu stellen. Aber jetzt kommt mir noch das hinterhältige Geflüster von Verrat und Meuterei zu Ohren! Du, Claudius Nero! Hättest du mich gebeten, dir dieses Mädchen als dein Spielzeug zu überlassen, wäre ich deinem Wunsch vielleicht nachgekommen. Aber meine Gunst ist wohl nicht ausreichend für dich, wie es scheint. Du belügst mich, versuchst, die piktische Hure vor mir zu verbergen!

Narr! Hast du geglaubt, mich überlisten zu können! Du, der du die einfachsten Befehle nicht ausführen kannst! Glaubtest du, ich würde von deinem Betrug nichts erfahren! Und von deinem aufrührerischen Gewinsel gegen das Volk der Dunkelheit! Deinem verräterischen Ableugnen meiner unumschränkten Macht über deine vom Affen abstammende Rasse!

Wage nicht, darauf zu bauen, dass ich dich nicht zerbreche, Claudius Nero! Du bist in meinen Augen nicht so wichtig, dass ich dich nicht durch einen weniger hochmütigen Sklaven aus deiner Herde ersetzen könnte!«

Ssrhythssaa lächelte das hämisch-kalte Lächeln einer Schlange - ergötzte sich an der Furcht des Legaten, genoß das Wissen, dass Nero ihn aus tiefster Seele hasste und nicht einmal wagte, die Augen zu seinem Herrn aufzuheben.

In diesem Moment empfand Morgain beinahe Mitleid mit Claudius Nero.

»Ich werde gnädig sein«, fuhr Ssrhythssaa fort. »Dieses eine Mal. Denn trotz allem bin ich mir eurer beklagenswert eng gesteckten Grenzen bewusst. Aber ich halte es für geraten, euch an die Mächte zu erinnern, die ich beherrsche. Es dürfte ein Ansporn zur besseren Erfüllung eurer Pflichten sein - und zu striktem Gehorsam! Vergesst es niemals - die Macht des Schwarzen Steins, der zu dienen eure Pflicht und eure Bestimmung ist!«

Indem er sich wieder dem Hügel aus Totenschädeln zuwandte, hob Ssrhythssaa ehrerbietig den Schwarzen

Stein von seinem grausigen Altar. Dann hielt er den düsteren Kristall in die Höhe. Ein widerliches Zischen der Unterwürfigkeit erhob sich aus der zusammengedrängten Masse.

Behutsam drehte Ssrhythssaa den Hexaeder in seinen krallenbewehrten Händen und betrachtete die sechzig dolchklingenförmigen Zeichen auf der einen sechskantigen Fläche. Dann drehte er ihn wieder zurück und studierte die sechzig ähnlichen Keilschriftzeichen auf der gegenüberliegenden Seite.

Mit ehrfürchtiger Stimme begann der Magier von dem furchtbaren Geheimnis des Schwarzen Steins zu berichten.

»Hier sind die uralten Zauber eingeprägt, durch die das Leben in den gestaltlosen Schleim zurückverwandelt werden kann, aus dem es einst entstand - die grausamen Sprüche, die die Schlange zwingen können, menschliche Gestalt anzunehmen - und die die Kraft haben, den Menschen in das Fleisch der Schlange zu kleiden.«

Ssrhythssaa wandte sich an seine Gefangene. »Begreifst du, Mädchen? Möchtest du den Einsturz einer solchen Mauer zwischen den Ursprüngen deiner Rasse und denen des Volkes der Dunkelheit mitansehen? Willst du die ganze Macht des Schwarzen Steins erleben?«

Der Magier erhob die Stimme und rief in der Sprache der Pikten die Worte, von denen er hoffte, dass sie Bran Mak Morn aus seinem Versteck locken würden, sollte sich der Pikte in Hörweite befinden.

»Einen kleinen Teil dieser Macht werde ich benutzen, um die Seele von Bran Mak Morn zu vernichten - aber dir, seiner Schwester, wird die volle Macht des Schwarzen Steins die Seele wie auch den Körper zerstören!«

Wieder richtete der Magier den Blick auf die sechskantige Fläche mit den darin eingegrabenen Keilschriftzeichen. In einem abgehackten, lispelnden Singsang begann er die schreckensvollen Silben herzusagen, die eine menschliche Zunge niemals hätte aussprechen können. Schweigen senkte sich über die riesige Höhle. Ssrhythssaa grausige Beschwörung hallte gespenstisch durch die Dunkelheit.

Die bleiche Schlange in ihrem Käfig zischte vor unbeschreiblicher Qual - wand ihren gewaltigen Körper in krampfhaften Schlingen. Die Eisenstangen erzitterten unter den peitschenden Zuckungen des gepeinigten Leibes. Dann ein letztes Beben, und unvermittelt lag die riesige Schlange reglos am Boden.

Die schlaffen Windungen sanken ein, verkürzten sich. Die farblosen Schuppen lösten sich auf wie Eissplitter; Sehnen und Fleisch schmolzen von dem in sich zusammenfallenden Gerippe. Dann vermengten sich die einzelnen Bestandteile zu einer länglichen Pfütze aus glitzerndem Schleim.

Ssrhythssaas höllische Beschwörung ging weiter, mit erbarmungsloser Sorgfalt sprach er einen Satz nach dem anderen.

Der zitternde Klumpen aus urzeitlichem Schlamm zog sich zusammen. Wie bei einer Amöbe bildete die Masse plötzlich Auswüchse. Der Schleim verdichtete sich immer mehr, nahm entsetzlich deutliche Umrisse an. Knochen wurden sichtbar, überzogen sich mit rasch wucherndem Fleisch. Blut pulste durch neu entstandene Adern, Haut bedeckte die bloßliegenden Muskeln und Sehnenstränge.

Es bildeten sich Beine, Arme, Rumpf, Kopf. Ein plötzlicher Schauer des Lebens durchzitterte die Gestalt.

Ssrhythssaa sprach den letzten Satz.

Auf dem Boden des Käfigs regte sich ein lebendiges Wesen, erhob sich langsam und griff nach den Eisenstangen, um sich auf den noch ungewohnten Gliedmaßen im Gleichgewicht zu halten. In den Augen glühte schlangenhafte Tücke, aber ihre gesamte äußere Erscheinung war die einer Menschenfrau.

Morgain starrte in entsetztem Staunen auf ihr eigenes Ebenbild. Das, was eine Schlange gewesen war, erwiderte ihren Blick und leckte sich über die Lippen.

Der Wahnsinn war nicht mehr weit entfernt.

»Ich frage mich, was Bran Mak Morn von seiner Schwester halten wird, wenn sie sich noch einmal begegnen.« Ssrhythssaa lachte keckernd. »Ihre Seele ist noch immer die einer Schlange. Das Wiedersehen könnte zu einer ziemlichen Enttäuschung für den König der Pikten werden.«

Der Magier betrachtete Morgain boshaft. »Es könnte sein, dass du Gelegenheit haben wirst, dieses Wiedersehen zu beobachten, Morgain. Aber ich denke, dein Bruder wird dich nicht gleich erkennen. Ich frage mich, wie du mit ihm sprechen wirst - und die liebevolle Umarmung seiner Schwester wird Bran Mak Morn nicht sehr gefallen.«

Morgain wandte den Blick von dem Schwarzen Stein und seinem frohlockenden Priester ab - und verfluchte das Schicksal, das sie vor dem Ertrinken bewahrt hatte. Es gab kein Entfliehen vor der endgültigen Demütigung und dem Grauen, das ihr jetzt bevorstand. Selbst wenn Bran hier gewesen wäre, er hätte nichts ausrichten können gegen die Schlangenhorde, gegen diese unendlich fremdartige Zauberei.

Die vollkommene Hoffnungslosigkeit legte sich wie Eis um ihr Herz. Als sie sich von dem Schwarzen Stein abwandte, fiel ihr verzweifelter Blick auf Claudius Nero. Der großsprecherische Legat, der sich wie ein geprügelter Sklave vor der Macht des alten Magiers krümmte, wurde noch blasser, als Morgains Augen sich mit dem Ausdruck tiefster Verachtung auf sein gesenktes Gesicht richteten.

Jetzt drehte Ssrhythssaa genüsslich den sechsflächigen Stein in den Händen, hielt inne, um über das grenzenlose Entsetzen des Mädchens zu lachen - und studierte die sechzig Zeichen auf der Gegenseite des Würfels.

Ssrhythssaas widerwärtige Stimme sprach die erste der Beschwörungsformeln.

Morgain schrie auf - ein zitternder, krampfhafter Schrei äußersten Widerwillens und unermesslicher Furcht.

Ssrhythssaa unterbrach sich, um sich an ihrer hoffnungslosen Angst zu weiden.

Mit einer Bewegung, die ebenso rasch wie plötzlich war, zog Claudius Nero sein Kurzschwert, machte einen schnellen Satz nach vorn und schlug mit aller Kraft zu. Die Aufmerksamkeit des Magiers richtete sich ausschließlich auf den Schwarzen Stein und sein Opfer. Neros Schwert verursachte ein Geräusch wie von einer Axt auf morschem Holz, und das Staunen auf Ssrhythssaas Gesicht war das lebhafteste Mienenspiel, das diese maskenhaften Züge je gekannt hatten.

Im Bruchteil einer Sekunde schlug Nero ein zweites Mal zu, ehe der Schlangenpriester unter seinem ersten Hieb überhaupt zusammengesunken war. Ssrhythssaa wurde herumgeschleudert wie eine zerbrochene Puppe - seine spitz zulaufenden Kiefer klafften in stummer Wut über dem Stahl, der seine knochige Brust durchbohrte. Neros dritter Hieb spaltete den länglichen Schädel wie einen trockenen Kürbis.

Der Schwarze Stein glitt aus kraftlosen Fingern und prallte mit einem Dröhnen auf den Höhlenboden, das durch alle Gänge und Schlupfwinkel dieses unterirdischen Reiches hallte. Ssrhythssaa fiel mit einem dürren Rascheln von Seide und zerschmetterten Knochen.

Claudius Nero stand über der verkrümmten Gestalt seines Herrn. Fremdartiges Blut tropfte von der Schneide seines Schwertes.

Einen Augenblick lang blieb das Bild unverändert.

Dann, als die erzürnten Schreie des Schlangenvolkes die Höhle erfüllten wie das Rauschen eines aufkommenden Sturms in den Bäumen, stieß Nero den zerschlagenen Körper mit dem Fuß beiseite und hob sein Schwert über den Kopf.

»Soldaten der Neunten Legion!«, rief der Legat und übertönte das zischende Aufbranden der Wut. »Der Tyrann liegt erschlagen! Nicht länger werden wir, Männer von römischer Herkunft, die Sklaven dieser Rasse heruntergekommener Schwächlinge sein!

Ich habe ihren Herrn getötet! Jetzt lasst uns gemeinsam seine Diener erschlagen! Tod dem Gewürm der Erde!«

Durch den Tod von Ssrhythssaa - den Schock, zu sehen, wie einer ihrer eigenen Rasse ihn mit kaltem Stahl ermordete - wurde der schwelende Hass zu einer Feuersbrunst entfacht. Der Abstammung nach waren sie Römer - diese stolze Erinnerung war ihre Religion geworden - und nicht die Sklaven dieser kriechenden Zwerge.

»Tod dem Schlangenvolk!«, ertönte der blutdürstige Ruf. »Heil, Nero! Tod dem Gewürm der Erde!«

In geschlossenen Reihen marschierten die Legionäre vorwärts. Es waren nur ein paar hundert - Ssrhythssaa hatte nur einen kleinen Teil von ihnen zu dieser Demonstration seiner Macht gerufen. Das Schlangenvolk war hier zu Tausenden versammelt. Aber sie waren eine nackte Horde, nur wenige von ihnen trugen Waffen aus Feuerstein, von denen sie schon beinahe vergessen hatten, wie man sie benutzte. Die Legionäre waren gut bewaffnet und im Nahkampf ausgebildet.

Die Soldaten folgten dem Aufruf der Rebellion, eilten dorthin, wo ihr Kommandant sie erwartete - und rückten dann gegen die Schlangenbrut vor. Schilde hoben sich; kurze römische Schwerter fuhren mit todbringender Kraft herab.

»Tod den Würmern der Erde!«

Dann Gemetzel - höllisches Gemetzel unter den römischen Klingen in den halbmenschlichen Fäusten von Neros Legionären.

Eine Zeitlang sah es beinahe so aus, als könnte die Schlangenbrut sie zurückdrängen - durch die schiere Masse ihrer Leiber. Aber die Woge zischender Wut brach sich an den überlappten Schilden und unermüdlichen Schwertern der Legio IX Infernalis. Das waren die Krieger, die ein Lager römischer Legionäre zerstört hatten. Trotz ihrer Übermacht waren die Kinder der Nacht wenig mehr als ein waffenloses Pack missgestalteten Ungeziefers, und jetzt ohne einen Führer. Und jeder gnomenhafte Körper, der unter den erbarmungslosen Schwertern Zu Boden fiel, war ein weiteres gebrochenes Glied in den Ketten aus Furcht und Tabu, die die Nachkommen der Neunten gefesselt hatten.

Jahrzehntelang hatten die Horden des Schlangenvolkes über die kleine, hilflose Gruppe halbmenschlicher Sklaven geherrscht. Und auch als ihre Zahl wuchs, hatte die Tradition - und Ssrhythssaas unheimliche Macht - den Abkömmlingen der Neunten die Hände gebunden. Aber in einem Ausbruch unbeherrschter Wut hatte Claudius Nero das Undenkbare getan - Ssrhythssaa getötet, mit gewöhnlichem Stahl. Jetzt sollten die erbärmlichen Artgenossen des Urmagiers das gleiche Schicksal erleiden.

Unbeachtet in dem Getümmel des Kampfes kauerte Morgain sich in der Mitte ihres Käfigs zusammen, wo sie vor zustechenden Schwertern sicher war. Jene erste Formel, die Ssrhythssaa noch hatte sprechen können, hatte sie bis ins Mark erschüttert. In diesem kurzen Augenblick schien etwas Unreines, gleich Tentakeln aus Gestalt gewordener, schändlicher Boshaftigkeit, in jede Probe ihres Körpers einzudringen, um mit unwiderstehlicher Kraft ihr widerstrebendes Fleisch zu zerreißen. Die obszöne Berührung hatte in dem Moment schon wieder aufgehört, als sie begann - durch die blutige Beendigung der Zauberformel des Schlangenmagiers. Der flüchtige Hauch der klammen Schlingen uralten Schreckens hatte Morgain zu sehr entsetzt, als dass sie sich um die Schlacht gekümmert hätte, die an ihrer eisernen Insel vorbeiflutete.

Die Tür ihres Käfigs erzitterte unter einem Schlag. Morgain hob ihr leichenblasses Gesicht und schaute auf die Gestalt im römischen Helm und Brustharnisch, die gegen die Gitterstäbe schlug.

XXIV. Flucht

Der Lauf durch die Dunkelheit zu der Höhle des Schwarzen Steins gehörte zu den furchtbarsten Momenten, die Bran je durchlebt hatte.

Er wusste mit einer an Panik grenzenden Dringlichkeit, dass Eile geboten war - ein Gefühl, das sich noch verstärkte, als Liuba ihm in knappen Worten Bericht erstattete, während sie die leicht bergan führenden Gänge entlangstürmten. Aber auch die verzweifeltsten Anstrengungen vermochten nichts gegen die undurchdringliche Finsternis dieser unterirdischen Welt. Blindlings folgte Bran Liubas kaum mehr wahrnehmbarer Gestalt - stolperte und taumelte trotz ihrer Führung in seiner angstvollen Hast, seiner Schwester noch rechtzeitig zur Hilfe zu kommen.

Wie diese Hilfe allerdings aussehen sollte, hatte Bran keine Ahnung. Liuba berichtete ihm, dass die Höhle sich mit den Scharen des Schlangenvolkes und den Reihen der Legionäre füllte - dass Morgain in einem Käfig vor dem Altar des Schwarzen Steins hilflos allem ausgeliefert war, was Ssrhythssaa mit ihr Vorhaben mochte. Für den Pikten sah es so aus, dass er nicht mehr tun konnte als Morgain die Todesschreie des Schlangenvolkes mit auf ihren dunklen Weg zu geben - und das Wissen, dass ihr Bruder sie hier, an der Schwelle zur Hölle, nicht im Stich gelassen hatte.

»Hier!« Liuba blieb unvermittelt stehen, und packte Brans Schulter, als er an ihr vorbeisprang. »Vorhin habe ich diese beiden in die Nische hiergeschleppt - weil ich vorhatte, dir ihre Waffen und Rüstungen zu bringen, sobald ich Genaueres über die Umtriebe des Schlangenvolkes herausgefunden hatte. Jetzt können sie uns vielleicht nützlich sein.«

Ungeduldig kniete Bran sich hin, wo die Schwertkämpferin ihn niederdrückte. Seine Finger tasteten über kaltes Fleisch. Zwei Legionäre lagen tot hinter dem Felsvorsprung. Liuba hatte ihren Auftrag tadellos ausgeführt.

»Dafür ist jetzt keine Zeit!«, knurrte Bran.

Liuba hielt ihn zurück. »Aber nachher kann es uns helfen, Zeit zu gewinnen - außer, du hast die Absicht, dein Leben wegzuwerfen, lange bevor du Morgain erreichen kannst. In der Höhle des Schwarzen Steins wimmelt es von diesem Ungeziefer. Als Römer verkleidet können wir vielleicht zu einer Stelle durchkommen, wo unsere Schwerter am meisten ausrichten.«

Bran fluchte wegen der Verzögerung, aber Liubas Argumente waren nicht von der Hand zu weisen. Hastig entkleideten sie die beiden Toten und zogen Harnisch und Lederschurz über ihre Kettenhemden. Bran berührte einen dünnen Blutstreifen an einer toten Kehle und spürte eine kleine Wunde dort. Liuba musste ihre Opfer mit einer Schlinge erdrosselt haben, um ihre Ausrüstung nicht mit verräterischen Flecken zu besudeln.

Liubas geschickte Hände waren ihm in der Dunkelheit mit den zahlreichen Schnallen und Spangen behilflich, so dass das Umkleiden rasch vonstattenging. Bran wusste, dass man sie bei genauem Hinschauen sofort entlarven würde, aber in dem Gewimmel konnten sie vielleicht vermeiden, sofort erkannt zu werden. Die Helme und der massige Brustpanzer machten den Träger weitgehen unkenntlich, und der rechteckige Schild gab noch zusätzliche Deckung.

Niemand rief sie an, als sie sich weiter der Höhle des Schwarzen Steins näherten. Bran wunderte sich über ihr Glück, bis sie nach verzweifelten Minuten eines atemlosen Laufs durch die stygische Dunkelheit, behindert durch das Gewicht der geraubten Rüstung, endlich durch den Eingang der Höhle stürmten.

Ganz ohne Zweifel hatte sich die gesamte Brut des kriechenden Gewürms hier in dem unterirdischen Tempel ihres fremdartigen Götzen zusammengefunden.

Morgains herzzereißender Schrei war durch den Gang

gehallt und trieb Bran Hals über Kopf auf die fahlen Lichtstreifen zu, die sich in den Gang hinausschlängelten. Sie erreichten die Höhle in dem Augenblick, als Claudius Nero sich von dem schlaffen Körper Ssrhythssaas abwandte, um seine Legionäre dem ergrimmten Schlangenvolk entgegenzuwerfen.

Sofort waren die Pikten in ein Handgemenge verwickelt. Bran hatte kaum Zeit, wenigstens halbwegs zu begreifen, dass die Legio IX Infernalis sich gegen ihre verkrüppelten Herren erhoben hatte - dass ihre römische Bewaffnung sie jetzt in den Augen des Schlangenvolkes als Feinde kennzeichnete - als schon der Treibsand von zischenden Rachen und krallenden Händen sie niederzureißen versuchte.

Nur die Tatsache, dass Bran und Liuba schon in Erwartung eines Kampfes in die Höhle gestürmt waren, rettete sie bei diesem ersten, gewaltsamen Zusammenprall. In dem dichten Gedränge lernte Bran schnell den todbringenden Nutzen der römischen Waffen kennen - das rechteckige *scutum* war sowohl Schutz als auch schmetternde Ramme, der kurze *gladius* unübertroffen im Nahkampf.

Rücken an Rücken standen sie, eine winzige Insel in einem wogenden Meer zwergenhafter Gestalten. Der römische *gladius* hob und senkte sich mit vernichtender Gleichmäßigkeit - erbarmungslose, hackende Schläge aus der Schulter oder einer Drehung des Handgelenks. Dämonenfratzen spuckten sie an; Klauenfinger zerrten an ihren Schilden. Ein Hieb, ein Schlag. Scharlachrote gespaltene Schädel verspritzten Gehirnmasse, aus abgetrennten Gliedmaßen sprühte Blut.

Das Mal zuvor hatten sie sich in der Dunkelheit an Bran Mak Morn herangeschlichen, waren ihm auf den ungeschützten Rücken gesprungen. Jetzt zeigte ihm das Hexenlicht, des Altars aus Totenschädeln, wohin er jeden tödlichen Schlag zu führen hatte, und der Engel des Todes hinter ihm wob mit ihrer Klinge einen glitzernden Vorhang aus Stahl.

Dann verringerte sich die Masse der kratzenden und beißenden Leiber, löste sich von ihnen und verlief sich in den Gängen, die von der Höhle abzweigten. Ihnen folgte unaufhaltsam ein geordneter Trupp von Legionären - trieb mit dem abgemessenen Marschtritt des Todes das Schlangenvolk vor sich her. Während sie durch die Höhle flüchteten, ließen die Kinder der Nacht ihre Toten als einen blutigen Wall um die beiden Pikten zurück.

Bran berührte Liuba an der Schulter, als sie innehielten, um Atem zu schöpfen, und mahnte sie, ihr Gesicht verdeckt zu halten. Die anrückenden Legionäre zogen vorbei ohne ihnen einen zweiten Blick zu schenken - ihre Aufmerksamkeit galt einzig den zurückweichenden Horden des Schlangen Volkes. Die Hügel von Toten, in deren Mitte Bran und Liuba standen, war Beweis genug, dass hier zwei ihrer Kameraden von dem Haupttrupp abgeschnitten worden waren und die Atempause nutzten, um neue Kräfte zu sammeln.

Da Ssrhythssaa vorgehabt hatte, die Macht des Schwarzen Steins vorzuführen, um seine allzu übermütig gewordenen Sklaven wieder einzuschüchtern, hatten die Legionäre ihren Platz ganz in der Nähe des Altars gehabt. Als plötzlich der Kampf ausbrach, sammelte sich der Sturm aus Stahl um den Altar - um sich von dort dann auszubreiten, als die Legionäre das Schlangenvolk vor sich her trieben. Entlang der Höhlenwände tobte jetzt die Schlacht. Der Felsboden war mit den zerstückelten und blutigen Leichen des Volkes der Dunkelheit übersät, und hier undda lag ein toter Legionär unter einem Hügel reptilhafter Leiber.

Vergessen in dem Ungestüm der Schlacht, ragten die beiden Eisenkäfige aus dem sich immer weiter ausbreitenden Meer aus Blut und Toten. Als das Kampfgeschehen an ihnen vorbeigezogen war, eilte Bran sofort zu der Stelle, wo seine Schwester eingesperrt war. Niemand schenkte dem Paar blutbespritzter Legionäre auch nur die geringste Aufmerksamkeit.

Bran fand Morgain in dem ersten Käfig stehend, scheinbar unberührt von dem Gemetzel, das um sie her im Gange war. »Morgain!«, rief Bran, als er sie endlich erreicht hatte.

Das Mädchen trat an die Gitterstäbe, als er die Arme nach ihr ausstreckte. Sie hatte einen merkwürdigen Ausdruck in den Augen, dachte Bran - bis ihm der Gedanke kam, dass sie ihn seiner Verkleidung wegen vielleicht gar nicht erkannte.

»Morgain! Ich bin es - Bran!«

Ihre Zunge schnellte unruhig über ihre Lippen. Er streckte seine Hände durch die Gitterstäbe. Mit eisiger Kraft umklammerten ihre schlanken Finger seinen Unterarm. Das Mädchen stieß ein leises Zischen aus und schlug ihre Zähne in sein Fleisch.

Bran schrie auf und riss seinen Arm aus ihrem plötzlich raubtierhaften Griff. Blut strömte von reißenden Nägeln und Zähnen. »Morgain!« keuchte er.

Das Mädchen warf sich gegen die Eisenstangen und zischte wütend. Ihre Finger krallten nach ihm. Der Ausdruck auf ihrem Gesicht war so wenig menschlich wie das widerwärtige Zischen, das aus ihrer Kehle drang.

»Morgain!« Mit einem Stöhnen erinnerte Bran sich an Titus Sulla. »Was haben sie...?«

»Hier!«, rief Liuba von dem anderen Käfig.

Bran wirbelte herum, erblickte das nackte Geschöpf, das am Boden der zweiten Zelle kauerte - das Gesicht in den Händen vergraben, das lang herabfallende Haar wie ein schützender Schleier. Ihre Haut war mit Blutergüssen und geschwollenen Striemen bedeckt - und nicht, wie Bran zuerst gedacht hatte, mit den schuppigen Flecken, die das Kennzeichen des Schlangenvolks waren.

Die Haut des Mädchens, das die zu Klauen gebogenen Finger nach ihm ausstreckte, war weiß und makellos. Bran erinnerte sich daran, wie er Morgains gegeißelten Körper in der Zelle hatte hängen sehen. Dieser Leib hatte niemals die Peitsche gespürt.

In unbeherrschtem Entsetzen wandte Bran sich taumelnd von diesem Geschöpf mit Morgains Gesicht und Gestalt ab - und warf sich gegen die Tür des anderen Käfigs. »Morgain!«, rief er und rüttelte an den Stäben.

Verschleiert von der Flut ihrer Haare, hob sich ihr

Gesicht. »Bran!« schluchzte sie nach einem Augenblick ratloser Verwirrung. »Bran! Bist du es wirklich!«

Unter den gegebenen Umständen war die Frage gar nicht so unberechtigt.

»Morgain!« Bran atmete erleichtert auf. »Endlich! Mutter des Mondes! Ich dachte...«

»Die Magie des Schwarzen Steins!«, erklärte Morgain, als Bran angewidert auf den anderen Käfig deutete. »Ich sollte die Nächste sein - aber Nero sandte stattdessen den Magier zur Hölle!«

Bran fingerte an der Zellentür herum. Für Erklärungen war später noch Zeit. »Wir werden einen Schlüssel brauchen - außer wir können das Schloss mit Gewalt aufbrechen!«, sagte er zu Liuba.

»Wer ist... sie?«, fragte Morgain, als sie bemerkte, dass Bran eine Gefährtin hatte. »Ich glaube, der Magier hatte den Schlüssel.«

»Eine Freundin, Liuba - sieh nach, ob Ssrhythssaa den Schlüssel bei sich trägt!«, schnappte Bran und wandte sich von dem Käfig ab.

Ihre Anwesenheit hatte Aufmerksamkeit erregt.

Atla - die in den Reihen der Legionäre Schutz vor dem Getümmel der Schlacht gesucht hatte - wollte sich jetzt davonstehlen, während der Kampf sich immer mehr in die Gänge außerhalb der Höhle verlagerte. Sie konnte sich der Gunst Claudius Neros nicht mehr sicher sein und hielt es für geraten, sich davonzumachen, solange der Legat damit beschäftigt war, seinen Sieg zu einem vollkommenen Triumph zu gestalten. Als die Hexe an dem Altar aus Totenschädeln vorbeischlich, erregten die beiden Legionäre neben Morgains Zelle ihr Misstrauen: Das Mädchen schien geradezu glücklich über ihre Anwesenheit zu sein. Atla näherte sich, um den Grund' dafür herauszufinden - gerade als Bran und Liuba sich umdrehten.

Atla starrte ihn an. »Du!«, rief die Hexe. »Aber du warst tot!«

»Nicht ganz!«, fauchte Bran. »Aber du wirst es gleich sein, Hexe!«

Er machte einen Satz auf sie zu, gleichzeitig fuhr sein Schwert herab. Atla schrie auf und sprang zur Seite, so rasch wie eine aufgeschreckte Viper. Brans Schwertspitze verfing sich in ihrem Kleid, als sie sich geschmeidig von ihm wegdrehte.

Der Pikte fluchte. Hätte er sein eigenes Schwert in der Hand gehabt, anstelle von diesem römischen *gladius*, hätte er den Leib der Hexe von der Schulter bis zum Schenkel gespalten. Atla ergriff die Flucht und stieß dabei einen Alarmruf aus. Wuterfüllt stürmte Bran hinter ihr her. Atla lief um ihr Leben; dem Pikten war bei der Verfolgung die ungewohnte Rüstung hinderlich. Ihn hinter sich lassend, flüchtete die Hexe durch die Höhle.

Bran fluchte, machte Anstalten, ihr das Schwert in den Rücken zu schleudern - überlegte es sich. In der Lage, in der sie sich befanden, konnte er es sich nicht leisten, seine Waffe aufs Spiel zu setzen - auch nicht, um Vergeltung zu üben. Nach Atlas Alarmruf verringerte jede verstreichende Sekunde ihre Chancen zu entkommen.

»Bran! Komm her!«, rief Liuba ihm nach.

Der Pikte gab die Verfolgung auf und wandte sich wieder dem Altar und den davorstehenden Käfigen zu. Er stieß einen frohlockenden Schrei aus. Liuba hatte die Tür auf gemacht und half Morgain aus dem Käfig.

»Deine Freundin hat Talent zum Einbrecher«, lachte Morgain unsicher.

Zornige Rufe übertönten das Getöse der fernen Schlacht. In dem Chaos der Kämpfe, die sich erst zu den Randbereichen der Höhle und dann in die äußeren Gänge verlagerten, hatte bis jetzt niemand einen Gedanken an die beiden Gestalten neben dem leuchtenden Schädelhügel verschwendet. Das schien sich jetzt zu ändern.

»Atla hat den Alarm ausgelöst, und für uns wird es brenzlig!«, knurrte Bran. »Wir müssen fliehen, ehe Nero seine Männer neu formieren kann!«

»Ich kann einen Weg nach draußen finden«, meinte Liuba, »aber wir werden uns durch beide Parteien hindurchkämpfen müssen.«

Sie gab ihr römisches Schwert und den Schild an Morgain weiter. »Nimm das und mach' das Beste daraus. Ich werde von jetzt an wieder mit meiner eigenen guten Klinge kämpfen. Mir reicht dieses Versteckspiel in römischem Plunder. Ich wünschte nur, es wäre genug Zeit, um dich mit diesem lästigen Harnisch und Schurz zu gürten, denn wie ich sehe, kannst du das besser gebrauchen als ich.«

»Welche Richtung?« drängte Bran. In einiger Entfernung sah er mehrere Legionäre, die sich zögernd nach ihnen umdrehten.

»Dieser Gang dort - glaube ich!«, antwortete Liuba. Nachdem sie Morgain ihren eigenen Helm aufgesetzt hatte, zog sie ihr leicht gekrümmtes Schwert und machte sich auf den Weg zu einem rechter Hand gelegener! Tunnel - die ungebändigte Haarflut auf ihrem Rücken schwang hin und her wie der Schweif eines zornigen Panthers.

»Halte dich zwischen uns, Morgain!« Bran folgte seiner geheimnisvollen Verbündeten.

Der Schild war zu schwer für sie, und das Gewicht belastete ihre angebrochenen Rippen, aber der Stolz gab Morgain die Kraft, ihn festzuhalten. Während seiner wenigen Mußestunden hatte Bran sie die Grundlagen des Schwertkampfes gelehrt, und es schien keiner besonderen Fertigkeit zu bedürfen, das römische Kurzschwert zu führen. Morgain hatte das Gefühl, dass sie recht gut für sich selbst würde sorgen können.

Auch in dem Gang, den Liuba ausgesucht hatte, war gekämpft worden. Leichen übersäten den Boden und erschwerten das Vorwärtskommen, als sie einmal mehr in undurchdringliche Finsternis tauchten. Die Schwerter der Legionäre forderten einen hohen Tribut von dem Schlangenvolk, nach den Toten zu urteilen.

Sie bewegten sich so schnell wie möglich durch die Dunkelheit. Ob Liuba tatsächlich wusste, welcher Weg der richtige war, konnte Bran nicht beurteilen. Er war besinnungslos gewesen, als das Schlangenvolk ihn in die Höhle des Schwarzen Steins verschleppt hatte, und in der fast greifbaren Finsternis hätte er genauso gut in der großen Halle von

Baal-dor stehen können, ohne zu wissen, wo er sich befand.

»Bleibt stehen!«, warnte Liuba sie von weiter vorn.

Bran hörte ein plötzliches wütendes Zischen nichtmenschlicher Stimmen, und dann das heilsamere Flüstern von geschwungenem Stahl. Qualvolles Wimmern, und das leise, knirschende Schmatzen von gespaltenem Fleisch und Knochen. Unsichtbare -Körper schlurften über den felsigen Boden des Ganges - dann verklangen angstvolle Stimmen in der Dunkelheit.

»Ungeziefer!« Liuba spuckte aus. »Sie haben keinen Mut zu kämpfen, sobald sie merken, dass sie nicht aus dem Hinterhalt töten können! Neros Legionäre werden alle niedermachen, die nicht schnell genug flüchten können!«

Sie hasteten weiter, im Vertrauen darauf, dass Liubas unheimliche Klarsichtigkeit sie auch weiterhin vor jedem Hinterhalt bewahren würde. Es ärgerte Bran, dermaßen von der Schwertkämpferin abhängig zu sein, aber es gab keine Alternative. Ob Liuba nun wusste, wohin sie sie führte oder nicht, wenigstens konnte sie in der Dunkelheit sehen. Als er daran zurückdachte, wie das Schlangenvolk sich im Dunkeln an ihn herangeschlichen hatte, lächelte Bran wölfisch über das Entsetzen, das dieses Ungeziefer gepackt haben musste, als Liubas todbringende Klinge den beabsichtigten Hinterhalt in ein Blutbad verwandelte.

»Fackeln voraus!«, warnte Liuba.

Schon konnte Bran den flackernden grauen Schimmer erkennen, der sich ihnen näherte - dann die hellen Flammen der Fackeln, als diejenigen, die sie in der Hand trugen, aus einem Nebengang in die Grotte traten. Legionäre - niemand sonst würde hier Fackeln benutzen - die ihnen den Weg abschnitten.

»Ziemliche Übermacht«, murmelte Liuba. »Zwölf, oder mehr.«

»Können wir sie vorbeilassen?«, fragte Bran.

Aber schon ertönten Rufe aus dem Gang, den sie gerade verlassen hatten. Bran schaute zurück und entdeckte den Schein weiterer Fackeln. Vieler Fackeln.

»Das muss Claudius Nero sein«, vermutete Bran. Der Legat hatte eine gut durchdachte Verfolgung in die Wege geleitet.

Liuba fluchte. »Wir müssen an ihnen vorbei! Der Tunnel, durch den wir von Kestrel Scaur hier heruntergekrochen sind, zweigt von dem Gang am Ende dieser Höhle ab!«

Bran entnahm ihren Worten, dass diese kleine Grotte eine von denen sein musste, an deren Wänden er sich entlanggetastet hatte, als er zum erstenmal in dieses stygische Labyrinth eindrang. »Nero wird uns einholen, wenn wir noch länger zögern«, mahnte er. »Wir werden uns durch diese anderen hindurchkämpfen müssen - und zwar schnell.«

»Du sagst es«, stimmte Liuba ihm zu und ging den Fackeln entgegen.

Ironischerweise waren Liubas nachtsichtige Augen schärfer als die der Legionäre mit den Fackeln, und als die nichtmenschlichen Soldaten sie entdeckten, verursachte die buntscheckige römische Ausstattung einige Verwirrung.

Liubas Klinge sang ein Lied, das ihrer Verwirrung ein Ende setzte, wie auch dem Leben der beiden Vordermänner des kleinen Trupps. Einen Augenblick später kam Bran aus einer anderen Richtung, und ein dritter Legionär starb mit einem überraschten Ausdruck auf dem Gesicht.

Während sie sich in ihrem seltsam entstellten Latein etwas zuriefen, stellten sich die übrigen ihrem Angriff. Stahl klirrte gegen Stahl, dröhnte gegen Schilde. Schon bei dem ersten Kreuzen der Klingen wurde Bran erkannt. Die aufgeregten Rufe der Legionäre wurden augenblicklich von denen beantwortet, die sich den drei Flüchtigen von hinten näherten.

Wenn die Legionäre Wert darauf legten, die Pikten lebend zu ergreifen, so ließen sie es sich nicht anmerken. Bran hörte Claudius Neros Stimme Befehle erteilen. Die Männer des Legaten kamen im Laufschritt heran, um ihnen in den Rücken zu fallen. Bran, seine Schwester und Liuba hatten keine Zeit mehr zu verlieren.

Morgain hob unbeholfen ihren Schild und fing mit dem aus Bronze gehämmerten Rand einen Schwerthieb auf. In dem Bewusstsein, seine Beute sicher zu haben, drang der Angreifer ohne jede Vorsicht auf sie ein. Morgain stieß die Schwertspitze mitten in sein grinsendes Gesicht, fühlte die Klinge über Knochen schaben und knirschend in die Augenhöhle eindringen. Der Soldat brach zusammen, und Morgain kam zu dem Schluss, dass Töten kein besonderes Kunststück war.

Bran focht wie besessen und versuchte, die Soldaten von Morgain abzuhalten. Stahl klang gegen sein *scutum*, glitt an seiner deckenden Klinge ab und schlitzte den Brustpanzer auf. Wieder und wieder rettete sein Kettenhemd ihm das Leben, als er gegen mehrere Gegner gleichzeitig kämpfte. Das Kurzschwert des Pikten war rot von halbmenschlichem Blut. Schreiend starb ein weiterer Legionär, und noch einer. Neben ihm flimmerte Liubas lange Klinge wie ein Wetterleuchten und forderte einen hohen Blutzoll von den Soldaten.

Ein tödlicher Wirbelwind aus klingendem Stahl: dann lag der letzte Legionär am Boden, und die drei standen atemlos und blutig über den Toten.

Hinter ihnen hatten die ersten von Neros Männern sie schon beinahe erreicht. Bran griff sich eine der heruntergefallenen Fackeln. Bei Licht würden sie schneller laufen können. Morgain ließ ihr schweres *scutum* fallen und hob eine zweite Fackel auf.

»Beeilt euch!« drängte Liuba. »Wir haben kaum noch Zeit!«

Bran fluchte und blieb mitten im Lauf stehen. Sie hatten nicht nur keine Zeit mehr, sondern auch das Glück hatte sie im Stich gelassen.

Durch den Gang, auf den sie zuhielten, näherten sich zahllose Fackeln.

»Nero im Rücken. Ein noch größerer Trupp vor uns!« Bran fluchte. »Wir sind zwischen hundert Soldaten gefangen!«

Liubas Augen funkelten, als sie zu den Verfolgern zurückblickte. »Zu nahe! Es bleibt uns nichts anderes übrig, als kämpfend zu sterben!«

Sich umdrehend, musterte Liuba die Ansammlung von Fackeln, die ihnen aus ihrem einzigen Fluchtweg entgegenkamen. Unglaublicherweise lachte sie laut auf.

»Ho, Pikten!«, rief Liuba. »Zu uns, rasch - wenn ihr euren König retten wollt!«

Und in der Dunkelheit vor ihnen hallte das Kriegsgeschrei der Männer der Heide. Binnen Sekunden war die Höhle angefüllt mit piktischen Kriegern, brennenden Fackeln und dem Ruf: »Mak Morn! Mak Morn! Mak Morn!«

»Grom!« Bran packte den grauhaarigen Krieger, der den Angriff leitete. »Du bist ein willkommener Anblick, alter Kämpe! Wie bist du hierhergekommen?«

Der treue Gefolgsmann zerquetschte Bran beinahe die Rippen bei seiner freudigen Umarmung. »Gonar sagte, dass die Hölle dich verschlungen hätte und du niemals wiederkehren würdest. Also sind wir ausgezogen, um dich zurückzuholen! Gonar behauptete, es gebe eine Tür unterhalb Kestrel Scaur - wir fanden sie, und Hunderte von uns sind hindurchgekrochen und haben sich hier versammelt. Dieses Ungeziefer macht sich nicht die Mühe, seine Gänge zu bewachen.«

Die vordersten Reihen der beiden Trupps prallten in der Mitte der Höhle aufeinander. Fackeln züngelten auf und fielen funkensprühend durch die Dunkelheit. Stahl und Fleisch rangen mit ohrenbetäubendem Getöse. Ob ihre Feinde echte Römer oder halbmenschliche Dämonen waren, bedeutete den Pikten nichts. Sie waren gekommen, um zu töten.

Bran wirbelte herum, um sich denen anzuschließen, die an ihm vorbeigestürmt waren. Der Kampf war schon beinahe zu Ende. Claudius Nero hatte sich mit dreißig oder vierzig Legionären auf die Verfolgung gemacht, da er nicht erwartete, es mit etwas anderem als Horden von flüchtendem Schlangenvolk zu tun zu bekommen, während er den drei Entflohenen nachsetzte. Die plötzlich auf getauchte zahlenmäßig überlegene Streitmacht der Pikten war mehr, als der Legat im Augenblick bewältigen konnte.

Die Fackeln von Neros Soldaten zögerten, wichen dann zurück und überließen die Höhle den Pikten.

»Sollen wir sie jagen und niedermachen?«, fragte Grom begierig.

»Nein!«, warnte Bran. »Ruf sie zurück! Nero ist uns hier unten überlegen - und er kann eine ganze Legion gegen uns führen, sobald er die Zeit hat, seine Männer zu sammeln. Lass uns hier verschwinden - bevor das Blatt sich wendet!

Komm, Morgain, gehen wir und suchen dir etwas zum Anziehen!«

XXV. Die Legion aus der Hölle

»Hörst du es, mein Fürst? Das Geräusch kommt von unten.«

Bran Mak Morn gab einen zustimmenden Laut von sich und lauschte angespannt. »Wie lange geht das schon so?«

Der untersetzte Wächter, der ihn auf die Mauer gerufen hatte, wölbte nachdenklich die Unterlippe. »Ich habe vor Sonnenaufgang die Wache übernommen«, überlegte er. »Aber es war ungefähr Sonnenaufgang, als ich es zuerst bemerkte. Ich war mir nicht sicher, was es zu bedeuten hatte, aber als es lauter wurde, hielt ich es für das Beste, jemandem Bescheid zu sagen.«

Er fügte hinzu: »Seither ist es noch lauter geworden.«

Bran runzelte die Stirn. Das Vibrieren war eigentlich mehr unter den Füßen zu spüren als wirklich zu hören. Es war ein beständiges kratzendes, malmendes Rumpeln - Bran musste an das Knirschen von Mühlsteinen denken - und es kam aus Tiefen weit unter den Mauern von Baal-dor.

»Ich denke, wir sollten uns von diesem Teil der Mauer zurückziehen«, ordnete Bran an. »Sag es weiter.«

Der andere eilte davon, um den Befehl weiterzugeben, und Bran verharrte einen Augenblick in Gedanken versunken. Baal-dor war auf einer Kuppe aus massivem Fels erbaut. Er rief sich den Turm des Trajan ins Gedächtnis - und die eingestürzten Mauern des Römerlagers. Bran erschauerte. Die Zeit, da er an einen festen Boden unter seinen Füßen geglaubt hatte, war vorbei.

In düsterer Stimmung wanderte der König der Pikten auf den Mauern seiner Zitadelle entlang. Der Nachtwind fing sich in seinem Wolfsfellumhang, der Halbmond glänzte silbern auf seinem Kettenhemd und der Schwertscheide und weckte ein blutrotes Feuer in dem fremdartigen Juwel in seiner eisernen Krone.

Der alte Gonar hatte ihm mit einem bedeutungsvollen Lächeln die Krone zurückgegeben. »Niemand sonst hat die Hand danach ausgestreckt, Wolf der Heide. Du wirst feststellen, dass die Königswürde sich nicht so einfach wegwerfen lässt.«

Das war gestern Abend gewesen. Essen und Ruhe und ein Bad in einem kalten Hochlandteich hatte viel dazu beigetragen, dass Bran Mak Morn wieder ganz zu Kräften kam, nachdem er aus dem Tunnel unter Kestrel Scaur gestiegen und in den warmen Schein der untergehenden Sonne hinausgetreten war. Nie zuvor hatte er mit so tiefempfundener Freude über das Heideland geschaut.

Die Erschütterungen unter der Mauer lenkten seine Gedanken wieder auf jene, die dort unten wühlten. Also hatte Claudius Nero sich entschlossen, keine Zeit zu verlieren. Bran war darauf vorbereitet gewesen.

Nachdem Ssrhythssaa tot war, musste Nero mit dem Schlangenvolk leichtes Spiel gehabt haben. Der alte Magier hatte seinen Untergang selbst heraufbeschworen. Sobald die Halbmenschen erst einmal über eine ausreichende Bewaffnung verfügten, war es nur noch eine Frage der Zeit gewesen, bis sich die Legion gegen ihre Herren wandte. Wenn von dem Volk der Dunkelheit noch welche am Leben waren, so würden sie sehr weit fliehen müssen, um dem Tod zu entgehen.

Aufgrund dessen, was Morgain ihm berichtet hatte, wusste Bran, dass Claudius Nero sich mit der Legio IX Infernalis eine schlagkräftige Streitmacht aufgebaut hatte. Von Ssrhythssaas tyrannischer Herrschaft befreit, hatte Nero keinen Grund mehr, die Pikten wie mögliche Bundesgenossen zu behandeln. Stattdessen konnte Nero seiner Besessenheit bezüglich seiner römischen Abstammung freien Lauf lassen - so dass er in Bran Mak Morn nicht nur eine Gefahr für seine Pläne sehen, sondern außerdem noch für das achtzig Jahre zurückliegende Massaker Rache zu nehmen versuchen würde.

Nero würde seine Legionen gegen die Pikten führen - nur der Zeitpunkt war ungewiss. Bran, dessen Armee auch dem unglückseligen Angriff auf das bereits zerstörte Römerlager vor zehn Tagen auf ein paar tausend Mann zusammengeschrumpft war, hatte damit gerechnet, dass Neros Angriff nicht lange auf sich warten lassen würde.

Sofort nachdem sie aus den Höhlen des Schlangenvolks entkommen waren, hatte Liuba sich aufgemacht, die Männer in den verstreut liegenden piktischen Siedlungen zu den Waffen zu rufen. Seit gestern hatte Bran nichts mehr von ihr gehört. Er hoffte, dass der geheimnisvollen Schwertkämpferin mehr Erfolg beschieden war als den anderen Werbern, die er ausgesandt hatte. Einige wenige Krieger waren bei Sonnenuntergang in Baal-dor einmarschiert, aber es würde Tage dauern, bis er seine Truppen wieder auf annähernd die alte Stärke gebracht hatte.

Das Schaben unter seinen Füßen machte deutlich, dass man ihm diese Tage nicht geben würde.

Gonar stieg zu ihm auf die Mauer und lauschte gedankenvoll auf die Geräusche aus der Tiefe. »Sie werden diesen Teil der Mauer unterhöhlen und dann von diesen Hängen hier die Bresche zu stürmen versuchen«, fasste er Brans eigene Überlegungen in Worte. »Durch massiven Fels graben sie sich zu uns herauf. Ich frage mich, was da unter uns am Werke ist. Könnte es sein, dass Nero doch einige Horden der Kinder der Nacht verschont hat und sie ihn jetzt als ihren Herrn anerkennen?«

»Vielleicht«, antwortete Bran. »Aber ich fürchte, dass es etwas weit Schlimmeres ist, das sich einen Weg in unsere Festung bahnt.«

»Der Höllenwurm?«, meinte Gonar. »Kann noch jemand außer Ssrhythssaa dem Ungeheuer befehlen?«

»Wir werden es bald genug erfahren«, erwiderte Bran. »Nero hat den Schwarzen Stein. Möglich, dass er und Atla einen Teil seiner Macht für sich zu nutzen wissen.«

Bran ließ den Blick über seine Verteidigungsanlagen schweifen. Auch wenn die Mauer eine Bresche hatte, konnten seine Männer immer noch die Angreifer zurückwerfen, die von unten die Abhänge hinaufstürmten. Aber die Pfeile und Schwerter der Pikten waren keine Waffen gegen den Höllenwurm, nach dem kurzen Blick zu urteilen, den Bran auf das Ungeheuer hatte werfen können. Schwere Belagerungsmaschinen waren vielleicht in der Lage, Wurfgeschosse zu schleudern, die für ihn mehr waren als nur ein Schwarm lästiger Stechmücken, Bran hatte dem Untier nur zwei Skorpione entgegenzusetzen.

Eine Stunde schleppte sich dahin. Und noch eine. Die mahlenden Erschütterungen aus der Tiefe waren jetzt stark genug, dass eine flach auf der Mauer liegende Schwertklinge klirrend in Bewegung geriet.

Bran zog seine Männer von diesem Teil der Mauer ab. In der Dunkelheit hatten die Posten in den Wachtürmen einen so guten Ausblick auf die vorderen Hänge wie es nur möglich war. In voller Alarmbereitschaft wanderten die Pikten ruhelos auf den Wällen entlang oder liefen am Fuß der Mauern ziellos durcheinander. Die unablässigen Grabgeräusche steigerten die Nervenanspannung ins Unerträgliche.

Dann kam die Nachricht von den Wachposten. Ein bedeutender Truppenteil marschierte die Straße nach Baaldor hinauf. Männer in römischer Legionärsausrüstung. Sie marschierten hinter der Adlerstandarte. Es waren keine Römer.

Claudius Nero marschierte bei Mondschein.

Bran erteilte den Männern auf den Wällen seine Befehle. Ein dünner Nebel stieg von den Flüssen am Fuß des Bergkegels auf und umhüllte die aufmarschierenden Soldaten. Ansonsten war die Nacht klar, und die Mondsichel verbreitete genügend Licht, dass die Bogenschützen ihre Ziele erkennen konnten.

Trotz oder vielleicht gerade wegen der unmittelbar bevorstehenden Schlacht musste Bran an Liuba denken. Er fragte sich, ob sie wohl Erfolg hatte mit ihrem Versuch, die einzelnen Clans aufzurütteln und ob sie bei ihrer Rückkehr Baal-dor als eine von Raben umschwärmte Ruine vorfinden würde, wie sie das Römerlager gewesen war. Bran wünschte, er hätte jetzt ihre tödliche Klinge, um ihm beizustehen - und es verlangte ihn nach ihrer Gesellschaft in dieser Stunde. Freudlos gestand er sich ein, dass er immer noch so gut wie nichts über die geheimnisvolle Frau wusste. Ihm blieb nur die Hoffnung, doch noch Gelegenheit zu haben, sie besser kennenzulernen.

Ein neuer Bericht. Nero hatte am Fuß des Berges haltgemacht. Seine Männer formierten sich zum Angriff. Kein Fackelschein drang von unten herauf - Neros Soldaten genügte das Mondlicht. Verborgen unter den Nebelschleiern warteten sie.

Lange brauchten sie nicht zu warten. Ein plötzliches Krachen von dem evakuierten Mauerabschnitt. Unter den dauernden Erschütterungen aus der Tiefe löste sich ein großes Stück der Steinverschalung und zerbröckelte, gefolgt von einem Schwall zusammengepresster Erde und Felsbrocken von den Zinnen. Die der Stelle am nächsten waren, murmelten angstvoll und rückten weiter ab.

Noch mehr Steine kollerten herab. Lose Brocken hüpften unter den fortgesetzten Vibrationen über die Zinnen. Jetzt schienen auch die massiven Blöcke des ursprünglichen Fundaments in den Gruben, in die man sie vor Jahrhunderten hineingesenkt hatte, in Bewegung zu geraten.

Aber der unterhöhlte Wall stürzte nicht ein.

Ein unbeschreibliches, unterirdisches Grollen, dann zerriss die Nacht, und die stolze Mauer von Baal-dor barst unter dem sich aufbäumenden Schrecken, den Meilen von massivem Felsgestein nicht hatten aufhalten können.

Große Erdklumpen und zersprengter Fels wurden meterhoch in die Luft geschleudert. Die zyklopischen Steine der alten Fundamente polterten wie gigantische Würfel durch den Innenhof und zermalmten alle, die nicht ausweichen konnten. Ein fünfzehn Meter langer Abschnitt von Zinnen gekrönter Mauer stieg als eine Fontäne aus zehntausend geborstenen Splittern in die Nacht und schien am höchsten Punkt einen Augenblick zu verharren, bis die einzelnen Teile träge wieder auf die Erde hinabregneten - ein tödlicher Hagelschauer, der die Verteidiger von den benachbarten Wehrhängen schwemmte.

Und aus dem Krater, den er aus der Erde gesprengt hatte... turmhoch gen Himmel ragend, als wollte er die Sterne verschlingen, den unteren Teil des Leibes noch in dem Gang verborgen, den er durch den Fels gegraben hatte, als wäre es weicher Schlamm... der Höllenwurm.

Diesmal hatte Bran die Gelegenheit für einen ausgiebigen Blick auf den Großen Alten, und der Pikte war froh darüber, dass der Mond nur als schmale Sichel am Himmel stand. Er hatte eine riesige Schlange erwartet, aber der Höllenwurm hatte nicht mehr Ähnlichkeit mit einer Schlange als ein Narwal mit einer Forelle. Er war mit nichts zu vergleichen, das jemals über die Erde geschritten, gekrochen oder geschwommen war. Selbst in der schreckensvollen Vergangenheit der Alten Erde, als fremdartige Ungeheuer aus den Räumen hinter den Sternen herabstiegen, um ihre unvorstellbaren Kriege mit anderen kriechenden Geschöpfen des Grauens zu führen, verließen Missgeburten einer wahnsinnigen Schöpfung, wie der Höllenwurm eine war, niemals ihre Schlupflöcher unter den Krypten der Hölle. Meilen von der Sonne entfernt, hatte die Schöpfung zuerst im Innern der Erde begonnen, wie Fäulnisherde unter einer makellosen Oberfläche zu schwärmen.

Der Große Alte hatte sowohl Ähnlichkeit mit einer riesigen Schlange wie auch mit einer gewaltigen Schnecke. Lang und fußlos kroch er auf einer silbrigen Schleimspur vorwärts. Bran schätzte, dass er mindestens sechzig Meter lang und an der breitesten Stelle mehr als sechs Meter dick war - eine genaue Beurteilung war unmöglich, denn das Ungeheuer schien nicht mehr Knochengerüst zu haben als ein Wurm, und sein gummiartiger Leib streckte sich und zog sich wieder zusammen wie der einer kriechenden Schnecke. Zahllose fleischige Tentakel und Fühler, umgaben seinen großen, kreisrunden Schlund und verliehen ihm in etwa das Aussehen einer Seeanemone. Bran stellte fest, dass einige dieser Tentakel mit messerscharfen Klauen bewehrt waren, andere wieder hatten Saugnäpfe "mit einer Oberfläche wie ein Reibeisen. Außerdem schien es die Fähigkeit zu besitzen, lange, peitschenähnliche Auswüchse aus seinem Kopf herauszuschieben, ganz wie eine Schnecke ihre Hörner ausstreckt.

Ein lauter Schrei ertönte aus dem Nebel im Tal. Und die straff ausgerichteten Reihen der Legio IX Infernalis marschierten im Gleichschritt gegen die Bresche in der Mauer von Baal-dor.

Langsam, als verwirrte ihn das Licht der Sterne, die sich seit dem Zeitalter seiner Geburt so sehr verschoben hatten, senkte der Große Alte seinen Seeanemonenkopf und quoll aus seinem Gang heraus. Seine beweglichen Tentakel schnellten gleich Schlangenzungen auf die zurückweichenden Pikten zu. Die Leichen einiger von hinabfallendem Gestein erschlagener Männer lagen am Boden. Fleischige Auswüchse saugten und zerrten. Der Höllenwurm begann sein Festmahl.

Brans scheinbar unerschütterliche Gelassenheit verhinderte um Haaresbreite eine Panik. Er schrie Befehle und lenkte die Aufmerksamkeit seiner Männer auf die heranrückende Legion - die über dem entsetzlichen Auftauchen des Höllenwurms beinahe in Vergessenheit geraten war.

Zu Dutzenden bohrten sich Pfeile bis zur Befiederung in das nachgiebige Fleisch des Geschöpfes. Der Höllenwurm schien die kleinen Stachel überhaupt nicht zu bemerken. Ein paar wagemutige Krieger rannten mit Schwert und Speer gegen seine Flanken an. Diejenigen von ihnen, die sich nicht rasch genug wieder in Sicherheit bringen konnten, wurden unter dem gefühllosen Leib des Ungeheuers zerquetscht oder von den vorschnellenden Tentakeln in Stücke gerissen und noch- schreiend in den mahlenden Schlund gestopft.

Gedankenlos nach Beute suchend, folgte der gierige Rachen den zögernd fliehenden Pikten. Entweder geleitet von blindem Hunger oder irgendwelchen unfassbaren Mächten, würde der Höllenwurm innerhalb von Minuten die Wälle von sämtlichen Verteidigern entblößt haben.

Dann ließen die Skorpione, gemäß Brans Befehlen auf

diese Stelle der Mauer ausgerichtet, rachedurstig ihre Schwänze hochschnellen. Zwei Flammenbälle beschrieben einen feurigen Halbkreis durch die Nacht.

Brans verzweifelte Hoffnung, das Ungeheuer aus den lichtlosen Tiefen aufzuhalten, einen Koloss, für den ihre Pfeile und Schwerter weniger als Stecknadeln waren - Feuer.

Nach Gonars Anweisungen hatten sie große Ballen aus Zunder vorbereitet und mit geschmolzenem Pech und Phosphor getränkt. In Brand gesetzt und von den Skorpionen in die Luft geschleudert, gingen die Feuerbälle während des Fluges in helle Flammen auf, und zerplatzten zu unzähligen klebrigen Feuerfunken, wenn sie den Höllenwurm trafen.

Diesmal reckte sich das albtraumhafte Wesen in lautloser Pein in die Höhe. Sprühende Flammen fraßen sich in sein bleiches Fleisch. Ein betäubender Gestank nach verkohlender Fäulnis breitete sich aus. Schlangenähnliche Tentakel schlugen nach den haftengebliebenen Klumpen von brennendem Pech, und zuckten in verständnislosem Schmerz wieder zurück.

So schnell, wie die Bedienungsmannschaft sie wieder bereit machen konnten, schleuderten die Skorpione die zweite Ladung gegen den Feind. Ein weiterer genauer Treffer, der andere Feuerball landete auf der zerwühlten Erde unter dem zusammengekrümmten Leib des Ungeheuers.

Ermutigt von der sichtbaren Qual des Geschöpfes eilten Pikten heran, um Eimer voll Öl auf die sich windenden Schlingen des walzenförmigen Körpers zu schütten. Männer wurden in den Boden gewalzt, hundert Meter durch die Luft geworfen - aber Nester aus gelben Flammen breiteten sich auf der schleimüberzogenen Haut aus. Der nächste Feuerball traf das Ungetüm.

In seinem grimmigen Schmerz war der Höllenwurm tödlicher als zuvor. Sein blindlings zustoßender Schlund riss große Stücke aus den Befestigungen; die zuckenden Tentakel rissen Männer in Fetzen. An einem Dutzend Stellen stand sein Fleisch in Flammen, und der sich gepeinigt aufbäumende Leib schmetterte einen Turm von der Mauer, zermalmte Scharen von flüchtenden Pikten.

Unerschrocken stürmten sie weiter gegen ihn an - vergossen mehr Öl, schlugen mit nutzlosen Schwertern auf ihn ein. Das Schlachtfeld dieses alptraumhaften Kampfes zwischen Mensch und urzeitlichem Schrecken war erleuchtet von Dutzenden von Bränden, übersät mit zerschmetterten und. zerrissenen Leichen. Unfassbar riesig wie er war, konnte der Höllenwurm nicht getötet werden. Aber die sich in ihn hineinfressenden Flammen peinigten ihn - erschreckten ihn vielleicht, wenn dieser hirnlose Koloss Furcht empfinden konnte.

Durch Zufall - oder hatte das ergrimmte Monster nach seinem Feind zu schnappen versucht? - traf ein Feuerball das Geschöpf mitten in die wimmelnde und zuckende Masse seines Seeanemonenkopfes. Die Erde erbebte unter seinen gewaltigen Zuckungen, als die Kreatur ihren Kopf in aberwitzigem Schmerz hin und her warf - und damit die Pech-Phosphor-Mischung nur weiter anfachte. Schwelende Stücke von Fühlern und Tentakeln regneten auf die herandrängenden Angreifer herab.

Es war genug. Welche Macht auch immer den Höllenwurm an die Erdoberfläche gelenkt hatte, hier endete sie. Eingehüllt in gelbe Flammen und einem dichten Schleier aus stinkendem Qualm, wandte sich der Höllenwurm von den Pikten und ihren Feuerbränden ab. Mit hastigen Schlängelbewegungen kroch er zurück zu der eingestürzten Mauer, schob seinen glimmenden Kopf in den gähnenden Krater - und zog seinen versengten Leib hinab zu seiner schleimbesudelten Behausung in den geheimen Abgründen der Welt.

Die Pikten heulten triumphierend. Ob er nun starb oder nur angesengt war, der Große Alte war von affenähnlichen Wilden mit der ältesten Waffe der Menschheit vertrieben worden. Dutzende ihrer Gefährten lagen erschlagen umher. Es war ein teuer erkaufter Sieg.

Vielleicht zu teuer.

Unter kaum nennenswertem Beschuss - es war den Bogenschützen auf den Wällen unmöglich, sich auf ihre Pflicht zu konzentrieren, während der Höllenwurm in ihrer Mitte wütete - hatten die Legionäre die Gräben und Erdwälle überwunden. Kaum war der Höllenwurm in seinem Loch verschwunden, als die Vorhut der Legio IX durch die Bresche in der Mauer strömte.

Bran schrie wütende Befehle zu den unaufmerksamen Verteidigern hinauf - die sich erst jetzt wieder darauf besannen, dass Stahl genauso tödlich sein konnte wie der Schlund des Höllenwurms. Plötzlich wirbelte er herum. Rufe und Kampfgeräusche ertönten aus dem Inneren der Festung.

Bran fluchte. Niemals konnte Nero ein Angriff aus dieser Richtung gelungen sein. Die Felsen fielen senkrecht zu dem in der Tiefe schäumenden Gebirgsfluss hinab.

Ein Läufer kam aus der Richtung des unsichtbaren Gefechts auf ihn zu. »Mein Fürst!« keuchte der Mann. »Sie kommen aus der Erde herausgesprungen! Aus irgendeinem Tunnel, den sie unter der Mauer des verfallenen Turms gegraben haben! Römer mit Schlangenköpfen! Hunderte!«

Bran spürte die Kälte in seinem Herzen. Er hatte bis auf einen geringen Rest seine gesamte Streitmacht an diesen Punkt der Zitadelle beordert. Und jetzt kam Nero von hinten über ihn, durch den Gang, der bei keiner noch so genauen Suche seit der Nacht von Morgains Entführung entdeckt worden war.

»Grom!«, befahl er rasch entschlossen. »Nimm meine persönliche Leibwache! Vernichtet dieses wühlende Ungeziefer, und versiegelt ihr Rattenloch!«

»Mein Fürst Bran!« protestierte Grom. »Und was ist mit dir...?«

»Tu, was ich dir sage!«, fauchte Bran. »Und beeil dich! Sie werden die Frauen und Kinder abschlachten! Ich werde hierbleiben und versuchen, die Mauer zu halten! Geh schon, verdammt!«

Er wandte sich an den schwarzgekleideten Zauberer, der keine andere Waffe als seinen langen Stab aus Eschenholz trug. »Gonar, geh mit ihnen. Hier gibt es nichts für dich zu tun. Kümmere dich um Morgain! Wenn Baal-dor fällt, lass es nicht dazu kommen, dass man sie gefangen nimmt!«

Ohne auf weitere Proteste zu achten, stürmte der König zu der Mauerbresche. Er hatte seine Leibwache eigentlich als eine Reserveeinheit zurückhalten wollen, um einem solchen Schlag gegen die arg bedrängten Verteidiger auf den Mauern begegnen zu können, aber der Angriff aus dem geheimen Tunnel hatte Vorrang. Wenn es Nero gelang, diese zweite Front zu festigen, hatte er die Pikten in der Zange.

Schon jetzt schien die Lage an der Mauer hoffnungslos. Während die Pikten mit dem Höllenwurm beschäftigt waren, hatte Claudius Nero fast unbehelligt die äußeren Gräben und Erdwälle überschritten. Zu spät schickten die Bogenschützen jetzt ihre Pfeilwolken der gepanzerten Flut entgegen. Gedeckt von den über den Kopf gehaltenen Schilden kletterten die Legionäre über die Erdwälle und durch die Mauerlücke.

Bran ließ seinen Hauptleuten den Befehl übermitteln, die Legionäre weiter von den Flanken her zu beschießen, während sie sich durch das System der Gräben mühten - in der Hoffnung, so den Strom zu mindern, der durch die Bresche floss - dann eilte er davon, um an der gefährdeten Stelle persönlich das Kommando zu übernehmen.

Tobendes Chaos empfing Bran Mak Morn an der geborstenen Mauer. Legionäre drängten sich durch die breite Öffnung - allerdings behindert durch die herumliegenden Trümmer und den stinkenden Krater, den der Höllenwurm in die Erdoberfläche gesprengt hatte. Ein erbarmungsloser Kampf Mann gegen Mann wogte hin und her. Den Bogenschützen war es dadurch unmöglich, Freund von Feind zu unterscheiden, und das Getümmel machte jeden Versuch eines geordneten Vorgehens zu einem sinnlosen Unterfangen.

Bran schrie den Verteidigern einige aufmunternde Worte zu, und stürzte sich selbst in das Handgemenge. Die bedrängten Pikten fassten neuen Mut, als sie ihren König in ihrer Mitte kämpfen sahen. Die Legionäre erkannten den piktischen König und verdoppelten ihre Anstrengungen in dem Versuch, den Anführer ihrer Feinde zu töten.

Stahl auf Stahl. Muskeln gegen Muskeln. Bran begeisterte sich an dem vertrauten Gefühl von Piktenschwert und ovalem Schild und wütete gleich einem Panther im Blutrausch. Schwerter hackten nach seinem Schild; ein Speer glitt an seiner Klinge ab und prallte gegen das Kettenhemd. Bran schlug zu, zerbrach den hölzernen Schaft - und zerschmetterte dem Angreifer die Rippen. Mehr Gesichter, die ihm über den Rand des *scutum* ihren Hass entgegenspuckten. Mehr Schwerter, die nach seinem Blut dürsteten.

Brans piktische Klinge gab eine tödliche Antwort auf jede Herausforderung.

Römische Waffen und Disziplin, aber niemand konnte diese Soldaten mit Römern verwechseln. Als ein Gesicht nach dem anderen an ihm vorbeischwamm, erkannte Bran einen weiteren Grund für Neros Stolz. Bran dachte an Neros Legionäre als an Halbmenschen, aber eindeutig betrug der Anteil an menschlichem Blut in den Adern der meisten Krieger hier weit weniger als die Hälfte. Selbst in einem römischen Harnisch sahen die Legionäre nicht mehr nach einem Menschen aus als das Schlangenvolk - manche sogar noch weniger. Es war der Stolz des Legaten, dass der Makel in seinem eigenen Blut nicht so deutlich zum Ausdruck kam, dass der sich nicht als Mensch ausgeben konnte. Brans Klinge zerschmetterte ein flachstirniges, warziges Gesicht, das ungefähr so sehr an einen Menschen erinnerte wie der Kopf einer Kröte.

Die erbitterte Schlacht dauerte an. Brans Schild war eingekerbt und gesplittert; Blut sickerte aus leichten Wunden, und seine Seite schmerzte von einem Schwerthieb, dem das Kettenhemd zwar die tödliche Schärfe, nicht aber die Wucht genommen hatte. Seine eigene Klinge war stumpf von den Schlägen gegen römische Panzer und nichtmenschliches Fleisch. Seine Schultern waren taub vor Anstrengung, und jeder Atemzug war ein Geschenk. Er wusste nicht, wie es Grom ergangen war, als der übermächtige Druck der Feinde ihn hinter die Bresche zurückwarf und dabei gleichzeitig von denen im Innern der Festung abschnitt. Bran war sich nicht einmal sicher, wie es ihm ergehen würde. Die Mauerlücke war mit toten Pikten und Legionären ausgefüllt, und immer noch schien die Flut von

Neros Soldaten mit unverminderter Kraft gegen sie anzubranden.

Müde lehnte Bran sich mit dem Rücken gegen einen Teil der geborstenen Mauer und teilte nach allen Seiten Schläge aus, während die endlosen Reihen der Feinde ihn unablässig bedrängten. Die Legionäre, mit ihren Rüstungen und rechteckigen Schilden, waren bei einem Nahkampf im Vorteil gegenüber den Pikten, von denen nur wenige eine Rüstung trugen, und die für ihre längeren Klingen mehr Platz brauchten.

»Ha! König Bran trägt zum letztenmal seine Krone!« ertönte ein Ruf über dem Getöse des Kampfes.

Bran schlitzte seinem letzten Angreifer den Leib auf und schaute an dem zusammensinkenden Körper vorbei. Claudius Nero war es irgendwie gelungen, sich ein Pferd zu beschaffen, anscheinend hielt er es eines Legaten für unwürdig, seine Truppen zu Fuß zu kommandieren.

»Wie kommt es, dass ein Kriechtier reiten gelernt hat?« höhnte Bran und hob sein Schwert

Mit einem wütenden Zischen spornte Nero sein ängstliches Pferd durch die Reihen seiner Männer - das *pilum* bereit, um es auf den Pikten zu schleudern. Als sein Reittier vorbeigaloppierte, fintete Nero und warf dann den Speer.

Bran hatte die Finte abgewartet und fing die Lanze mit dem Schild auf. Die gehärtete Eisenspitze drang durch den Rand und verfehlte nur knapp seinen Arm. Fest in dem Schild verkeilt, bog sich das nicht gehärtete Heft unter dem Gewicht des hölzernen Schaftes. Bran ließ den nutzlos gewordenen Schild fallen, als Nero mit dem Schwert in der Hand wieder auf ihn zu galoppierte.

Ihre Klingen trafen sich mit dröhnender Wucht, als der Legat aus dem vollen Schwung seines Angriffs heraus einen Hieb führte. Das römische Schwert zerbrach an der schweren piktischen Waffe, und der Zusammenprall warf den Legaten fast aus dem Sattel. Auch Bran stand erst wieder fest auf beiden Beinen, als Nero schon an ihm vorbei war. Brans Schwert fetzte durch den wehenden roten Umhang, Nero fluchte und schleuderte den nutzlosen Griff nach seinem Feind.

Ein Hagel von Pfeilen flog an dem Legaten vorbei, als die Bogenschützen auf der Mauer ihn unter Beschuss nahmen. Eigentlich waren es zu wenig Pfeile, dachte Bran. Das bedeutete entweder, es gab keine Pfeile mehr, oder die Bogenschützen waren von der Mauer gedrängt worden.

Claudius Nero lachte verächtlich und galoppierte außer Bogenschussweite. Bran war der Meinung, dass der Legat überhaupt nur gekommen war, um sich mit eigenen Augen zu überzeugen, wie der Angriff voranging. Was er sah, musste ihn gefreut haben.

Kaum dass er sie erreicht hatte, befahl der Legat meinen Reservetruppen den Angriff. In geordneten Reihen rückte der Rest der Legio IX Infernalis gegen Baal-dor vor, um der bereits wankenden Festung den Todesstoß zu versetzen.

Bran kämpfte sich an der Innenseite der geborstenen Mauer entlang und stieg auf die Zinnen, um sich einen Überblick über seine Lage zu verschaffen. Keine Nachricht von Grom. Wenn diejenigen, die sich durch den geheimen Tunnel nach Baal-dor hineingeschlichen hatten, bis jetzt auch noch nicht aufgetaucht waren, um den verzweifelt kämpfenden Pikten in den Rücken zu fallen, konnte Bran doch sehen, dass innerhalb der Umfassungsmauern einige Gebäude in Flammen standen. Hier an der Mauer waren die Verteidiger kaum noch in der Lage, sich gegen die Legionäre zu behaupten, die in immer größerer Zahl durch die Bresche drängten. Und jetzt marschierten aus dem Nebel, in dem sie sich verborgen gehalten hatten, noch tausend oder mehr Soldaten heran.

Der Ausgang dieser Schlacht war unschwer vorherzusehen. Mit einer unbeschädigten Mauer oder mit genügend Männern, um die Bresche gegen einen Angriff zu verteidigen, hätte Nero wenig Aussichten gehabt, jemals seinen

Fuß in die Festung zu setzen. Aber der Legat hatte zu gut geplant.

Bran schüttelte seine blutige Faust gegen die heranrückenden Legionäre. Und da war noch eine Reserveeinheit, die jetzt aus dem Nebel auftauchte. Ende.

Die vordere Einheit kam plötzlich zum Stillstand. Ziemlich ungeordnet machten sie kehrt, um sich den Truppen zu stellen, die ihnen folgten. Truppen, die jetzt in einer Keilformation mitten zwischen die in Verwirrung geratenen Legionäre stießen.

Noch ehe der ferne Kampfeslärm an seine Ohren drang, schrie Bran wie ein Verrückter. Diese letzte Armee, die aus den über dem Tal lagernden Nebelschwaden auftauchte, war eine Armee von Pikten. Es war Claudius Nero, der jetzt in die Zange genommen wurde.

Brüllend stürzte Bran sich wieder in das Getümmel. Was es für Clans waren, die seinem Ruf Folge geleistet hatten, war in der Dunkelheit und Entfernung unmöglich zu erkennen, aber ihr Kommen war ein Geschenk der Götter. Das plötzliche Auftauchen piktischer Verstärkung warf das Steuer der Schlacht vollkommen herum. Die erschöpften Verteidiger kämpften mit neuer Kraft, und die Angreifer begannen sich darüber Gedanken zu machen, wie sie ihr Leben retten konnten.

Als schließlich noch Grom mit seinen siegreichen Truppen zurückkehrte, wurde aus dem Gefecht ein Gemetzel. Waffen und Schilde von sich werfend, machten die Legionäre an der umkämpften Mauerlücke kehrt und rannten. Die Pikten stürzten sich auf sie wie Wölfe auf flüchtenden Schafe - stachen sie nieder, während sie über offenes Gelände flohen, erschlugen die, die zwischen den Gräben und Erdwällen herumkletterten.

Bei dem Anblick ihrer Kameraden, die Hals über Kopf von den Mauern Baal-dors flüchteten, gaben die Männer von Neros Reserveeinheit es auf, sich im Angesicht der plötzlich aufgetauchten piktischen Streitmacht neu zu formieren. Panik und Massaker beherrschten das Bild. Noch berührte es die Legionäre nicht im geringsten, dass sich unter den ersten, die dem Kampf um Baal-dor den Rücken wandten, auch ein einsamer Reiter befand, dessen roter Umhang wie eine Fahne hinter ihm her wehte.

Bran hielt sich nicht damit auf, den zweiten Tod der Neunten Legion zu beobachten. Sobald es an dem Ausgang der Schlacht keinen Zweifel mehr geben konnte, galoppierte Bran im Sattel seines eigenen Pferdes die Abhänge hinunter.

Er war nicht überrascht, Liuba dort zu finden, die gelassen das Blut von ihrer Schwertklinge wischte, während die Kämpfe sich von ihr weg und in das weiter zurückliegende Sumpfgebiet verlagerten. Reihen niedergemähter Legionäre legten Zeugnis ab, dass sie nicht müßig gewesen war. Bran, das Gesicht eingefallen und von Kopf bis Fuß mit Blut bespritzt, bewunderte die gleichmütige Haltung des Mädchens.

»Ist an den Mauern alles vorbei?«, fragte sie.

»Dort sind nur noch die Toten«, berichtete Bran. »Es wären piktische Tote gewesen, wenn du nicht gekommen wärst.«

»Ich sammelte die, die sich meinem Ruf nicht verschließen würden«, meinte Liuba mit einem Achselzucken. »Und kehrte so schnell zurück, wie es möglich war.«

»Was sind das für Clans?«, erkundigte sich Bran. »Meine Männer hatten wenig Glück, als sie in dem Gebiet um Baal-dor um Waffenhilfe nachsuchten.«

»Vielleicht waren meine Argumente überzeugender.« Liuba lächelte. »Ich rief nach den Kriegern, die mir bekannt waren.«

Bran überblickte das mit Leichen übersäte Feld. »Ihr scheint wenig Verluste gehabt zu haben.«

»Sehr wenig«, stimmte Liuba zu. »Diese Brut hat nicht das Herz, standzuhalten und zu kämpfen.«

»Und Claudius Nero?«

»Geflohen«, teilte Liuba ihm mit. »Bei Tagesanbruch dürfte er schon auf dem halben Weg zum Hadrianswall sein.«

»Ich werde ihn vorher einholen«, knurrte Bran. »Kannst du mir zeigen, in welche Richtung er geflüchtet ist?«

Liuba schob ihr Schwert in die Hülle. »Mein Pferd ist gleich da drüben angebunden.« Sie deutete in die Heide hinaus, wo die rachedurstigen Pikten Jagd auf die letzten Flüchtlinge machten. »Ich habe kein Interesse daran, mir noch länger diese ermüdende Schlachterei anzusehen. Du und ich, wir haben getan, was zu tun wir hergekommen sind.«

XXVI. Kreise

Claudius Nero floh südwärts und trieb sein Pferd zu einem Galopp, den es nicht lange würde durchhalten können. Panik erfüllte das stolze Herz des Legaten, denn er hatte seinen größten Sieg sich zu schwarzer Niederlage wandeln sehen, und die unüberwindliche Macht seiner Legion war ein leerer und zerbrochener Traum am Fuß der verfluchten Wälle von Baal-dor.

Die Höhlen des Volkes der Dunkelheit waren keine Zufluchtsstätte für ihn. Diejenigen seiner früheren Herren, die das Massaker überlebt hatten, würden grausame Rache nehmen, kehrte er allein zurück.

Und Nero wusste ganz genau, dass Bran Mak Morn nicht ruhen würde, bis er den Legaten aufgespürt und zur Rechenschaft gezogen hatte. Nirgendwo in dem Hochland von Kaledonien gab es einen Ort, an dem Nero sich vor dem Zorn des Königs der Pikten verbergen konnte.

Also flüchtete Claudius Nero unter einem grauen Himmel nach Süden zum Hadrianswall. Während seiner überhasteten Flucht durch die Nacht besann Claudius Nero sich darauf, dass er ein Römer war. Im Süden würde er bei anderen seines Blutes Aufnahme finden.

Die ersten Umrisse eines Plans begannen Gestalt anzunehmen. Es gab eine Menge, was Claudius Nero Rom über Bran Mak Morn erzählen konnte - über seine zerstörte Festung, seine versprengte Armee. In Gedanken sah Claudius Nero sich die Legionen Roms in das Hochland von Kaledonien führen, sah das Volk der Pikten zerschmettert am Boden liegen, sah, wie die Massen Roms zusammenströmten, um dem geheimnisvollen neuen Eroberer zuzujubeln, der aus den Schatten gekommen war.

In der Morgendämmerung brach sein Pferd tot unter ihm zusammen.

Nero erhob sich schwankend und fragte sich, wie weit es noch bis zum Hadrianswall sein mochte. Über den Himmel breitete sich das Leuchten der aufgehenden Sonne. Nero wusste, dass er irgendwo einen Unterschlupf finden musste. Er hatte sich darin geübt, das Licht der Morgendämmerung zu ertragen, während er davon träumte, eines Tages über die Erde seiner geheiligten Vorfahren schreiten zu können. Aber ehe er sich nicht vollständig an das Tageslicht gewöhnt hatte, musste er sich irgendwo verstecken, oder die volle Kraft der Sonnenstrahlen würde ihm die Haut vom Gesicht brennen.

Die Sonne stieg höher, aber Nero dachte, er sollte einige Entfernung zwischen sich und sein totes Reittier bringen. Sich immer im Schatten der Bäume haltend, hatte er vielleicht eine Meile zurückgelegt, als die Reiter aus dem Wald kamen.

Es waren Goten, gelbhaarige Wölfe, die in ihrer gerade erst gelandeten Legion als berittene Hilfstruppen dienten. Ihr Latein war Nero so unverständlich wie ihnen das seine, aber sie machten ihm klar, dass ihnen an seiner Begleitung gelegen war.

Sie brachten ihn in ein kleines, unbefestigtes Lager, und Nero schätzte, dass es nicht mehr als eine Zenturie und noch einmal die gleiche Anzahl Hilfstruppen beherbergte. Der Zenturio hatte so um die zwanzig Jahre an der Donau gedient und war nicht sonderlich begeistert über die Laune des Schicksals, die ihn auf diese nebelverhangene Insel verschlagen hatte.

»Wir fanden ihn, wie er zwischen den Bäumen herumschlich«, berichtete einer der Goten.

Der Zenturio grunzte und musterte Nero von Kopf bis Fuß.

»Ich bin Quintus Claudius Nero, ein römischer Bürger«, verkündete der Legat. »Ich verfüge über Informationen bezüglich Bran Mak Morn, die Eure Vorgesetzten interessieren werden.«

»Tatsächlich?«, verwunderte sich der Zenturio. »Und wie, habt Ihr gesagt, waren Euer Rang und Truppenzugehörigkeit?«

»Das ist gleichfalls etwas, das Eure Vorgesetzten interessieren wird«, versuchte Nero Zeit zu gewinnen.

Der Zenturio betrachtete ihn ausdruckslos. Er war erst seit ungefähr einem Monat in Britannien, aber er hatte schon jede Menge Geschichten über die Pikten und ihren verschlagenen König gehört. Das Massaker, über das er Bericht erstatten sollte und von dessen Schauplatz er gerade zurückkehrte, hatte ihn überzeugt, dass die Geschichten von den Teufeleien der Pikten noch untertrieben waren.

»Dein Latein ist noch schlechter als das dieser Flachsköpfe«, brummte er, während er des Mannes eigenartige Gesichtszüge musterte, das dunkle Haar, den merkwürdig untersetzten Körperbau. Zwanzig Jahre an der Donau hatten ihn einiges über den Umgang mit Barbaren gelehrt.

»Und du hast dir den falschen alten Soldaten ausgesucht, um deine Spielchen zu treiben, Quintus Claudius Pictus.«

Er deutete mit einem schwieligen Finger auf den roten Umhang des Legaten. »Marcus Sertorius Facilis war der beste Offizier, unter dem ich je gedient habe«, grollte er. »Es gefiel mir gar nicht, sehen zu müssen, was von ihm und seinen Männern noch übriggeblieben ist, und es gefällt mir nicht, hier einen piktischen Spion zu sehen, der den Umhang mit der Goldspange trägt, den Setorius anhatte, als wir über den Kanal setzten!«

Der Zenturio beachtete Neros jämmerliche Proteste nicht. »Kreuzigt ihn«, ordnete er an. »Ich wäre nicht überrascht, wenn es sich bei ihm um Bran Mak Morn höchstpersönlich handelte.«

Sie stellten ein Kreuz auf und ließen ihn daran hängen, als Warnung für alle anderen Pikten. Die Sonne ging auf, als sie die Nägel einschlugen, und man sagt, dass eine Schlange nicht vor Sonnenuntergang sterben kann.

»Bist du sicher, dass Claudius Nero diesen Weg genommen hat?«, fragte Bran Mak Morn. »Ich sehe keine Spur von Pferd oder Reiter.«

»Bald wirst du es sehen«, versprach Liuba, die neben ihm ritt.

Bran zog ungeduldig die Brauen zusammen. Die Sterne verblassten, und er befürchtete, sein Feind würde sich bei Anbruch der Morgendämmerung in irgendeinem Loch verkriechen. So versessen war der Pikte darauf, Claudius Nero einzuholen, dass sein Sieg ihm schon wie eine ferne Erinnerung vorkam. Bran musterte die Felsbrocken des Flussbettes, dem sie folgten, als könnten seine Augen ebenso gut die Dunkelheit vor Tagesanbruch durchdringen wie Liubas.

»An dieser Stelle können wir hinüberreiten«, schlug Bran vor. »Vielleicht hat er den Fluss durchquert und ist dann auf seiner eigenen Spur wieder zurückgeritten.«

»Ich würde den Fluss lieber nicht überqueren«, wehrte Liuba ab. »Ich bin sicher, dass wir auf dem richtigen Weg sind.«

Bran schaute stirnrunzelnd auf das leichte Grau im Osten. »Wir reiten gar nicht nach Süden. Ich dachte, du hättest gesagt, Nero würde südlich der Mauer Asyl zu finden versuchen.«

»Wer kann sagen, wo Nero eine Freistatt finden wird.« Liuba zuckte die Schultern.

Bran fluchte hemmungslos. Die Frau hatte eine aufreizende Art, alles zu vermeiden, was auch nur die geringste Ähnlichkeit mit einer klaren Antwort hatte.

»Das ist Kestrel Scaur dort drüben«, sagte er plötzlich. »Donner der Götter! Nero hat zwei schöne Narren aus uns gemacht. Wir sind die halbe Nacht geritten, und er hat nichts anderes getan, als uns nach Süden zu locken, dann kehrtzumachen und durch die Tür unter Kestrel Scaur zu verschwinden. Wenn wir nur etwas klüger gewesen wären, hätten wir geradewegs über die Heide reiten und ihn hier erwarten können, statt dem Flussbett zu folgen, das zu überqueren du dich gescheut hast. Komm, wir reiten jetzt auf dem kürzesten Weg zu dem Grabhügel.«

Liuba sagte kein Wort, als sie Kestrel Scaur umrundeten und auf das stille Grab hinunterschauten. Das verblassende Licht der Sterne fing sich in dem gespenstischen Nebel, der in dem jetzt unterbrochenen Kreis der Ebereschen hing. Bran kam es vor wie der einsamste Ort auf der Welt - eine vergessene Grabstätte, umgeben von dem schützenden Ring der Bäume. Von dieser Höhe aus gesehen wirkte der wogende Kreis weißer Blüten zu regelmäßig für ein Werk der Natur. Wenn die Ebereschen sich durch herabfallende Früchte fortpflanzten, waren diese Bäume - oder ihre Urahnen - vielleicht hier gesetzt worden, als man den Grabhügel errichtete.

»Sieh!« Bran streckte die Hand aus. »Gestern haben wir den Stein wieder vor die Graböffnung geschoben. Jetzt steht er immer noch da. Entweder hat Nero ganz in der Nähe noch ein anderes Schlupfloch, oder wir sind ihm um wenige Minuten zuvorgekommen.«

»Bran«, meinte Liuba, »habe ich mir für die Hilfe, die ich dir leistete, nicht eine Belohnung verdient?«

»Natürlich.« Bran lachte kurz auf und beobachtete das Grabmal am Fuß des Felsens. »Du hast mein Leben gerettet und alles, was mir teuer ist.«

»Ich sagte, es gäbe einen Preis.«

»Ich werde ihn freudig bezahlen.«

Liubas Gesichtsausdruck wirkte bedrückt. »Es ist nicht richtig. Wir haben zusammen gekämpft. Deine Feinde waren wie meine eigenen.«

»Ich werde nach unten klettern«, entschied Bran. »Nur noch eine Minute, um ganz sicher zu gehen, dass Nero nicht zwischen den Bäumen lauert.«

»Du wirst Nero dort nicht finden«, flüsterte Liuba.

»Aber es passt alles zu genau - dass er sich solche Mühe gegeben hat, seine Spuren zu verwischen und dann hierher...«

»Um die Wahrheit zu sagen, ich brachte dich her, um meinen Preis von dir zu fordern.«

Bran stieg vom Pferd, weil er meinte, dass der Hang zu Fuß leichter begehbar war. Er hörte kaum auf das, was das Mädchen sagte.

Liubas Augen blickten seltsam, als sie ebenfalls aus dem Sattel glitt und sich vor ihn stellte. »Du musst mit mir gehen, Bran Mak Morn.«

Bran betrachtete sie mit leichter Gereiztheit. »Aber ich bin doch schon hier, Liuba.« Das Mädchen war ein Rätsel.

Sie fasste seine Schultern mit einem Griff aus hartem Stahl. Bran wunderte sich über den Schimmer von Mondlicht auf ihrem blassen Gesicht.

»Wir sind beide in dem Kreis unseres Schicksals gefangen«, sagte Liuba und trat dicht an ihn heran.

Bran fand diesen Augenblick nicht unbedingt geeignet für ihren ersten Kuß, aber die Frau schien von einer merkwürdigen Stimmung besessen zu sein. Ihre Lippen waren kalt. Wie auch ihre Zähne.

Ihre Pferde, die nicht angebunden waren, wieherten vor plötzlichem Entsetzen und galoppierten den Hang hinab.

Bran machte den Versuch, sie wegzuschieben, aber die Anstrengung war zu groß. Das Gras war kalt an seinem Rücken.

Ein Augenblick seltsamer Erregung - und Furcht...

»Halte ein! Nachtwanderer! Lamia! Hinweg in deine Behausung!«

Gonars Stimme dröhnte aus einem Traum. Die Augen des Magiers brannten, und er hielt seinen Stab aus Eschenholz wie eine drohende Waffe. »Ich befehle dir, hebe dich hinweg, bei den allmächtigen Namen von...«

Was für Götter oder Teufel mochten das sein? dachte Bran in seinem Traum. Namen, die er nie gehört hatte - oder doch, vor langer Zeit?

»Narren!«, fauchte Liuba. »Wir werden die Schuld an einem anderen Tag begleichen, Bran Mak Morn!«

Schwärze...

Gonar schüttelte ihn. Bran stieß ihn weg und setzte sich auf, trotz des Schwindelgefühls in seinem Kopf. Schon wieder ein Alptraum...? Nein. Morgain hielt ihn im Arm und weinte wie ein verlassenes Kind.

Sie kauerten zu dritt allein in dem Gras unterhalb von Kestrel Scaur. Brans Hals schmerzte ihn, und als er mit dem Finger darüberstrich, merkte er, dass er während der Kämpfe eine kleine Wunde dort erhalten haben musste.

Morgain führte sich weiter auf, als hätte sie den Verstand verloren, und der tätowierte Priester plapperte unzusammenhängend etwas vor sich hin, dem Bran nur mit Mühe folgen konnte.

»Ich dachte, es wäre irgendeine Falle. Atla kroch auf mich zu, sagte, es wäre ihr gleich, ob ich sie umbringen würde, aber dass du in die Nacht hinausgeritten wärst mit einer Frau, deren Körper sie leblos ausgestreckt auf dem Steintisch hätte liegen sehen, als sie durch den Boden in das verschlossene Grab eindrangen, und dass eine Armee von Geistern ihr gefolgt wäre, um Neros Legion zu vernichten.

Ich hielt das Ganze für eine Lüge, denn die Hexe behauptete, aus Liebe zu dir ihr Leben aufs Spiel zu setzen.

Aber Morgain glaubte ihr, und diejenigen unserer Männer, die die fliehenden Legionäre bis ins Moor verfolgten, hatten seltsame Dinge zu berichten. Nachdem Atla in der Nacht verschwunden war, erinnerte ich mich an die uralte Legende der Krieger-Prinzessin Liuba, die eine der Königinnen der Piktenclans des versunkenen Atlantis gewesen war. In den großen Kriegen der Clans wurde sie vertrieben, sagte die Legende - gejagt und schließlich in einen verzauberten Grabhügel eingeschlossen, um den man einen Kreis geheiligter Ebereschen pflanzte, damit sie des Nachts nicht umgehen konnte.«

Bran starrte den Magier an und fragte sich, welcher von ihnen beiden verrückt war. »Und wie hat diese Liuba der atlantischen Legende den Tod gefunden?«

»Sie ist nie gestorben«, sagte Gonar.

ENDE

Nachwort

Für alle die, die über solche Dinge gern informiert sind - von den vier Geschichten über Bran Mak Morn, die in der Sammlung *Könige der Nacht* von Robert E. Howard (erschienen im Apex-Verlag) enthalten sind, kann man annehmen, dass sie zu Beginn des 3. Jahrhunderts angesiedelt sind, ungefähr u. a. wie folgt: *Die Schattenmänner* im Jahr 205; *Die Würmer der Erde* im Jahre 206; *Könige der Nacht* im Jahr 207. Während dieser Zeit war der Hadrianswall wieder aufgebaut worden, Rom hatte den Süden wieder unter Kontrolle, und der neue Provinzstatthalter, L. Alfenus Senecio, hatte den Kaiser Septimus Severus gebeten, neue Truppen zu entsenden, um die unbotmäßigen Kaledonier zu unterwerfen. Der vorliegende Roman, Legion der Schatten, spielt im Frühling des Jahres 208 n. Chr., kurz bevor Severus in Eboracum ankam, um persönlich den Oberbefehl bei der Eroberung des Nordens zu übernehmen.

Das Verschwinden der Neunten Legion, eines der großen Rätsel der Geschichte, hat zu vielen Vermutungen und Meinungsverschiedenheiten Anlass gegeben. Ohne jetzt auf diese Diskussion näher einzugehen, scheinen die glaubhaftesten Hinweise zu dem Schluss zu führen, dass die Legio IX Hispana bei irgendeinem militärischen Debakel im nördlichen Britannien, ungefähr in dem Zeitraum zwischen den Jahren 118 - 130 n. Chr. vernichtet wurde. Für diesen Roman bin ich von letzterem Datum ausgegangen.

Soweit es möglich war, habe ich versucht, dem historischen Rahmen treu zu bleiben und gleichzeitig Howards eigenen, fiktiven Vorstellungen gerecht zu werden. Der kundige Leser wird sich der Tatsache bewusst sein, dass die Pikten aus Howards Phantasie kaum etwas mit den Pikten, wie die moderne Archäologie sie uns darstellt, gemein haben. Der Fantasy zuliebe wollen wir annehmen, dass Howards Pikten tatsächlich eine vergessene Rasse sind, wie er sie beschrieb, die inzwischen längst aus dem Gedächtnis der Geschichte getilgt und von den Archäologen mit einem völlig anderen Volk verwechselt wurde. Der ernsthafte Leser kann genauere Informationen jedem der zahlreichen Bücher über das römische Britannien und die Legionen entnehmen. Ich fand die folgenden Bücher von besonderem Nutzen: *Britannia - A History of Roman Britain* von Sheppard Frere, *Roman Britain* von I. A. Richmond, *The Roman Imperial Army* von Graham Webster und The Army of the Caesars von Michael Grant.

Besonderen Dank schulde ich Scott Connors, dessen brilliante Studie *The Riddle of the Black Seal* (*Nyctalops*, Jan./ Feb. 1975) Arthur Machens Einfluss auf Howard bei dessen Übernahme der Idee des Schwarzen Steins und einer in verborgenen Höhlen lebenden Rasse kaum noch menschenähnlichen Zwerge nachspürte. Zu diesen Erzählungen von Arthur Machen, die Howard bei dem erwähnten Thema so stark beeinflussten, gehören *The Novel of the Black Seal* (*Die Geschichte vom schwarzen Siegel*), *The Shining Pyramid* (*Die leuchtende Pyramide*, beide in *Die leuchtende Pyramide* bei Insel) und in etwas geringerem Ausmaß *The Red Hand* (*Die rote Hand*). Sie sind jedem ernsthaften Howard-Fan zu empfehlen.

Schließlich habe ich versucht, Howards zahlreiche, oft bruchstückhafte und widersprüchliche Hinweise sowohl auf die Pikten als auch das Gewürm der Erde betreffend zusammenzutragen. Beide Themen sind ein bevorzugtes und immer wiederkehrendes Motiv in Howards Werk. Für alle, die an Howards verschiedenen Behandlungen der Pikten, des Schwarzen Steins und des Schlangenvolkes interessiert sind (abgesehen von den Stories in König der Pikten), empfehle ich die folgenden Erzählungen:

The Little People (*Das kleine Volk*): wahrscheinlich Howards erster Versuch zu diesem Thema - eine in der heutigen Zeit spielende Geschichte, in der die Pikten die furchteinflößenden Überlebenden eines unter der Erde hausenden Volkes sind.

The Children of the Night (*Die Kinder der Nacht*): eine in der Jetztzeit angesiedelte Story, in der die Pikten die mongoloide Schlangenrasse vertrieben haben - es wird das Bestehen des Kults um Bran Mak Morn erwähnt.

People of the Dark (*Das Volk der Finsternis*): eine Jetztzeit-Geschichte, in der wiedergeborene Liebende und Rivalen mit den letzten degenerierten Überlebenden des Schlangenvolkes konfrontiert werden.

The Valley of the Lost (*Das Tal der Verlorenen*): eine Story aus dem amerikanischen Westen, in der ein texanischer Revolvermann Überlebende des Schlangenvolkes in einer geheimen Höhle entdeckt.

The Black Stone (*Der Schwarze Stein*): eine moderne Erzählung von uralter Dämonenverehrung, die einem aus der Urzeit stammenden schwarzen Monolithen in Ungarn gilt - erwähnt die Pikten und die ältere mongoloide Rasse, die sie besiegten.

The Shadow Kingdom (Das Königreich der Schatten): Kuli und sein piktischer Verbündeter, Brule, bekämpfen das Schlangenvolk im versunkenen Atlantis.

Beyond the Black River (*Jenseits des schwarzen Flusses*): die beste Darstellung der Pikten in der Zeit Conans.

The Valley of the Worm (*Das Tal des Höllenwurms*): eine Geschichte aus einer fiktiven Vergangenheit, in der die Pikten in einem Land, das von einem gewaltigen Wurm heimgesucht wird, gegen die Völkerwanderung der arischen Stämme kämpfen.

The Hyborian Age (*Das Hyborische Zeitalter*): Howards selbsterfundene *Geschichte* seines mythischen prähistorischen erfundenen Zeitalters - widerspricht in vielen Punkten der Historie der Pikten, wie sie in *Schatten der Vergangenheit* dargestellt wird.

Die meisten dieser Geschichten sind, wie angegeben, in deutschen Übersetzungen abgedruckt worden, obwohl man für einige nach amerikanischen Nachdruckbänden suchen muss oder sogar nach den obskuren Magazinen, in denen sie zum erstenmal veröffentlicht wurden. Das könnte sich als schwierig erweisen, aber es ist die Anstrengung wert, sowohl als eine Studie von Howards schriftstellerischer Entwicklung, als auch, weil die meisten der oben angeführten Geschichten zu seinen besten gehören. Vielleicht wird es einmal möglich sein, sie alle in einem einzigen Band zusammenzufassen.

- Karl Edward Wagner,
Chapel Hill, North Carolina - März 1976

(überarbeitet von Helmut W. Pesch)

APEX
APEX
TIM POWERS
DIE KALTE BRAUT
Roman
NEU im Juni 2018 im Apex-Verlag:
DIE KALTE BRAUT
von TIM POWERS
Nominiert für den World-Fantasy- und den Locus-Award.
www.apex-verlag.de

ROBERT E. HOWARD
IM APEX-VERLAG
Robert E. Howard
KULL VON ATLANTIS
Robert E. Howard
SOLOMON KANE
Robert E. Howard
KÖNIGE DER NACHT
Robert E. Howard
KRIEGER DES NORDENS
Robert E. Howard
HERRIN DES TODES
Erzählungen
ROBERT E. HOWARD
DIE ABENTEUER DES EL BORAK
WWW.APEX-VERLAG.DE

»Tanith Lees üppige Werke sind gekennzeichnet von exotischen Schauplätzen, elegant und präzise zum Leben erweckt, bevölkert von leidenschaftlichen Charakteren, deren tiefe Gefühlswelt sie zu außerordentlicher Liebe, außerordentlichen Opfern und Taten befähigt.«
- Paul DiFilippo
Start der großen TANITH LEE-Werkausgabe im Apex-Verlag!
Tanith Lee
LYCANTHIA
ROMAN
TRINKT DEN SAPHIRWEIN
ROMAN
TANITH LEE-WERKAUSGABE BAND 3
Tanith Lee
MEDEA
ERZÄHLUNGEN
TANITH LEE-WERKAUSGABE BAND 4
APEX
www.apex-verlag.de

APEX
»John Shirley ist Cyberpunks *patient zero.*«
- William Gibson.
NEU
Start der großen JOHN SHIRLEY-Werkausgabe im Apex-Verlag!
JOHN SHIRLEY
KINDER DER HÖLLE
EIN HORROR-ROMAN
JOHN SHIRLEY
HITZEFÜHLER
REDUX
ERZÄHLUNGEN
JOHN SHIRLEY
STADT GEHT LOS
EIN CYBERPUNK-ROMAN
MIT EINEM VORWORT VON WILLIAM GIBSON

APEX
Nominiert für den
PHILIP K. DICK-AWARD!
NEU
ALEXANDER BESHERs
legendäre Cyberpunk-Trilogie
im Apex-Verlag!
Alexander Besher
SATORI CITY 2.0
Erster Roman der RIM-Trilogie
VIRTUAL TATTOO
Zweiter Roman der RIM-Trilogie
Alexander Besher
CYBER-BLUES
Dritter Roman der RIM-Trilogie

FANTASY
IM APEX-VERLAG
RED SONJA 1
DER RING VON IKRIBU
Robert E. Howard
SOLOMON KANE
CHRISTIAN GÖRGE (HRSG.)
VALKYRIE
THONGOR
ERSTER ROMAN DER THONGOR SAGA
WANDERER UNTER DUNKLEN HIMMELN
WWW.APEX-VERLAG.DE

WWW.APEX-VERLAG.DE
APEX
APEX
CHRISTIAN DÖRGE
KOPERNIKUS 8818
EINE WERKAUSGABE
Christian Dörge:
KOPERNIKUS 8818 –
Eine Werkausgabe
Ausgewählte Texte
Apex-Verlag
Illustriertes E-Book –
640 Seiten
ISBN: 978-3-7438-7628-6
Illustriertes Paperback –
612 Seiten
ISBN: 978-3-746747-29-3
Jetzt als E-Book und Paperback!
»Christian Dörge... ist die Reinkarnation von Rimbaud und Ian Curtis in einer Person.«
- IMPRESSUM Literatur-Magazin
»Christian Dörges Prosa... ist sehr verinnerlicht, spiegelt Innen und Außen auf eine Art, wie ich sie von keinem anderen Autor kenne. Kann man einem Schriftsteller ein größeres Kompliment machen, als dass er einzigartig ist?.«
- IMPRESSUM Literatur-Magazin
»Christian Dörge ist Dichter mit Leib und Seele. In allem, was er schreibt, steckt dieses liebevolle Element, in der Sprache vollkommen aufgehen zu können. (...) Dörge ist immer nüchterner Betrachter – im stilistischen Sinne.«
- KRACHKULTUR Literatur-Magazin
APEX: DER KULT-VERLAG FÜR E-BOOKS UND PAPERBACKS

APEX
HOUSE OF CYBERPUNK
JOHN SHIRLEY
HITZEFÜHLER
REDUX
ERZÄHLUNGEN
RICHARD KADREY
METRO PHAGE
HARD WIRED
ROMAN
SATORI CITY 2.0
JOHN SHIRLEY
ECLIPSE
EIN SONG NAMENS JUGEND I
EIN CYBERPUNK-ROMAN
WWW.APEX-VERLAG.DE

Zeitfracht Medien GmbH
Ferdinand-Jühlke-Straße 7,
99095 - DE, Erfurt
produktsicherheit@zeitfracht.de

FSC
www.fsc.org
MIX
Papier | Fördert
gute Waldnutzung
FSC® C083411